经典散步丛书

讀書小語
―― 政治哲学散论

未 无 —— 著

穿越时空的触摸

山西出版传媒集团　山西人民出版社

图书在版编目（CIP）数据

读书小语／未无著．--太原：山西人民出版社，2019.4
（经典散步丛书）
ISBN 978-7-203-10724-8

Ⅰ．①读… Ⅱ．①未… Ⅲ．①随笔—作品集—中国—当代 Ⅳ．①I267.1

中国版本图书馆 CIP 数据核字（2019）第 029425 号

读书小语

著　　　者：未　无
责 任 编 辑：贺　权　崔人杰
复　　　审：傅晓红
终　　　审：秦继华
封面设计插图：奋　进
封 底 篆 刻：张晋皖
美 工 操 作：常红强

出　版　者：山西出版传媒集团·山西人民出版社
地　　　址：太原市建设南路21号
邮　　　编：030012
发行营销：0351-4922220　4955996　4956039　4922127（传真）
天猫官网：https：//sxrmcbs.tmall.com　电话：0351-4922159
E－mail：sxskcb@163.com　发行部
　　　　　sxskcb@126.com　总编室
网　　　址：www.sxskcb.com

经　销　者：山西出版传媒集团·山西人民出版社
承　印　厂：山西出版传媒集团·山西人民印刷有限责任公司
开　　　本：720mm×1020mm　1/16
印　　　张：33.25
字　　　数：350千字
印　　　数：1—2 500册
版　　　次：2019年4月　第1版
印　　　次：2019年4月　第1次印刷
书　　　号：ISBN 978-7-203-10724-8
定　　　价：80.00元

如有印装质量问题请与本社联系调换

在本书校样上写下的《自序》初稿

CONTENTS | 目 录

001　　他读出了人生新境界
001　　自序

第一章　宽容是本

002　　祝愿
004　　倾诉
006　　宽容是本
008　　有色的网袋
011　　悲剧与慰藉
014　　朝圣所得
016　　托尔斯泰的遗产
018　　天才与气候
021　　心中要有"自留地"
023　　人类的主流精神
026　　谁是"另类"？

029　原谅愚蠢
031　名声上天与随地吐痰
034　拒绝血味
036　以宽容为朋友
039　没有假如的人世
042　实用微妙
044　树荫望天
046　"宽裕"出神品

第二章　心怀敬佩好

050　关爱身边的天才
052　物名神化
055　洞天
057　读史导师
060　毛泽东的七彩宝殿
062　面对大人物
065　敬佩"苦力"
068　"三钱"
072　神往"醇厚"
075　日月之赞
078　伟人也有自卑
081　书的大伴

083	灯熄带不走的光芒
085	"议见者"
087	为此气味
088	为经济学家成相
092	倒读《顾准传》

第三章　逃向深入

096	静中求味
098	寻觅大气
101	"圈"外的张望
103	魂在尘埃中
105	"佛门禅窗"墙外谈
108	铁打的地狱
111	这折磨有味
113	逃向深入
117	"拨云见星"
119	异果满枝头
121	"老子"的样子
125	哲学的起跑线
128	蜢虫臆思
130	"一"（墓志号）
133	冷寂——艺术的温床

135　雅的残酷
138　这山这水
140　云层高手
144　直接差距

第四章　穿越时空的触摸

148　美学的散步
150　穿越时空的触摸
152　诗界宙斯
156　约翰逊网经
158　历史的朦胧及体温
159　影的味道
160　我们的缺陷
161　蜕变
163　自己就是尺度
165　"自有我在"
169　哲学的形状
172　上帝的田园
174　思维有限
176　水中捞诗
178　婴孩心田
181　偏爱黑格尔

183 癖与胡适和鲁迅

185 圣灵小伙计

187 圈

189 高处着眼

191 书的归宿

193 推销员

196 "有病才是人世"

第五章　望云求雨

202 与民以便

204 "阳春白雪"的温暖

207 "无心是非"

208 石悟

211 感觉钱锺书（小记）

214 感觉钱锺书（续记）

218 感觉钱锺书（又记）

222 泪滴纸上

225 凤毛麟角

227 天地人生

230 诗国的天空与地面

234 《诗经》外的触摸

237 雾里望"月"

239　上层的智慧
241　陌生的诱惑
243　比"类"有得
246　"长乘"戏考
248　两种"生物"
251　合时宜的秘诀
253　书之王
256　隔雾观火
259　从"六元本"说到经典
261　大师何以
263　老子的终极选择
266　回归家园

第六章　认距量心

270　文事大纲
272　天心桥
274　认距量心
276　通人南怀瑾
280　仰望"幸福"
282　面对鼓励的惶恐
284　差距即空间
286　楼上楼下

289	守"点"成圣
292	淡而有味
294	冷雪红颜
296	遥望陈省身
298	一个令人羡慕的"比评"
300	应该"这样"
302	超常发展
304	景物
306	到开水中游泳
308	"鹅卵石"有感
310	床腿效应
312	"没人捡的东西"
315	论"拍脑袋"
317	逛到"卓越"
319	死后才出生
321	终归是个零

第七章　半坡望霞

324	村——最温暖的单位
327	半坡望霞
329	哲人的批语
333	托盘和镜框

335 鲁迅的佛缘
338 《史记》平民版
340 大雅休闲
343 长河与高峰
345 忘情《水经注》
347 开辟天空
349 美酒无声
351 补钙
354 欢呼戏剧事业升温
356 诗境哲学
358 未必要懂
360 书之恋
362 云端上的"悖论"
364 "崎岖"的诱惑
366 背影相似
368 器识为先
371 讨论才出好文章

第八章　敬仰简洁

374 敬仰简洁
377 语言范本
380 散的艺术

383	一句一个月亮
386	简素苦涩
388	简白
391	补苴罅漏
394	"形神俱足"
396	"清凉"何处
398	平实最感人
401	静的快乐
404	缩略图
407	灵气其中
409	以死求生
411	"我是一个零"
413	拓展
415	无奈的"言"
417	忙向何处？
419	沉潜

第九章　小鸡啃骨头

424	狼腔福祉
426	小鸡啃骨头
427	悔之日深
429	寻找向导

431 读大天空

433 词苦

435 敬佩经典

437 崇信如一

439 心有余欲

442 充饥与冲出

444 积累与直立

446 面对"文化垃圾"的反思

448 走向"朴厚"

450 并不遥远的星空

452 "蹲点吃饭"

455 愧对"大家"

457 向外招手的圈

460 圣女——旧书也是新书

462 目送书目

464 "小吃"

466 开天辟地

469 "伴侣"和"旅伴"

第十章 让缺点晒太阳

472 让缺点晒太阳

474 谦虚须有资本

476	悔得掉渣
478	我的杂玩
480	大树的委屈
485	慷慨的前提
487	"远望"
488	信号
490	踩住太阳
491	御垫
493	"黏住"与"移开"
496	"平常现象"
497	自觉圈起来
499	籽眠何处
501	思屑随地
503	后记

他读出了人生新境界
——读段爱民《读书小语》
陈漱渝

　　读书少不一定是羞耻。因为有些人处于社会底层，受生活环境限制，没有条件买书、读书、写书，只能凭借"简单劳动"服务于社会。但不读书一旦跟财富与地位联姻，那就可能成为一种羞耻。比如一位大款一心挣大钱，不爱读书，我们就会嘲笑他"穷得只剩下了金钱"；如果一位官员不爱读书，凡事依赖秘书，甚至连秘书拟好的发言稿都读窜行了，我们也会怀疑他"阔得只剩下了权力"。

　　山西长治有一位读书人，也是写书人，名叫段爱民。在古代，他也许不算官，只是吏。但在当下，他好歹也曾经是一位地方官员。当官的人都很忙，白天忙于参加各种各样的会议，下达各种各样的指示，晚上也难免有各式各样的公务或私务应酬；只要不整天围着酒杯转、牌桌转、裙子转，年终考核总会评上合格，怎能再苛求他们夤夜读书或拂晓写作呢？

　　但段爱民为了在喧嚣浮躁的尘世管住自己的心，工作之余酷爱在书店散步，在书房散步，在书中散步，让"心魂"与"书魂"沟通交流。这种生活，也就是哲学家周国平所推崇的"心智生活"。"心"指"心灵""智"指"智力"。简而言之，这就是一种非功利的精神生活，读书和写作成为了他攀登心灵殿堂的云梯。他读出了一种新的人生境界,也写出了一种新的人生境界。

读书之人不一定写书,但写书之人非读书不可。郭沫若在《读<随园诗话>札记》)中,把读书和写书之间的关系描绘得很形象:

蚕食桑而吐丝,蜂采花而酿蜜。
牛吃草而出奶,树吸壤而生漆。
破其卷而取神,吮其精而去粕。
融宇宙之万有,凭呕心之创作。

我想,这也就是段爱民的追求。

我是一个专业研究人员,读书有功利性,习惯于带着课题来读书,因此必然对专业领域内的书比较熟悉,而对专业之外的书却相当陌生。段爱民则不同。他挥动着"好奇心"与"求知欲"这两条胳膊,恣意在书籍的海洋里遨游,随遇而读,随喜而乐。鲁迅1927年1月26日乘海轮由厦门到广州时,曾描写了月光映照下的海面:"海上的月色是这样皎洁;波面映出一大片银鳞,闪烁摇动;此外是碧玉一般的海水,看去仿佛很温柔。我不信这样的东西是会淹死人的。"(《华盖集续编·海上通信》)段爱民在书海中领略的风光,除了有月夜般的静谧之外,还有阳光下的喧腾,乃至暴风雨中的呼啸,真是风光无限,叹为观止!

读者翻开《读书小语》一书,首先会惊叹于作者涉猎范围的广博,从自然科学、社会科学到文学艺术,从中国到外国,从古代到当代，凡是能照亮心灵的书籍，他几乎都感兴趣。他时而请出尼采、柏拉图、伏尔泰、黑格尔跟我们进行穿越时空的对话；时而请出现当代的南怀瑾跟我们谈国学，李泽厚跟我们谈哲学，茅于轼跟我们谈经济；时而带我们欣赏黄宾虹的绘画，时而带我们欣赏林散之的书法……他甚至还刻苦攻读了一些宗教类的书籍。他的藏书中，竟有蒋介石和宋美龄的床头书《荒漠甘泉》。号称"印度圣书"的《奥义书》，是我的同乡前辈徐梵澄先生翻译的，我没有胆量涉猎，却也进入了段爱民的视野。阅读《读书小语》，确如段爱民所言："书中散步遛心，一路风景，一路甜蜜，一路文采风流。"

　　德国哲人叔本华在《阅读与书籍》一文中说，如果我们阅读时只是重复该书作者的思维过程，就会逐渐丧失自己的思考能力——"正如一个老是骑马的人，最后忘记怎么走路一样。很多学者正是这样的情况：他们把自己读蠢了。"（《叔本华散文》，第59页，人民文学出版社2008年5月出版）段爱民也反对把脑袋当成别人的椅垫。他十分欣赏尼采的格言："幸福是在孤独的思索中。"他读书的过程就是思索的过程，经常被自己的思绪炙烤着，使自己安静不得，忍耐不住，于是灵感借助于随笔小品的形式喷发出来；铢积寸累，就成了他一部接一部的文集。随笔小品虽然篇幅不大，但恰如段爱民所说是"思屑随地"，学术价值不一定低于那些峨冠博带的论文和高头讲章的文字。钱钟书先生的代表作《谈艺录》《管锥编》，不就是类似于小品随笔的"笔记体"吗？

《读书小语》一书,有不少篇体现了学者的渊博与哲人的睿智,很多文字堪称隽言锦句,比如"没有倾诉,世界就变成了沙漠"(《倾诉》)。"敬佩不是迷信,而是对太阳的感谢"(《敬佩经典》)。"容人之量对于天才,就像空气对于生命"(《天才的生存》)。"周作人也是天才,但是个懦弱的天才"(《景物》)。"我憎恨重复,但并不等于否认重复的艺术"(《死中求生》)。"静是无上的境界,也是无边的境界"(《敬佩简洁》)。"心是通天的桥,书则是架桥的砖石"(《认距量心》)。"只要将智慧撒向天空,就完成了动物向人的过渡"(《读大天空》)。"眼睛是观察的心灵,读书是心灵的游泳"(《背景相似》)……还有不少篇什堪称学术美文,如《没有假如的人世》《景物》《散的艺术》……都达到了文采斐然、师心独见的水平。

段爱民在《读书小语》中有几处提到,也有读者反映他的某些文章看不大懂。我认为,对于这种意见要做具体分析。

鲁迅在《随感录五十九·"圣武"》中写道:"新主义的宣传者是放火人么,也须别人有精神的燃料,才会着火;是弹琴人么,别人的心上也须有弦索,才会出声;是发声器么,别人也必须是发声器,才会共鸣。中国人都有些不很像,所以不会相干。"鲁迅在这里讲的是五四时期"新主义"的宣传者跟因循守旧的国民之间的隔膜,但同时也道出了一个文艺欣赏领域的重要原理,那就是作者与读者之间要产生共鸣,读者必须具备欣赏作品的某些必备条件。读者的知识缺陷是可以弥补的,但在阅读过程中首先要有不图轻松的精神。作家王蒙说:"阅读,过分轻松是危险的信号。"无论读段爱民的书，抑或读其他作者的书，只要有阅读价值，我们都应该以顽强刻苦的精神攻坚克难，而不应该在难点面前望而却步。

　　不过，在作者的一面，似乎也有应该深思的地方。如果作者仅仅把文章视为"心灵的独白"，只在乎直抒胸臆，不在乎读者能否接受，那尽可以天马行空，不拘一格。如果把文章视为"心灵的倾诉"，那自然还应该顾及倾听者的感受，从而使自己的倾诉成为"有效倾诉"，与倾听者形成交流。追求深刻，崇尚简洁，这自然没错。但行文不宜跳跃性太大。如《幸福的作面》一文，先谈尼采的观点：幸福是在孤独的思索中；马上转到《文化名人有话说》这本书。像我这种未曾接触此书的读者，就不知道此书思考问题究竟如何"大气"。接着又谈《正在消逝的地理》，只有两行文字，也不知此书作者是如何在孤独中思索。接着再从古代的庄子过渡到当代的张五常。如果读者对这张五常也不熟悉，怎能跟得上作者的思绪？作者在阅读中时有感悟，如"诗人灵魂都是湿润的"，这是为了反驳赫拉克利特的观点——这位哲人认为"干燥心灵魂才优秀"。作者虽然也引用了屈原、苏东坡、毛泽东一些与水有关的诗文，但读者也不一定就能明白为什么诗人的灵魂都"湿润"。如果作者能对上述论点稍加展开，那读者必将有更多的获益。《读书小语》一书赞扬蒙田的随笔"像哲学家那样讲话，像朋友那样谈心"；赞扬李泽厚的《论语今读》"举重若轻"；赞扬杨振宁能用通俗、简洁、优美的语言谈深奥晦涩的科学。从他们的写作方法中，写作者都能获得一些有益的启示。

　　今天是癸巳年的立秋日,但首善之区仍然是热浪滚滚,温度有时也高得吓人。段爱民曾把读好书比喻为"望云求雨"。我就是在这种祈盼中读完了他的《读书小语》一书,并在仓促中写出了以上心得。不妥之处,盼作者和读者们海涵!

自序
——生命深处的搏击

我断断续续阅读，丝丝缕缕思考，无边无际寻觅，写下一些"眉批"和"读后"。尽管至今仍不明白是入不敷出，还是出不符入，不过，总算与"出"有了一点联系了。

就"出"的情状而言，有的是情之所至，涌出来的；有的是浮想联翩，冒出来的；有的是由此及彼，扯出来的；有的是东倒西歪，撞出来的；更多的，则是为留下一点痕迹，费神思索，挤出来的。说是挤，未必脑中充气，两手挤压，而是心向下沉，思水上升，一点一点渗出来的。或许竟可说，是在生命的深远、沉雄、博厚以及灵秀中折腾吧。

维特根斯坦说："思维是艰难的"，"每天早晨，你必须重新掀开废弃的碎砖石，碰撞到翠绿的、充满生机的种子"，"一个新词就像一粒播下的种子"。我不大明白其中的深意是什么，却有所缘故地承认：他是知音。他的兴奋与寻觅，也正是我的感受。诚然，促使不畏艰辛而兴奋与寻觅的，是生命的大困惑而绝非语言的玩弄。正因有此同索，经历了大体相同的心路历程，写下的东西总是笨笨的，硬硬的，涩涩的。这些笨笨的、硬硬的、涩涩的东西，虽然省却了布局的麻烦，只是抓住一些残碎的小感触，既不成格调，不入体裁，又经不住戥称，却也经受了深夜的沉思、晨风的唤醒、翻书的劳作、涂抹的反复，还有遥远的企盼，深厚的吸引，色彩的鼓舞，迷雾的陶醉，横竖的折磨。我从这山走到那山，只为了认识一个名字；从天桥跨过银河，要寻觅的只是一个带亮光的新词。

我未必不知道自己的渺小和愚陋。正因如此，才确曾在故事面前徘徊，格言堆里逗留，望着诗人的背影呼喊，在与哲人的讨论中呕心沥血。不过，尽管经历了锱铢必较、惨淡经营的折腾和折磨，得到的依然是未必有鲜味的小青果。为此，我给他们起了个还算雅的名字："读书小语"。通过手机信息与朋友交流，借助书店屏幕与读者会面，算是见过 公婆，招摇过一回了。承蒙报社朋友的厚爱，挤出一块天地，又在大一点的范围招摇，竭诚期望的是向更多的师友请正。我想，自己之所以如此不守"妇道"，并不是故意夸耀"爷们"的存在，近似于痴心妄想的，是对全社会读书的推动。关于读书，我始终认为是一个民族最神圣的事。明知自己身轻德浅，人微言轻，也总想尽一点绵薄之力。

如果沿着推动读书这一点已很重大的意思再往上去寻找，就是一位我景仰的思想家提出的以宽容的思想作文化反思。这是一项根本性的工作。这是一项极重极深的托付。德薄言轻的我，怎敢接受如此之重之深的托付呢？然而，长期以来，我却在"如此之重之深的"重压下，总是无缘无故陷于大困惑大沉重之中。或者是缘于这"宽容"与我本来的"善良"相遇吧，还不敢说是重大担当，更不敢说到大悲悯大情怀上去。

自序

　　诚然，头上并不是没有太阳，周围并不是没有师长和朋友。我的师长陈漱渝先生，在我心中就是一位天高地厚的仁厚长者。我与陈漱渝先生相遇，也和在茫茫书海中与鲁迅相遇一样，从内心的深处感到他本来就是我的老师，本来就是我一直在寻找的智慧的化身。人们常说，百年修得同船渡，千年修得共枕眠，能与陈老师有此深缘，应该是万年修来的吧。陈老师为本书写的序，还是看过初稿时写下的，而后我尽可能尊师重教修改。但我深知，要达到老师的期望，仍需继续努力。而这，不仅是努力的问题，而且是长期修养的问题。

　　两位于老师，始终是我的恩师和诤友。我不仅从心底感激与他们的知遇之恩，而且尤其感激与两位于老师的知音之谊。从封面到插图，从插图到目录，从目录到内容，从内容的半成品到成品，从文章的整体到一字一句，尽管我不便一再讨扰，但几乎都有置教、沟通、讨论，以至辩论。真可谓一点一滴，一针一线，一撇一捺，都让我在至大至小，至高至低，至深至浅，以至至有至无中享受到了师友的幸福！

　　我向往神圣，喜欢整洁，甚至有点洁癖。但还是觉得身上的烟火味多一些好。说话虽然尖刻，却尤喜称扬别人的优点；对说别人的不足，不是，总觉得像用变妖镜变丑自己的灵魂似的。同时认为：有多大的心，就有多大的事业。我的心不大，作为近于零，还经常自以为是，自吹自擂，自不量力，所以还是时时检点一下自己的不足，不是，不可，为好。

　　我说过，我的文字是野路子，是山野之人的心声，是敬仰和崇拜的致意。几位师长则鼓励我，你悟性极高，思想开阔，思维活跃，文章不落俗套，常能发他人所未发。这本《小语》进一步证明，我对任何高境界的文化都崇拜，对追求极限的一切都神往，对许多人认为低俗的热闹也不排斥。古今中外，天上地下，过去现在，无所不在，都带着一颗渴望之心去欣赏。我总觉得崇拜比鄙视好，神往比冷漠中，欣赏比排斥更要得。宇宙鄙视和排斥过谁？是不容天，还是不容地？不容雅人，还是不容俗人？不容好人，还是不容坏人？不容英雄，还是不容胆小鬼？不容活人，还是不容死人？不容动物乎？不容植物乎？不容微生物乎？没有任何不容之物以至无物。一天，一位朋友在茶桌上说到一位名人的绯闻下流故事，说得有鼻子有眼，我说，每个人都有自己的生存和发展方式，不必求一，何况人家优点故事也很多嘛。朋友说我没劲。

　　我是一个粗略的人，永远也改不掉粗放和大意的毛病。我也有一个优点，就是好于请教，经常主动找朋友讨论。好在我的一些挚友经常警示和帮助我找出错误。尤其是我身边的几位年轻朋友，他们帮我打印，校对，纠错，与我一起兴奋，一起纠结，一起辛苦，甚至比我更辛苦，而且对我三番四复的修改并没有表示些许厌烦。我心里无论如何感动，也只有一句诚挚的感谢而已。如果就此不了了之，还真是对不住朋友们的辛苦。好像还是为了关于读书这一点如此绵薄的小推动，却也竟然在师友中再三招摇。为此竟被一位出版家朋友看到了，说可以印出来在更大范围求教。

自序

　　要出版了，还想说出的是，书稿曾自印百余本，在有文字交往的朋友间征求意见，得到他们以各种方式的鼓励、支持和沟通、指正。这次出版前，先是删去三分之一的文字，又新添了一些自以为有新意的话，后来，不知为什么，又增加了近一倍的文字。只是这些增减，已来不及征求各位师友的意见了，只好敬请原谅。

　　有朋友问，你改来改去，追求的是什么？答曰：一是味，二是开心。只要读者觉得我的文字有味，可以把心放开，此愿足矣。更大的愿望，如对宏伟主旨或博大情怀的追求，或者也有吧，却怕将心吹大，反而空虚了。

　　本来嘛，这本小书是可以早已面市与更广大范围的师长和朋友们见面的，封面设计却晴天受阻，像泥途又遇苦雨。于是，只好在茫茫艺海中，跌跌撞撞，继续寻觅。感谢上天让我"绝处逢生"，终于与一位令人敬佩的设计者相遇。她就是奋进老师，是一个追求极限的人。她说自己只是个文学艺术爱好者，画画的初习者，而且是一个自习生。她越如此说，我越觉得奋进老师的艺术感觉真好，她的热心讨论和直言不讳尤其让我感动。其实，仅就我的朋友范围，能做这件事的也很有几位，但能如此热忱，从深入书中开始，每一步都拼出全力来做的却再没有超过奋进老师的。同样让我感动和感谢的还有出版社的贺权主任。正如奋进老师是名正言顺的千里马，贺权主任则是一位名不虚传的伯乐。正是由于这位伯乐的"识马"，才有别具一格的封面、扉页插图、篇章插画的连续应运而生。这使我不由自主想起《旧屑新拾》封面上面那头拉磨的小毛驴，以及在《过蚂蚁一样的生活》这篇批语后面特意深情地写下的毛驴赞，尤其是让我铭心镂骨的这头小毛驴一辈子拉犁拉磨不松套的鞠躬尽瘁、死而后已的精神。我不敢以可佩可敬的毛驴精神自况，却诚心执意地赞佩这种精神，心仪这种精神，神往这种精神。贺权主任、奋进老师和所有深度参与书稿、画稿讨论的各位师长和朋友，不正是一大批这一精神的践行者吗？与这种精神相一致而且让我特别敬佩的就是真诚。不少朋友以真心真意的真诚与我讨论，提出情真意切的意见和建议，尤其让我感动。其中特别让我感动的是市博物馆的张晋皖馆长。他在朋友圈看到封面初稿后，不仅提出诚恳的意见和建议，而且不顾劳烦、不计劳酬亲自劳心费力完成了三书的封底篆刻。面对如此深情厚意，我真不知道该如何平息心中的不安。乾圆文化有限公司的热情服务，年轻美工操作小常的心灵手敏，也同样令人愉快并感受到社会的温暖。

　　最后，我必须对出版社所有参与此书的各位老师和朋友虔敬地道一句谢谢！因为他们付出的智慧和劳动无一不是艰辛而繁琐的。而我对一切认真、精审、忘我的劳动者任何时候都怀着一份深深的敬意！

2014年6月28日记
2017年3月12日改

第一章 宽容是本

宽容是本。人类已有几千年文明的历史，应该是对宽容有深刻理解的年龄了。

祝　愿

元日初升，万象更新，伴随着鲜活的太阳，我发出最美好的祝愿——祝天下有才人各就其职。

"生不愿封万户侯，但愿一识韩荆州。"是李白当年最强烈的心愿。在此，我借诗仙李白之愿，祝每个阶层每个层面多一些"韩荆州"；同时祈盼"伯乐不常有"的悲叹不要再绵延下去了。

我相信，这样祝愿的心声应该很多；这个祝愿的团群应该很大。即便如此，我仍然愿意忝列其中，欣然发出这像太阳高照一样的祝愿。

我相信，这既非勃然之举，也非岸然之貌，更非枉然之为，而是油然而起，坦然而行。我没有必要去做另类，此祝愿也绝非另类之愿。米丘林嫁接苹果梨，是果是梨，何乐而不为呢？正如诗仙李白所言："愿君侯不以富贵而骄之，寒贱而忽之，则三千之中必有毛遂"。人才是世界上最宝贵的财富，但它的分布未必与钱财相随。自古至今因贫贱富贵，埋没了多少人才，这是人类最大的不公和不幸。即便是催生万物，给世界一切带来温暖的红太阳天天瞅着，心中也数不清这不公和不幸了，为此她也只好红着脸面对世界和宇宙了。

据我所知，宇宙是最公平的，那是因为她的无限之大。相比之下，太阳已经小气了许多，所以太阳也应该检点有什么不公，更加尽职尽责地把工作做好。然而我们并不因此就停太阳的职。

第一章　宽容是本

人与太阳相比，缺点和不足就更多了，正如李白所说："人非尧舜，谁能尽善？"其实尧舜也未必尽善。孔子是圣人，无论当世还是后世，是非之议都很多。求全责备不仅大可不必，而且有时候甚至是不可原谅的愚蠢。

"幸推下流，大开奖饰"早就应该成为风气，何况我们总算遇到了难遇的太平盛世。元旦的太阳已经升高了，愿这美好的祝愿也像太阳一样步步升高，扩大为最普遍的光照与温暖。然而，这一美好愿望的实现，既非"韩荆州"之力可为，也非任何其他个人之力可为，只有依赖于全社会的共同努力。因此，我认为这同样是太阳的期盼，阳光的希望。让我的心和太阳一样升起来和亮起来的是，目前的现实已经证明：一个好的人才发现使用机制和制度正在越来越完善，越来越管用。这是包括太阳在内的全世界都应该欢欣鼓舞的。

我在地球这边祝愿，这祝愿也应该是中国梦的一部分。地球那边呢？据说地球那边的美国梦的核心含义是："每一个人都能够以其天赋和能力来获得他的成就，而且他们的成就也能被其他人认可，不论他们出生的环境和地位的偶然境地如何。"

倾 诉

人老了尤其需要倾诉。

好像是培根说过,野心好比体液中的胆汁,分泌顺畅,会使人活跃。另一外国人说,大海喜欢解开她的衣衫,呈现广大的胸膛。野心与倾诉,乃是永葆青春活力的健康体操。还有一位外国人甚至说,**老人们经过一生的积累,一生的遭际,一生的发酵,到头来打开多味的坛子散发无尽的倾诉是必要的。**

当然,倾诉对象最好是知己,至少能对等交流。这看似不太难的要求,其实很不容易相遇相终。梵高为挽留高更,用尽恳求、哄骗、咒骂、威胁、哭泣、央求等手段,却没有留住这位老友。为此他因爱情失败,事业不顺,命运多舛,又失去倾诉的朋友,痛苦到极度。他是爱情的失败者,友情的破落户,情感的俘虏,孤独诞生的疯子。这一切除了都与倾诉有关,还形成了更强烈的倾诉欲望。从他身上,我们可以看到失去爱情、友情、亲情的孤独和可怕,反照出倾诉的极端重要性和极端必要性。

没有倾诉,人世就变成了沙漠。盲诗人爱罗先珂寂寞难当,痛切诅咒这沙漠一样的世界。许多高智,尤其是大师这个层次的人物,到了晚年往往收起革命的锐气,一头扎进故纸堆里,事实上是转移了倾诉的对象。陈独秀晚年以研究文字学,与故友信件往还谈谈甲骨文、古音韵为乐事,恐怕仍然是强烈的倾诉欲望在作祟。章太炎晚年特别热衷讲学。许寿裳回忆:先生"卒前数日,虽喘且不食,犹执卷临坛,勉为讲论。夫人止之,则谓饭可不食,书仍要讲。"他将倾诉看得比生命还重要。当然其中还有文化传承等多重动力。有人说,鲁迅的晚年是寂寞的。要不然,为什么那样热衷与青年在一起呢?鲁迅的性格,尤其是晚年,有许多不可捉摸的东西。文章表现出超常的张力,超常的青春力,超常的生命力。或许他的倾诉已寄托于文章。那么多人,读鲁迅,鲁迅热也一次次兴起,究竟是为什么呢?据说"文人喜其文字老辣,斗士爱其横眉之态,学者欣赏他那通脱、清峻的哲人之风。"所有这些,除了更加神圣的宗旨,恐怕就是想从他那里连接倾诉的交通罢。

　　人是一个桥梁,不只为自己走过;是一条河流,可以藏污纳垢,当然也可以纳彩、纳福、纳凉。这没有什么可纳闷的?不管是路,是河,人要倾诉则是之所以为人的原因之一。

宽容是本

一位老人——大概是神仙级人物吧,至少是"阅尽人间春色"、饱经"秋霜之苦"的一位智者,看过我的《旷思敛语 自序》后说:"你的国文底子好,行文流畅透彻,以你的精力,可以以宽容为主题,做一些文化反思。"

他的大旨是,纵观人类历史,总是残忍太多,有必要从文化根源上挖挖原因,从新的文化建设上根除残忍。我自知智浅闻陋、人微言轻,未敢接受这一重托。

近日去到秦始皇坐龙庭的那个地方,导游小姐说此地靠山向水,走遍全国龙脉第一。我没有多想这"第一",却想到当年郭沫若先生在那个较为闭塞的山城发出振聋发聩的声音。凝结这声音的《屈原》轰动山城,波及全国,影响历史。那立于天地间的呼号,似乎依然在江河大地上回响。有人说这是面对山河破碎的"第一声"春雷。我说这春雷是为天下争太平、为人民求解放的号角。世纪之交的端午节,我得到一本精美的《郭沫若戏剧选》,又一次拜读《屈原》。虽然仍被那气韵生动冲击心扉,却总觉得缺点什么,又多了点什么。毛泽东、鲁迅、苏轼、屈原,数十年来一再热起来,一再扩大了自己的天空。但是,如此辽阔的文化天空,竟没有郭沫若。近日看到胡文辉先生说:"鲁迅在文化界,郭沫若在学术界,为前数十年的两大偶像,如今两皆沦落;而此消彼长,胡适之则翩然重临。由此颇可窥见当代思想史

第一章 宽容是本

之消长变迁。"是否"沦落""变迁"到如此地步,不是胡文辉先生说了算,也不是有更多的人说了就可以算,但他著出的《现代学林点将录》,有胡适为"天魁星"的正榜头领一百零八员,另冠以旧头领"托塔李天王"章太炎一员,外有"降将头领"一十九员。所有这些当中,既没有郭沫若,也没有鲁迅,大概都是因为"沦落"和"变迁"让他们自生自灭了吧。而我总觉得无论从任何角度排序,这两位都是排脱不开的"头领"。胡先生的深意让人觉得较为费解。

我进而想,人心,我还不说胡文辉等先生如何如何,包括可以忽略不计的我,还是不够宽容。这不宽容也影响到文化的天空和文化小街。这不是我们应该创造的世界。再深入一步,我更觉得:心的宽容和不宽容,文的宽容和不宽容,史的宽容与不宽容,都关系到我们生存的天空之阔和地面之大。李泽厚说得好,在禅的世界里,屈原那种强烈执着的情感操守,对生死的执着选择早已看不见了;玄学时代士大夫的纵情伤感,对生的眷恋和对死的恐惧,也完全消失了。他的愿望是静悄悄地活着,也准备静悄悄地死去。这大概就是想通了,也想开了,眼界更开宽阔了。我赞成这样的开阔,而不赞成刘小枫说的人应该跪在上帝面前请罪。中国需要这样的开阔,世界更需要这样的开阔。

然而,我们的文艺总是将一些是非和情感推向极致,不如此,好像便不是文艺。这对人性的不"宽容",人心的不开阔,恐怕是一个推动。这还是就小而言之;大而言之呢?**人类已有几千年的文明史,应该是对宽容有更深的理解的年龄了。**

有色的网袋

读史，吃惊地发现，竟有那么多漆匠，以各有的瓶瓶罐罐，用残留的、积储的、调配的、捡回的色彩涂向它。

金克木说，《春秋》本是新闻记事档案，成书后便已成为中国人的一部分符号手册，和《易经》的卦爻辞同，两千年的种种解说，成为中国人思想史的一个重要部分。这"种种解说"而且是"重要部分"，便是种种色彩，也是种种有色的网袋。这历史的色彩，正像一所宅院的影壁泥墙，久经风雨，尽管时有剥蚀，只要后人不断，涂抹也会"经久不息"。

中国如此，外国也然。说"去女人那里别忘了带鞭子"的尼采，尽管在女人面前十次竟有九次放下了他的鞭子，但对他的唯意志论始终抱着极大的兴趣，企图使之成为为当代涂抹色彩的铁刷子。然而，他的那个"自转的轮"，似乎没有升起来，太阳依然原色原调。想使太阳也改变颜色，不是一件容易事。有的人，野心比太阳还大，却不能照亮自己前进的路径。

包括暗无天日，是人造的黑暗，与太阳无关。但与比太阳还要大的野心有关。马克斯·韦伯说："人是悬挂在由他自己编织的意义之网中的动物。"越是大人物，越是这样。这有色的网袋是悬挂着，还是滚动着；是装着善良，装着仁慈，装着温顺，装着文雅，装着放荡，装着宽容，装着雕虫小技，装着洞若观火，还是装着飞短流长，装着飞黄腾达……似乎想装什么都可以。然

第一章 宽容是本

而，据维特根斯坦说，如果将舒服的衣服穿在身上，在镜子面前照出舒适自如，它又变成蠕虫和毒蛇了。这话太深刻了，胜过万卷哲学著作。

柏拉图说过，艺术是靠想象来骗人的，并以此成为灵魂的陷阱。耶稣、释迦、老子、孔子不是艺术家，而是最高明的灵魂建筑师。

不知是否有人说过，政治是靠颜色来炫人的。这句话也应该说出来。维特根斯坦则说过："我相信，歌德真正追求的不是生理的色彩理论，而是心理的色彩理论。"如果政治家追求的果真是社会的色彩理论，他们的生理需求是什么，心理追求又是什么，就只好去问他们自己了。不记得是哪一位哲人，大概还是维特根斯坦吧，还说过这样的话：当我离开这个世界时，我将创造无形状的、透明的一团。我在梦中也看到自己是一个透明体，醒来还是一堆浑浊。这个人似乎还说过，我的世界没有悲剧。这倒使我想起这样一句话：不追求色彩的世界悲剧或许少一些。然而，人类社会恐怕永远挣不脱有色的网袋。

王小波也是一个有色彩的人，他也有自己的有色网袋。他企图为自己生存的社会涂以怎样的色彩，尚不明确。记得他写过一篇很著名的文章，叫作《一只特立独行的猪》。这篇文章的冲击力极强，大概可以称为当代最有影响力的寓言。**说出来或者有点奇怪或大不敬，在我的印象中常将这"特立独行的猪"与陈寅恪先生重叠，并且认为，唯有陈寅恪先生可以与这"特立独行的猪"平起平坐，称兄道弟。**《圣经》中巴兰的驴，虽然有些神性，并且在关键时刻说出人话来。但与王小波笔下这猪相比，至少是少了一些特立独行和远见。

　　现在的李泽厚表示要静悄悄地活着，也准备静悄悄地死掉。这好像是返璞归真了。他曾经是盛极一时、独领风骚的"青年导师"。有人曾经作过这样的概括：在八十年代，邓丽君是爱情的启蒙老师，李泽厚是思想的启蒙老师。然而，他的色彩是什么？他的"有色的网袋"又是怎样的呢？他主张"要改良不要革命"，提出中国现代化的"四顺序"：经济发展、个人自由、社会正义、政治民主。其前提则是"社会稳定"和"生态环境"。这应该是一个不错的主张。然而正如有人已经说过的，他的许多思想，或者已成为"常识"而为大众习焉不察；或者仍被视为"异见"而无法流行；或者引发"又是这一套"的不耐烦；或者直接被更多不关心的大众忽略。对此，我的看法是：或者这与他的"网袋"有关。

悲剧与慰藉

"尼采所谓的超人,正是中国所谓的小人"。这话很使我失望,而且悲哀。说出此话的不是别人,而是叶秀山先生。他不仅是我的山西老乡,而且是国内外屈指可数的尼采研究专家。另一尼采研究专家陈鼓应先生著有《悲剧哲学家尼采》,好像没有说过超人即小人这样的话。然而,他们都受到孔子和毛泽东的影响。孔子谈话,总是以君子与小人对举,或指位言,或指德言,贵贱高下,善恶美丑,泾渭分明。毛泽东恰相反,他的观点是"高贵者最愚蠢,卑贱者最聪明"。

尼采赋予哲学前所未有的魅力,他的思想发生在山路上,从深渊旁经过,终于跌落于深渊。他陶醉于"权力的意志",却被这一怪物吞没。他的人生也成为不可改编的悲剧。耶稣的人生也是悲剧,但从悲剧中新生,成为救世主,是少数几位可以与太阳相提并论的人物。苏格拉底也是:他是为信念而死开了先河的人,是自信的理性主义者,是具有超自然人格的天才,是人性主义的宣告者。尼采认为,苏格拉底乃是一位伟大的希腊文化悲剧内容的反对者,是科学的奠基人。

有人不喜欢酒,却热衷于收集酒瓶,似乎也与悲剧和慰藉有关,而且也是文化。人心是一回事,历史大师和文化大师考证的结果又是一回事。**我不认为"超人"一定要在高山之巅叱咤风云,"小人"一定是在圈里圈外播弄是非,总觉得应该提炼出一**

种人类普遍适用的向往，以促进人类的提升和升华，而不是纠缠于君子和小人的分辨和治人或治于人徘徊中。周国平的博士论文《尼采与形而上学》，自称是一部与国人也与洋人，与古人也与今人以及后人对话的书。他认为，"尼采不只是一位关心人生问题的诗性哲人，更是一位对西方哲学核心问题有着透彻思考并且开辟了新路径的严格意义上的哲学家"。尼采有知，不仅应该感到欣慰而且还应有近乎癫狂的激情之言问世，因为这评价实在高出罗素许多。

波梅尔认为，尼采"从他自己所不能者之中，构想出'超人'"，等于尼采以他笔下的"超人"自我慰藉。不过，也许尼采的悲剧，以及对这悲剧的慰藉，都只是后人的创作。

我还看到有人这样说：孔子一身反骨，他的温良恭俭让是显，反骨是隐；蕴藉是显，激烈是隐；和悦之气是显，杀伐之气则是隐。正因为他有显有隐而又能相生相成，所以他的世界水深浪阔，蓄得了鱼龙，装得下天地。尼采的生活等同于一部受难史：他点燃自己的思想世界，使它变得激进而对人类不友好，但他自己在私人的交往中仍然和蔼、谦虚、内向而且腼腆；他构想出"超人"，陶醉于"权力意志"，但他将自己的生活转化为哲学；他探听到自己所有的心理状态，想象忧虑，还有恼怒和傲慢，他将这些都付之于他的出色的散文，像诗一样的散文。有人作出这样的概括：他从最简单的涌向最复杂的，从最静的、最硬的、最冷的涌向最烫的、最野的、最自相矛盾的，然后再从复杂回归简单，从矛盾的纠缠回归单一的愉悦。

第一章　宽容是本

不是因为孔子是圣人就格外高看。但我很赞赏卡尔·雅斯贝尔斯的评说：孔子对一切自然的东西都表示赞同。他给万物以应有的秩序、程度、地位，而不是否定它们。他尊重可敬的人，并且能容纳一切人，甚至连憎恨和愤怒也有其存在的资格。他主张陶冶本性变善，而不是强施暴力带来灾祸。仁乃是一切道德之灵魂。

就人生而言，尼采和孔子，包括苏格拉底和耶稣都有悲剧的一面。但历史对他们的慰藉却是天高地厚的。我不知道人类的历史是一部悲剧史，还是一部慰藉史？然而，无论是悲剧还是慰藉，都是人类以及个人自相矛盾的结果。

朝圣所得

借上京开会领奖，又一次到鲁博"朝圣"。

鲁博书屋是每次都要去的，而且每次都有所获。这次与《石涛诗录》相遇，着实让我眼亮心喜。

此书的编注者汪世清有"京城第一读书人"称誉；为之作序的"九三"老人黄苗子以"高山景行"为题，给予其"惊佩"，"冲和平易"，"仰不愧于天，俯不怍于人"的赞许；作者石涛，更是天才中的天才，大师中的大师。一书在手可与三位天才交谈，这是多大的喜遇啊！

汪老编书，有其独特的功夫和视角。他并不去追求指点江山的洒脱，而好像是一个诚实的道岔师傅一样，只是将每首诗的出处、年月，以及与诗有关的时间、地点、人物以及与作者的关系作出简要考释，附以诗人的活动年表和画作，虽然没有长篇大论的鉴赏，却极为有利于读者对诗与画的理解和欣赏，并能激发出读者对诗与画互证互通的心悟。

我落目于这样一部高品位的书，似乎望到先哲的背影拾级而上，思想的脚步竟伸向司马迁的《孔子世家》和《太史公自序》，不能不惊叹于千年神州崇光泛彩，文采风流，气象万千，丘壑纵横。

学问之道，唯在气象。论画、论诗、论文，唯气象为最高境界。就画去看，论曲尽其态，笔墨酣畅，"山川与予神遇而迹化",当推石涛为最;就诗而言,从屈原到李白,再到苏东坡,各有高不可攀的气象,以屈原为最;就文章来说,我总觉得,最为非同寻常和光耀夺目,气象罩天笼地、气冲霄汉的当推司马迁、苏东坡和鲁迅。在他们三位中我也想找出一个"最",却无论如何不能确定。

有人说,书圣王羲之论人有"唯丘壑独存"之说。写过《滕王阁序》的初唐诗人王勃在《上明员外启》中有这样一个对句:"一丘一壑,同阮籍于西山,一啸一歌,列嵇康于北面。"所谓"丘壑"和"一丘一壑"都是指高雅的品格,超凡的节操,旷达的襟怀。有人说,魏晋之后,真正堪称倜傥风流、胸有丘壑的,东坡居士是第一人。现代人当中呢?唯有鲁迅文可比两司马,诗可比李杜,胸中丘壑可比苏东坡。此外呢?此外也有一些人各有千秋,各有境界,汪老也是其中玩到高境界中的一个。

托尔斯泰的遗产

列夫·托尔斯泰是文学海洋里的大鲸鲨。这条大鲸鲨不管吸收了多少营养,来自性格善良、果断、坚强、富有牺牲精神和高度责任感的姑母所给予的性格乳汁,侍母至孝、妙语连珠、常令一家人开怀大笑的父亲的性格精液,则是成就这条大鲸鲨善良性格的重要来源。这一"注入"非同小可,因为善良是人生第一可宝贵的性格。这是来自长辈的最重要的遗产。

有了这样一笔丰厚的遗产,加上后天修养,使托尔斯泰打造出了善良、果断、坚强、富有牺牲精神和高度责任感的精神之魂,并将此升华为宽松、风趣、活泼、上进的文学形象,使之天长地久地耸立于世界文学之林。这是列夫·托尔斯泰奉献给人类的最丰厚的遗产。鲁迅先生说过这样的意思,出身贵族的托尔斯泰主张人道主义,主张用无抵抗主义来消灭战争。他写过三厚册的小说《战争与和平》,和沙皇的侵略欲望相冲突,形成文艺与政治的歧途。

人世间的事包括人自身并不都像太阳那样光辉灿烂,也不都像月亮那样温柔平和,当然也不像大地那样持重有加。在托尔斯泰应有尽有的家庭及其一生中,却也有一个爱慕虚荣、无止境地追求金钱、嫉妒心严重到发疯程度的妻子。这个妻子断送了家庭,也断送了托尔斯泰晚霞般的晚景。大概正因如此,托尔斯泰揭示最深刻、影响最广远的名言是:"幸福的家庭是相似的,不幸的家庭却各有各的不幸。"

由于妻子的不善良，也因为托尔斯泰的善良，他在忍无可忍中走上了自杀之路。然而我想，假如托尔斯泰能够再大度一点，他的妻子的不善良和嫉妒之心也许会被融化。端木蕻良对托尔斯泰和鲁迅作过个比较，说鲁迅本身是一个医生，托尔斯泰本身则是一个病人。

我很赞赏罗素的一句名言："使事业成为喜悦，使喜悦成为事业。"无论是使事业成为喜悦，还是使喜悦成为事业，都要求有一个善良的心、善良的灵魂。这既是从托尔斯泰的遗产得到启示，也是从托尔斯泰终究自杀的遗憾中得到的教训。

环视中外古今，还是我们的圣人孔子境界更高。由于境界更高，总能绝处逢生：匡地受围，弹剑而歌；被称"丧家之犬"，闻听则喜；绝粮多日，还不忘与颜回开玩笑取乐。有人说，这是因为他的诗人特质，一是"感而遂通"，既通达于人，又通透于己；二是"兴"字当头，有了这个"兴"字，不仅绝处逢生，而且即便到了死亡的边缘上，也能达观成嬉。

天才与气候

关于天才的生长,鲁迅先生看重土壤,南怀瑾先生着意空气,我则愿意较多留心生性与气候。

一般而言,天才总有些常人难以理喻的个性特征:或狂傲,或痴迷,或桀骜,或执着,或乖僻,或执拗,或天真……不管如何,都对气候提出较高要求。这"较高",从高里说,是气候要好;普通而言,是给予理解和包容。

关于狂傲:熊十力的狂傲也像他的天才的哲学思维一样有名。少年时他曾口出"狂言":"举头天外望,无我这般人。""十力"这个名字取自佛典中赞诵释迦牟尼的用语,在印度只有被尊为菩萨的人才可以用,熊十力不仅用了,而且还自称"熊十力菩萨"。对于这样的狂傲,一般人都不会宽恕。这不宽恕便对天才的生存形成不利的气候。

关于痴迷:金岳霖先生曾被赞誉为中国哲学第一人,他对书的痴迷大概也是第一。他姐姐说过他小时候晚上说梦话都是背书。一次,她偷偷拿书对照,发现他在梦中居然一字不差将一篇古文背完。到了中年和晚年,他对书的痴迷变本加厉。一天他去走访朋友,按了门铃,朋友家的女工问他"贵姓",他竟说忘了"贵姓",待我去问问我的司机。对于这样的痴迷,人们也往往会不可思议。这不可思议便可能产生寒气。

关于桀骜:天才的傅斯年桀骜不驯的性格也是天才。他在北大上学时同学们打招呼，他总是若理不理；与老师谈话，也总是把二郎腿翘得很高；并在书房挂出对联："六亲不认，四海无家。"如此桀骜的性格，真让人是可忍孰不可忍。这难以容忍，也会对天才的生长形成"障气"。

关于执着：马寅初虽然是公认的仁厚长者，但执着的个性也到了令人无可奈何的地步。当年组织批判他的人口理论，他竟坦然自若地说："泼冷水不好，但我已洗冷水澡五十年，不怕冷。"周总理代表毛主席和他谈话，以老朋友的身份恳求他写一份检讨，他也说："吾爱吾友，吾更爱真理。为了国家和真理，应该检讨的不是我马寅初！"按说坚持真理的执着，最应该受到尊敬，却往往受到严酷的斗争和压迫。如此严酷的斗争和压迫，最不利于天才的生长和存活。

关于乖僻：李叔同被认可为是在"文艺的园地，差不多被他走遍了"的天才人物。不过，他性格的乖僻也差不多是走遍天下难有其二。一次约好欧阳予倩早晨八点在寓所会面，欧阳予倩仅因电车耽搁五分钟，就被拒之门外，答复是："我们约好八点，你已过了五分钟，改天再约吧。"他娶了一位日本妻子，一天岳母来看女儿时遇雨，要借一把雨伞回去，李叔同说："当初你女儿嫁给我的时候，并没有说过将来丈母娘要借雨伞的。"哭笑不得的丈母娘只好淋雨回去。性格乖僻到如此地步好像是不好的，但我们所谓正确的教育引导，往往就是让天才在这"正确引导"中消失了。

关于执拗：被毛泽东称为现代中国"第一等圣人"的鲁迅，

其执拗性格恐怕也是第一等的。他在厦门大学任教时,第一次拿支票到美丰银行兑现工资,银行职员看着眼前穿破灰布棉袍头发长长的老头,问道:"这张支票是你的吗?"鲁迅吸了一口烟,给了一个白眼,一语不发。连问三次,他连吸三口烟,始终一声不答,银行职员只好给他兑了支票。以貌取人是不好的,但鲁迅的执拗也如此可见。然而,如果像施用除草剂一样去除掉这执拗,只怕是禾苗以至大树都会受到伤害。

关于天真:黄永玉说,如果硬要在沈从文头上加上一个非常的形容词,那就是非常的"平常"。这非常"平常"的沈从文先生,却也有非常天真的一面。"文革"后期的一天,记者采访他。开始,他一直微笑着,说他打扫公共厕所连缝道中的污垢都要用指甲抠出来。当采访他的女记者轻轻拍了拍他的肩头说:"沈老,您受苦了。"没想到刚才还谈笑风生的沈从文先生忽然抓住女记者的胳膊,失声痛哭起来,劝也劝不住,就像一个受尽委屈的孩子。我想,这"天真"应该是与天才共同生长的特别可贵的天才因素,促进它的生长尤其需要一个好的气候环境。胡适先生就在沈从文这位天真的文学天才成长包括爱情受挫中多次为他创造了"好的气候环境"。

总而言之,天才人物总是比常人多一些"过分"。如果这"过分"不能被容忍和保护,天才也便难免被摧残而夭折。**因此,天才的产生与生长,宽容和宽松的环境是第一位的。——正在我写下这句话的时候,听到汶川地震的消息。于是心想:对于天才的摧残,不是地震,却往往比地震留下的隐痛更持久。**

第一章 宽容是本

心中要有"自留地"

余秋雨好像不是一个锋芒毕露的人。然而,他的一些话除却很有高度,还很有"上纲上线"的危险。比如,他说雄才大略的皇帝都在追求朝廷与监狱之间的快感,就很有点激起"皇上"亢奋的麻烦。

这话若是说在秦始皇时代,必定"咔嚓";就是毛泽东时代,也难免"打翻在地再踏上一只脚"。"上纲上线"常与文祸遭遇,因此,"方显英雄本色"的文人也就是罹难多多。

听说哥白尼的"日心说",曾惊动上帝的安宁;伽利略的质疑天象,曾将上帝置于尴尬境地;尼采的"代言人"查拉斯图拉带回上帝的死讯,更是从根本上毁坏了一些人的精神家园。我们眼前的"民国大文人"虽然没有触动如此高大的问题,却也个个都投身于罹难的天罗地网。冯友兰的院门上曾被贴上"冯友兰黑窝"六个大字,等于此院与"牛棚"无异。梁漱溟被抄家挨整后,曾做过一首打油诗:"十儒九丐古时有,而今又名臭老九。古之老九犹叫人,今之老九不如狗。"陈寅恪被称为"国宝",但"国宝"也得写检查、受审查。"国宝"的著作也只能像偷渡一样请章士钊带到境外去刊行,甚至被列为"特一号案犯"。胡适远在海峡那边,也没有躲过此劫,这边曾专门为他开展了一场批判胡适运动。然而,在这非同寻常的环境中,他们不仅像常人一样存活下来,而且还活出了自己的滋味和创造,其中一条原因就是他们心中都有一块"自留地"。

据说最有勇气发现真理的人也是距离地狱最近的人。因此，也可以说，无论是接近真理、发现真理，还是揭示真理，都要有下地狱的思想准备。又因此无论是下地狱还是上天堂，心中都有必要有一块"自留地"。

此外，我还想说的是，一个人，尤其是一个铁肩担道义的文人学士，除了自己很有必要有一块"自留地"或者"自留天"；**一个社会起码应有对"自留地"或"自留天"的容纳和容忍。如果连这点余地都没有，这个社会也就太有改革与舍去的必要了。**

人类的主流精神

"以无法为有法,以无限为有限"是墙上挂的偈语,下面是李小龙与妻子琳达和儿子开怀笑着的照片。

英年早逝的帕斯卡尔没有李小龙气盛,他称人是"中项",在自然中"与无限比较起来是虚无,与虚无比较起来是无限,是虚无与无限之间的一个中项。"

说到"中项",我想起太阳与月亮之间的地球,想起爸爸与儿子之间的妈妈,想起"三段论"的中间语,想起这个与阿芬那斯的中心项大体相同的东西,才是其他存在的依据,至少是呈现的证明。

地球只是一个黑点,在太阳的照耀下,也只是半个圆圈。然而,她包容了人类,包容了人类的过去、现在和未来。包容了人类的聪明和正确,也包容了人类的愚蠢和错误。包容了动物界、植物界,也包容了生物界和非生物界。应该说她还包容了王母娘娘、玉皇大帝和上帝。我想象不出除了地球家园,上帝还可以在哪里安家。伽利略用望远镜观察,并没有看到地球以外有上帝的家园。王母娘娘、玉皇大帝和上帝应该是在放眼可以看见的地球附近或某处的山顶上。这几日,我们住在骊山脚下。据说,房间里的用水正是唐明皇和杨贵妃当年洗凝脂的温泉。太阳还没有升起的时候,我起身冲澡。泉水通过水龙头洒下的那一刹那,我的脑门上升起一轮红日。这红日照过老子,照过释迦,照过慧能,也照过苏东坡。此刻，红日通过水珠的折射变成了无数个太阳，变成无量数影。红日射在我心里。我想，我们这老子以下、释迦以下、慧能以下、苏轼以下的所有后来人，曾按他们的思维去思维了吗？曾继承了宽容的传统了吗？我心中的发问，通过无数个太阳，变成无数个问号。

毛泽东曾高度评价李小龙及其电影，对他的正气凛然尤为赞赏。"我绝不说我是第一，可是我也绝不会承认我是第二。"李小龙这话似乎与毛泽东说过的"深挖洞，广积粮，不称霸"同出一辙。仰望李小龙矫健的身影，回味他以年轻的生命铸就的文化财富，一股浩然之气在心底涌动。**这已不是孔夫子的"己所不欲勿施于人"，也不是老子的"旷呵其若谷"，而是进取的包容，包容的进取。这样的包容的进取精神应该成为人类共有的主流精神。**

一生主张和践行兼容并包的蔡元培先生，在将近一百年前，写过一篇文章，发表在《新青年》上，文章的题目是《洪水与猛兽》。他把新思潮比作洪水，将军阀比作猛兽。这"洪水"与"猛兽"的用语是从孟子那里来的。孟子说国家的历史，常是"一乱一治"的，并说第一次大乱，是四千二百年前的洪水；第二次大乱，是三千年前的猛兽；他那时候的大乱，也可以说是第三次大乱，是杨朱和墨翟的学说，而且他把自己的距杨墨，比作大禹的抑洪水和周公的驱猛兽。蔡元培先生的主张是怎样的呢？他主张"有人能把猛兽驯服了，来帮同疏导洪水，那中国就立刻太平了。"蔡先生在另一篇文章，也即《杜威博士六十生日晚餐会演说词》，将美国的杜威博士与中国古代圣人孔夫子相提并论，事实上也就是作了中西文化的大比较。他由不同点找到了共同点。就是：教育重在发展个性，适应社会，绝不是拘泥形式、专讲划一。

从蔡元培到李小龙，包容进取的精神一以贯之，他们都是人类主流精神伟大践行者。

谁是"另类"?

我对王小波没有太多关注,却也读过一点他的杂文和小说的极少部分。不管别人对王小波的小说怎样另眼相看,我都对他的杂文更有感觉。

一般而言,杂文是文学的、艺术的、诗的、画的,一句话,是有哲理的深刻、诗味的浓郁、寥寥几笔便可活画出某种现象及其灵魂的社会论文。王小波的杂文好像不是这样,而是有着不穿文学外衣、不戴诗人桂冠、不着画的色彩的深刻和尖锐的"另类"特色。

他在杂文中写过这样的话:"有必要对人类思维的器官(头脑)进行'灌输'的想法,时下正方兴未艾。我认为脑子是感知最高幸福的器官,把功利的想法施加在它上面,是可疑之举。"他还写到:"有些人认为,人应该充满境界高尚的思想,去掉格调低下的思想。这种说法听上去美妙,却使我感到莫大的恐慌。"他恐慌什么呢?他恐慌有那么多善良的思想母鸡下蛋。果真如此,人的脖子上就得长出长长一排鸡窝。脖子上有了这样长长的一排排的鸡窝,众多善良的、美好的、高尚的、伟大的母鸡才可以随时随地来下蛋。在他看来,果真有此必要,那简直就是人类有史以来最大的灾难。写到这里,我忽然想对我上面的话有所置疑:王小波的杂文不是没有诗意,而是没有浅露的诗意,而有更大气超迈的诗意;不是没有画面,而是有着场面更大、灵魂更深刻的画面；不是在非文学家的，而是在大文学家行列的"另类"。

有人认为王小波的思维是非正常的，而且是彻头彻尾的非正常的。在我看来，王小波的思维并没有不正常，反而是很正常。这"很正常"的王小波怎么就成为"另类"了呢？这是因为不认为自己是另类的"另类"——占人群绝大多数的普通人在不知不觉中早已被异化了，没有被异化的王小波反而在他们的眼中成了"另类"。

然而，我总觉得，写"另类"杂文、"另类"小说的王小波，也像写"另类"笔记和"另类"日记的顾准。倘若说顾准是经济学家中的哲学家、思想家，王小波就是文学家中的哲学家和社会学家。他们怎么就"另类"了呢？不是他们"另类"了，而是在人们普遍像向日葵一样依据某种光线向东向西、东倒西歪的时候，他们却立地不动，始终牢牢地站在现实的大地上。顾准无论是谈古希腊还是谈古中国，无论是谈西方宗教还是谈中国的儒教和道教，无论是谈骑士文明还是谈中国的官文化，其实所谈都是他所在的现实。与此相同，王小波无论写的是"金""银""铜"哪个时代，身处其中的"现实"始终是他的立足点。因此，**他小说中的时间之"线"，一头是可以翱飞至任何地方的想象的"风筝"，而手握另一头的人却总是牢牢站在大地之上。这就是"另类"的特征。惟这样才是"另类"。不这样便不是"另类"。**

我对这样的"另类"是敬佩的，同时却也想：到了我这把年纪，已不怕脖子上有一排排或一圈圈鸡窝，即便是准备下一个个卫生间，也是人生的必需。

说王小波是"另类"，最为显山露水的恐怕还是他的绝弃"传统"。他弃绝的不仅是"旧传统"，而且包括"新传统"，是"全部传统"。他目中没有"经典"，眼中没有"榜样"，心中没有"模式"。他只要创造。他最让人钦佩的一点是：他的心灵获得真正自由。

第一章　宽容是本

原谅愚蠢

　　伏尔泰主张彼此原谅愚蠢的言行为第一条自然规律。世界上的规律多有约束的性质，这一条却着重于解放，真不愧是宽容大师的主张。

　　狄奥罗斯据说是辩证法大师。这位大师却因一时不能解答别人提出的问题，顿感无颜面对学生和听众，当场气死。这至少说明他在这一点上还不够辩证法。

　　罗马人当面骂恺撒，时而叫他小偷，时而称他酒鬼，他们互相痛斥，无拘无束。我不知道他们是否接受过辩证法的专门训练？如果接受过，说明教与学都到位；如果没有接受过，更说明他们有辩证法的天质。**树随风摆，也可算作跳舞；天气凉热，不知是否愚蠢。猴子捞月亮，可否视为艺术创造，或可讨论，但绝不可以贴上"愚蠢"的标签。倘若视此为愚蠢，发现相对论的爱因斯坦便也是愚蠢，或者压根不会有一个爱因斯坦。**

　　其实，伏尔泰之所以提出如此主张，就是因为人人身上都有愚蠢的一面，也有聪明的一面，甚至愚蠢较之聪明更可爱也更可贵；不原谅愚蠢的结果往往是不仅不原谅可爱和可贵，而且是连同聪明也不复存在了。《三国演义》中的周瑜自以为聪明盖世，三气而绝命，可谓不原谅愚蠢的愚蠢结局。

　　在培根看来，狡猾是歪门邪道的聪明。由此推论，愚蠢就该是正直正派的诚恳了吧。我不知道他说的狡猾是否包括老谋深算和老奸巨猾，但他确曾举例说亲眼看到一个枢密院官员兼国务大臣，谒见女王伊丽莎白签署文件时，没有一次不是先引她议论国事，这样一来，她对文件就不甚留意了。他同时说到，如果一个人想阻挠一件他担心别人会巧妙有效的提出的事情，那就让他装出一副希望它一帆风顺的样子，却用足以挫败它的方式自己提出来。

有虔敬的外貌，却违背了虔敬的实意，大概总是不大好的。如此假聪明，还不如老老实实从外到里愚蠢着。

原谅愚蠢并不是容易做到的。不改变斤斤计较的心态，不克服章惇式的"以牙还牙、以眼还眼"的脾性，就会将别人眼中的光当成刺向自己的刺和剑，视为砸向自己的石头和手榴弹。为此耶稣曾告诫说："你自己眼中有梁木，怎能对你弟兄说'容我去掉你眼中的刺'呢？"我想，耶稣之所以被奉为救世主，就是因为有大爱心，就是因为有大容量，就是因为无大无小普爱、普怀和普救世人。

名声上天与随地吐痰

我知道易中天,不是《百家讲坛》,而是《中国的男人和女人》。十多年前,与此书相遇,感觉文笔犀利,有鲁迅风,合我口味。当时,易中天的大名还没有撞击我的耳膜。书的开本不大,脸面不靓,没有插图,谦虚有余,气派不足。初遇没有眼前一亮,随手一翻,心中却豁然亮了起来。此后,他的几种书陆续跑上我的书架,易中天的大名也在我心中如日中天了。及至讲《三国》风靡全国,我随流看了,得出的结论是:讲坛风流易中天。他谈农业和改革的《成都方式》尤为振聋发聩,给我的印象是:精力实在充沛。

不过,易中天的名声上天,是生了翅膀,加上风吹,近乎现在的做蛋糕越做越大。其实,无论蛋糕有多大,总是供人享用的。然而,这个世界,对太阳指手画脚都很随意,对名人的毁誉便更像随地吐痰一样任意了。于是我说,如日中天是好事,争论随起是常事,任意贬损则是无聊之事。由此还使我想到另外三件事:

一件是20世纪初叶,鲁迅先生在香港青年会作《无声的中国》演说,指出远处的人听不到,近处的人听不懂,听到的人害怕听到以至于假装听不到,这都等于无声。所幸无声的中国已成为历史。一件是上世纪末有人作杂文《钱锺书不堪比鲁迅论》,另有人立马提出《不要乱比较》。比较可否不足深论,不幸的是这样的争论往往关注细枝末节，无关宏旨。包括《红楼梦》研究，胡适研究，都习惯于捕风捉影、播弄是非、远离根本、本末倒置。第三件是本世纪初，著名杂文家严秀先生在《封闭是万恶之源》中针对不堪回首的岁月说，在封闭下生活必然变得愚昧，会走到野蛮以至残忍的地步，正所谓"暴君的专制使人变成野蛮，愚民的专制使人变成死相"。

我不知道这三件事与随地吐痰有没有必然联系，但接着这三件事我要说的话依然是：如日中天是好事，争论随起是常事，任意贬损是无聊之事。

由以上三件事，我还想到另一件事：就是关于幽默的比较。我的《旷思敛语》中有一篇《蓝色幽默》，是写钱锺书的。钱先生的幽默尖刻，却是蓝色的，有蓝天的空旷与广阔。木心先生说，鲁迅的幽默是黑色多于红色，是紫色幽默。我的感觉是，这紫色的幽默，有黑色的沉重，红色的强烈，褐色的智慧，是机智而深沉的。更因为他的大情怀，因此更是深厚而广阔的。易中天也很重幽默，越到后来越投身幽默之中。我的感觉他的幽默或者是绿色的。不是绿帽子的绿，而是充满生机的草绿。不过，也像绿草一样，不免随风摆动。据说绿色的代表意义为清新、希望、平静、舒适、环保、成长、青春……而且，或者是衣食足而生淫欲也说不定，他的幽默不免有走入油滑的倾向。木心也说过，玩幽默，是一着险棋，弄不好，油滑。严秀，也即曾彦修先生，对幽默就很节俭。他是新中国成立以来最具影响力的报人和出版人之一，也是最具影响力的杂文家之一。穿着破旧汗衫，一盏清茶，一把蒲扇，或侃侃而谈，或畅怀大笑，是他的常态。他的杂文主题宏远，大气，尖锐而深刻。他逝世后，有那么多人为送别一个高贵的灵魂——今日中国少有的一位大写的"人"而痛悼他。我想，正是因为他的品格高尚而且不随地吐痰。

拒绝血味

呼吸的意义在于冷却血液。喝酒的意义在于弄湿灵魂。这两句看似荒唐的话,却不是一般人的酒场玩笑,而是分别出自大哲学家亚里士多德和赫拉克利特。我怀疑李白的灵魂是用酒做的,醒里梦里都是酒。鲁迅尽管说过血浓于水,人类从血腥中醒来,却更惬意于水清于血。耶稣将上帝改变成仁慈的形象,却被钉上十字架。他的死证明了血腥和血污的世界既不宜于人,也不宜于神。

贯通人类2000年的血腥和血污,至今硝烟不绝的残酷,这最令人目不忍睹的存在,据说都是文明世界的现实。不管它是不是人类文明的组成部分,它都不应该是上帝的设计,而应该是上帝的不忍和不安。不管上帝怎样主张,我都主张平淡如水,水静如镜。

有人说,朱元璋是农民出身的皇帝,最懂农民特别是穷苦人的甘苦,却最没有普通农民的善心。朱元璋自己说:我本山野之人,未尝从师指授。然读书成文,释然自顺,岂非天乎?他相信自己是天子,所作所为无不是替天行道。他在位三十一年,先后兴起几次大狱,株连文武臣僚无数,仅割掉的脑袋就有四五万颗。大案之外,与他共同开基创业的功臣,被暗算和毒害殆尽。**如果这也是天子所行的天道,这"天道"也太不地道了。**他对太子的一席私房话道出"天"机:为了朱家王朝"万世一系"才绝此后患。结果怎样呢？朱家王朝没有万世永固，他倒落下一个最阴险毒辣、最残酷无情的政治动物的名声。

尼采提出与人交往的三条原则：第一条是就像遇到一场事故，要倾力以赴；第二条是用夸奖的办法使别人的情绪"变好"；第三条是婚姻和家庭的常备药物——忍耐。朱元璋大概不明白这三条原则，至少是对这样的原则不完全接受。这三条原则对现代人而言，应该较为适宜。尼采还提出三种精神的变形，即：精神如何变为骆驼，骆驼如何变为狮子，狮子如何变为幼童。这三条与朱元璋的变化庶几近之。

从血味到无味，应是人类最本质的追求。《圣经》是这样承诺的，《论语》是这样希望的，《老子》是这样思考的，全人类都是这样企盼的，就是爱因斯坦的《相对论》也是希望对此有所贡献的。

北岛的几句话很顺本文之意，不妨抄在这里作为结尾：在帝王死去的地方，那支老枪抽枝、发芽，成了残废者的拐杖。这几句话在我看来，像是挂在天幕上的全世界的人都可以看到的大大的惊叹号。

以宽容为朋友

　　季羡林先生说他的藏书都是老朋友。"老朋友"经常招手邀请，他也不时心有所思："该与某位老友会面了"。
　　我的不能算多的"老朋友"，却常与我捉迷藏。每当有问题与他们商量，常为"找朋友"大受折磨，直到费尽周折找到了，才有"可把你逮着了"的轻松之感。逮住以后，自然是押解京师，去见皇帝。这京师不是别处，而是我的书桌上或睡床边；皇帝也不是别人，就是我自己的首部。有一次在梦中，梦见神仙将我分为三部：头脑为首部，称为太上皇；胸腰为田部，称为大庄园；腿脚为根部，称为江山永固。命名为三区：首部为皇区，田部为库区，根部为巡区。
　　《山海经》中的"类"雌雄同体，据说人吃了它的肉，便不生忌妒心；还有一种鸟叫灌灌，佩戴它的羽毛，可以避邪防妖。我经常煞费苦心与"老朋友"会面，就是要将它们当类肉吃，当灌毛佩戴。
　　梁启超的学生，唐德刚的老师，易中天的前辈，胡适、钱穆、林语堂赞誉过的黎东方先生是一位学贯中西的大学者，被誉为"中国的汤因比"。他讲到孔夫子出身贫苦家庭，从小丧父，养成了坚忍刚毅的性格和善于深究人生宇宙奥秘的精神，并讲孔夫子没有受到过正规的贵族教育和学校教育，他的学问并非来自于书本和正规老师的传授，而是来自以人人为师，来自不耻下问，来自自觉研究。现代人讲"学有所长"，孔夫子是见"长"就学，千方百计将他人之"长"变为自己之"长"。长处很多的孔夫子官做到司寇，最辉煌的经历是作为傧相陪鲁定公办过一次外交，总体而言官运不算亨通。孔夫子一生致力于两件大事：一是人性好转；二是世界和平。这两件事在当时看来，也收效甚微。我曾遇到有朋友感慨时运不顺，怀才不遇，便忍不住说，与孔夫子相比，还不能算不顺。我们既然没本事将自己变成孔夫子，安心会会"老朋友"，吃点类肉，佩以灌灌的羽毛，也可以无以为憾了。

据说，哲学开始于抬头看天。泰勒斯抬头看天，看出了宇宙若干可以计算的小奥秘，成了天文学家，更看出了宇宙的某种不可言传的大奥秘，成了哲学家。然而，泰勒斯尽管被西方人尊为天文学之父和哲学之父，只因观天时不慎掉入井中，他身边的女仆便嘲笑了他。另一版本说，泰勒斯坠井后还遭到一个老太婆斥责。老太婆气势汹汹地责问："既然你连脚边的东西都看不见，怎么指望知道天上的事情？"老太婆的逻辑是，既然连小聪明也没有，怎么会有大智慧。据说面对这样的嘲笑和斥责，泰勒斯并没有在意，更没有报复。

培根说过，报复是一种野道，人性越是趋之若鹜，法律就越应将其铲除；宽恕乃王者风范，过去的已经过去，不可挽回，明达之士应着眼现在和未来。我将此视为对宽恕的较低层次的理解，更高层次的理解是：**宽容不仅为自己开阔更大的自由天地，而且为全人类开阔更大的自由空间。**

泰勒斯以天为朋友，孔夫子以"理"和"礼"为朋友，季先生以书为朋友，"类"先生以自身为朋友，"灌灌"先生以羽毛献与朋友，都很理直气壮，培根先生认为宽容为王者风范也是正道。我与他们相比，大概正像地图之于地球，虽说野心膨胀，也想在读书、究理、交友上有点长进，却很勉强。**不过，我有一个很大的野心——以宽容为朋友。**

没有假如的人世

近日再读《多余的话》，一个阴影向我袭来：没有假如的人世是不完美的人世。

肉体生命仅有三十六个春秋的瞿秋白，是二十世纪最伟大的文化伟人之一，是伴随二十世纪而来的天才思想家之一，是传播新思想、新文化的旗手级人物之一，是将《国际歌》译成中文的第一人。然而，就是这样一位卓越的、才华横溢的、无与伦比的散文家、评论家、翻译家，有着太多的天才的存放体，留给这个没有假如的、不完美的人世的除了太多的天才就是太多的遗憾。

这遗憾与我关系很大吗？不仅与我，而且与全省、全国、全世界关系都很大。因为这是全人类的大遗憾。我相信，不仅是我，每当想起这一关乎全世界的重大遗憾，就像大暑天在大太阳下毒晒，或者赤身裸体承受冰雹的巨砸。每当这位天才在心头涌起，心中的眼睛便看到他走向刑场的背影，看到下令枪杀他的蒋某人狰狞的面孔。于是，一次又一次生出痛心裂肺的切齿之恨。尽管我主张宽恕之道，此恨依然难以平息。

如此伟大，如此卓越，如此百年不遇的文化伟人，不是自然死亡，而是为不完美的人世和尤其不完美的同类杀害。他，瞿秋白，没有将天才的生命留给这个不完美的人世，却以从容就义，给这本来的遗憾增添了更多的重量。于是，我问苍天，问大地，为什么是这样？为什么要这样？为什么必须这样？！

天地没有回答。然而我却在这没有回答的天地间看到：那是怎样一个令天地哭泣的时刻啊！在文学家的笔下一定是"黑云为尔阴，悲风为尔旋，六月堆雪，三年无甘霖。"然而，瞿秋白，天才的瞿秋白，集天地精华而生的瞿秋白，面对死亡，独坐于八角亭上，自斟自饮，谈笑自若，酒到一半，说："人之公余，为小快乐；夜间安眠，为大快乐；辞世长逝，为真快乐。"说完酒干，走出公园，手执香烟，席芳草而坐，告诉行刑人员："此地甚好"，从容就义。

瞿秋白先生就这样去了，从容地去了。一个携带着伟大文化的天大的符号就这样令人遗憾地成为一个永远遗憾的符号了。

我在这不完美的人世的一个角落思想：**一个天才就这样因失去那天才的生命远离人世而去了，难道他是专为留下沉重的遗憾而来的吗？而另一些人——那些天生的刽子手，难道是专为制造沉重的遗憾而生的吗？**

我想不明白，永远也想不明白。

鲁迅当然更是一个天才。然而，他没有活过六十岁就死去了。他计划中的《杨贵妃》、《中国文学史》、《汉字研究》等长篇巨制也终以未能面世的遗憾而告终了。这依然是因为这人世的不完美。一个天才对另一个天才写下这样的条幅："人生得一知己足矣，斯世当以同怀视之。"我从中品出的除心的同音，还有命的同悲，以及遗憾的同重。

没有死去的总是为死去的折磨着。当鲁迅惊闻瞿秋白的死讯，悲愤到极点，一直为这不完美的、没有假如的人世折磨着。

一次，他以极其沉重的心情说："瞿若不死，译这种书（指《死魂灵》）是极相宜的，仅此一端，即是判杀者为罪大恶极。"

天才的文化伟人，就这样沉重地死去了。本应延长和丰富的文化创造和文化遗产，就这样被杀戮了，不应撕去的文化天空就这样被野蛮地撕去了，不应有的遗憾就这样成为永久的遗憾了，不应形成的罪恶就这样成为永久的罪恶了。难道说人世间只能是这样？只会是这样？没有别的选择？然而，放眼今日之寰球，我们还不能说，过去这样，今后不会这样了。我在一本书的空处曾写下这样或者也是多余的话："读《秋白茫茫》，想到梁衡先生的《觅渡，觅渡，渡何处?》。找出来读后，觉得什么都懂了，又什么都没有懂。"我曾想过，如果苏东坡多灾多难的命运也像瞿秋白那样过早地结束，中国的文化长廊中还会有苏东坡的长卷吗？如果瞿秋白的命运也像苏东坡那样较长久地多灾多难地存在着，中国的文化天空难道不会又多出又一个太阳吗？

我不知道该说什么，还有什么可说。

实用微妙

几年前,一位做领导工作的朋友说,他的助手很可怕,经常研究《孙子兵法》《反经》《阴经》,阳谋阴谋都研究。我问他,是怕阳谋,还是怕阴谋。他说是谋就怕。谋者,墓也。

在我知道的人当中,作此研究的并非仅此一人,只是我没有如此深想而已。深想了,或许也会与墓联系起来。美国总统约翰逊是否作此研究,没有看到相关资料,但据说他在研究"待人接物的战术"上很是用过功夫。他的公式是:在没有准备好弹药前,绝对不要拿起枪炮。一旦做好准备,则会装作恰好遇上对方,一炮打中。

微妙何在呢?就四个字:个性因素。

这"个性因素"就是对方的致命所在,好像与"个人爱好""个自习惯"或者曾经常说的"小辫子"都有些关联,只是更是其命系所在。总之是离不开抓"薄弱环节"。抓住其弱,切中其弱,一炮命中。不管是投其所好,还是致其死命,都是一样。不过,其中的微妙似乎只可意会,不可言传。有一部书中讲到一种声音,听到会聋,走近必死。其中应该就是"个性因素"在发挥作用。

研究是人类的天性,没有必要看到人家研究就紧张。**有些人的研究在于给自己的前进铺路,甚至将为他人铺路视之为自己铺路,路子越走越宽;有些人的研究却在专为他人堵路,认为堵住**

他人的路即等于留足自己的路。如果作进一步的研究，就关系到微妙。这微妙又实在深不可测。

　　尼采说过，自由的人就是不道德的人。我想，这可以从两个方面来理解：其一，这种自由越多，为他人堵路的研究越深入，不道德也就越多；其二，地位越高，权利越大，越不应该有更多的自由。因为尼采早就指出过，道德变得越来越稀薄，以至在某种程度上已经随风消逝了。不过，他又说过，我们是天生的自由之鸟呀，不管飞向何方，自由和阳光都与我同在！这样看来，好像是前者应该指行为——应有足够的约束；后者应该指心灵——应有足够的自由。然而，其中的微妙实在是难以言传的，所以用起来，也就会有诸多不同的结果。

树荫望天

先前,读过房龙的《宽容》;近日,又读到伏尔泰的《论宽容》。大概是追求宽容之心越来越强烈执着吧,每与深谈宽容相遇,心境特别舒展。

这两本都不是时髦的书,大概是有"宽心"为宗,老路也成新路,回头也是进步,重复也觉新鲜。置身其中,既无海浪奔腾,也无枯井的死寂,更无暴雨浇头,还让我想起"静水深流"四个字。伏尔泰不是太阳,但早已是我头顶上空的一大片天空,我曾躲在树荫下向上望去,不为照亮脚下的路,不为安顿茫然的心,只为当下的清朗明彻。

房龙则是我面前的一座山。不为富贵而来,不为清闲而往,只为《与世界伟人谈心》,只为听《圣经的故事》、《人类的故事》、《地理的故事》,不为别的,只为有一点峻伟挺拔。

在山坡上盘桓,在树荫下仰望,既没有捡到蘑菇,也没有采到野花,却在仰望中看到陈寅恪的天空。这是比任何采摘更丰厚的收获。陈寅恪是经常被人仰望的天空。在季羡林先生心中,他是惊人的存在;在冯友兰先生眼中,他是前所未有的超越;周一良先生也是一位资深的仰望者,他望到陈寅恪先生是司马迁之后把魏晋南北朝史的研究推进到一个新阶段的又一个司马迁。

他们都在庙堂之上仰望,仰望到的是更大更深远的天空。我只在树荫下仰望,仰望到的是对他们更着意的敬仰。比如,我对陈寅恪先生的《讲演录》只仰望了几眼，不敢说陈寅恪先生是我的镜子，然而却更坚信，陈寅恪先生是更值得仰望的天空。伏尔泰也是。房龙也是。不说别的，在他们的天空至少可以读到宽容。

当然，伏尔泰是"欧洲的良心"，房龙是"美国的太平洋般的故事大王"，陈寅恪是"全中国最博学的导师"、是"学问的符号"。我仰望天空，也可以说是"以良心固本"，"以故事充实心灵的天地"，"以求在学问中开心和快乐"。

"宽裕"出神品

　　这里所谓的"宽",是心的放宽,也可以说是放心。"放心"是个佛经用语,是将心放宽到无限。宽到无边,宽似宇宙,甚至宽似老子所谓的"道"还不够,总之是越宽越好。"裕"的本义是富饶,然而古人就有"包众容物谓之裕"的说法。《诗经》有"此今兄弟,绰绰有裕。"《国语》有"布施优裕也"之说。此外还有裕宽,不紧张;裕如,自如的样子;裕蛊,宽纵坏人。大概在释迦牟尼的世界里,是对坏人也要宽待的。因为他只有面向自己的戒律,并没有他人的牢笼。我没有如此高的境界,上述所列,除了宽纵坏人这一条,都符合我的意思,尤其是自如这一点。总之,"裕"是阔绰,是充裕,是宽绰的时间,充裕的神思。

　　"心里没有气,他写诗?"好像是毛泽东说过的话。与司马迁所说的"发愤之为作",大体是一样的意思,而且是用这句反问的话来发挥司马迁的意思,不过却要宽裕得多。

　　究竟"心中有气"而有诗,还是"心态宽裕"而有诗?依照黑格尔"美就是理念的感情显现"这一艺术美的著名定论,依然不能判明究竟何以有诗。不过,不知是何缘故,我却站在"宽裕"派一边。

　　我比较赞赏这样的观点:**一个人只有在宁静中,心绪才会像秋水一般清澈,这时才能发现人性的本原;一个人只有在闲暇**

第一章　宽容是本

中，才会像万里晴空一般舒畅悠闲，这时才能发现人性的活水，与灵魂对话；一个人只有在淡泊中，内心才会像平静无波的湖水一般和蔼，这时才能获得人生的真正乐趣。

顾随，也即驼庵先生，是个"宽裕派"。他说过"暗飞萤自照，水宿鸟相呼"这样的名句，即使在诗圣杜甫也是少有的神品。并且认为，如此"神品"，只有在"宽裕"中才溢出来。他的观点是："宽"，然后能"容"，诗心能容则境界自广，材料自富，内容自充实；同时，"恬静"然后能"会"，流水不能照影，恬静然后能观。由此可以见得，"宽""容""静"是诗之牝。不"宽"，无以产生；无"容"，不足成形；非"静"，则不成升华之境。

冯牡先生读读毛泽东诗词《浪淘沙·北戴河》的感受是：每读这样的作品，心中便产生一种天宽地阔、胸怀坦荡，把自身同大自然合为一体的心境和感受。其实这正是读者的心境和作者的心境相置换，或是二者的相统一。因此他又说，这不过十句的小词中所涵括、所抒写、所表现的画面、胸怀和情愫，却使感到我好像并没有到过这个地方，或者虽然到过却没有真正认识这个地方。正是在这一点上，这首词似乎给我打开了一扇通向大海灵魂的门户。这是一首虽然只有露珠般的体积，却焕发和蕴含着整个大海的生命光泽和微型史诗式的诗篇。

我也有同样的感受和心悟。我除了欣赏"宽裕"的观点，体会到宽裕时心明如镜，思维流畅；不宽裕时思绪堵塞，思想混乱，思维僵硬，还认为，诗的形状，可以由数字标出，由图画绘出。这图画是过去有过的,散落在艺术的天堂里;这标出形状的符号则会在未来产生,并由此进一步证明"宽裕出神品"。

我不知是太阳在昭示,还是月亮在密告,反正是每当二者光线交接的黎明时刻,我的心特别宁静,感觉环境特别宽松,时间也似乎特别宽裕。此时的我,心自宽,神自足,意自涌。我十分珍惜这"宽与静",将此刻视为每日的黄金时刻。然而我并非不明白,宽裕的资源虽然在宇宙里,宽裕的闸门和锁钥却在心的宽容与不宽容。

第二章 心怀敬佩好

心怀敬佩好！

关爱身边的天才

读李泽厚的书，天才气息扑面而来，对刘再复和何新也有类似感觉。这气息是令人向往的，却也是令人担心的。

李泽厚的美学著作、哲学著作，不说独步当世，也是花开早春。他向外打通马克思与康德而创造了人类主体实践美学；向内打通儒、道、屈、禅而创造了中国美学研究的双璧《美的历程》与《华夏美学》，学界统称为李泽厚美学的双向架构。他的《论语今读》，对中国文化的精髓既解构又重建，是二十世纪与二十一世纪之交中国思想界最激动人心的对话之一。有读者说李泽厚的著作每章每节都有创意，都很美，都是真感受；事实上它是将思、诗、史熔为一炉，而且其思想的密度也真让人惊讶。然而，易中天盘点李泽厚提出一个发问：这样一位整整影响了一代人的人物，为什么转眼之间就成了明日黄花？我想到的答案是：**我们面临的这个人间，还是一个无视天才的时代。**

刘再复的《李泽厚美学概论》也是一部天才气息很浓的非常好读的书。他在书中讲到，作为中国现代美学的第一小提琴手，在深入思考中的李泽厚，对他的文稿虽是几个字的改动，意思却大不相同。中国与人类的庞大文化事业，就是这样一个字一个字的写作、改动而积累起来的。光会攻击贬抑他人，不知建构，这不是文化。**无论是东方还是西方，人性中都有一个弱点，就是"贵远贱近"，"贵耳贱目"，越是身边与当下的人物越得不到珍**

第二章 心怀敬佩好

惜与敬重。

何新在《开放文集丛书〈李泽厚集·序〉》中也说,处在这个时期的李泽厚,实际成为中国思想界一位承前启后的枢纽性人物。他的哲学的特点,在于他的天才,他的敏锐,他的博学。在某种意义上讲,我们这一代学人,都曾或多或少地沾溉过李泽厚的启蒙。从何新的志向,包括易经、老子、论语新解、汉武大帝新传等著作看,他似乎也在构建中华大文化。我与北京一位大人物提到何新,承认他有才。何新对李泽厚还有这样一个评价:李泽厚先生知世而不世故,明察而不刻薄,好学深思,求智求仁,确是一位具有现代风范的杰出学者。不知什么缘故,我希望这也是何新先生的追求。

尽管我读李泽厚、刘再复和何新的书不免有小鸡啃骨头的感觉,同时却也生出对天才的怜悯之心。春天的花果遭受冰雪,令人心里特别难受。我想对散发着天才气息的李泽厚、刘再复和何新说,研究天才的产生和夭折,也应是分内业务。

《圣经》中有一个典故,耶稣教导:要爱邻人如爱自己,甚至为迫害我们的人祈祷。事实上一个人的活动范围并不大,许多矛盾产生于"不爱自己的邻人",对身边的天才生嫉妒之意,由小矛盾转而为大仇恨,由小争执转而为大战争。从这一点上,也可见出**耶稣的胸怀极其博大,见解极其深远,仁心极其宽厚。我的这篇《关爱身边的天才》,不是对圣者之心之意的准确解释,也是大体相同的期盼。我想其意义无疑是广大的。**

物名神化

在飞机上欣赏苏东坡的《黄州寒食诗帖》。帖在手中几起几落，合计起来，也就一个多小时。这样的起落似乎也在深入。深入的结果是：感觉字与诗无不逸气旁溢，浑然天成，却又似乎缺点什么，于是到中国"诗魂"也即"诗神"屈原那里去"讨教"。得到他四个字的启发：物名神化。

我望定这四个字，眼前似乎敞出人神一体的七宝楼台。相比于屈原《九歌》的迷离飘渺、《天问》的瑰丽奇娇、《远游》的高蹈飞升，《寒食诗帖》只是地面悲歌，算不上天空黄吕。我虽然这样"讨较"了，却并不敢在东坡先生面前放肆。先在从古至今可谓诗词文章书法绘画唯一全能天才的大学士雕像前三鞠躬，才敢写下这几句敞开心扉，敬之以诚的话。

我暂别《寒食诗帖》和全能天才苏轼，继续向着屈原寻觅，由此想到：从物的意象借其形，由人的意象巧其思，升入神的意象赋其光，才有可能落成瑰丽华章的金字塔。这大概就是"物名神化"。《楚辞》，这中国最妙最深最奇最瑰丽的诗章，我从来没敢说读懂过。不懂还读，依然不是为了懂，是为感受其气、其美、其情、其魂、其能与不能，就像此刻想到"物名神化"这么一点微妙的感觉，或者还有心与宇宙相联系、相共鸣的许多许多，难道还不够吗？**我读帖，读诗，读苏轼，读屈原，或者根本与苏轼、屈原无涉，与《寒食诗帖》无涉，与《楚辞》无涉，但**

第二章 心怀敬佩好

仍然有我的感受：物的感受，名的感受，神的感受，化的感受，"物名神化"的感受。

我曾从《史记》那里遇到司马迁如是说：屈原文辞简约，托意深微；词汇琐细，旨意博大。也曾从鲁迅那里看到他引用《文心雕龙·辨骚》的话说："虽取熔经义，亦自铸伟辞。……故能气往轹古，辞来切今，惊采绝艳，难与并能。""可谓知言者矣"。鲁迅是屈原和"知言"刘勰的知音，也是著就"史家之绝唱，无韵之离骚"的司马迁的知音。我不敢说他是我的知音，但还是愿以"物名神化"向他求教。

鲁迅先生说，屈原是"楚辞"的开山老祖，而他的《离骚》，**却只是不得帮忙的不平**。然而《诗经》是经，也是伟大的文学作品；屈原宋玉，在文学史上还是重要作家。为什么呢？——就因为他究竟有文采。我想，我的"物名神化"四字也在文采范围。苏轼及其《黄州寒食诗帖》也有不得帮忙的不平，但究竟没有屈原的不平深重，其文采，也没有屈原及其《离骚》深厚。

说起这个"化"字，我对许渊冲先生追求"化境"的翻译艺术理论很钦佩。他说文学翻译是两种语言的竞赛。其实，阅读和写作也是不断深入的时时竞赛。而且正如许先生所说，是在竞赛中发挥优势，改变劣势，争取均势。他又说，发挥优势可用"深化法"，改变劣势可用"浅化法"，争取均势可用"等化法"。这是他的"方法论"。他进而说，"浅化"的目的是使人"知之"，"等化"的目的是使人"好之"，"深化"的目的是使人"乐之",这是他的"目的论"。他的这个"两论",对我的"物名神化"是很好的"深化",对我的读书和写作是很好的"指导"。

洞　天

近来较忙，急火攻心，耳际涛声不断，并有私语窃窃。卧床听涛声，天外有私语，接近于神异通灵了。回看《中国小说史略》，巧遇人吐人的连环恋爱故事，连带想到《聊斋志异》的驻仙吕角。心想，耳朵竟成灵异洞天，虽不算奇诡卓然，也是一种奇遇。灵异既然可以入洞，那么，从洞中出去或许会有新的广阔。然而，我依然憎恨眼睛的浅近，大脑的愚钝，四肢的拙劣，令人不得开阔。

不断的小害，仍是快乐的石阶；最后的大害，铸成舒服的终结。工作是消遣，写作是消遣，直至将生命消遣殆尽。这不是忽然听到的耳语，而是查拉图斯特拉的箴言。我没有读过弥尔顿的《失乐园》，却在另一本书上见到撒旦的话："心灵是他们的天堂，在这片土地上，可以把天堂造成地狱，也可以把地狱造成天堂。"我的耳洞成为灵魂出入的通道，在此出入的灵魂，虽然有志于将地狱也变成天堂，却不知成效如何。

在现实生活和文艺作品中，独眼龙和独臂将军尚有所遇，莫不说独耳的神仙，就是一个耳朵的人也不曾遇见。梵高算一个，但另一只耳朵却是自己割掉的。据说割掉耳轮后，梵高的艺术创作进入另一个旺盛期。这期间，他将麦田的金浪、花园的景色和点点星空作为产生灵感的景物，创作了《麦田》《干草堆》《鸢尾花》《村庄》《农舍》《欧依斯河》《劳作的农夫农妇》等上百幅传世佳作，成为奉献给人类的丰厚的艺术盛宴。受此鼓舞，我对我的耳洞的涛声不绝更加充满信心——或者可以由此听到天外之乐、天籁之音以及天章云锦的和鸣。

神光断臂求法，改名慧可，至少是相契相投。孔子学琴于师襄，将音乐的层次细分为表层旋律、深部结构、精神内涵和作者人格，层层深入，也不仅是步步高升。同样是苦闷，屈原却有《离骚》奉世。我不敢期求为人类奉上盛宴，也不求禅修的正果，仅仅是对耳鸣有所奢望罢了。雅斯贝尔斯在论述到"关于人类的大人物"时说："大人物几乎无处不在：……在启示神的力量的时候，在艺术和诗歌震撼并使人得到拯救的时候，在思想照亮人心的时候"，都将有大人物和世间奇迹同时出世。在大人物当中，他仅将哲学家与其他大人物作了区别。他笔下的大哲学家分为三组：第一组是"思想范式的创造者"，有苏格拉底、佛陀、孔子、耶稣。他说除此之外，没有第五人。第二组是"思辨的集大成者"，有柏拉图、奥古斯丁、康德。他没有说只有这三位，却说"他们对历史境况产生的影响，只有那些伟大的思想体系的奠基人——亚里士多德、托马斯、黑格尔——才可以与之相媲美。"第三组是"原创性形而上学家"，有阿那克西曼德、郝拉克利特与巴门尼德、柏罗丁、安瑟尔谟、斯宾诺莎、老子、龙树。这些大哲学家包括他所谓的其他大人物，都有与他们相联系的历史和历史贡献以无穷的影响。我想，一个人未必成为大哲学家，以及其他大人物，只要在雅斯贝尔斯前面所说到的某一点上有所贡献，就算是为人类奉上了盛宴。

第二章 心怀敬佩好

读史导师

《毛泽东读史》这部书，如同美国总统乔治·布什赞美过的《致加西亚的信》一样，只有支票簿大小，却是资料宏富、思想深邃、内容丰厚的毛泽东书系精品。

作者张贻玖也是一位退休干部。他大学没有毕业就参加工作，几十年的工作，也是几十年积淀，书里书外积淀都很厚。他以一枝传神之笔著就精读毛泽东的一系列大书，可统称为品读毛泽东书系。尽管都是支票簿大小的薄薄的小书，但每一部薄薄的小书都是内容很丰厚的大书。

打开《毛泽东读史》这部大书，赫然入目的首先是毛泽东硬笔书法精品《贺新郎·读史》手迹。接着是王震的题签，字拙朴，很有味道。弘一大师的法书是久练之后的无迹无痕，王震的题签是天然的朴拙。这部竖排版的大书不到二百页，篇目就有五十多个。篇篇有毛泽东批注，有史料引文、有人物评述、更有著者的卓见。

正因这"薄"而"厚"的吸引，《读史》之外，我将同样出自张贻玖之手的《毛主席的书房》《毛泽东批注历史人物》《毛泽东和诗》《毛泽东评点圈阅的中国古典诗词》《毛泽东评点唐诗300首》《广读天下书》也都搜集阅读了。与《读史》相比，分量差些，也不无启发。中国史典浩瀚，读史最好要有导师。我心中常有一些史学家作向导，他们的书无不对我有各方面的指导。排列起来，最令人敬佩的是陈寅恪先生和吕思勉先生。毛泽东不以历史学家名世，但对历史的研究比许多大史学家还深、还广、还经用。他是古往今来无人可比的"历史知识渊博的政治家"。他的巨眼看到了什么，向我们指出和揭示了什么，经过张贻玖的梳理评点，"路径"更加清晰、清朗，洞若观火而不是隔岸观火。

毛泽东也像说不尽的莎士比亚一样，是让中国人视为骄傲，立为心魂，在世界各地一再热起来的一座艺术丰碑，还是一位说不尽的读史导师。就连他的军事著作，不是也为诸多高人称为一门艺术吗？他的博学强记，贯通古今，使整部历史尤其是中国历史在心中活了起来。他的目光深远，思想深邃，超群绝伦，使得他的批注简括、挺拔、传神，往往是一句话，几个字，便将一段历史，一个重要事件，甚至整个历史的深刻内涵揭示出来，给人留下艺术的、诗的、精辟到令人吃惊的印象。别的不说，仅就《读史》这首词章而言，只用了一百一十五个字，便囊括了、咏叹了以中国历史为主体的整个人类社会的历史。智慧的卓识，仁者的义愤，勇者的信念都体现在这一百多个字当中；气象雄浑，风格豪放，思想深刻犀利，情怀浪漫潇洒，更不能不让人惊叹。我反复读过这首词及诸多名家的评论后，得到一个字：开——心开、意开、境界开。

记得有人说过，人，或者只是在一渺小的星球上无助地爬行的一些尘埃；或者是像化学家所说的那样，只是以某种奇妙的方式组合而成的一堆化合物；或者像哈姆雷特认为的那样，人都有着高贵的理性和无限的潜能。读了《毛泽东读史》这部书,更让我坚信,一个人即便只是在渺小的星球上无助地爬行着的一粒微尘,也应该是融入向着伟大飞升的一粒微尘;即便是以某种方式组合而成的一堆化合物,也应是反应高贵的理性和无限潜能的化合物。如果本来就是有着高贵的理性和无限潜能的一个特殊存在,那就更应该向着崇高和无限走去。

毛泽东的七彩宝殿

近日去成都考察，工作之余，游览了草堂和苏祠。

面对现实的历史景物和景物中的杜甫与苏轼，我的神觉没有飞向唐宋的小街，没有去聆听杜诗苏词的吟唱，却飞向当年毛泽东到成都开会的瞬间，虽然只是在那里有片刻领略，却不能不为毛泽东当年在此的片段读书生活折服。

时间回溯到上世纪五十年代末，毛泽东在成都主持召开会议期间，随身带来很多书，又在当地借阅了一吉普车书，他老人家虽然没有把丰泽园带过去，却在这里又一次以书为砖石构筑了一座"行宫"。这是一座最为富丽堂皇的知识宫殿、智慧宫殿、思想宫殿、艺术宫殿，是一座令人望洋兴叹的七彩宝殿。

毛泽东走到哪里，就把这样的"七彩宝殿"建到哪里。这样的宝殿在他的生命旅途中有多少，已不好说清楚；构筑了如此深邃宏富的宝殿需要多少书和非书的砖石，也难以统计了，但他通过自己的建殿造宝和建殿造宝以外的伟大实践，被承认是一位极有智慧的伟人（基辛格语），是一位无限深邃和豁达的思想家（大平正芳语），是让中国人从此站起来的世界伟人（施拉姆语），是更上一层楼（竹内实语）。**他是人民的主席，更是书籍的皇帝，是将书的智慧和让人民最感动的实践结合得最好的历史伟人（这是我说的）。**

毛泽东的宝殿是多层多彩的。仅是他对古今中外圣人、伟

第二章 心怀敬佩好

人、名人十分精辟、传神和迷人的评点，就无不令人叹为观止。他确认"孔孟有一部分真理"——此可视为他思想宝殿的闪光；他认为厚今薄古的秦始皇比孔夫子伟大得多——正是他政治宝殿的色彩，不过，对此色彩非议最多也是事实；他肯定商鞅是首屈一指的利国福民的伟大政治家，刘邦是一位高明的政治家——这可以视为他工作宝殿的外形；他评说曹操的文章极为本色，直抒胸臆、豁达通脱；曹操的诗词气魄雄伟、慷慨悲凉，是真男子，大手笔——这样的评述正可以视为他文化宫殿的内貌。我这样说虽然未必准确，但却准确地说出了我自己的感觉和感受。有人说，外国伟人对毛泽东的影响，只有心路的改变，没有色彩的增加。这话用于他的七彩宝殿也有所相宜。他的七彩宝殿是中式的。

我想，享受着毛泽东领导党和人民创造了平安幸福的当代人，或者可以说出毛泽东的许多不是，然而，我却要效仿恩格斯悼念马克思时说过的话，说上一句："**尽管这样，毛泽东的逝世使人类失去了一个头脑，而且是它在当代所拥有的最重要的一个头脑。**"此外，还可以再加上一句：有如此头脑的毛泽东，以书或书的世界建造起来的七彩宝殿比他的老师马克思还要富丽堂皇。

面对大人物

从外长岗位卸任不算久的李肇星写出一部《从未名到未名》的书,我在书店三进三出掂量,差点与一部好书失之交臂,同时也差点对深化大人物的认识错过一次机会。

一天,在小雨朦胧中,我撑着天堂伞再次来到此书旁。大概是进入了一种状态吧,竟不由自主地在书上写下这样几句话:"大人物身上有股子神韵,有条件有资格扩散这神韵者,也是大人物。"

李肇星部长说,第一次近距离见到邓小平,留下的印象是非同寻常的。**这非同寻常不是看上去与常人不同的架子,而是非同寻常的信心,非同寻常的真诚和坦率,还有非同寻常的随和,应该还有非同寻常的神韵**。李部长亲眼见到:邓大人坐在那里沉思,安详的神态与前额的皱纹,微闭的双目,慢慢凝为一体,融入时空,成为一座对人民谦恭、对邪恶仇恨的经典雕塑。会谈开始,这尊"雕塑"立即活跃起来,话匣子打开了,滔滔不绝、引人入胜,话语让人惊佩而又受益匪浅。如此短时间所谈,比一般人用二三倍时间谈出的内容还要丰富。为此李肇星部长无限感慨地说,小平是他的"博导",他是永远不毕业的学生。

《圣经》说到摩西与耶和华会晤,山峰始终藏在厚厚的云雾中。邓小平只是一个普通人,身上有着非同寻常神韵的普通人。他从厚厚的云雾中走出来,艰难地走出来,在春天的阳光下来到

第二章 心怀敬佩好

人民中间,带着人民赋予的权力,全心全意带领人民创造幸福美好的新世界。李肇星部长能在这样的时候临场面对这样的大人物,是他的奇遇,能以这样的大人物为导师,更是他的幸福。这样的奇遇和幸福是难能可贵的,或者简直就是绝无仅有的。

我也遇到过几位博导,有的还成为朋友。我很佩服他们在某一领域的精深研究,然而,他们毕竟距离"大人物"还有较远的距离。这距离是什么呢?我反复想了却没有想明白。忽然想到孔子见老子后对他的学生说:"鸟,吾知其能飞;鱼,吾知其能游;兽,吾知其能走;……至于龙,吾不能知,其乘风云而上天。吾今日见老子,其犹龙邪!"关于孔子往见老子的可信度,历来众说纷纭。大人物应有龙性,也很难准确理解。但老子对孔子所说的"深藏若虚""容貌若愚""去骄气与多欲,态色与淫志"与《老子》一书中的一贯思想是一致的,孔子所赞赏的大体也是这些。如果说如此就是大人物应有的气象,应该不会出入太大。

进而,从孔子见老子的感受中我们或者还可以感受到大人物的超出局限的无限。从雅斯贝尔斯那里,我们还可以知道:"大人物用看不见的精神世界充实着我们。他们发现了这个世界的形态,唯有通过他们才能听到世界的语言。"

从孔子到老子,我又想到大禹,大禹心中的大人物以至大禹如何面对大人物的故事。张居正为万历皇帝讲课,其中讲到这样一件事:大禹在巡行途中遇见一个罪犯,便下车问其犯罪之由,并因此而伤心垂泣。随从不解地问道:一个不顺君道的重犯,君王为何如此痛惜他呢？大禹的回答说出来就为大禹耸立起一座万古辉耀的丰碑：尧舜都能以德化人，天下的人都以尧舜之心为心，从不犯罪，而我却不能以德化人，犯罪的虽是百姓，却是因我德浅所致，我是为我的德衰而痛惜呀！大禹就是这样来面对尧舜那样的大人物的。如此面对大人物的大禹自然也是万古不朽的大人物。

  面对大人物应该怎样呢？我想，以下几方面的态度、向往和做法都应该是正确的：就是应该像李肇星部长说的那样把他们当作博导；就是应该像雅斯贝尔斯说的那样从他们的毫不掩盖中见到真实的他们，从而进一步找到自我；就是应该像孔子说的那样看到他们的超出局限和无限；就是应该像大禹那样，在立身面世以及面对每一项具体事物中，以榜样为尺度，自觉检点自己的短处和不足。诚然，以现代人的眼光看，作为一国之君，在看到自己不足的同时，还要看到社会运行机制是否出了大问题，进而找到更有效的解决途径。当然还应该像戴尔·卡耐基那样，关注大人物波澜壮阔的人生背后的迷惘、心酸与泪水，从卑微与庄严、落魄与奋进、悲苦与辉煌的对比中激发我们拼搏的豪情，召唤我们振袖而起的信念和壮志。

  陈祖芬写了一本新书，书名是《其实你就是人物》。封面上印着莎士比亚一句话："人啊，你是多么了不起的杰作！"书的序言说："其实你也是人物，我也是人物。"为此我想，是不是大人物或者人物能作如此想，也会活得更有滋味一些。

第二章 心怀敬佩好

敬佩"苦力"

鲁迅小说《孤独者》是这样开头的:"我和魏连殳相识一场,回想起来倒也别致,竟是以送殓始,以送殓终。"

我知道黄苗子这个人,尽管无此"别致",却也是从《我的自悼词》开始的。正是因为此文如此别致,才吸引我读了他的较多的书,也较多地知道了他这个如此别致的人。

一个时期,我曾将黄苗子与黄裳混淆,看到照片迥然不同,却仍有"形非神似"这个词从脑边冒出来。他们的书法、文章无不灵气逼人,别具一格。在我的不容易翻找的存书中,黄苗子的《艺林一枝》《画坛师友录》,黄裳的《旧戏新谈》《珠还记幸》《榆下说书》都曾长时间置于随手可触的地方。

《艺林一枝》从吴道子开始,一路写来,让我意外得知,我们老段家有一位段成式,是与李商隐、温庭筠齐名的天才艺术家。据说,这位天才艺术家做官办公期间,每批阅文字,虽千万言,一览略无遗漏。我想,有如此神速,应该是既有一颗天才的脑袋,又吃得下苦,有谁见过快马加鞭,不汗流浃背的呢?即如著名的《清明上河图》,看似一气呵成,其实要经过无数次辛勤创作的劳动,没有无厌倦的观察体会,没有天才的匠心慧眼,没有三番四复的生死相诀,绝不会有此成就。

《画坛师友录》从齐白石写起,黄宾虹、叶恭绰、徐悲鸿、潘天寿、林风眠、李苦禅、傅抱石、李可染、启功、吴冠中,一路写到丁聪、韩羽,比任何沙场点将都更有气势,且多了几分深邃和广阔。黄苗子先生称他们是像蜜蜂一样辛勤劳作着的一群人,并深有感触地抒发道:"我常爱在花间观看蜜蜂采蜜,它们态度认真,动作快速;我不知道蜜蜂出不出汗,可是我觉得它们每次从花蕊中钻出来,都好像一身大汗似的,弄得两腿都是花粉。因而,想起苏轼的两句诗:可怜采花蜂,溃蜜寄两股。"我对苏诗中的"可怜"二字大不满意,查原诗得知这两句诗是紧接上两句的,着意于生动传神,突出的是赞美之意,应该是对他的朋友王主簿画作的细腻真切的传神之赞。尽管如此,我仍对"可怜"二字透出来的心态不满意。总感觉是他士大夫之心的表露。若此情仅需可怜,不是对农家最感喜悦的"丰收",也只有可怜了吗?

关于一个"苦"字,黄苗子先生虽然写得如此别致,但还是让我想起袁行霈先生关于诗词研究有八个字的体会:博采,精鉴,深味,妙悟。当然也还是因为黄苗子的《艺林一枝》和《画坛师友录》想到的。所谓"博采"就是要在更广阔的领域、更深层的意义上展开。所谓精鉴,包括人物、资料的鉴别和考订,字句的校勘、作品真伪的判别、作品年代的考证、作品内容的笺释等无不一丝不苟。所谓"深味",就是要在精微处着力。而要用语言道出某个人、某幅画、某句诗的精微之处,就更是用功无尽,苦力加倍了。正像欧阳修谈到欲求对一首诗精切领会,**要从诗句品出声响之间字句之外更多的滋味,在吟诵涵泳之际深深品味到诗的意蕴情感,得着诗人的用心,就无不要求有很深品鉴深**

味功夫。至于"妙悟",这二字出自《涅槃无名论》,是指超越寻常的、特别颖慧的悟觉、悟性。这一点,在黄苗子先生身上尤为突出。严羽的《沧浪诗话》说得好:"大抵辞道惟在妙悟,诗道也在妙悟"。诗歌创作需要妙悟,诗歌的阅读、欣赏和诗歌艺术研究也需要妙悟。而要妙悟出应有妙悟之果,也像参禅一样并非易事。有时候,我会看着黄苗子先生那样满是皱纹的脸出神。这是怎样一张脸啊!脸上的每一道皱纹都记录着精思妙悟的艰辛历程。可以说,这张脸就是一个"苦"字的最深刻的写照。总之,要做到这"八个字",要下多深的功夫,付出多少"苦力",是不言而喻的。我想,说到此处,对"苦力"二字心怀敬佩,当是不会有争议的吧。

聂绀弩更是我敬佩的大诗人、大杂文家,也是"大苦力"。但想着这"苦力"二字,黄苗子先生那张"苦"字号的脸便出现在我面前。即使有过一段不光彩的历史吧,那也是更不光彩的历史大背景的产物,我怎么忍心再去揭这痛苦的伤疤呢?无论如何,我敬佩"苦力",并向"苦力"致以崇高的敬意!

"三钱"

此"三钱"并非对国防贡献杰出的三位科学巨子,而是学问可与古圣先贤称兄道弟的钱锺书、钱穆、钱理群。

钱锺书是百年不遇的天才;钱穆是"国粹"式百科全书;钱理群是以心灵走近鲁迅的大学者。前两位的书,我能有三分懂,已是吃惊的进步了;后一位呢?他的《与鲁迅相遇》让我进一步走近鲁迅。也可以说他们三位是横在我面前的三条大江。这三条大江有时让我望而生畏,有时让我知觉天高地厚,更多的时候,还是让我顺江入海观光,得以感受旖旎、神秘、洒脱、奔放、激越、吃惊、煎熬、茫然、无奈的生命体验。我由此没有听到美妙的音乐之声,但收获却比《圣经》中大卫之琴给人带来的愉悦还要丰富。我甚至想,我若能由此得到更多的营养,或许就有了驱除妖魔鬼怪的本领。

我并不明白是为了愉悦,还是为了营养,但关于"三钱"的书,还是不时读一点。钱锺书先生的书,我最早接触的是《谈艺录》,比看电视剧《围城》早许多年,比读小说《围城》也早几年。他的《走在人生边上》《走在人生边上的边上》《人兽鬼》《石语》,也算是读过了。《槐聚诗存》只是略加翻翻。《管锥编》不能算读过,只是浅尝辄止,算是站在海边望过几眼海上的波涛。《宋词选》有时也翻翻,兴趣不在诗词,而在钱先生评注的卓见和机智。辽宁人民出版社出版的《宋诗记事补正》

第二章　心怀敬佩好

十三厚册，我曾怀疑是一部伪书，后来看到杨绛先生说得有鼻子有眼，也留存一部备查。近日取出第一册，看到杨绛先生在《序》中说，是钱锺书先生四十多年来业余小憩时半卧在躺椅上补正的。关于钱钟书先生的传记类书，也读过几本，没有让我折服的，倒是钱先生百年纪念册，还有几篇文章比较深刻。我经常在阅读中比较。比来较去，感觉还是大人物写大人物，名人写名人的书不负"重"望。如果因写一个人自己也成为大名人，此书一定是被公认的好书。雅斯贝尔斯的《大哲学家》就是这样一部好书。

关于钱穆，我的还算有几本的藏书中，钱穆的著作算个较多派，谈钱穆的书却不算多。通过零零碎碎的算是与钱穆的接触，"宰相藏于民"和"学问长于野"的印象异常强烈。在大名人的圈子里，在胡适的眼中，当年的"孤傲的孩子王"后来成为"百科全书"。我也喜欢在这个圈子里光顾钱穆。在我乐于"受难"的时候，也读点"钱穆"。他的《论语集解》让我从"别具一格"的角度粗知《论语》的滋味；他的《庄老通辨》让我加深对庄老的深邃和钱先生学术功夫的印象；他的《朱子提纲》让我与朱子及其理学更加疏远；他的《国史新论》《中国历代政治得失》《中国历史研究法》等等都让我不敢深入；他的《中国史学名著》，虽然对我而言也有点深，但薄薄一册在手，《尚书》《春秋》《左传》《史记》《汉书》《三国志》《高僧传》《水经注》《世说新语》《史通》《通典》《资治通鉴》《通鉴纲目》等几种经典，都可以在他的指引和指点下略知大概，且有考证评介，很合我的胃口。我曾下决心要像王元化先生读黑格尔的《小逻辑》那样去硬读，虽然硬了一些时日，仍然没有读完。尽管没有读完，却也由此知道郦道元的《水经注》、刘孝标的《世说新语注》，他所着眼和着重的都是注者的史注，并且将他们的注与裴松之的《三国志注》相提并论。总而言之，我对钱穆先生虽然敬佩，却并无深识，作为一个匆匆过客，感受到他身上有一种气。对于此气，我不好定论，也不好定名，只是有随着此气走入深山的感觉。

钱理群呢？他以《与鲁迅相遇》牵着我进入鲁迅的新领地。他的《心灵的探寻》、《生命的沉湖》、《钱理群讲学录》，以及与他人合著的《插图中国文学史》，都是我较喜欢读的书。据说他还有一本《走进当代鲁迅》，我搜求多年，没有找到。我对他的观点不一定都佩服，但对他的独立思考，自由思想，早已心仪已久。网上对钱理群的评说甚多。孔庆东说他是上了山顶就不打算下去，要在山顶搭台唱戏的人。萧夏林甚至说他是北大的精神象征，中国批判知识分子的标志性人物，简直就是北大的圣人。钱理群自己说他有"三个自觉追求"。首先是追求自我生命与学术的一体性。对学术的探讨，也是生命的挣扎；对研究对象的发现，同是对自我的发现；对研究对象的审视和解剖，更是对自我的质疑和反省。其次是追求学术与自己所处时代和脚下土地的血肉联系。也就是"自觉地站在边缘位置，用自己的方式，言说时代的中心话题。"第三是有极强的自省性：明白自己能做什么，不能做什么；明白所做的价值和局限。他认为这两个自知之明是他最重要的治学经验。我认为钱理群先生这"三个自觉追求",是最有研究价值的方向性启示。

究竟而言,我对"三钱"最简要的看法是怎样的呢?我总觉得同样是学术人生,钱锺书一路水陆兼程,从中国走向外国,从东方走向西方,像大禹治水一样,致力于中西文化的沟渠建设,当他面前的长江、黄河与莱茵河、多瑙河、密西西比河连通之时,他站在河边发出深沉的微笑。钱穆是一头"超级耕牛",他的耕和驮都很"超牛"。他从五谷飘香的乡间小路走来,同样成为可以与陈寅恪、吕思勉一字并肩的百科全书式学者。钱理群没有像钱锺书和钱穆那样住在古老的岩石山洞里。他住在改造前的棚户区,守护在鲁迅的家门口。他的目光很深沉,眼光很远大。他也经常到现代的闹市区采风,回到鲁迅的书房后才去辨认这"风"的味道。他讲出来的话虽然没钱锺书和钱穆那样沉重的老窖味,却经常在学子间产生轰动效应。

神往"醇厚"

有人说,我把鲁迅的书读尽了。其实,时常读一点,不时望一望,或"驻足"沉思的,只是《选集》《全集》未涉足的新天地还很多。相比之下,王元化的《清园文存》,没有走遍的地方则不多了。

三十多年前,第一次触及王元化先生的文艺评论,感觉清新醇厚。得知他在被圈押的时候精读了《莎士比亚全集》,黑格尔《小逻辑》读了七遍,真是惊佩之至。后来,一度迷上他的《思辨随笔》,喜其意味深厚。本世纪初,遇到三卷本的《清园文存》,如获至宝,当即扎入"清园",专心"文存"。再后来,《清园谈戏录》《清园近思录》也陆续读了,相应的戏盘也看了,似乎入迷,却说不出具体感觉,并不具体的感觉依然是清新醇厚,而且总是在加深和加重着这清新醇厚的感觉。

一位与王元化先生熟悉的老友问我对王元化先生怎么看?我说**醇厚而不偏激,深刻而不尖刻,作为杰出的思想家有自己的守持,或者也有自己的偏见,但始终以醇厚立世。**

台湾的曾仕强先生讲《易经》,强调"守住中道"。认为孔子的道理就是由"中"也即"太极"这个系统一路讲下来的,谓之"吾道一以贯之"。文章,也是以"中"为本的醇厚为上乘。王元化先生的文章、著作自然是上乘的,也是醇厚的。大概正是因这"醇厚",让我对王元化先生始终神往不已,无论是他的生前,还

第二章　心怀敬佩好

是身后。

近日，一位老朋友闲聊中说，人老了，越来越没有崇拜对象了。鲁迅、王元化算不算崇拜对象？我自己也难以肯定。然而，每每回到家中，仍然习惯与这两位先哲相会。白天有他们的书相伴，晚上常在梦中一块吃茶、谈文、论艺。我的《旷思敛语》出版后，曾寄给王元化先生，奢求指导。不知是否写错了地址，没有回音。其他如陈漱渝先生、李国文先生，都有回信。陈漱渝先生还每年上山来看我，兼及讲学，成为我的温暖。

王元化先生虽然未给我片言只语，我却像入山朝圣一样，了却一桩心愿。得知先生仙逝，我哭了，梦中有以文言写的悼词，很是惊叹自己进步了，醒后却连灰烬也没有找到。

素称"北王南钱"的钱谷融先生，谈到中国现代文学，说，鲁迅、周作人外，其他好的不多。鲁迅的散文和散文诗成就很高，周作人散文中那种冲淡的境界很不错。他有一句可以视为一种尺度的话：**文学作品好就好在有丰厚的情致与浓郁的诗意。**

没有看到此话前，我有此追求；看到此话后，我视之为尺度。以此尺度来读王元化，强化了我对醇厚的感觉，当然也更撩起我神往"醇厚"的欲火。

钱谷融先生还以很文学的眼光说，王元化的眼睛有点像尼采，还有点像茨威格、像马雅可夫斯基。他们的眼睛里都有一种特有的光芒，一种思想高度集中、投入十分专注的出神状态的光芒。我没有去特别专注他的眼睛，只是通过对他的整体的有所专注，觉得鲁迅先生之后文学评论最好的是王元化先生。**好就好在**

有深厚的情致和大气的诗意，并有二者交融生成的"醇厚"。在心情宁静的时候，品品这"醇厚"，比怀抱温柔的月亮还舒服。好像是鲁迅先生说过，读书犹如游公园，随随便便去，随随便便玩，因为随随便便，所以觉得有趣。我读书，包括读鲁迅，读王元化，也像游公园，又像周游列国。游得尽兴了，景致见多了，愈加对"醇厚"有了更深切的向往。

第二章　心怀敬佩好

日月之赞

我相信日月之赞像日月一样长悬于天地之间。

二十年前，初遇林语堂的《苏东坡传》，感觉文笔轻松，史事沉重，读第二遍时，仍然为其中的赞叹激动不已。

林语堂先生赞叹苏东坡："世界上有一个苏东坡，就不可能有第二个……他是一个不可救药的乐天派，一个伟大的人道主义者，一个百姓的朋友，一个大文豪，大书法家，创新的画家，造酒试验家，一个工程师，一个憎恨清教徒主义的人，一位瑜伽修行者，佛教徒，巨儒政治家，一个皇帝的秘书，酒仙，厚道的法官，一个政治上专唱反调的人。一个月夜徘徊者，一个诗人，一个小丑。""一提到苏东坡，中国人总是温暖而会心地一笑，这个结论也许最能表现他的特质。"**面对如此赞叹，我好像看见苏轼在微笑，屈原在点头，孔子在沉思，欧阳修捋捋胡须说："快哉快哉！"**

"赞叹不已"这个词吴敬梓在《儒林外史》中用过后，也不知又有多少人经历了口赞和笔赞不已。林语堂先生对苏东坡同样是赞叹不已。他继续赞之曰："他固执，多嘴，妙语连珠，口没遮拦，光明磊落；多才多艺，好奇，有深度，好儿戏，态度浪漫，作品典雅，为人父兄夫君颇有儒家风范，骨子里却是道教徒，讨厌一切虚伪和欺骗。他的才华和学问比别人高出许多，根本用不着嫉妒，他太伟大，有资格待人温文和蔼。他单纯真挚，向来不喜欢装腔作态;每当套上一个官职的枷锁,他就自比为上鞍的野鹿。他活在纠纷迭起的时代,难免变成政治风波中的海燕,昏庸自私官僚的敌人,反压迫人民眼中的斗士。一任一任的皇帝私下都崇拜他,一任一任的太后都成为他的朋友,苏东坡却遭到贬官、逮捕,生活在屈辱中。"不管怎么样,这几任皇帝和太后总算没有舍得把苏东坡杀掉。这一点要比千年后的蒋介石杀掉瞿秋白高明得多。这一点恐怕也与宋代的崇文抑武、文人当政有关。岳飞必死,苏轼尚能活着,这就是宋朝。

　　林语堂的日月赞叹,让我在内心里对林语堂也赞叹起来。能写出这样的文字的人是值得赞叹的。老实说,我喜欢鲁迅的文字,也喜欢周作人的文字,并企图喜欢林语堂的文字,但一直没有喜欢起来,他的其他几部书,我都想过要读,却都没有读下去,唯独对这部《苏东坡传》情有独钟。我反复问自己,是因为喜欢苏东坡而喜欢《苏东坡传》吗?但对别的《苏东坡传》为什么没有如此喜欢呢?**这是一个文人对另一个文人的谈心,是一个文人对另一个文人的赞美,是一个文人对另一个文人遭遇的叹息,是一个文人对另一个文人的邀请。**那么,另一个怎么想,是点头,是微笑,是太息,还是做一个鬼脸?抑或是不屑一顾呢?不管怎么样,十五年前我读过此书,别的大都忘却了,唯有这高度浓缩、娓娓而谈的赞叹,成为永远抹不掉的记忆。

　　落向苏东坡的赞叹还有很多,可谓日久而不衰,日月长明而不灭。现代文人中,张五常的赞叹应该也是规格较高的赞叹。他赞之曰:"论文,他是唐宋八大家之首;论'赋',其作品千古

第二章　心怀敬佩好

传诵；论诗，世有'苏、黄'之称；论词，世称'苏、辛'；论书法，他是宋四家之一；论画，他是画竹名家。除了这些，他还是中国评画家中最出色的一个。"

苏东坡对米元章的推重，也可以说是天才欣赏天才的至高赞叹。他说："岭海八年，吾念元章，迈往凌云之气，清雄绝俗之文，超迈入神之字，何时见之，以洗瘴毒，今真见之！儿子于何处得宝月观赋，琅然诵之，老夫卧听，未半蹶然而起，恨二十年，相从元章不尽！"至情至性之文，感怀难以言表，心焉向往，不能自已矣！为此，张五常先生激动地说："我为这段称赞米芾的话，下酒不尽而思古人之情，大有对影成三人之感。""才华盖世的苏学士，竟然把一个当时众所公认的癫狂之人推重如斯，是天才欣赏天才的至高境界了。"他还说，所谓"自古文人相轻"这句话是需要补充的。低手文人与低手文人相轻，当然很普通了。高手与高手之间，文人相轻，历史上实在很少见。

我还能说什么呢？我只觉得，这赞叹的斑斑点点，像盛水的杯子留下水渍一样，即使倒空杯子或杯中水蒸发已尽，洗净水渍也不是一件容易事。这个比喻未必恰当，不过，我只取它一个"牢"字。

伟人也有自卑

昨日傍晚,妻子忽然在凉台上喊:快来看哪,粉红色的大太阳!我看到时,粉红色的太阳只露着半个大脸。随之我想:太阳是否也有自卑意识呢?

屈原、司马迁、苏东坡、鲁迅、毛泽东、陈寅恪、胡适、钱锺书,都是民族的骄傲,也是世界的骄子。他们的胸怀、骨头、天才的创造力可以与海与山与太阳相比,他们永远是人类的敬仰和骄傲。

然而,我总觉得,包括鲁迅这样的硬骨头也有自卑心理。从这个角度重读鲁迅,又是一种感觉。重读屈原、司马迁、苏东坡、毛泽东、陈寅恪、胡适、钱锺书也有同样感觉。

这是否我的错觉,或者自卑心理反射呢?是否因"心"的倾斜致使"视觉"的错位呢?一位俄国诗人参考各种现代字典之后说:"思想一说出来,就成为谎言。"我没有参考各类字典,而是大略研究了上述各位大师的名言和散记。或者我的目光也有斜的一面?然而我是切实看到伟人也有自卑。尽管鲁迅经常揭自己的"小",解剖自己的"冷""暗""缩";尽管陈寅恪在周天压顶的重压下坚持了"独立之精神,自由之思想";尽管作为学者的胡适在文学、哲学、史学、考据学、教育学、伦理学、红学等诸多领域都有深入研究,他那典型的"朋友式微笑"也终生未消;尽管钱锺书被认为是学问博大精深,汪洋恣肆,会通中外古

第二章 心怀敬佩好

今的"通人";尽管毛泽东有足够的底气、魄力、能力改写中华民族百年屈辱史、为中华民族赢得完全的独立和尊严;尽管苏东坡是千年不遇的全能天才,他的诗文被称为"尽宇宙,彻今古,号称万物之灵秀"的天章云锦;尽管司马迁是人世间第一文章大家,著就了集文、史、哲之最的鸿篇巨制《史记》,被鲁迅先生赞之为"无韵之离骚,史家之绝唱";尽管"不有屈原,岂见离骚",他以一个巨人的全部精力和心血铸就震烁古今、空前绝后的诗篇;尽管他们无不是受着伟大目标的驱使而倾尽全部生命,尽管他们探究无尽、解剖自我的勇气和毅力均非常人可比可望,尽管越是敢于揭短、越是勇于认错,越是不惜献出生命,便越是自信,然而,当我进一步走近他们,深一层研究他们,仍然不免从他们深厚的、博大的、高昂的、悠远的背后,以及从他们"重重的哀愁"中感觉到"轻轻的自卑",仍然从他们对人甚至对己的将信将疑,以至疑神疑鬼中感受到由自卑酿成的苦酒,仍然从他们一而再、再而三的自我肯定和否定中看到了似乎有诸多的自卑之虫在噬咬他们的心。

我经常想,屈原投身汨罗,是自信,是决绝吗?恐怕也还是被失望的天罗地网所笼罩,他的心头除了悲哀的黑云,一定也有自卑的潮湿吧。

我经常想,撕心裂肺嘶喊中的司马迁除了与天地同沉浮的悲愤,一定也有同星辰同闪烁的无奈与哀鸣吧。这哀音中恐怕不会没有自卑的音符吧?

我经常想,诗人达到的最高境界是哲人,哲人达到的最高境界是诗人。诗与哲都达到最高境界的苏东坡,尽管旷达无羁,面对小人的捉弄与构陷,或许坦然一笑,但心底未必不渗出无奈的苦涩。这苦涩中难道没有自卑的水滴?

至于两脚踏住中西文化的胡适,尽管终身坚持了民主与自由的方向,其严明的理性、切实的作风、平和的态度也是令人敬佩的,但他由己身的反省,到民族的反省乃至世界的反省,无不流露出深切的忧患意识。忧患不是自卑,却也有自卑的支流。

有人画了一张漫画,钱锺书先生一脚跨进长城里,伟大的万里长城顿时变为他的一只脚镯子。他低头看着。他的表情不是欣赏,而是有点好奇,有点自卑。

再回到鲁迅。鲁迅先生是一个并不标榜说真话,却总是说真话、说心里话的人。他有这样几句心里话很耐人寻味。他说:"人到无聊,便比什么都可怕,因为这是从自己发生的,不大有药可救"。他说:"'会稽乃报仇雪耻之乡',然一遇叭儿,亦复途穷道尽!"他说:"可惜中国太难改变了,即使搬动一张桌子,改装一个火炉,几乎也要血;而且即使有了血,也未必一定能搬动,能改装。"够了,我的举例暂时止住吧。在如此的耐人寻味中,几乎不用去寻找,也能觉出他愤激和无奈下的自卑的深味和重味。当然,这深味和重味的自卑,依然饱含着硬骨头的钙质。

常人的自卑是人生的悲哀,伟人的自卑是人类的悲哀、历史的悲哀。仔细想想,这自卑如果与一个可以扭转乾坤的人相联系,是多么可怕的一件事。因为自卑不仅是毁灭自己的慢性毒药,而且是毁灭世界的烈性炸药。

第二章 心怀敬佩好

书的大伴

我立于十字街头，**突然觉得是回到"文化大革命"的年代了**：满天的红旗招展，满地的锣鼓喧天，满世界的口号声彼伏此起。这曾被叫作毛泽东时代。

毛泽东的一生以书为生，以书为伴。论起书的伙伴来，他大概是古今中外最大的书伴吧。他的一生除了手不释卷，到了条件允许之后，还经常邀请著名科学家和学者到他的书房，清茶一杯，纵谈古今中外，天上地下，星辰粒子，总之是在书的天地里和天地这部大书里其乐无穷。大至宏观世界的天体起源，日月星辰，小至微观世界的细胞构成，原子裂变，他都想极本穷源。这样的讨论，主人不拘形迹，或坐或卧，或来回踱步，谈笑风生，幽默风趣，完全是平等交流，商量探讨；客人不感到拘束，像在老朋友家做客，畅所欲言，各抒己见，无所顾忌。

《资本论》这部书，马克思写它，用了四十年，毛泽东与此书相伴超过四十年。从书上留下的记录看，至少有二十年里，他四次读过《资本论》。这与十七遍读《资治通鉴》相比是少了点，但在中外的伟人中又有谁超过此数呢？只是我不知道他老人家读《资本论》的时候是醒着读的，还是沉醉古书、征战和阶级斗争的梦中读的。从实际结果看，也如现代人多从经济以及金钱着眼，那一代人，包括毛泽东，着眼点最多的是革命斗争和社会平等。他对"斗争"和"平等"看法中，有现实的眼光，也有古人的眼光，似乎很少有西方人的眼光。

　　毛泽东一生没有到西方考察过，对西方经济社会发展以及资本主义变化的研究受到限制。处于他的位置和当时的世界局势，应该是可以理解的。任何人都是当代人，主要表现为当代的特征。五十年代末，他说过："在目前情况下，越往西越富，革命也越困难。"他研究的重点，不是西方如何富起来，而是西方革命如何困难。他对西方的成见很深，想的最多的不是学习，而是战胜。七十年代他划分三个世界，说过美国原子弹那么多，经济比较富裕，着眼点一直在于斗争。

　　我的一位朋友说，毛泽东一生致力于社会革命、社会改造，在根本制度方面着力尤多，但他没有留下一个好的新老交替制度。毛泽东没有办到和办好的事邓小平办到和办好了。邓小平以榜样的力量留下一个好的退休制度，这很了不起。我觉得这个比较很值得深思。

　　佛经说，佛陀在一次说法时曾停下来，将大弟子迦叶叫到身边，挪出一半座凳让他坐。迦叶坚辞，佛陀还是坚持让他坐。这便是著名的佛陀分座。据说多宝如来也曾分半座于释迦牟尼佛，佛陀曾受前贤半座，自己又分半座与后辈，希望重视弘法传统代代相传。毛泽东没有特意受法大弟子的故事，但他经常通过讨论交流的方法，将学习的方法和喜悦，与他的战友、同志及身边工作人员"分座"，他是要把学习的优良传统让他的人民代代相传，这一点同样伟大。

灯熄带不走的光芒

　　熄灯和点灯都是寻常小事，如果与伟大人物的伟大行为相联系，便有了不寻常的意义。在北京的中南海，周恩来的办公室和毛泽东的卧室，都是熄灯最晚的地方。周总理每晚都要加班到深夜，毛主席除了习惯于夜间办公，还有天天夜读的习惯。

　　毛泽东主席和周恩来总理心中永远亮着一盏灯，这盏灯永远通天彻地地照亮全世界，灯上写着五个金光闪闪的大字：为人民服务。

　　《毛泽东的书房》这样写道：那熄灭了的台灯，那空闲了的书桌，那干枯了的笔墨，无不记述着他当年读书生活的情景。有人说，"昔人已乘黄鹤去，此地空余黄鹤楼。"然而，前人的遗产变为后人的财富，毛泽东的光芒永远不会因灯熄墨枯而远去。

　　他用过的几方砚台记述着一长串的故事。井冈山的腰形青石砚如有性灵，应该还记得"星星之火可以燎原"的必胜信念。那方"片真老空石"砚台，是齐白石送的礼物，上有白石老人亲手刻下的"是吾子孙不得与人"的家训，然而一年之后自己就食言将此砚送给了知音毛泽东。毛泽东用这方砚台写过多少经国济世的大文章，作过多少流韵惊今古的诗词，挥毫书写过多少纵逸奔放、惊雷激荡的书品佳作，连他身边的工作人员也记不清楚了，但这方老石砚却永远是毛泽东雄才大略的"硬证"。

　　在毛泽东的遗物中，有两件奇特的单腿眼镜，是专为习惯于卧读的毛泽东特制的。读书特别贪婪的毛泽东总是不分昼夜戴着这特制的眼镜读书。保健医生劝止，他有些茫然，不能说医生不对，但还是说："我一辈子就是爱读书。"后经考证，卧位读书，大脑供血充足，记忆好，效率高，不易疲劳，对于老年人有其科学性。不知当年的毛泽东可曾闻知此论，而我却从中受到鼓励，至少是得到安慰。

海浪和松涛也曾传颂着毛泽东的读书消息。那是在北戴河疗养期间，他带去几大箱书，于山顶、海滩沐浴着阳光，伴随着海和松的涛声，思绪穿越古今，与挥鞭的魏武相会，与王弼、贾谊等青年才俊讨论政治，与唐代"四杰"、"三李"切磋诗词，写下较之碣石更得永年的诗篇。

星云大师说："人生最美、最有价值的事，就是心中有一盏希望的灯。"他还说，在茫茫大海中，靠灯塔指引航向；在人车鼎沸的街道上，靠红绿灯保证秩序；便是家居生活，也要有灯照明，一家人才能在漆黑的夜晚自在逍遥。在心中点亮希望的灯、慈悲的灯、智慧的灯、欢喜的灯、信仰的灯。不过，我心中的灯不是佛点亮的，也不是星云大师点亮的，这点灯人不是别人，正是巨人毛泽东。我坚信毛泽东的光芒永在，我的心灯不灭。

"议见者"

在我的印象中,何新好像是鬼谷子式的人物,出点主意,企图影响历史,是为"高人"。

在中国,何新这样的人物有多少,很难说。何新的下游,相似的人物很多。他们当中,有的热衷于隔着办公桌对着领导坐坐,说几句话,就是天大的事;说过了,就是最大的满足;如果有所面议,就是"共商国是",受宠若惊,非同小可。

我把这样的人物,叫作"议见者"。不论职位高低,层次高下,都是"议见者"。面向领导发点议论,提点建议,当然也可以理解为有所见识见地发表,议论,争议。

早几年,何新的书我读过一些。好像最轰动的是《人民日报》发过一个通版,颇有"当惊世界殊"的轰动效应。受此推动,我拜读了他的《中华复兴与世界未来》等。随之,何新的书进入我的读书生活。《哲学思考》《我的哲学与宗教观》《新国家主义经济观》《诸神的起源》《论语新解》等来到面前,摆上书架,却都没有读完过。规模最大的是《何新国学经典新解系列》,摆上书店柜台或插在书架里,都是长长一大溜,着实让我眼亮心跳过。然而,却只读过其中的《汉武大帝新传》等两三本,当时有较强烈的感觉,现在却想不起任何印象了。何新对钱锺书的印象是:博闻强记,学富五车。读过《管锥编》《谈艺录》后得出结论,所谓"钱学"是一种缺乏根基的学术炒作,没有形成一种系统的哲学或主义。在有夏鼐、顾颉刚、胡厚宣、侯外庐、吕叔湘、唐弢等群星灿烂的社科院中，钱钟书不能算是其中最出类拔萃的，当副院长是因为胡乔木个人鼎力推荐。这是"议见者"何新的一家之言。

我的看法稍稍有些不同，一是认为没有将莎士比亚与马克思作比较的必要，二是觉得钱钟书当院长与生活待遇有关，与他的文学和声望关系不大。此外，我总觉得，钱锺书与何新彼此都可能觉得对方是另类。钱锺书修养很高，但也发牢骚，有些与场合不符的话甚至"怪味十足"。**不过，他是面向历史写书，要的是历史地位，没有当"议见者"的热衷，却不免有对"议见者"的冷嘲。**

我对他们都敬佩。而且，**我愿意以敬佩，以至敬仰的心态看人看事。对于有大创造、大发明、大贡献的人和事，永远敬佩和敬仰**。在敬佩与敬仰的议论中也有区别，但绝不是春秋笔法。

何新也是个学富五车、著作等身的学者，但与钱钟书有很大的不同。他最最津津乐道的还是内递"密札"，外创"效应"。他自己的评价是"一路走来争议不断，有些人似乎想封杀我，可惜做不到。"我的印象与他差不多。但感觉他既不是魏征，也不是曾国藩、李鸿章；既不是郭沫若，也不是钱钟书；更不是胡适和鲁迅，只是一个规模较大的"议见者"。

第二章 心怀敬佩好

为此气味

近日读到易中天的《书生傻气》，第一篇便是对李泽厚的盘点。不过，他对李泽厚的前后感觉都与我大不相同。他的感觉，是比从追崇到遗忘还要严重的差别。我的感觉从来就没有那么大的悬殊，却也有我的特殊。

我对李泽厚也着迷过，但着迷的不是他的思想、他的思考，甚至也不是他的语言。我是喜欢他的气味。他的书，我都喜欢，却不常读，有时碰碰，即为此气味。《华夏美学》《美的历程、《美学四讲》《世纪新梦》《论语今读》《己卯五说》《我的哲学提纲》，都碰过，都是为此气味。过去碰碰，是为此；现在也碰碰，还是为此。

何新在《李泽厚集　序》中说到李泽厚的挑战性，还有他的天才，他的敏锐，他的博学，尤其是他知世而不世故，明察而不刻薄，求仁求知的学人风范。在我看来，他的思想可能过时，理论可能过期，寻求解决的问题可能因解决或无需解决而失去重视，而我要碰碰，要感受的气味，却永远不会过时。

李泽厚自己说，时间没有情感，那是机械的框架和恒等的苍白；情感没有时间，那是动物的本能和生命的虚无。只有期待（未来）、状态（现在）、记忆（过去）集于一身的情感时间，才是活生生的人的生命。我所碰，所感受的，正是这"活生生的人的生命"，只是还要加一个条件词：非同一般的。

为经济学家成相

我对张五常、茅于轼、厉以宁三位经济学家,曾像感受太阳和微风一样感受过。

我的最直接的感受是:张五常"狂",狂得"风光";茅于轼"通",通得"透彻";厉以宁"深",深得"通脱"。

太阳有太阳的温暖,微风有微风的宜人。我从张五常的《学术上的老人与海》、茅于轼的《经济学的智慧》、厉以宁的《经济漫谈录》,同样感受到温暖和宜人。其他经济学家的著作,我偶尔感受的有汪丁丁的《海的寓言》,梁小民的《小民说话》《黑板经济学》,以及善于将冷饭炒出鲜味者编著的《话经济学的人》《话经济学的书》和《经济学家茶座》等。

亚当·斯密的《国富论》,我几次展卷,却没有感受下去。美国引发的全球经济危机,令人没头没脑。现在看来,关于美元的争论和争吵仍然风起云涌。其中的是非曲直,我理不清,也看不透,有时候却也无缘无故生出一些担心和忧虑来。

一位经济理论界朋友打电话说,世界经济又到了一个说不清的时期,连吴敬琏这样的大经济学家也说"说不清"了。面对这"说不清",我连"浅问"也不敢了。却无缘无故谈起对张五常、茅于轼、厉以宁三位经济学家的感受,并狂称为他们成相。或许,我所感受的并不是三位经济学家,更不是他们的经济学,而仅仅是他们偶尔从心中漏出的一滴水。

第二章　心怀敬佩好

我对张五常印象最深的,是他与石头的遭遇。这遭遇不是指他说的把福建寿山田黄石鉴定为石之王的"石帝"乾隆,也不是指他说的与田黄石三足鼎立的灯光冻和鸡血石,而是让他和同学们不用任何度量衡把海滩上的石头重量称出来的艾智仁教授的异想天开的教授方法。我总觉得一个人一生有这样一次遭遇,就可以与女娲补天落在青埂峰下的灵通宝石称为同学了,何况在张五常的从学经历中不单是一个艾智仁这样的名师呢?他心目中的学者是学术上的老人与海,梦寐以求的就是追寻大鱼,为此一生都在追寻,当初是幻想,现在仍在幻想,鱼越大越好,他说,海明威的《老人与海》可不是胡乱写出来的。这好像是说《老人与海》才是最好的学者指南。

茅于轼先生表明经济学就赚钱的目的而言,没有什么用场;对国家而言,却至关重要,因为经济学是一门研究资源配置的学问。既然如此,他为什么还要写《生活中的经济学》呢?因为在他看来,经济学还是一门世界观的学问,它能帮助我们更深刻地理解我们周围的事物,看透它的变化,进而引出自己作调整的要求,这又是关系到我们生活中成功或失败、幸福或挫折的至关重要的事。同样著有《生活中的经济学》的诺贝尔经济学奖得主加里·贝克说:"一位通达的经济学者,必须兼具清晰的头脑、细致的思考及严密的推理能力,特别是灵敏的触觉及高超的文笔,加上热情与关怀的心灵"。一位读者认为:"茅先生的论述不只是有理,而且大出常人意想,经他明示,大有醍醐灌顶之感。"一位报人认为:"茅于轼先生以他的文章和人品逐渐为学人所倾倒，他的文风恰如一句古诗：'润物细无声。'"一位学者认为："茅先生显然有智慧，论理深入浅出，冷静旁观，可以说符合笛卡尔所要求的思想标准：清楚明白。"又说："他首先是个优秀的经济学家，然后是个伦理学家，因为他更多地从经济操作要求去看伦理的需要。"一位青年学者读过他的书后得出的感受是："他是一位很有思想的经济学家。他像一位洞察一切的智慧老人，悠悠静静地述说着身边发生的一件件小事乃至日常琐碎之事，从中点拨出一个个惊人的道理，于不知不觉中，我们被点化开悟了。"我说，**他不是一位站在高处指点江山的人，也不是一位关在房子里说悄悄话的人，而是一位可以产生地热和井喷火焰的人。**

厉以宁先生除了是一位经济学家，还是一位诗人。他有两句诗是："**兼容并蓄终宽阔，若谷虚怀鱼自游。**"这虽然是他对自己的勉励，**我却将此视之为大国应有的风度**。对自己的人民，对各个阶层，对朋友都应该这样。没有做到的美国尤其应该做到这一点。即便这只是我个人的愿望，我也愿意这样愿望着，永远愿望着，直至愿望变为现实。他还有两句诗："从来意静周边静，知否心宽道也宽。"这可以说像毛泽东对孔孟之道的判断一样，有一部分真理：用于自我修养，是真理，是高境界；用于贪心不足的邻居，用于挑衅者、侵略者，就难以行得通。不过，我仍然欣赏"稍浑似比纯清好，摆尾鱼儿出水来"的境界。此外，还有两句我同样非常欣赏："但求遍野花齐放，不信青山不聚财。"这是以一个改革开放者的情怀，对贫困山区建设者的勉励和寄

第二章　心怀敬佩好

语。改革开放快四十年了，希望的光芒越来越近了，渴望终于要成为现实了。

如果将张五常、茅于轼、厉以宁同样都以石头作比，张五常恐怕可以说是一块花岗岩雕塑，看上去很坚硬，摸一摸仍然是冰冷坚硬的。茅于轼恰似一块温润的鸡血石，看上去温润而深沉，仔细琢磨仍然是有血有肉又有骨头的。厉以宁呢？我把他比作齐白石送给毛泽东的"片真老空石"砚台，饱经风霜，阅历丰富，读书颇多，吃墨最浓，然而却又是最充满诗意的。

倒读《顾准传》

《顾准传》我是倒着读的，也就是从后往前读。因为我觉得产生这样一个人，不是他的家世，主要是他自己；与国家前途命运直接相关的，也不是他的家世，还是他自己。

顾准死了，是癌细胞将他吞没的。**其实吞没思想家顾准的，不是他自己身上的癌细胞，而是他所在的环境是恶性肿瘤，或者至少是一种曾经存在于这一国土之上的严重到可以致命的流行性感冒。**

顾准对吴敬琏的临终嘱托是：中国的"神武景气"是一定会来的，要"待机守时"，到时候要拿出东西来报效国家。顾准永远对国家有信心，一位真正的思想家应该这样，必然这样。《从理想主义到经验主义》告诉世人，为了革命，为了破坏旧世界，必须有狂飙式的理想主义，但胜利以后必须实现多元主义、经验主义，发扬民主自由，反对专制独裁。能认识到这一点的不只顾准一人，但坚持并作为宣言的，顾准之外不知还有谁？从上世纪五十年代末期，顾准被划为右派，被开除党籍，被撤销一切职务，被监督劳动，每月生活费40元，被秘密羁押。而这一切都因他独立思想。我相信决定顾准命运的人们绝非让罪恶占据了心灵空间。但是，独立思想的顾准，却以他的悲剧证明了家国的悲惨命运。然而就是这样一个处于悲惨命运的思想家，以他的《商城日记》雪洗了中国人的耻辱——证明中国有独立的创造性的思想家。

顾准是少年天才，是最年轻的教授，是军旅文人，是锋芒毕露的人，是才华横溢的"好官"，是中国经济界提出在社会主义条件下实行市场经济的第一人。顾准的悲惨命运是国家的悲惨命运决定的。然而，他在悲惨中始终没有失去改变国家悲惨命运的信心，也从来没有放弃一切努力。这才是中国的脊梁。脊梁不是一个人，而是一个国家和民族的基本力量，是正义的大地，顾准则是其中最挺拔坚硬的闪光的沙粒或曰金子。

王元化先生认为，配得上思想家这个令人尊敬称号的只有像顾准这样的学者。

朱学勤先生认为，"糟蹋"了官宦锦绣前程，在黑暗中求索的顾准，是给后人写作。

林贤治先生认为，肯定顾准的思想贡献，不是把他当成空地里的英雄膜拜，而是要继续他的思考，超越他的思考。

我认为，不趁着条件好的时候从根本上做好改良土壤的工作，有多少思想家也不够埋葬。

第三章 逃向深入

李零教授说,他一直在逃,从专业学术的腹地逃向边缘,从边缘逃向外面的世界。其实他是逃入了经典,逃向了深入。

静中求味

记得鲁迅先生说过,买回二两好茶,泡了一壶,味道竟与一向喝着的粗茶差不多,颜色也很重浊。尔后换盖碗再泡,静心品尝,色清而味甘,微香而小苦,确是好茶叶。当潜心于写作时再喝,好味道竟然再次溜走,又回到粗茶的味道了。由此得出结论:享此清福须在静坐无为的时候。

读书、听歌、听戏、听朗诵,无不如此,都是静中求味的上等品玩。

晨听莎士比亚十四行诗,歌德抒情经典诗,屠格涅夫散文诗,泰戈尔哲理诗,强化了上述感受;夜读朱自清的《荷塘月色》,季羡林的《清塘荷韵》,拓展了上述感受;心静时读佛经,好像到了静的最高境界,却恐怕仍是自以为是。星云大师写到的"八风吹不动,心静国土静"是何等境界?"身是菩萨心似境,云在青天水在瓶"又是何等境界?

孔子的辟世、辟地、辟色、辟言,无不从大处着眼于静,是政治智慧,处世哲学。武则天的无字碑,是求无,还是求有,我无从知晓,大概并不是为了身后的热闹。不过,精心去品,更多的还是她的一生的回味,是何味却又不容易说清楚了。静静地沉睡在莫斯科郊外的托尔斯泰,没有墓碑,没有十字架,没有任何标志,当得起"生如夏花之灿烂,死如秋叶之静美。"

"静水深流"这句格言,初次听到,眼前展现的不仅是深水

第三章 逃向深入

和蓝天；多次遇到，便感觉不到鲜味。唯有泰戈尔的那句诗："我抛弃了所有的忧伤与疑虑，去追逐那无家的潮水，因为那永恒的异乡人在召唤我"，可以为我的"静中求味"作注。

静中求味的法门何在呢？一位大师讲："平常一样窗前月，才有梅花便不同。"一样的生活，有了般若，吃饭、睡觉、穿衣、教育儿女、到社会工作，就都有了不一样的体会。般若是让我们在人间更自在的法门，是超越知识与智慧之上的究竟法门。佛陀来到人间，说法四十九年，谈经三百余会，在这四十九年的说法当中，有二十二年，接近一年的时间都在讲说《大般若经》。由此看来，静中求味就是要到般若中去求。不过，大师还有一说极为重要：我们最珍贵的心正是此生最艰难的课题，最巨大的秘密。

我不识般若，未入法门，一切的真味在艰辛的探索中，但这探索，尤其是这"索"，也需要一个"静"字。

寻觅大气

凡俗的我竟也在大气层的包围中寻觅大气。

大概还是因为自己太渺小，在自然中寻觅，感觉太空旷无以感受；在人群中寻觅，又觉太嘈杂，无以静察；在书籍中寻觅，书如海洋，茫然无顾；在大师指示下寻觅，路标林立，无所适从……

我低头思索。我抬头望天。我在无助中深呼吸。于是，我在没有回应的无所寻觅处寻觅。

算我幸运，在回寻的路上，竟无意间闯入毛泽东的书法天地。毛体书法告诉我：大气是"横空出世"，令我从辽阔中望到一点蓝色散开；是"当空舞彩"，叫我有所开朗，眺到无边的舞动即是大气；是"刺破青天"，由此想到大气就是无限高度；是"天翻地覆"，让我进而懂得，大气的一切动作都有大的性格；是"风扫寰宇"，这好像是说，大气无处不在，却也应有主宰；是"环球同此凉热"，大气是你我他共有，应同享此中凉热。

受此启示，我继续寻觅。于是，于夜间望到孤独的月亮，望到忽明忽暗的星星，突然觉得大气就在静穆的、无边的、深邃的、不知究竟多大多重的天地间。这天地间有限而又无限，劳累的人们正是在这"有限而又无限"中享受着大气。

我来到吴冠中的田园。他的辛勤耕耘带来超常的丰收。你看他笔下的乐山大佛，从仰视、俯视等不同角度构成全貌，意吞宇

第三章　逃向深入

宙，虹抹脑际，斑驳剥落的庞大佛面，可容宇宙风云叱咤，可使色相天地自由沉浮。本来巨大无比的乐山大佛，经此构画，更加大气无比。他的画外音是：人们都欣赏质感美，其实量感美中包含着面积、体积、容量和重量感等因素，是由长短比例及面积分割等形式条件构成的，它对形式所起的作用远比质感美更突出。他的《在缪斯眼波中荡舟》一文中还曾说过，在缪斯眼波中荡舟，但只见天更蓝了，水更阔了，上有彩鸟随唱，下有锦鳞从游。这亲切熟悉的声音和身姿，使世界变得柔和、美丽、明晰而又暖意洋洋，温情荡漾。这暖意，这温情，是营养生命力和智慧的乳汁。

鲁迅的心田又是一层境界，他没有刻意去追求感动中国与世界，但他的声音惊醒了中国，也震撼了世界。透过《摩罗诗力说》和《破恶声论》这两篇文章，我们可以看到鲁迅的万丈雄心，他要做当代中国的"摩罗诗人"，要做惊世大文，要破恶声、恶习和恶念，震人灵府，使国人摆脱奴性，进至健美刚健。他坚信："只有真的声音，才感动中国与世界；必须有了真的声音，才能和世界的人同在世界生活。"

吴冠中以他的画展示了大气，鲁迅以他的心宣示了大气，毛泽东以他的诗抒写了大气。他们的博大，可以囊括宇宙；他们的精深，可以包容古今；他们的浩瀚，可以涵括万有；他们的高远，可以横绝六合；他们无不"寂然凝虑，思接千载；悄然动容，视通万里"；他们在"吟咏之间，吐纳珠玉之声；眉睫之前，卷舒风云之色。"

相比之下，巨人是大海，我只是水滴；巨人是泰山，我只是沙粒。然而，大小之间依然可以有相同的"振动数"，依然可以有相等的"燃烧点"，只是因为尚有一颗寻觅大气的心。

真是名师高徒。顾随先生高眼深思，他的名徒周汝昌和叶嘉莹讲诗词也总是境高一节，意深一层。他们不是逃向深入，而是走向深入，投身深入。比如与大气有关的话，叶嘉莹先生就说过：伟大的诗人必须有将小我化为大我的精神，而自我扩大之途径或方法则有二端：一则是对广大的人世的关怀，另一则是对大自然的融入。"花近高楼伤客心，万方多难此登临"为前者之代表，"采菊东篱下，悠然见南山"为后者之代表。

第三章 逃向深入

"圈"外的张望

画圈是政治学、社会学、哲学，也是文化学。

几十年过去了，在所谓的从政生涯中，我虽然也画圈，但仅仅像个"小跟班"，缩身于忽略不计的位置。除此以外，就是不时向圈的外张望了。

费孝通的《差序格局》、朱光潜的《乐的精神与礼的精神》、钱锺书的《中国诗与中国画》、季羡林的《东方文化和西方文化》，也是"画圈"，但究竟不是权力的运营，似乎与"画圈"无关，然而不仅不能将他们排除在"画圈"之外，还应有格外的关注。

好像是季羡林先生说过，就文化而言，可以画许多小圈子，世界各民族都产生文化，都对世界文化有贡献，都以自己的小圈子与别的小圈子，以至全世界这个大圈子交会、交流、相融、相持。

从文化的角度看，钱锺书先生也是一位画圈大师。他站在东方文化和西方文化"两个大圈"之上，用画圈和引线两种方式，不仅画下无数个像金元宝似的金灿灿的"小圈子"，而且在各个"小圈子"之间勾勒出像江南水网一样纵横交错的连线。据一位国际圈内人士说，他没有对这些大小圈、线作比较，而是仅仅指明圈线之间的"触点"，神奇便产生了，光辉便更加灿烂耀眼了。在此"神奇"面前，经常并不闭上眼睛的我，大概为光焰所刺，感到有点眩晕，本想努力看个明白，努力的结果竟连做个谦逊的"小跟班"也不敢想了。

据罗素说，对于数学，埃及人只用它来建造金字塔和丈量土地，希腊人则是"为了探索"而开始了对数学的研究。其中对圈和线都很有研究的数学之父毕达哥拉斯最早悟出音乐的和谐以数为主，宇宙的和谐也以数为主，万事万物的背后都有数的法则在起作用。他用数建立起来的圈子是伟大而灵动的，伟大而灵动到既涵括宇宙，涵括音乐，也涵括灵魂。因此他认为人生最重要的是三件事：静默修持，欣赏音乐，研究数学。唯有如此才能妥善照顾自己的灵魂。

蒙田的随笔集像一个并不牢靠的羊圈。他让自己的白羊和黑羊在文学和哲学园地散跑，也让人的灵魂在它们之间出没。他甚至把学究气注入羊身上，把想象力描绘成一把利剑，可以自杀，可以杀人，以至让它腾空而起飞出灵魂之外。不过，他对死亡的乐观态度，却胜过任何哲学家。**他认为"谁领悟了死亡，谁就不再有被奴役的心灵。"教人懂得死亡，就是教人懂得生活。他将死亡这个圈画得很圆，让人觉得死亡才是幸福。**

我通过站在圈外多方张望，依然不明白人类将生死问题研究到何种程度，在张望中只是看到培根没有像蒙田那样将死亡说的那么幸福快乐，却也一口气说出："复仇战胜死亡，爱情蔑视死亡，荣誉渴望死亡，悲哀奔赴死亡，恐惧抢占死亡。"

我的圈外张望着眼点并不在死亡，却也并不回避死亡。

第三章 逃向深入

魂在尘埃中

出版家杨牧之著文发问：佛罗伦萨在哪里？米开朗基罗、达·芬奇、但丁、伽利略无所不在；《大卫》、《蒙娜丽莎》、《神曲》无所不在；佛罗伦萨无所不在。他们已融入自然，成为永存天地的魂。

阳光为我送来感觉，朋友为我张开怀抱。有两位写农村体裁的编剧，让我谈谈如何以简单的故事，写出一部农民以至城里人都觉得是写自己的电视剧。我说，是要写一部当代《阿Q正传》吧，难度很大，我答不出来。众所周知，《阿Q正传》是一部摄魂勾魄的伟大作品，当时的人摆脱不开，近百年过去了，现在的中国人和西方人仍然摆脱不开。鲁迅的笔早已深入世人的灵魂深处，揭示出世人灵魂的静态、动态、体态、液态、气态及其本质。有人指责鲁迅多疑尖刻。我说他是求真求深，不见棺材不落泪，不见泉水不停钻。《新约·约翰福音》载：门徒们说："我们看见主了。"多马却说："我非看见他手上的钉痕，用手指探入那钉痕，又用手探入他的肋旁，我总不信。"鲁迅先生同样有这非看个明白、摸个透彻的执拗。他不是神，不是佛，不是道，不是禅，他的心和魂都在尘埃中。

当代中国人很热衷于发财，总是摆脱不开这个"钱"字，比任何时候都更理直气壮地去挣钱，也更爱钱，甚至更贪钱。然而，如果因此就说"钱"是中国人的"魂"，恐怕不会得到公认，甚至为相当多的人所拒绝。因为仅有如此追求之人，其魂不仅在尘埃中，甚至在垃圾中。

在一个寂静的夜晚，我从床上轻轻起来，轻轻地走入可以与星星对话的宁静中。由此去感受自然，倾听自然的魂的心音。不知是否听到了魂的心音，但总还是有所倾听，有所感受。这时候我想起黑格尔说过的一句话：**"有一个深刻的灵魂，即便痛苦，也是美丽的结果。"**不过，我仍然不期求我的魂脱离尘埃，只求不要过于低卑罢了。

回到台灯下，我随手打开一本书，看到《嘉传》云："或问听丝不如竹，竹不如肉，何也？"曰："渐近自然。"我追求文章的无迹无痕，却也不排斥与尘矣接近。尘埃说，我无所不在。我没有企求无所不在，却固执地认为尘埃并不轻贱。大自然的魂，或者正是飘洒在尘埃中。其身、其声、其色、其质，也是在尘埃中。

不过，我更多感受到的是：太行山的石头，硬朗，结实，有棱有角，气质沉着，质朴中有股阳刚之劲。石山上的老愚公，阳光下的蒙娜丽莎，都已将各自的美、美的灵魂，融入自然。吴天明在《张艺谋传》中也这样说过，他也有此同感同识。

新的阳光向我走来，我站在山石上，借着光线远望，想随着流动的光走入美中，走入自然的魂中。我没有奢望灵魂的不朽，但总希望它的洁净。如果我的灵魂已受玷污，不能融入自然，我宁愿变成一块由尘埃凝结而成的石头。至于是无所不当的泰山岩，还是被愚公视为阻隔的太行山上的守望石，抑或是天天接受河水冲刷的河卵石，均无不可。

"佛门禅窗"墙外谈

不知是否年龄原因,企图扩展思维,或者让灵魂深刻,没有去叩哲学大师的门,却企图从"佛门禅窗"走一条路。

我的《旷思敛语》一书中,有《禅与梦》和《禅海蠡测》两篇涉足佛智禅意,然而也只算是墙头花草,"没根没底"。一度时期对《坛经》着迷,也不过像读《圣经》一样,当文学作品读,算不得"心悟",谈不上"相遇"。

偶然的机会,得到一部物美价廉的《明永乐内务府刻本金刚经集注》,像遇到开锅馒头,未食而吞其香,及至涉口,却未曾消受几何。

我目瞪口呆。

我茫然无顾。

我继续寻觅。

又是一个偶然的机会,与禅学大师贾题韬的惊心动魄之作《坛经的智慧》相遇。

在寂寞中读《坛经的智慧》,虽然谈不上挥窗得月,却也心有所感。其一是感慨:无论如何能到禅海畅游一番,是畅快的。其二是感言:天才的天才是坚信自己是天才。其三是感受:读书,有时回头一望,便是柳暗花明。其四是感想:科学不能解释的问题,佛智可以提供新的视角。其五是感觉:或者是杯盖没有打开,拿起杯子喝水,明明有热热的传向手指,却喝不到水,**是**

心无开悟，还是法无开悟？晒太阳也是这样，终年接受太阳的光和热，却终究没有变成太阳。

走在路上，我先后与星云大师的《包容的智慧》相遇了，与净空法师的《佛法之道》相遇了，与一诚长老的《走向庄严》也相遇了。有几个早晚，我的书房钟声佛语缭绕，好像是走入佛地了，其实，仍然是无门无路。

据说般若是透彻宇宙实相的至上智慧，佛典里也说"般若为三世诸佛之母"。得到了这至上至真至纯至善的智慧，就得到了至乐，就可以成佛。我的诚进也许没有白费。我没有得到般若，却得到开心。一位朋友说，我打麻将你读书，你是非主流，我才是主流。或许他更心开。

特朗斯特罗姆不是大禅师，他的诗却像禅语。我不是因为他是诺贝尔文学奖获得者而喜欢他的诗，而是因为喜欢他的诗，进而想了解他这个人，才知道他是2011年诺贝尔文学奖获得者。大禅师无不是深度意象和隐喻的大师。特朗斯特罗姆也是深度意象和隐喻的大师。他的"深度意象和隐喻"的诗，总是诱我走入无法形容的美的世界。读他的"深度意象和隐喻"的诗，更像是进入禅的境界。比如他有这样的诗句：

宁静的房间。

月光下家具站立欲飞。

穿过一座没装备的森林。

我慢慢走入我自己。

禅语也是人类思维或曰感悟的成果，但不是禅的最高成果，应该与诗是诗人的成果也不一样。大禅师也是人,应该与大诗人也是人一样。但大禅师就是大禅师,大诗人就是大诗人。

铁打的地狱

"我思故我在"已成为笛卡儿的记号,据说也是"上帝"和"自我"这两个最高主管存在的标志。

我几乎是在知道有形式逻辑这么一回事的同时,便知道"金岳霖"先生。金岳霖先生有一个还算有名的逻辑推理:就是将"金钱如粪土,朋友值千金"推理为"朋友如粪土"。徐志摩说:"金先生的嗜好是捡起一根名词的头发,耐心地拿在手里给分。他可以暂时不吃饭,但这头发丝粗得怪讨厌的,非给他劈开了不得舒服……"

有人说过:"如果你要构造一个反对逻辑的论证,你还是不得不使用逻辑。"这话,金岳霖先生也说过,而且是针对权威的反对者所说的,或者别人所说就是对金先生所说的转述。

罗素有一句名言是:"使事业成为乐趣,使乐趣成为事业。"然而,不知是否因为对乐趣的追求过于执着,对理智的认定过于庄严,他也认为"逻辑是地狱"。由此推论,以逻辑思想,便是下地狱。追求有乐趣的生活,就必须摆脱逻辑,跳出地狱。

赵鑫珊说,有了思想观念,即便被关在一个田螺壳里面,也会拥有一个无限自由、广大的世界。不过,我的感受正好相反,**我曾经经历了由崇拜逻辑到厌恶逻辑的非冰川季;耳闻目睹了列宁的热烈和毛泽东的海啸,穿越了歌德的博大精深和泰戈尔的异**

彩纷呈，依然没有从逻辑地狱逃出。我最强烈的感受，比在酷暑中在太阳下暴晒还要强烈的感受是：逻辑是最大的牢笼，是铁打的地狱。

《其实你就是人物》这本书我很喜欢。正像从前有座山，山上有个庙，庙里有个老和尚……**这本书是不是老和尚的陈祖芬在不久的从前写下的**，书里有插图，插图下面有句话：在思维的王国里，每个人都可以当国王。我还说过，我喜欢陈祖芬的随笔，是因为她的写作并非运用了禅的思维，却以一颗纯净之心进入自由王国。然而，其实，我又觉得这一已进入自由王国的著名作家也和我一样：不用苦恼在思维的王国里不能当国王，而仍然要苦恼国王也要倍受逻辑牢笼的煎熬和折磨。

耶稣针对一位年轻人想通过做善事获得永生，可又不舍得变卖财产分给穷人并跟随他，曾比喻说财主进天国"比骆驼穿针眼还难"。很久以后或曰较近以来，陈独秀先生在《基督教与中国人》一文中引用了这个故事和比喻；随后，郁达夫先生也在他的《南迁》一文中引用了同样的事例和意思；再后来一些，陈鼓应先生在《耶稣新画像》中用对比的笔法同样运用了这一比喻；更早一些时候，莎士比亚的《查理二世》也活用了此比喻。老实说吧，耶稣如此说是要劝告这位年轻人舍财跟随他，陈独秀引用说是要论及"伟大的宽恕精神"，郁达夫顺着说是要宣传"尊贫轻富"的精神观念，陈鼓应和莎士比亚活用此比喻，**都是在表达耶稣思想和行为上的自相矛盾**。我在本文中不厌其烦地引用这些呢？既没有宏大的计划，也没有深刻的思考，只是想说明：进入天国的事我没有经验暂时也不想经历，不问其难易；**驳难耶稣的事，也是一种文化思维**，我或免予参与，更不深究；"尊贫轻富"的精神观念是否过时和会不会过时，我也无心其是非，无意深想；提倡"伟大的宽恕精神"，我虽举双臂欢呼并愿随入其流，却也认知到其并非易事；然而，就我的经验和经历而言，我依然深深感觉到突破逻辑牢笼比骆驼穿针眼还难，甚至可以说，词汇、知识、智慧越富有，越是难上加难！

第三章 逃向深入

这折磨有味

有两个疯子,特别让我神往、崇拜,以至五体投地。

我不懂画,面对梵高的画却不能不心驰神往。那金黄的蕴含着生命的搏动的向日葵,那明亮的群鸦乱飞的滚动着热浪的麦田,那蓝天白云下分明是由色彩交响乐勾兑而成的耀眼的小黄屋,那被割去的似乎还不无嘶鸣的像海螺似的耳朵,所有这一切,当然不只这一切,无不明确地宣示着他的与众不同,又不仅是与众不同。

他是天地间绝无仅有的另类。他是太阳断然熔化为铁水似的浓流直接倾泻的色彩。他是晴空下永远荡漾着光波的皱纹。他是格外汹涌的河水升腾的火焰。他是虔诚的灵魂无法控制时发出来的声光。他是地震和海啸刚刚扫荡后留下的记忆。

宗白华说,宇宙的灵魂是:昨夜蓝空的星梦,今朝眼底的万花。梵高正是用他自己的极具个性的灵魂绘出了宇宙的灵魂。他的笔下不仅有大地扩张的框架,而且有万物复苏的答案;不仅有雪景的萧瑟沉沉,而且有饥荒的瘦骨嶙峋;不仅有火焰般燃烧的颜色,而且有冻结于心头的繁霜;不仅有坚强不屈的性格,而且有不顾一切的疯狂;不仅有万千变化的面庞,而且有各具色彩的心灵;不仅有人间的真情交流,而且有天地的若有所思;不仅有僵直的突显于眉头的皱纹,而且有弯曲的重压在心头的磨难;不仅有与希望越来越远的失望,而且有与死亡越来越近的约会;不仅有刺向伤口的谎言，而且有蔑视灵魂的诡计；不仅有神奇般变化的各色图案，而且有不受上帝支配的颜色法则；不仅有浓重与细致的变奏，而且有音调与色彩的交响；不仅有平和与激烈的并举，而且有中正与极端的合并；不仅有美与丑的分界线，而且有天堂与地狱的分水岭；不仅有激动的压抑，而且有幸福的折磨……

我读不透尼采，但总觉得他很深，很空旷，很峻急。深得很美，空旷得很酷，峻急得令人心醉。他的《查拉图斯特拉如是说》曾令我一步步陷入美的绝境，经受了天昏地暗的折磨，飘飘欲仙到不知天高地厚。我似乎闯入一个不知深浅的黑洞，脚下崎岖不平，头顶怪石与星光并存，并有甘美与苦涩的乳汁滴下，周遭的空气时而清新，时而令人窒息。我东倒西歪，我神魂颠倒，我在没有感觉中感受"甘美的宁静"和"清泉的歌吟"。

尼采说"我不是人，我是炸药……我是真理之声。——但是，我的真理是可怕的，因为迄今为止的真理全是谎言。"我没有去感受这些，也没有去领略这些。我只是一个求味者。

我仅仅对味有所追赶，有所追求。味是什么？是太阳的光丝？是大地的韵律？是天籁的妙音？或许简直就是生命的本体？渺小到无知无觉的我，却也在无知无觉中明白：如此渺小的天之屑——人，享受此奇味、厚味、清味、韵味、卤味，本来就是享受折磨。

我站在望不到星空的夜幕下，却有红日、青山、海滩、草地、飞鸟、硕鼠以及乌云向我走来；当然接下来的不仅是骆驼、狮子和婴孩……

第三章　逃向深入

逃向深入

　　我与北大教授季羡林、钱理群、李零的神交，很有几年了。老实说，不管有无资格，他们总是无缘无故或有缘有故来到我的心中。前两位，只有神交。后一位，神交之外，随意面谈，也有几回了。

　　我与钱理群的神交，是从读《周作人传》开始的。钱理群回顾他的人生轨迹和治学之路，认为最有意义的是与周氏兄弟相遇。我与钱理群的相遇，最有意义的则是加深了与周氏兄弟的相遇。钱理群的体会是：人在春风得意、自我感觉良好时，大概是很难接近鲁迅的；人倒霉了，陷入了生命的困境，充满了疑惑，甚至感到了绝望，这时就走近鲁迅了。

　　我与周作人的相遇或者并没有真正相遇，也并不全与钱理群相同。相同的是，同样是在一种启蒙的氛围中，并有与那些更为温润、平和、精致的情感与趣味的着迷；不同的是，他有一种发现的喜悦，我则因为喜欢周作人简素苦涩的文字，而对他成了附逆之人的人生特别惋惜而苦恼不已，惜恨交加。我对鲁迅，不仅感情很深，相遇频繁，而且早已生活在他的世界里。与钱理群相遇后，感觉他直面了一些问题，也深入了一些问题，从而感觉鲁迅更深了。无论是鲁迅领着他走向深入，还是他搜寻着一步一步走向深入，反正是受他们的诱惑，我也渐渐走向深入。钱理群先生说，他是"以不切题为宗旨"。所谓"不切题"似乎是离题有一些距离，"宗旨"是不受"题"的限制，核心则离不开一个"逃"字。逃离"制度化、体制化"，逃向自己的"心向往之"，就像作"无题诗"，其实是有更大更深的"宗旨"。所以我认为，他是心怀"宗旨"逃向深入。

李零刚进入我的视野，便有横空出世的感觉。他的《兵以诈立》，讲兵法独见斐然，讲哲学独见斐然，讲思想史独见斐然。《唯一的规则——〈孙子的斗争哲学〉》，是有了《〈孙子〉十三篇综合研究》和《兵以诈立》，并读了大量兵书之后写成的更精湛的书。用他自己的话说是没有先前的"厚"，就没有现在的"薄"。他还说，西方有"三个卡尔"（卡尔·冯·克劳塞维茨、卡尔·马克思、查尔斯·达尔文——英国的'查尔斯'就是德国的'卡尔'）都是斗争哲学的先知。中国也出了两个精通斗争哲学的人，一个是孙武子，一个是毛泽东。他更深的体会是：唯一的规则就是没有规则。他的《丧家狗〈我读论语〉》揭示了孔子许多秘密。"《去圣乃得真孔子——〈论语〉纵横读》，向深入逃得更远。因此他说，前者是毛坯，后者是精编。他自己则是"老改犯"，像有毒瘾一样，对自己的书总是反复改，越改越深入。他讲《老子》的《人往低处走》和讲《易经》的《生死有命，富贵在天》，都像是一位资深导游，带着你边走边看，越走越深，越看越远，令人叹为观止。正因为他的深，许多深奥的问题都有轻松的表达。比如他说，玩《易》就像玩扑克牌，君子灵不灵无所谓，反而灵；小人非灵不可，可能反而不灵。不过，他也有走进去走不出来的时候。他说《老子》很有意思，形式上、内容上、

第三章　逃向深入

叙事逻辑上、文学手段上，都很有特点。这特点是什么？他从上中学时想起，当上北大教授、博导后，仍在想。一直老老实实地想着，也一直有所狡猾地琢磨着，越想越琢磨，便越深入。越深入，越不明白；越不明白，又越想。就这样在不明白中想着，深入着。他说是把读书当休息、当玩、当找乐子，在深入中找乐子。因此又说，"怕死比死更可怕，爱知识比知识更可爱。"我也认为，读书还是玩的境界最高，大概可与孔夫子的"随心所欲不逾矩"持平。好像还是因为玩，因为找乐子，他说一直在逃。从专业学术的腹地逃向边缘，从边缘逃向外面的世界。此话说过已整十年了，从他此后的研究方向和学术成就看，他是从考古专业逃向了中国古代经典，以雄厚的专业底子站在外面读经典，讲经典，讲得开通而深入。所以，**应该说他是逃向了经典，逃向了深入。**

在我的边读边买边买边读的万余册书籍中，涉及作者大概三千人以上。对于他们的著作，有的是读得多买得少，有的是买得多读得少。而季羡林先生的书，算是买和读都较多。

人们喜欢称季羡林先生为"国学大师"、"学界泰斗"以至"国宝"。他辞掉了这三顶桂冠，只承认他的心是一面镜子。这面镜子有多大？他没有用数量词表达，只说这面镜子一揣就揣了八十多年。在这八十多年里，他从山东清平县一个既穷又小的官庄村起步，走出了清平，走到了济南，走到了德国；后来又走遍了几个大洲，几十个国家。他的足迹画成一条长线，可以绕地球几周。在如此漫长的行程中，他带着这面镜子，看过埃及的金字塔，看过两河流域的古文化遗址，看过印度的泰姬陵，看过非洲的撒哈拉大沙漠，看过国内外的许多名山大川。他住过总统府一类的豪华宾馆，会见过总统、总理一级的大人物。作为一个学者，他已登峰造极。他的书和写他的书，仅2006年就出版了二十多种。他被评为"感动中国年度人物"，曾经的红衣少年，如今的白发先生，一介布衣，言有物，行有格，贫贱不移，宠辱不惊。当所有一切回归到最初的朴实，故事不再需要修饰，身份不再需要吹捧，剩下的只是一种品格——质朴、淳厚、诚恳、平易、骨头硬、心肠软、怀真情、讲真话、多想别人、少想自己。到此，一种欣喜、一种忧伤、一种感悟和温暖一同注入他的身体。这不仅是一种大隐，而且是更大的逃向深入。

叔本华说："学者是在书本中阅读的人；思想家，天才，世界启蒙者和人类的促进者，则是直接在世界之书中阅读的人。"这话虽然有绝对化的倾向，却抓住了主要方面。比如说，上述三位人物，就既是读书本之书的骄子，又是直接读世界之书的阳光式人物。他们的逃向深入最令我神往。因为**逃向深入就是逃向通脱。逃向深入就是逃向渊博。逃向深入就是逃向广阔。逃向深入就是逃向淳朴和简静**。

第三章　逃向深入

"拨云见星"

十年前，雪花带着春光走来的时候，茅于轼先生由京城来到太行山讲课。观其言谈举止，果然是我书中见过、心中向往的大家；后来，读过他的几部著作，确有令人开窍和思通万里之效。

他谈问题，由小里看，往大处想。从《漫议超市》，《珍贵的微笑》，到《大学扩招七年后的反思》，无不以小见大，见微知著。他的《认清中国人的位置》，《和谐的基础》，《市场经济的国家界定》，《我所认识的经济学》，更是将世界性、永恒性的大问题与每个人的命运、当下的急迫息息相通，读后，让人眼前明亮，前途开阔。

佛教有点亮心灯之说，南怀瑾先生是点灯的人，茅于轼先生同样是点灯的人。他的《经济学的智慧》让我第一次看到中国人通过自己的思考写的经济学。他的《生活中的经济学》，以日常生活中的事点亮经济学的灯，以经济学的灯照亮百姓的心。他的《一个经济学家的良知与思考》，随笔意味更加浓郁，见事见人，举一反三，触类旁通，闻一知十，轻松阅读十分钟，便有从观念上被颠覆一次的感觉。

在枯燥与焦虑中感受滋润；在迷惘与茫然中，拨云见星；把生活中的点滴与市场经济的暗钮，出人意表地穿透；用洞察一切的智慧，悠悠静静地述说；以饱经风霜的渊博学识，营造出空谷足音，所有这些无不折射出惊人的智慧，这就是茅于轼先生辛勤耕耘的收获，也是他以自己的智慧为普通人造下的温暖的华屋。

我曾在《感悟世界》一书的扉页上写道：中国将有一批用自己的眼睛观察、用自己的脑袋思考的经济学家和思想家出现。他们不是喷薄而出的太阳，却也可以用自己的光和热为这个世界带来明媚和温暖。

茅于轼先生也是网上的热议人物。有说他是最具前瞻性、超越性和控制局面能力的人；有说他是最善于兴起风浪、最具争议的学者；甚至有人将他与汪精卫画等号，骂他是大汉奸。**不管说什么，无论如何肯定或否定，他都是一位用自己的头脑思考问题的经济学家，都是一位从平民的角度思想的高端人物，都是一位拨云见星的思想家。**

木心先生讲，天堂无趣，有趣的是人间，唯有平常的事物才有新意。又讲，奥妙神秘，是我们自己无知，唯有奥妙神秘因我们的知识而转为平常时，又从而有望得到它们的新意。

我不知道茅于轼先生与木心先生是不是朋友。我想，无论他们是不是朋友，心都应该是相同通的。我明知木心先生这话不是写茅于轼先生的，反而觉得更像是写茅于轼先生的——是谈心，是写实，是茅于轼先生传记的纲要。因为茅于轼先生正是这样一位完全将兴趣投入人间的、全心全意关注平常事物的、轻而易举拨去奥妙神秘面纱而揭出其新意的平民经济学家和平民思想家。

第三章 逃向深入

异果满枝头

　　一棵树上既结苹果，又结桃子、李子，还有杏子，是现代技术的成果；一部经典读出多种结果更是古已有之的常事。《论语》便是这样。

　　孔子的弟子，读出一个不可诋毁的太阳；宋朝的开国宰相赵普，读出治天下的秘诀；勤思善学立志有恒的曾国藩，读出"圣相"的曲谱和"元凶"的痴心。朱熹更有针对性地说，《论语》所记多务本之意，乃入道之门，积德之基，学者之先务也。

　　现代人当中，鲁迅先生读出了一个"摩登圣人"和一块封建文人痴心不馁的"敲门砖"。南怀瑾先生以其笃学、慎思、明辨、融会之心汲汲于《论语》。他读出一个"粮店"。并说，儒家像粮店，打倒了儒家，我们就没饭吃；佛家像百货店，各式各样的日用品俱全；道家则是药店，如果不生病，一生也可以不必去理会它，要是一生病，就非自动找上门去不可。

　　毛子水先生也是《论语》今注今译的一个大家。他读出的是"中国的第一书"，甚至是宇宙第一书。他说三百年前日本学者伊藤仁斋所撰的《论语古义》首页上便刻有"最上至极，宇宙第一"八个字。英国的文学家威尔斯曾把《论语》列为世界十大书之一。他论证说，世界上文明民族的先哲，很多都曾说过恕道，现有存书中以《论语》为最古。希腊的柏拉图和亚里士多德也都在孔子之后。

哲学家李泽厚读出了一个"两半球"——一半是哲学，一半是宗教。认为《论语》是在塑建、构造汉民族文化心理结构中起了无可替代、首屈一指的严重作用的"半宗教半哲学"。他还有一个更加宏大而果敢的看法，认为西方是"罪感文化"，日本是"耻感文化"，以儒家文化为骨干的中国文化是"乐感文化"。他甚至说，**王国维、陈寅恪、钱锺书，是今天人们羡称的三大家，读书多，资料多，见识高，见地深，仅是他们一些片言只语的洞见也抵得上好些书，但是，包括他们，近现代所有大家的所有著作加起来，也不及一部《论语》的见识。**

李零教授说，孔子不是摆设，《论语》不是工具，孔子是人文学者，人文学术都是以无用为用。他把《论语》当孔子的传记读，当孔子的思想历程读。他要破宋学道统，破立教狂言，为孔子去圣还俗。他指出孔夫子和秦始皇，是中国历史的古典对立。这个古典对立是汉朝的杰作，上千年来，谁也解不开这个疙瘩。毛泽东对毛远新说，历史上凡是造反的都要批孔，凡是做了统治者就要尊孔，从刘邦到朱元璋，到太平天国，到蒋介石，从汉人到蒙古人。

第三章 逃向深入

"老子"的样子

我虽然在《旷思敛语》中写过一篇《老子为大》,却并不明白老子究竟是什么样子。

《老子出关图》,是范曾先生画出来的样子;"呆木头","流沙黄尘","千言万语比不上老子的一个零头",是余秋雨先生讲出来的样子;犟牛居士讲《道德经》,感悟出来的又是另一个样子。

卡尔·雅斯贝尔斯没有将老子列为"思想范式"的创造者,而屈居于"原创性形而上学家",比孔子、佛陀、耶稣都低一级。我和庄子一样,认为老子比孔子更高级。更高级的人往往被神化,这也是人类思维的一个定势。如果说孔子是圣,老子则是神。孔子推崇《易经》,也推崇老子。连外国人都认为《道德经》甚至比《易经》更能解释中国传统。法国耶稣会会士傅圣泽(法国名叫让·弗朗索瓦·富凯)就这样说过。德国的黑格尔也说:"老子的著作,尤其是他的《道德经》,最受世人崇仰。孔子曾在耶稣前六世纪往见老子,表示他敬重的意思。"现代老庄研究专家陈鼓应先生认为,《老子》思想系统的完整性和严密性,是超过《周易》的。

二十年潜心研究《易学》和《老子》的新西兰中国文化交流协会会长李一冉认为,老子是超越三界的老孩子,是"博大真人",《道德经》是综三代之统,赅百代之长的"圣经",灵灵觉觉,光光陀陀,体用相俱足,妙哉!妙哉!

我的书架上关于老子和《道德经》的书不下二十种,然而,这在汗牛充栋的老子研究著作中,仅是九牛一毛。"古之人,损一毫利天下不与也";与此相反,"悉天下奉一身不取也"。一毛不拔,倾国不睬,极端决绝。这是杨朱说的,其中说到两个典型人物:伯成子高和大禹。一个是自由比天大,比天下重万倍;一个是心中唯有天下,天下重于泰山,自己则轻如鸿毛。不能说老子心中没有天下,但他不会如此极端,他的天下更大更广阔。

我手边的关于老子的书,部头较大讲解较详尽的书是《老子详解》,为陈鼓应教授的研究生杨鹏所著。我看中的不是他的"高",而是它的"全",是它能提供的不厌其烦的帮助。陈鼓应先生说:"中国先秦诸子中,老子最深刻,最对得起老百姓。"我理解老子之所以最对得起老百姓,就是他的无为,他的平和,他的平安,他的平常,他的设身处地的思想。

冯友兰先生认为,老子是愚的推崇者,推销者。这"愚",不是愚蠢,也不是愚弄,而是希望人类不要自作聪明,乱翘尾巴,弄出一些无关本质的"多此之举"。在人类社会的进程中,多此一举很多,近现代以来,多此之举更多,受到的惩罚也很惊人。用季羡林先生的话说:人类翘尾巴的高度,与受惩罚的程度成正比。这是老子早就警告过的。

中国哲学与文化研究中心主任刘笑敢先生费时十年,集出一部更大部头的书,对五种《老子》作了对勘与析评。这五种老子是:竹简本(甲、乙、丙)、帛书本(甲、乙),还有傅奕本、河

第三章　逃向深入

上本和王弼本。此外还参校了严遵本、想尔注本、和敦煌本等。我不知道老子著五千言用去多少时间，像刘先生以十年黄金时间用于此项研究的，全世界一定还有不少人。这是一项极其严肃与严格的探索性工作。面对如此壮观，我虽然只能望洋兴叹，却甘心脱帽三鞠躬。我想，认真研究完五种《老子》，应该对老子是啥样子有更深的认识，可惜我无此耐心和功力。

余秋雨不仅指出老子是世界性的老子，而且指出毛泽东晚年说《道德经》其实是一部兵书是不对的。事实上，毛泽东之前和之后说《道德经》是兵书的都大有人在。我认为，《孙子兵法》是兵书，《道德经》是更高层次的兵书，是兵法哲学，或哲学兵法。

有一本书叫《老子在今天》，此书还说到"昨天"有四位皇帝御注老子。即：唐玄宗的《御注道德真经》、宋徽宗的《御解道德真经》、明太祖的《御注道德真经》、清世祖的《御注道德经》。他们都是著名皇帝，还有开国皇帝，要御注，帮闲一定不会少。李隆基说《道德经》宗旨在"理身理国"。赵佶是文人皇帝，看问题多着眼于艺术的角度，他说《道德经》"其辞简，其旨远"。朱元璋是农民出身，文化不高，见解却最高，他认为《道德经》"文浅而意奥"，"外虚而内实"，"乃万物之至根，王者之上师，臣民之极宝。"他不仅把《道德经》的意义和作用推上极限，而且将其地位推向极端。福临佛缘很深，见解也别有机数，他的看法是《道德经》"原非虚无寂灭之说，权谋术数之谈"，乃是"日用常行之理，治心治国之道"。

西方的许多大哲学家、大文学家都研究《老子》。黑格尔、海德格尔的理论都对老子有一定的吸收。**托尔斯泰认定：没有孔子和老子，《福音书》就不完全。而没有《福音书》，他们却过得去。尼采说得更直接：《道德经》像一个永不枯竭的井泉，满载宝藏，放下汲桶，唾手可得。**其实这至少说明，《道德经》是全世界高人公认和敬佩的经典著作。雅斯贝尔斯在对古代圣哲全面比较后得出结论：《道德经》是一本出自一流人物的作品是毋庸置疑的。并说，从世界历史来看，老子的伟大是与中国的精神结合在一起的。

对于老子，中国学问家当然更有发言权。章太炎说"老子是头一个开学派。"鲁迅说老子"博见文典，又阅世变，所识甚多"。毛泽东说"学楚辞，先学离骚，再学老子。"陈鼓应则认为，老、庄所创始的道家是中国哲学的主干。不仅在中国哲学史上居于主导地位，而且对美学史、文学史、艺术史上的影响之大，也非其他诸子所能望其项背。

李零教授考古、古文字、古文献底子深厚，他读书、讲书举重若轻。他说喜欢《老子》的睿智深刻，篇幅短，意境深，特别是其消极无为、飘然出世，被庄子发挥的一面。他讲《道德经》的书，书名就是《人往低处走〈老子〉天下第一》，《题辞》则是："小孩都归大人管，大人都归领导管（过去叫帝王），领导都归老天管。老天又归谁来管？答案是老天他妈，老天他妈的肚子。"

《老子》究竟是什么样子？老子还是老样子，我们却可以读出多种样子。万人万眼，各呈其妙；潇潇洒洒，何其壮观。

第三章 逃向深入

哲学的起跑线

我站在哲学的草丛间观察。

鲁迅说他的哲学在《野草》里。我总觉得，他是在生死两界，在星空与地面，在黑色的深渊与无名无色的岩石上钻探。他的哲学是用血水与岩浆浇灌出来的有色的草叶和惨白的小花。

据说黑格尔的哲学在做题中产生，在做错题中发现。发现的不仅是规律，而且是真理。他用非肉眼看到，在数中，造物主创造了多么不可思议的法则。帕斯卡尔与黑格尔同做一道题，却得出不同的答案。对帕斯卡尔而言，哲学的首要任务是发现人的软弱与救赎。黑格尔却说，人应尊敬自己，并肯定自己配得上最高尚的东西。他特别推崇音乐的价值。他认为不爱音乐，不配做人；只有对音乐倾倒的人，才可完全称为人。

有人将维特根斯坦的哲学称为留在琴弦上的思绪；有人将思维推向比地狱还要黑暗的深渊；有人跌入瓶底，四处乱碰，哇哇乱叫；还有人和狗对话，拿天空当课桌，以白云为讲坛。这都是哲学家活动的天地，都产生哲学。

枣树、小红花、灰土、墓碑、死火、颤动的床和肉、饥饿、痛苦、惊异、羞辱、欢欣，生命的腐朽、地火的奔突、熔岩的喷发、星星的眨眼、树枝的伸欠、雪花的升腾与漫舞、灰土的抖动与钻营、影的彷徨与呼喊，都是哲学的材料和材料的哲学。

垃圾也产生哲学。"水是最好的"，"太阳是石头"，"用污泥洗脚"、"禁吃豆子"、"进食是烦恼的根源"、"妇女应当在冬天吹北风的时候受孕"、"接吻也是一种仪式",全是哲学家的格言。有此格言者,便是伟大的哲学家。

当然也有人说哲学开始于抬头看天。西方历史上第一位哲学家泰勒斯就因为仰望天空而成为天文学之父和哲学之父。不过他却断言"水是万物的本原。"为此,尼采惋惜地说,泰勒斯看到了存在物的统一,而当他想传达这一发现时却谈起了水。周国平则说,抬头看天,意味着跳出了局部,把世界整体当作思考的对象了。

也有人说灵魂是天狗,肉体是地狱。"天狗"四面嗅着,老觉得不对劲。因此愈是优秀的灵魂,就愈焦虑不安。一天,郝拉克利特的灵魂登上奥林匹斯神山,从那里俯视尘寰,只见众生如畜爬行,他知道自己渺小的身体也在其中。于是他对自己说:"一切在地上爬行的东西,都是神的鞭子赶到牧场上去的。"从这句话中,有人听出了蔑视,有人听出了自卑,也有人听出了宿命。他们分别成为政治家、文学家和哲学家。

在我的印象中,哲学是先辈的玩意儿,越是早期,哲学家的思考越有味道。他们说出来的话,让人感到**头顶的星空和脚下的地面没有太远距离;上面的上帝和下面的人类没有太大隔阂;太阳的移动和河水的奔流在一个镜框里;会说话的人和有机会发言的上帝可以对话**。越到后来,哲学越贫困,越令人失望,不是为古人当秘书,就是拾古人的牙慧。

我们不妨做个比较:古代的哲人说"万物在流转",今天的哲学家却说"我与他的关系"。古代哲人说"人是万物的尺度",今天的哲学家却说"他者的意义"。古代哲人说"理性即是神明",今天的哲学家却说"犯错可能性"。古代哲人站在山顶与上帝交谈,今天的哲学家爬在砖缝间与蚂蚁对话。李泽厚的厚厚的《哲学纲要》,开宗明义第一句就是"至少从存在主义开始,当然也可以从康德算起,哲学的重心已经转移到伦理学。"他还说:"伦理学今天实际也已一分为二,即以'公正'、'权利'为主题的政治哲学——伦理学,和以'善'为主题的宗教哲学——伦理学。"

老子说:"无名天地之始,有名万物之母。"凡有皆始于无。王弼注:"天下之物皆以有为生。有之所始,以无为本。将欲全有,必反于无。"我想,哲学的起跑线应该定之于"无"。不如此,便等而下之了。

蠓虫臆思

蠓虫也在思维,正像蝌蚪也会游泳。

一则资料称:王国维教导学生,宜悉心苦读以发现问题,不宜悬问题以觅材料。这是对"疑古派"的批评,也是对胡适所谓"大胆假设,小心求证"的不以为是。

我在糊里糊涂的阅读中,眼前总是晃动着各种地盘和像蛛网一样的路径。在路径的交叉处,分别由梁启超、王国维、陈寅恪、赵元任、吕思勉这样一些大蜘蛛盘踞着。

我彻夜冥思。在思想到额头的汗珠和太阳的红脸同时放光的时候,得出答案:哲学思维是人类训练自己的一点过程。历史思维也未必不是如此。文学思维呢?或者只是这过程的一点娱乐。

二十一世纪的一个根本特点,就是许多事情"迅速成为历史"。大师丛生的时代已然消逝,那些生活在二十世纪的大师似乎有着"永远的影响",却也成为不合时宜的人物。

二十世纪稍早一些时候出生,二十世纪稍晚一些时候离世的钱锺书,也是一个大蜘蛛。据说这个大蜘蛛同样不为利益所动,不为金钱所惑,不为声誉所诱,甘为"不合时宜"。或许正是因为他有着一肚子"不合时宜",又善于吐丝筑房,才成为外国人神往的两处景观之一:长城之外的钱锺书。

据说钱锺书先生的《管锥编》字字由戬称出,仿佛诸葛亮布八阵图,暗扣甚多。而他的"通"与"入",又竟是那样自然:

第三章　逃向深入

"天理流行，天工造化""心匠之运，沉瀣融合""登高目极，临水送归；早雁初莺，花开叶落。"

大蜘蛛的地盘不小，网面极大，暗扣很多。然而，就其"每则"构架而言，又似乎仅是"类蛇之自衔其尾"。有人说，这样的特点将德国犹太哲学家卡西雷尔的"关联法"、美国诗人庞德的"意象法"、毕加索的"想象力"，以及他自己本来就擅长的"讽刺""突变""冒险"等艺术手法，巧妙结合，充分体现。

这又怎样呢？蟋虫又思：他天生是一个训练者，或者是一个超强训练者。

"—"（墓志号）

凌晨，在睡得很深的时候，做了一个梦。

梦见看《周作人自编文集》。《序》的第一句是："我与鲁迅的《野草》比，只能算是'—'（墓志号）。"

梦竟是如此真切。我甚至怀疑不是在梦中。同时我依然在梦中想："原来这'—'，是个（墓志号）。"

梦见这"—"（墓志号）之前，好像还做过更深幽更有意味的梦。大概因为走得太远太深，竟为遥远吞没，返回来的时候什么都没有带回来。

我费力地想。后来又在与这记起来的梦似离非离的状态下想起，这"—"（墓志号）竟是催我回来的唯一，让我恢复记忆的唯一，也是这个早上令我满意的唯一。

之后，我又站得更远一些去想，终于明白之所以梦此，是因为昨天有人送来《周作人自编文集》，今早五点起来，改过几篇《小语》，又躺下，看过几行《雨天的书·鸟鸣》。只看几行，睡过去了。睡得很深，走得很远。在返回的途中，有这梦。

弗洛伊德说："每个梦都可以变成一个有某种意义的精神结构，并且可以在梦者的日常生活的精神活动中寻找到他指定的位置。"

我向日常生活去寻找，面对的只是一片汪洋。

我向阅读的痕迹去寻找，找到的也未必就是梦的材料。

第三章　逃向深入

周作人先生虽然说过，田园式的境界是他荒芜之心偶然的避难所，但这并不等于就是"一"（墓志号）。

周作人先生虽然抄过"不久将睡在地下"的希腊诗，但他对墓地的事，尤其对为其书造墓的事却未必热衷。

周作人先生虽然写过"毕竟葬者藏，而且空不入水，水不入土"的文字，却没有像鲁迅那样，为自己的文章"造一座小小新坟，一面是埋藏，一面也是留恋。"

然而，"一"（墓志号）既然在我梦中成像，并与周作人一起成篇。既然如此，总该与周作人有些藕断丝连的关系。我总觉得，甚至可以武断地作出结论："一"正是周作人的小照。

最近看到谢泳转述的，说可能是周作人未入集的一首佚诗。谢泳说是在日寇控制下的北平的《雅言》杂志上看到的。是刊在《藏园老人七秩寿言专刊》上的一首五言律诗。这位"藏园老人"即是该杂志社的社长傅增湘。谢泳教授认为，"虽然是一首应酬之作，但多少也有周作人自己的一点心迹在其中"。我认为，似乎也可视为接近于他周作人的墓志铭。说是"接近"，是因为他有那一段不容宽恕的历史，所以高了；如若没有那一段不容宽恕的历史，却又低了。诗如下：

先生真大隐，人海任优游。
独享山林乐，难忘家国忧。
丹铅传世业，皓首缅前修。
眉寿应称庆，芜词代献酬。

他隐吗？他优吗？他乐吗？他忧吗？他值得庆与酬吗？他自

己也说不明白,似乎也不敢或不便说明白。他仍然只配这个"一"(墓志号)。

《易传》云:"子曰:书不尽言,言不尽意。然之圣人之意其可见乎?子曰:圣人立象以尽意。""立象以尽意"竟是圣人的开创?我虽然接触过龚鹏程教授讲《文化符号学》,却如同《易经》以及"河图"、"洛书"一样,并没有真读过。既然以往没有任何文化符号深印于脑,怎么会有这"一"(墓志号)出现呢?我百思不得其解。

百思不解:怎么会命名"一"为"墓志号"呢?"他"怎么会是"墓志号"呢?然而又想:梦是意识和潜意识的广阔途径。"一"作为破折号也可以,因为此后可有种种解释。然而在我的意识"他"早已是被埋藏的"墓志号"。

第三章　逃向深入

冷寂——艺术的温床

我衔住一片阳光，没有吞下，却担心脱落。读《野草·死火》，突生此觉。

死火在冰山之间，冰谷之中，在死寂的世界里。没有阳光，没有微风，没有小草，连冻僵的遗骸也没有。生命一旦如此，即使一团火，也是死火。

冷藏是为着鲜活，僵化则无异于死亡。

僵化等于死亡，冷寂则是艺术的温床。

杨义先生为了拓出文学评论的新境界，有"悟析兼用"四个字在心中发酵经年。这很有点中西合璧、极尽中西思维两大功能的味道，更何况还有为这"两大合力"的共奋而"发酵经年"呢？他在发酵中醒悟，在发酵中通透，在发酵中贯通化境，从而找到通感的"灵"而运用自如。

我企图从《向日葵》到《蒙娜丽莎》，到《耶稣受难》，再到《圣经》、《老子》、《庄子》，找到一条通感的宽途，至今没有找到，越是寻找越是感到了冷寂。

《魅惑之源》中有这样的系列故事：三国时魏国的钟繇特别迷恋书法家蔡邕的一件书法作品，因借阅不到不仅伤心痛哭，而且捶胸吐血晕死。后来，他听说这件作品陪葬在韦诞的墓穴里，就找人掘墓盗取。盗得后大喜过望，终日拿在手里，连上厕所都要精心研读。有好几次因为揣摩入神，竟在茅房里蹲了半天，以致家人四处寻找，惊动四邻。唐代画家阎立本路过荆州见到张僧繇的壁画，初看时有些不服气，第二天又去细看，觉得确实不错，不愧是当代好手。第三天接着看，越看越觉得好，于是就睡在画下十几天不忍离去。一个观众看同一部电影次数最多的记录是940次。这位观众是英国的迈拉·富兰克林夫人，她所钟爱的电影是美国于1965年拍摄的《音乐之声》。这三位迷恋者，一位是书法家，近于书圣；一位是画家，被称画圣；一位是电影观众，可称为影迷冠军。他们共同的一点是"热烈的执着"，同时我们应该想到，这"热执"后面的"冷寂的储蓄"。

　　"热执"是对"冷寂"的暴发，热望变为冷寂或者便是新生将临。

第三章 逃向深入

雅的残酷

外面飘着雪,轻轻地,时有时无,恰似梦中"挟飞仙以遨游,抱明月而长终"那点随雅。醒后,随雅变成垃圾,明月沾满污垢。由此推想,雅或许是好的吧,有时却也不免掉入残酷的泥坑。

20世纪九十年代,一个叫杨丽娟的女孩子梦见刘德华走进她的房间,由此开始长久而残酷的逐华梦。先是由父亲陪着到北京看刘德华演出,而后追到香港,去了七次且未见成。为筹措资费,父亲曾决定卖肾,到了医院因法律禁止没有成功。经过连续十年千方百计,虽在舞台上见过一次刘德华,并未如愿,父亲被迫自杀,她仍然没有中断追华梦。如此向雅,如此求雅,如此对雅的追逐,还叫雅吗?这不是雅,而是雅的残酷!为了雅的追求,弄到家破人亡,难道不是残酷吗?难道不是"残酷"到了"残忍"吗?难道不可以说不仅是"期求无情",简直就是"心肠狠毒"吗?或者有人会说,为了爱可以不顾一切。这是爱吗?"爱,首先意味着给予,意味着把自己所拥有的奉献给他人。给他人以快乐、幸福和温暖,是爱的使命和归宿。"这话是超越种族和国界的大诗人纪伯伦说的。诗人已逝世八十多年了,倘若地下有知,我想他依然会坚持这样的爱的信念。诗人还有诗曰:"心儿哟!人们若问:'你的所爱在何方?'你说:'我已迷住别人。'然后显得很高兴。"由梦到追的女孩子杨丽娟,无论是雅的追求，还是爱，都应该仅此为止。

　　贾平凹的长篇小说《怀念狼》中有这样一个情节：将猫尿撒在一块手帕上，再将手帕铺在蛇洞口引蛇出来，蛇是好色的，闻见猫尿味就排精，有着蛇精斑的手帕只要在女人面前晃晃，闻到其味的女人就犯迷惑。这当然是小说家言。但联系贾平凹说过的"少妇好啊！"以及有人说《废都》是贾平凹的情旅自传，便不能不让人想到文人的雅虽然是美艳之至的，却也是与残酷难舍难分的。

　　不过，也有并非传奇，却可见雅的砝码。据说梵高在世时只卖出过一幅画，售价只有200法郎。还是这幅画，今天却卖到5000万美元以上。他的《没有胡子的自画像》是7150万美元，《伽赛医生像》是8250万美元，鲁本斯的《殴打婴儿》是7350万欧元，毕加索的《拿烟斗的男孩》是10416万美元。画的价值是怎样确定的，增值是怎样形成的，一言难尽，但其中不能说没有雅的攀升。这攀升的价格对普通人而言也只有残酷。

　　据说大诗人陶渊明不解音律，却喜爱素琴，每有朋酒之会，则抚无弦之琴，曰："但识琴中趣，何劳弦上声！"有人说，这仍然可以抒发平淡玄远的生活情趣，寄托崇高深刻的人生理想。在我看来，这仍然是雅的极端。雅本来是平淡适度的美，如此极端，是否也近乎残酷了呢？

　　我未必没有对雅的向往，但没有像杨丽娟的追逐到如此执着；没有像贾平凹那样贪恋到如此离奇；没有像梵高的画价那样让人酷暑难当；也没有像陶渊明的情调那样高雅到让人不可捉摸。我只是目睹垃圾,想到肥料;看到泥土,心呈绿意;面对自然,感到空灵。仅此而已。我并没有不满意这仅此而已。

这山这水

我没有到过金字塔下，此刻却站在大卫的雕像前，面对佛罗伦萨的阳光、丘陵、树林、湖水想：这山这水，出过这样一些人，在那样一个时代。

我继续在心里发问：是因山、因川、因河，还是因祖先的积蓄，教堂的钟声？悠扬的钟声是否波及湘水边上的曾国藩，震醒峨眉山下的"三苏"？据说山川、河流、厚土无不蕴藏着奇气和力量。中国的朱熹笃信风水，说过中国华北地区是"大好风水"。太行山为玄武，泰山为青龙，华山为白虎，黄河为玉带，中原地区为朱雀明堂，嵩山为前案，淮南诸山为第二重案，江南诸山为第三重案，五岭为第五重案。不知用朱熹的眼光看来，佛罗伦萨的山水应作何解释？毛泽东虽曾说过"山川奇气曾钟此"，却也与此无关。

当我从书中看到爱因斯坦在发现"相对论"的一刹那激动不已的情节时也曾激动不已。静下心来之后却曾想：**倘若能借爱因斯坦的慧眼研究山川地理，以此与中国的风水学相结合，或许会有令人更加激动不已的又一部"相对论"出现呢。**平心而论，从观察星空开始的自然科学已经走出很远，作为科学的最后观察对象，人与自然相辅相成的研究却远远落后。

看黄宾虹的画，整本整册，连续的整本整册，全是山水。他终身钟情山水，他对山水的解读是："览宇宙之宝藏，穷天地之

第三章 逃向深入

生机,饱游饫看,冥思遐想,穷年累月,胸中自具神奇,造化自为我有。"这番话已超出画家的眼界,但也只是有所超出而已。

范曾说:"黄宾虹这三个大字,宛若一座雄踞中国山水画大师群峰的峻拔而险巇的大山,广不可方而高不可极。它,那么沉静,那么肃穆,那么葳蕤,那么葱茏。黄宾虹已成为一种博大而沉雄的文化象征,一种悠远而穴窈的历史存在。"读这样的文字,是令人神往的,然而却依然不知这背后深藏的许多伟大秘密。

夜深人静的时候,我以谛听和渴望面对天籁;暗夜转向白昼的黎明时刻,我以同样的渴望等待天启。我期待在天籁和黎明中得到启示。

云层高手

《沧桑看云》是用史家笔法写成的随笔集。作者李辉,是《人民日报》的作家型记者,业内公认的高手。这"公认"二字,也是同行公认的高手说的。

此书到手的第二天,我通过朋友与李辉联系后发去短信:读着《沧桑看云》,思绪的另一端却不由自主飞到司马迁那里去了。我不是说作者是当代的司马迁,而是说把文笔浸入历史沧桑中的《看云》上升到司马迁的云层中去了。李辉回信说,黄宗江先生也是这么看。

李辉的同行还下过这样的评语:他忠直地解析着人心和政治的风云。这些旧闻旧事、陈迹残影的当代回声,融入了讲述者的感情,敞开了历史新的可能性和复杂性。

我赞同以上评论,同时还认为,史家是有情有义的,《二十四史》大体都是有情有义的,情感最浓烈者当属司马迁和他的《史记》。这"浓烈的情感"也正如《圣经》中所谓的"骨中骨,肉中肉"。只是已很难分辨这"浓烈的情感"是从司马迁身上取下来的,还是《史记》已作为一个生命体自己生出来的。反正是作者与他笔下的"史"已成为一体——一个有着强烈情感的永生之体。正是这样,手握史笔的李辉将他的情义浸入他笔下的历史人物,使本来有情有义的历史人物在重新活起来的同时更加有情有义。这些更加有情有义的历史人物,不仅更加有力地活在当代

第三章 逃向深入

人的心中，而且像太阳一样放射出不灭的光芒。同时，所有有情有义与历史的碎片粘连，变成冷静，变成平缓，变成残酷，揭示出历史的多个层面和多个侧面。如果再进一步问到作者的内心，只要仔细体察，就会感到流淌在字里行间的情感之河是温泉，是热流。这"热流"有热浪滚滚的时候，也有平缓冷静的时候。比如，他写郭沫若的以下几句话应该就是在平缓冷静中写下的。他写道："太阳是自己的。换句话说，自己就是太阳，把一切照耀。"但是后来，"太阳变成一只高亢的雄鸡，只要一见到'太阳'，就马上引吭高歌"。这也是历史。面对这样的历史，作者又以更加冷静的笔调写道："非己，意味着熄灭自己的光"。或者这并非是冷静，而是把心底的愤怜交加变成一种愤火，以冷静的笔调注入笔端。

为此，我重重地感觉到，李辉的笔确有史家之沉重，杂文之辛辣，且有太史公看似平缓却浓烈的爱的激情。写到这里，想起汪辉说过的几句话，查了一下书，原话是："鲁迅对中国历史和现实的深刻洞察，对于一个知识分子内心深处的黑暗记忆的挖掘，在他的文学和思想世界里弥漫着的那种混合着地狱和天堂气息的、纠缠着绝望与希望的氛围，对我而言，是一种真正的启蒙。"对此，我的感悟是，鲁迅身上流淌着司马迁的血，李辉身上也应该流淌着鲁迅的血。这流淌，是大河，也是长流。我不知道李辉先生在这大河长流中如何定位，但他的确怀着一颗大爱之心上到高端间的云层中去了，并且，越是上到高端，越是与人民、与正义有着血肉不分的联系，越是对人间是非看得明白。所以他能够透过云层，拨去迷雾，让更多的人看到人间涌动的爱的波澜。这爱的波澜，在历史中、也在现实中，在历史的现实中，也在现实的历史中。

这些年，真是大利于莺唱歌，燕起舞，蛟龙腾飞的大好时光。中国社科院这一藏龙卧虎之地，已然形成了龙腾虎啸的局面。仅就随笔而言，这一局面加上李辉先生的成就，更引起我随笔情结的翻江倒海：较早的有钱锺书、俞平伯、季羡林、余冠英、唐弢、王瑶、王力的随笔都曾让我陶醉过；后来一些的有钱学森、李泽厚、刘再复、李学勤的随笔，也让我喜欢；近来有资中筠的《读书人的出世与入世》和《冷眼向洋：百年风云启示录》在读书界形成浪高一丈的新潮。他们当中，有的是文学研究家，有的是文学史家，有的是语言学家，有的是哲学家，有的是科学家。他们都是云端高手。随笔只是他们的"副业"，却未必不是他们的"尖端"产品，其对大众产生的影响甚至超过他们的"主业"。他们大概都可以称为司马迁的"高足"。资中筠在她的《无韵之离骚——太史公笔法小议》中谈到：她从小就心向往之的太史公以极其简洁、凝练的文字囊括了广袤的空间和绵远的时间……；尤其以克制、含蓄的笔法，表达了深沉的感情和强烈的爱憎。……千载之下，仍然能使读者不知不觉跟着作者去爱、去恨，是其所是，非其所非。

在我没有规划的读书计划中，《史记》一直是我再次三番要精读的书，对其精读的向往甚至在"四书五经"和《老子》之上。我在四十岁以前，曾有两年多在前后高度紧张之间的"清闲

第三章 逃向深入

时光",上下班时都带着《史记》以及一些参考书实行"天天读",所用的是岳麓书社出版的白文本和《历代名家读史记集评》。后来到手的还有中华书局注释本,台湾教授们合译的白话本,几种规模不等的线装本和规模最大、规格最高的百衲本。再后来,好长时间置于床头不时翻翻的则是《史记菁华录》。我不是感受《史记》,而主要是感受司马迁怎样写《史记》。此外,还常在手机里听几位大家朗读《报任安书》。由此感受他的情感流动,以及这流动中的韵律和意味。我对李辉的推重,恐怕也是从中遇到了有所相同的感受。

或者还可以说,我如此向往、关注、涉身《史记》,关注的重点还有"文章尺度"——如此之人以如此之笔写如此之文的法度与追求。正因如此,我几乎是在读任何书时,都会以司马迁及其《史记》为尺度去进行掂量,以至"开刷"。

此刻在对李辉"开刷"的时候,我就不仅对他本人这样刷了几眼,而且还把他的两位领导——梁衡和范敬宜"请"过来一起"刷"。"刷"的结果呢?从李辉身上刷出一个"大"字(大人物,大事件,大情感);**从梁衡身上刷出一个"质"字(叙事,说理,意境,都有质感,本质持重,品质上乘);从范敬宜身上刷出一个"静"字(季羡林先生称之为四真之境,我感觉是情从静出,静水深流)**。他们作为云层高手,都可以到司马迁的客厅喝杯茶。至于是"茶","上茶",还是"上好茶",就说不准了。

小记:此篇与李辉先生沟通后作过修改,并依他的意见删除了个别人事。接受朋友的意见修改,是我最高兴做的事。这应该就是"有朋自远方来"的快乐吧。

直接差距

为什么有的人能领悟人生的真谛,而有的人只能将希望寄托于神明、日夜祈祷以求消灾得福?为什么我们不能成佛?我们和佛之间的差距究竟在哪里?

这个问题不仅不是我可以回答的,就是让通人南怀瑾回答起来也非容易。我只是直觉地感到:我们与佛的差距是直接差距。就是与南怀瑾先生的差距也是直接差距。

南怀瑾先生是一位通人——他的学问四通八达,贯通古今;他的做人开阔通达,贯通中外。无怪乎有人要惊叹:这才是奇逸人中龙啊!

我是从《论语别裁》开始通读南怀瑾先生的。感觉正像人们普遍认为的那样,他是大题小讲,举重若轻;大道至简,深者不觉其浅,浅者能见其深。此外我还觉得,他的眼好像是什么都能看到,他的心好像是什么都能想开,他的范围好像是没有范围,他的目标好像是没有目标,因此,他的终极也好像是没有终极。

梵蒂冈教皇说他是"通天教主",送他四句话:"上下五千年,纵横十万里。经纶五大教,出入百家言。"南方科技大学的校长、科学院院士朱清时说他是千古一人,不跟春秋战国时期的老子、庄子相比,至少五百年来没有过这种人。不止儒、释、道在他身上真正实现了融会贯通,还通过年轻时就向诸多

第三章　逃向深入

著名学者请教，经过当垦殖司令、报刊编辑、政治教官的历练，特别是三年闭关精读《大藏经》，此后又潜心研究《永乐大典》和《四库备要》，实现了真正的学问通达。所以，他不仅是博古通今，还包括佛学和科学的打通，都大见成效。他说，佛学当初是当作一门科学来研究的，但不是用近现代自然科学的方法，近现代自然科学的方法是从培根他们开始的，是用实验来验证真理，然后再加上亚理士多达开始的形式逻辑和推理。佛学没有用外部实验方法，用的是内心证实的方法，靠每个人自己的感悟和直觉去证明。他指出直觉这个东西，实际上是人类认知世界的另一种方法。现代人直觉越来越少，是因为依赖外在的东西太多，杂念和欲望太多，就像过多依赖计算机和算盘，心算能力就差了。释迦牟尼时代的人心与大脑极为安静，就像我们的超导体一样，所以能捕捉到很多我们看来高深莫测、神妙难以理解的现象。

启功先生写过一幅联语："一路沿溪花覆水，几家深树碧藏楼。"李泽厚则说，佛知空而执空，道知空而戏空，儒知空却执有，一无所靠而奋力自强。又说，生烦死畏，追求超越，此乃宗教；生烦死畏，不如无生，此乃佛家；生烦死畏，却顺事安人，深情感慨，此乃儒学。这应该是通人的感悟。南怀瑾先生则悟得更深也更透，他只用一副对联作了概括："佛为心，道为骨，儒为表，大度看世界；技在手，能在心，思在脑，从容过生活。"

写到这里，我似乎又明白了一些什么，但就感觉和感受而言，还是四个字：直接差距。

《伊索寓言》这部经典名著，我是既熟悉，又陌生。三四十年我就在较长时间里手捧此书给孩子们讲故事。于今，三四十年过去了，孩子们都已超过我当年的年龄了，我竟几乎未再惊动它。不过，有些事物并不在于你经常翻晒它，照样会在说不定时候的时候来到你的面前。"龟兔赛跑"这个故事，此刻就不声不响出现在我的眼前，并且告诉我：专注是一种态度，更是一种品质。这种品质是可以塑造的，但必须在日常生活中，在认准目标的同时，不分心，不骄傲，不放弃，脚踏实地走好每一生，做好每一件事，精诚所至，金石为开。能如，"直接差距"或者可以在缩短和消除中。

第四章 穿越时空的触摸

我渴望到魏晋的田园和林下去散步，与嵇康、王羲之、陶渊明聊聊。

美学的散步

我喜欢散步。用双足散步，也用心灵散步。**街上散步，恰似露天看戏；书店散步，相当沙滩捡贝；书房散步，无异会见新老朋友；书中散步，则是在智慧的汪洋中游泳。**

当我漫步于宗白华的《美的散步》，才懂得散步的美；游览了维特根斯坦用艰难的思维构建的"诗意的哲学"园地后，才知道玫瑰、常青藤、草、栎树、苹果树、玉米、棕榈都可以用人性作分析。这收获让我产生与植物一起散步的欲望——与"哲学应该作为诗歌来写"相一致的欲望。

荷马应该没有到中国的万里长城散过步，但他的史诗中的突罗亚城的发现者希里曼却面对中国的万里长城发出惊世骇俗的赞叹："我曾经从爪哇岛火山的高峰上，从加利福尼亚的西拉利瓦达的山顶上，从喜马拉雅山的高处，从南美洲的哥地乃的高原上见到过阔丽壮伟的景象，但是永远不能和我眼前展开的这幅雄奇瑰丽的画幅相比。我惊讶着，震动着，被捉住了，欢喜赞叹，我不能习惯于一眼看到这么多的奇迹。"

"这是人类双手创造的最奇伟的作品。""它对于我好像是洪水以前巨人族的神话式的创造。"这是奇伟的散步发出的奇伟惊叹。散步以至如此，就是奇伟的散步。这奇伟是无与伦比的壮美。

门采尔有一首小诗，诗曰："太阳的光，洗着她早起的灵魂，天边的月，犹似她昨夜的残梦。"宗白华先生说，这幅画全是诗，也全是画。诗和画里都是演着光的独幕剧，歌唱着光的抒情曲。我说，这是心灵的阳光散步，心灵的阳光才是美的眼睛。心灵的阳光可以作穿越时空的触摸。能穿越多远，穿越到何处，全在于经过修炼的心灵空间和心灵空间的修炼。

　　同样都是散步，门采尔的散步是心灵阳光的泄漏，希里曼的散步是奇伟的惊叹，宗白华的散步是美学的扩展，而我的散步呢？我将它定位为只是温馨的休闲。然而，我相信我在这温馨的休闲中感受美的静味，也不失为散步的优雅。

穿越时空的触摸

就宇宙上级所辖范围而言，论遵规守纪，宇宙是当之无愧的模范。太阳、地球、月亮、圣人、君子、强盗、小人、无赖，一路排下来，也一路滑下去。

《论语》关于君子和小人的论述较多，伸到天上或天外的地方不多，并且有"不知人、焉知鬼"之类的话，总归是比较狭隘。

我欲打破时空格局去追寻另有的所在，或者另外的所有。比如，我经常在手机上听古诗文朗诵，渴望通过听觉捕捉古人的内心世界和文章质感，最好能把那个活在当下的大自然的灵光矗立起来，跟着听觉穿越时空隧道，找到与古代圣人、哲人、诗人、文豪直接对话的现场感。

这是我梦寐以求的事。

因为有此梦寐以求，所以经常在梦中与古圣先贤相会。会见较多的有老子、孔子、庄子、屈原、司马迁、苏东坡等。他们各以鲜活的面孔，鲜活的材料，鲜活的思想与我交流，但我并不满足。当我提出进一步的要求时，却为关山阻隔，甚至连梦也远我而去。

贾题韬居士讲，"超越出世间以后外面的境和里面的我统一了，一切矛盾都化为和谐，一点障碍也没有了。释迦牟尼开悟后的第四个七天，在路上遇到一外道，问他气象神态为什么与人不

第四章　穿越时空的触摸

同，佛毫不客气地说："我最胜最上，不著一切法；无等无能胜，自觉无上觉。"

"莫言此处无胜境，只是游人不上来。"我企求超越时空的触摸，未必不是真诚的，然而这真诚却没有变为殊胜，原因只怕是"又恐琼楼玉宇，高处不胜寒。"

然而，我依然相信，没有做到不等于永远做不到。我愿以自己的做不到去追求永远的可能做到。

诗界宙斯

地球上许多或者几乎全部自然景观均非人力而为,或因火山爆发,或因地震变化,或者本来如此。

屈原政治上失败,却成就了一位无与伦比的伟大诗人和世界文化伟人,似乎也非人力可为,而是持续的政治地震和人灾海啸的结果。他是倾出一生的磨难和对磨难的深重体验为人类创造出幸福广阔的诗国乐园和天空,因此成为诗界宙斯。

余秋雨先生说:是那段日子,那种神奇的力量,让屈原感受平庸与杰出,小人与君子,孤独与沉思,畅游与寂寞,自爱和自灭,全部的感受通过美的渠道,成就了伟大。这其中的关键词是"神奇的力量"。这个词说出来的时候,就离"无能为力"和"无奈"不远了,至少是一种"将就"和"简单化"的表述,是对自然之力的屈服。而身临其中的经受者该是怎样的水深火热的境地呢?或者是怎样的死寂和冷酷呢?

毛泽东也说过意思大体相同的话,或者说余秋雨所说就是毛泽东的一个翻版,但是毛泽东举重若轻的话中好像没有明说"神奇的力量"。他只是并不深重地说,没有屈原的下放劳动,就没有《离骚》的出现。还较深重一点地说,屈原无私无畏、勇敢高尚的形象永远保留在每个中国人的脑海里。毛泽东好像从来不屈服,也包括不向自然屈服。不屈服的毛泽东将惩罚留给国人,同时也将可贵的精神留在人间。这是对国人的最大补偿。

第四章　穿越时空的触摸

毛泽东还说过:"屈原高居上游"。他对这"上游"不仅神往,而且穷追不舍。四十年代曾介绍张治中读《楚辞》;五十年代在庐山会议期间,命秘书林克抓紧时间编一本含有几十种评价和研究《楚辞》的书刊目录,印发与会代表;六十年代说过读懂一点《楚辞》,心中喜悦;七十年代将精印的《楚辞集注》送给访华的日本首相田中角荣。如此的终身追求也是令人神往的。

专家基本统一的看法是,诗歌在中国历史上出现过三个高峰。第一个高峰是《诗经》,第二个高峰是《楚辞》,第三个高峰是唐诗。《诗经》的代表作家历来没有确定过,现在就更不可能确定了。唐诗虽以李白和杜甫最突出,而要选出一人,也难有统一的意见,而且他们二人都特别推崇屈原。还有专家说,屈原与宋玉诗歌成就的高低,唐代人公认是屈、宋。杜甫只咏过宋玉,而未咏屈原,是把咏屈原的权力留给了李白。李白虽然也没有写下凭吊屈原的诗作,但在《江上吟》中有"屈平辞赋悬日月"的极高评价。接下来的诗句是:"楚王台榭空山丘。兴酣落笔摇五岳,诗成笑傲凌沧州。功名富贵若长在,汉水也应西北流。""摇五岳",是笔力雄健无敌;"凌沧州",是胸襟的高旷不群。现在国家富强了,科技水平提高了,富贵的人群也多了,南水也实现北调了。但是,李白诗中指出的规律不会改变,屈原在诗届的首席地位没有改变。

梁启超先生说过,读不懂《楚辞》不配为中国人。以此标准判处,我对《楚辞》的欣赏能力至今尚在"不配"之列。不过我想,梁先生的意图是希望更多的人熟读和读懂《楚辞》,而不是要把更多的人剔除出国人之列。然而,难以入列的我却也看到,是我们看不见摸不着的力量在发酵,臭气及其废料下降以肥田,七彩之香升华而为诗。**伟大的屈原岸然伟立,经过心灵的挣扎、沉沦、毁灭,将神奇的想象与理性的思索融而为一,成就为诗界宙斯。**司马迁对屈原及其《离骚》的评语,不仅言简意丰,而且简直就是一篇上乘的诺贝尔文学奖颁奖词。他说:屈平之作《离骚》,盖自怨生也。《国风》好色而不淫,《小雅》怨诽而不乱,若《离骚》者,可谓兼之矣。上称帝喾,下道齐桓,中述汤、武,以刺世事。明道德之广崇,治乱之条贯,靡不毕见。其文约,其辞微,其志清,其行廉,其称文小而其指极大,举类迩而见义远。其志洁,故其称物芳;其行廉,故死而不容。自疏濯淖污泥之中,蝉脱于浊秽,以浮游尘埃之外,不获世之滋垢,皭然泥而不滓者也。推此志也,虽与日月争光可也。

尽管有人说不死的诗人纪伯伦把"美、爱、睿智、自由、自然、真情、良知和灵魂"等视为构成生命本质的基本要素,采用这些基本要素运用各种调式谱成一首首交响曲;尽管有人称纪伯伦是更孤独的战士,更桀骜不驯的反叛者,更诗意、更温和的尼采,更激烈、更年轻的泰戈尔;尽管有人赞美纪伯伦的诗是"思考了一千年的作品",是他的"第二次降生和第一次洗礼";尽管我从纪伯伦身边起步,"走访了"印度文学巨匠泰戈尔,"拜会了"美国现代诗歌之父惠特曼,"参谒了"德国文学的旗帜歌德,"朝拜了"英国最伟大的诗人和剧作家莎士比亚,"觐见了"文艺复兴的伟大旗手但丁,"膜拜了"最伟大的史诗作家荷马。周游回来，我依然拜倒在诗届宙斯屈原足下。所有别处，只是我神往的旅游胜地；屈原的诗国，则是我愿意永远定居的所在。我不知道如此选择的全部理由是什么，但至少有一条，比如上面说到的"构成生命的基本要素"，许多人都是从外向内说的，屈原则是从内向外说的。这是他的本质使然。他本质如此，本来如此。

　　面对自然，我是一个屈服者；面对诗界宙斯，我同样是一个屈服者。但我相信，我绝不是最后一个屈服者。面对全世界古今中外所有伟大的诗人，我仍然是屈原的崇拜者。但我相信，我绝不是一个唯一。

约翰逊网经

长着大象一样耳朵的约翰逊,年轻的时候,在毛泽东指出的那个离北京较远的地方,于首脑秘书"群贤毕至"的时刻,一个晚上洗过五次澡,第二天早上又刷了五次牙。他玩的是"秘书外交"。

许多人总觉得,机遇礼遇不够,上帝关心不够,甚至认为,一切飞黄腾达的背后,都有肮脏的交易,约翰逊却相信,正确的行为才有美好的结果。大约要早二十年的维特根斯坦也说过:"一旦你的生活方式适应了现代生活,疑难问题也就随之解决了。"

约翰逊连续不断的洗澡、刷牙,看重的是最佳场所最佳时间的单独"会见",是与"台下幕后操盘手"的最佳接触方式,其目的是"查明权力源头的具体位置",网罗前途不可限量的关系网。这种"一对一"的交往手段,被专家们称之为"零售政治",核心秘密是直接把魔力用于一个个有血有肉的人。

有人说,文学是无病之果,随时可食;政治偏方是有病之药,越是病入膏肓越需要。不知姓什么的关系网,可否成为世界一体化,进而实现大同世界的基础条件,有待走着瞧,但肯定是人性论研究的内容。还有一点也可以肯定,一切行为,都可以在以往的哲学著作,包括经典著作中找到答案。

约翰逊的这些手段,也算得上是一些政治运作的手段,但这

第四章 穿越时空的触摸

毕竟算不上大智慧。据罗斯福看来,美国历史上有几位起里程碑作用的总统:华盛顿的任务是创立和熔铸一个国家;林肯的任务是维护这个国家,使它避免从内部发生分裂;而他自己的任务则是"拯救这个国家及其制度,使它避免因外部因素而瓦解。"正像包括为数不少的历史学家和政治家一再说到的那样,**华盛顿不但是美国历史上,而且是世界历史上最伟大的人物之一。他的个人思想和品德不仅对奠定美国建国和发展的模式起到决定性作用,而且对世界都有非同寻常的影响**。至于林肯,正如马克思所说:"**在美国历史和人类历史上,林肯必将与华盛顿齐名**"。罗斯福的离世距离我们更近一些,至今对他行注目礼的人依然很多。

看到"约翰逊的网经"我却也会想,华盛顿、林肯、罗斯福们的成功是不是也用了这样的网经呢?约翰逊走上总统岗位后是否也像他的这几位前辈那样企图有伟大作为呢?对此,历史已经作出回答。通过实际回答可以得出的领袖风范是:一要胸怀宽阔,不恋权位。留下了一个好的退任换届制度的华盛顿就是榜样。二要真诚。华盛顿和林肯共同的品质是真诚和朴实,他们坚信"美德与幸福、责任与利益、诚实宽厚的政策与社会繁荣人民幸福都是密不可分的统一体。"三要信仰非凡、坚定而不改变。其核心是真诚地信仰民主政治,把宪法视为至高无上。还有一点,也很值得赞美,就是**以他们的威望,产生个人崇拜顺理成章,但都没有如此膨胀。其中尤其重要的因素是,他们那里也并没有适宜膨胀的文化基础**。

历史的朦胧及体温

将荒谬当金科玉律，对真理大加挞伐，是并不太久远的历史。这段历史体温很高，到了发烧的地步。

"常人所做的常事是风化，特殊的人所做的特殊的事是山崩"。这是与陈寅恪、陈垣、钱穆齐名的史学大家吕思勉先生说的。人到一定高位，大凡关心在历史中的位置。杀史官这样的掩耳盗铃也为此。

有人相信，**历史是胜利者写的。胜利者可以改写历史，但不是用笔，而是用德，否则，很可能事与愿违。**

余秋雨先生说：一个写过很多人结局的人，对自己的结局并不敏感。然而，司马迁的体温早已融入《史记》中，读《史记》也是读司马迁。爱因斯坦的思想启蒙老师马赫不想被称为哲学家，他的《知识与谬误》却成为公认的从科学层面写的哲学书。我略加翻看，感觉是太阳躲在云后面，撒下一片朦胧。

鲁迅先生的《"醉眼"中的朦胧》说，想要朦胧而终于透露色彩，想显色彩而终于不免朦胧。我觉得这正是历史的真相。

历史是朦胧的天空，也是沉重的大地，可以绘画，可以耕种，可以翻云覆雨；可以热，可以冷，可以闹，可以静，有它的体温，也有它的性格。

第四章　穿越时空的触摸

影的味道

　　读书，不只忘形得意，甚至忘意得影。

　　读过的书，形、意全无了，仍有影来作永不告别的告别，说出许多耐人寻味的话。

　　尼采所说的精神的三种变形，不过为"影"加了一个图案，与影无异。只是它的创意较特殊，又成为疯子的杰作，于是产生世纪影响和世界影响。

　　达？芬奇是艺术史上最博学的画家。他的名作《蒙娜丽莎》只是这博学留下的一个影。这影的手不仅逼真，而且有重量。嘴角的微笑似有似无，却较之于有更有。有人说这微笑具有一种神秘莫测的千古奇韵，所以被不少美术史家称为"神秘的微笑"。鲁迅的《影的告别》，也有一种"神秘莫测的力量"。他们或者并没有蓄意于"神秘莫测"，只是后人的"读后感"罢了。我还感到：**达·芬奇的影是甜的，甜中也有苦味；鲁迅的影是苦的，苦中也有甜意。**

　　许地山的《空山灵雨》说，晴天，望眼界朦胧处；雨天，赏雨脚的长度；雪天，咀嚼无色界的滋味。我读书尽管仅得其影，这影却是我最亲密的朋友。我对它不满意的是：我回头攀谈，它却无声无息；我对它满意的是：这无声无息又引领我读到一些魂影聚合的书。

我们的缺陷

　　我于夜间三点醒来，朦胧觉得太阳已挂到那一边去了；没有太阳的这一边，竟是如此的静谧。

　　此刻的思想之箭是否飞得更遥远呢？是否更适合于上天入地呢？是否可以抢在太阳回来之前寻回比太阳还要亮的思想宝镜呢？好像是有人在我的耳边这样发问，又好像是我的心自鸣似的发问，可以肯定的是：这不是太阳也要过问的事。

　　鲁迅、钱锺书、陈寅恪、马克思，他们在那边依然以天才的脑袋思考天才的事业吗？他们有新的伟大著述问世吗？他们的思想还叫思想吗？

　　我们只是黑暗与光明的子女。从黑暗中来，得到光明的孕育。黑暗是母亲，有博大胸怀的母亲；光明是父亲，有无限能量和永恒希望的父亲。

　　我们心灵的光线是父母给的，寄托在身体的黑暗里，驰骋在无限的光明中。

　　我们还需要一种光线，它与黑暗与光明有着血肉相连的亲密关系的光线。

　　我们可以感受风的敏捷，海的深邃，大地的稳固，岩石的坚硬，感受颜色的轻重和冷暖，却看不到风的颜色，听不到岩石的对话，感受不到大地的思想，耳闻和体察不到那边的声音……这是我们的缺陷。

第四章　穿越时空的触摸

蜕　变

　　我曾想，现在依然想，以后也许还会想，蝶儿从茧中挤出来，必经一番自我蜕变，将出那一刻，还要殊死苦挣。这是向往，勇气，毅力，也是境界，是生命的力。终于出来了，见到光明美好的世界了，飞起来了，看到更广阔的天地了，甚至可以俯瞰一切了，这是成功，是又一境界。我不知道，这是否鲁迅先生所谓的生命的大飞扬；或许他所说的生命的大飞扬，是血的喷发，是生的极限，是死的极致和激昂，是精神的无限广阔。

　　磨砖成镜，在于心亮神悟；喝粥洗碗，是为找到自己。自己在哪里，在禅意里，在赵州禅师的明白里，在自己的心悟里，在生命的飞扬里，在生命的无限中。

　　在禅者的眼里，转个身有禅意，废纸堆里有禅意，地狱有禅意，喝粥洗碗有禅意，小便也有禅意。我却总不能从壳中脱出，明白禅意。然而，我依然希望：追求的翅膀比蝶儿更舒展，飞翔的志向比鸟儿更高远。或许这正是我仍然在壳中的原因。或者连原因成为空无的时候，在没有时候的时候，我可以在无和没有中得大自在。

　　有人说，在深谷蜕变，变出无底；在高空蜕变，变出无限。或者这只是一只无头鸡。无头鸡是有来历的。那是登在美国《时代周刊》封面的无头大鸡。这无头鸡曾存活十八个月，在美国各地巡展，鸡主因此得到一万美元的收益。这无头鸡不是蜕变而来的，却也有它来历：那还是一九四五年，美国科罗拉多一农夫杀鸡准备晚餐时，被砍掉脑袋的公鸡不仅跑回鸡舍，而且安然入睡，此后经管食长期存活。我不知道我所说是否"无头鸡的话"，但这一切都是为着开阔、宽广。

第四章　穿越时空的触摸

自己就是尺度

达尔文认为："如果眼睛是进化而来，那简直是荒诞和糟糕"。范曾则说："追溯自然和宇宙的终极，越来越显得飘渺"。净空法师开示：禅定可知往知来，无障无碍。

也有朋友说，读不懂我的《小语》；另有朋友说，其实难以明了的，或许就是眼睛可以看见的。我说，不必去管它们，让心灵向着深邃和空灵走下去以及任意进出游走便好。

"认识你自己"这句镂刻在特尔斐神庙上的名言，曾赋予苏格拉底一种深沉智慧的目光。而今，苏格拉底的证明则向我们开启了一扇智慧之门：认识自己，或者认识真理，都是从认识自己的无知开始的。

我很赞赏柏拉图的一句话，人是万物的尺度，是存在物存在的尺度，也是不存在物不存在的尺度。有人反驳说，既然世界的标准和尺度以人的感觉为依据，也就等于世界没有本来的尺度。然而，人类世界，从来就是也应该是以人为本来认识世界的。人，就个人而言，也有自己的尺度。上世纪中叶，超现实主义诗人贾希用一根绳子牵着一只鞋子在巴黎的大街上溜达。世纪之交，一个行为艺术家光身趴在地上，让人在他背部用锥子扎洞并将两撮鬃毛插入肉洞内，名曰"种草"。明相严嵩之子严世蕃吐唾沫都是让美丽的婢女张嘴去接，名叫"香唾盂"。《吕氏春秋》上有两个齐国勇士，因饮酒没有下酒菜，便互相割自己的肉给对方下酒。前秦苻生瞎了一只眼睛，七岁时只因爷爷说了一句瞎儿哭时只能流一行眼泪，便拔佩刀扎进自己的瞎眼流出血来，说这也是一行眼泪。这样的事是说不完的，又是用一句话可以说完的。这一句话就是：他们各自都有自己的尺度。或者说他们各自都是自己的尺度。诗人贾希以希特为尺度；形为艺术家以怪诞为尺度；严世蕃以别人不是人只是个物件为尺度；齐国勇士以盲目的无畏为尺度；七岁苻生以眼睛流血可当流泪为尺度。这样的尺度的本质是什么呢？俩字：唯我。"唯我"不是唯一的尺度，**"认识自己"却应该是人类公认的一把"公尺"。**

　　艺术的善，是以有益人类为尺度；艺术的恶，是以对恶的肯定为尺度；艺术的美，是以优美、崇高、悲壮、幽默为尺度；艺术的丑，是以形貌上和行为上的反形式美为尺度。艺术中的崇高，是以伟大高尚的风范为尺度；艺术中的悲剧，是以正义的抗争和不幸的结果为尺度；艺术中的滑稽，是以形貌和行为违背常规的恰如其分为尺度；艺术中的怪诞，是以各具个性的反常化为尺度。尺度只是相对的，或者有一部分真理，或者没有真理。"认识自己"则是应该慎重肯定的和意味深长的一条真理。

第四章 穿越时空的触摸

"自有我在"

《虹庐画谈》这部并不厚的书置于床头很久了。不是不喜欢而冷落它,而是想有整块时间悉心精读它。

"在墨海中立定精神,笔锋下决出生活,尺幅上换去毛骨,混沌里放出光明,纵使笔不笔,墨不墨,画不画,自有我在。"这是石涛画论的精髓,也是黄宾虹的终身追求和心的写照,或者也可以说是艺术家的共同志向。

"抚琴动操,欲令众山皆响",道出音乐与绘画的融合;孔子说的"绘事后素",是先绘彩后加一种白,同于西洋、日本画法;所谓"似而不似"、"齐而不齐"、"乱而不乱"是理念,是探索,更是突破;"骨子里求精神的美"、"不似而似,是为善学"、"既雕既琢,复归于朴"是神理,是气韵,是意境,更是新的高度;"画源书法,言画法者,先明书法"、"奔雷"、"崩云"、"鸿飞"、"惊蛇"、"重露"、"蝉翼"等书法之法无不可以运用于绘画。对这样的论述,我尤其喜欢,越想越喜欢。有人说,外国有些艺术家看中国画理总觉似是而非,不免云里雾里,那是因为思维方式的根本分野。黑格尔这样的大哲学家大思想家,对中国文化的深邃很欣赏,并多有吸收,尤其是对老子。可见,**越是大如海的人越是无尽吸收和纳藏。**

"泼墨山前远近峰,朱家难点万千重。青山坐雨乾坤大,入蜀方知画意浓。"一生探索不息,登山不止的黄宾虹,决出的正是一个"自有我在"。

"自有我在"不是自吹自擂的自我感觉，而是以一生付之决出的个性，是先入而后出的"我"。这个"我"不仅在艺术领域。

"自有我在"还可以作更肤浅的理解，就是"我总是在的"。现代人好像没有古贤用功深，但凭借现代手段也可以有历史的超越。英国媒体曾报道，美国和英国专家利用大脑对清晰和模糊画面的反应差异，制造出神奇的"玛丽莲——爱因斯坦"混合画。近看是二十世纪最著名的科学家爱因斯坦，站在五米之外再看，画中人又变成美国好莱坞明星玛丽莲·梦露。这是因为"制造者"在"制造"过程中把握了这样一个原则：在一个视距上突出的是一个人的特征，在另一个视距上突出的是另一个人的特征，但就"爱"和"梦"各自而言，仍然是"自有我在"。

"自有我在"更高的境界，或者说上升到哲学思想的层面恐怕应该是"独立之精神，自由之思想"。这应该是走上高层的文史哲艺各家都有的坚守。据说一生视此高于生命的陈寅恪先生最恨学生背叛"独立精神，自由思想"的信条，他的名言即是"从我之说即是我的学生，否则即不是。"还说过"所以周一良也好，王永兴也好，从我之说即是我的学生，否则即不是。"高亨和陆侃如、冯沅君夫妇，也和周一良一样，是著名教授，都是陈寅恪先生的学生中的著名人物。他们大概是在遵循师训和顺应时势上，对后者有些倾向，对老师的坚守有所放松，所以受到老师的批评以至嘲讽。我在别人的转述中看到他们的老师的诗句，而后查阅了《陈寅恪诗笺释》。其中一首中有这样两句："高家门

第四章 穿越时空的触摸

馆恩谁报，陆氏庄园业不存。"释者说此诗中有二典，一是白居易科考时主考官为高郢，是讲座主与门生的关系。二是典出《独异志》，崔群是贞元八年陆贽所取进士，与韩愈同榜，后来仕至宰相，为官清正。唐宪宗元和十年，崔群以礼部侍郎知贡举，录取进士三十人，为避嫌特意告诉老师陆贽的儿子陆简礼不要应举。为此他的夫人说，你不置田产，说有三十所美庄良田遍在天下，如果门生真是美庄良田，那么崔氏这一门算是荒废了。另一首的另两句是："幸有阿婆花布被，挑灯裁作入时衣。"其中涉及现代文学史上两件史事，或曰两个今典。谢泳教授特别指出，陈诗妙处即在今典，只要一寻得今典，解释起来即非常简单，但如何寻得今典，则要对陈的交往和丰富的内心世界有深刻了解。

两件事的其一是，陆侃如、冯沅君夫妇，也即冯友兰先生的妹夫和妹妹，上世纪五十年代初将初版于三十年代的《中国诗史》和《中国文学史简编》，用新的观点进行修改，并在《文史哲》杂志连载。此《诗史》我没有看到，却有兴趣找来读读。《简编》我有，感觉在现代人写的文学史中，鲁迅先生的《中国小说史略》之外，是较好的。修改本较之原本，是否改坏了，我有兴趣作比较阅读。其中好坏，他们的老师陈寅恪先生似乎没有说过，大概也不屑详加批评，但对他们的趋时是很不满意的。

另一件或另一个是，高亨作为山东大学教授参加该校一九六四年《文史哲》编辑部组织的"笔谈学习毛主席诗词十首"活动，写下有名的《水调歌头》。全词是：

掌上千秋史，胸中百万兵。眼底六洲风雨，笔下有雷声。唤醒蛰龙飞起，扫灭魔焰魅火，挥剑斩长鲸。春满人间世，日照大旗红。

抒慷慨，写鏖战，记长征。天障云锦，织出革命之豪情。细检诗坛李杜，词苑苏辛佳什，未有此奇雄。携卷登山唱，流云壮东风。

高亨先生曾将此词连同一张恭贺春禧短函，寄给毛主席，后收到回信。我初遇此词，倍觉眼前一亮，感觉颂评毛泽东诗词的众多作品，无能出其右。二十多年过去了，我的感觉没有改变。看到陈寅恪先生对学生的讽刺和批评，起初我总觉得他不够宽容，对人过苛。而后仔细想想，觉得这才是终身守持"独立之精神，自由之思想"的陈寅恪先生，这才是"自有我在"的伟大精神楷模。中国的知识界如果多一些陈寅恪，任何时候都是好事。

无论如何，我都将以"自有我在"作为心主向着，留着。

第四章 穿越时空的触摸

哲学的形状

我相信哲学是有形状的。

大概也是哲学家说的,黑格尔哲学最像哲学,论述方式比马克思更有思辨性。思辨性是否哲学的形状呢?这恐怕只好去问哲学家了。

哲学家总是在捕捉那些看不见摸不着的东西,一旦捉住,又成了看得见摸得着的,因而又不再是他们要捕捉的东西了。赫拉克利特说:"猪在污泥中取乐","驴子宁要草料不要黄金","灵魂在地狱里嗅着"。他所说的当然不是猪和驴子。这里所说的猪和驴子的情状和形状与《新约·马太福音》所谓的不要把圣物给狗,也不要把珍珠丢在猪面前,都有很大的不同,是什么形状他自己也未必完全明白。果然他完全明白了,他也就未必成为让人觉得难以捉摸的人,也便未必要用猜测式的预言和旁敲侧击式的隐喻来表达他的观点了。他很像中国的庄子。如果他与庄子相遇并进行辩论,就会越辩越玄,也越像哲学的形状。

哲学的形状究竟是怎样的呢?西方第一位哲学家泰勒斯说"万物皆由水构成","宇宙的起源是水。"他似乎既不是说水,也不是说哲学的形状,但他要说的则是哲学的根本问题。不过,他的观点在当时尽管让希腊人耳目一新,却只表明哲学的广阔前景,未必就是哲学的形状。阿那克西曼将"水"换成"气",认为物质的各种形状是通过气的聚散产生出来的。这在哲学的形状的探讨上似乎也不算重大进步，但仍然是就哲学的重大问题展开讨论的。毕达哥拉斯指出"万物皆数"。如果我们想认识身边的世界，就必须找出事物中的数；一旦了解了数的结构，就能控制整个世界。他的这一数学说，依然不是哲学的形状表述，却未必不是在讨论世界的本源这一哲学根本问题。

　　赫拉克利特还说过"在同一时间既存在又不存在"的话。巴门尼德认为人不可能思考"无"，他的"存在者存在"导出了一个坚固、刻板、一致而静止的球体世界。芝诺进一步否认了无限的空间，提出疑问：如果空间包含着地球，那么什么又包含着空间呢？看来，他的哲学只是个有限的圆形。柏拉图的"形式"解答了巴门尼德的"存在或不存在"的问题，但运动既存在又不存在：它存在，静止也存在，但运动并不是静止。面对古代哲学家提出的各式命题，我只能说，他们都是在说出哲学的形状，却没有一位哲学家完整地说出哲学的形状。但同时却让人明白，哲学的形状既不是可以用长短高低和方圆胖瘦表述的，也不是用深浅轻重可以描写的。因此，如果硬要说出的哲学的形状，只能笼统地说，哲学就是形状那个样子。

　　我们可以在阅读和研究中感受哲学的形状，就像感受太阳、月亮、星星、大地、江河、大海那样去感受。甚至可以说，哲学的形状有接近于太阳之阳，有接近于月亮之阴，有接近于星星之繁，有接近于大地之厚，有接近于长河之奔腾，有接近于大海之浩瀚。然而，哲学的形状不是太阳，不是月亮，不是星星，不是大地，不是江河，也不是大海。我虽然不曾与它们交谈，却也在

第四章 穿越时空的触摸

阴阳间亢奋与潜伏，在深厚、奔腾和浩瀚中沉默与激动。它不是天籁的翻版，也非音乐的旋律，却也有日月山河一样的生命，甚至一样有被污染的可能。

　　老实说吧，我曾在阴与阳、静与动、激烈与奔腾间游走。**在行进的车子上，我将稚嫩的思想翅膀通过眼睛的光线搭在嫩绿的柳枝上**，想以此找到一个不受污染的、绿色的答案，但穷其所思，得到的仅仅是一片绿意。这绿意之中竟也有一丝轻轻的尘雾。

上帝的田园

尼采宣布上帝死了，或者说查拉图斯特带回上帝的死讯之后，使许多人失去了精神家园。

在如此辽阔，而且越来越辽阔的宇空里，不会不能容纳一个上帝。至于上帝住在哪里，应该由他自己选择。

上帝不是暴君，而是正义和公道的主持者。我希望在上帝的田园里，有野草，有乔木，有参天大树；有小河，有浅滩，也有红果、黄梨、绿茶、蓝花，有海洋般的老玉米和白云般的羊群，**上帝简直就是园丁的主管，或者就是一位老园丁。**

上帝的田园较之可以耕种的桃花源更辽阔。辽阔中有曲折的笔致，有和谐的节拍，有别出心裁的创造，有诗情和哲理织成的锦图。这锦图较之梵高的向日葵更加明丽而耀眼，较之清明上河图更加繁华而井然。

遗憾的是，上帝主持下的改革，目前也只能进展到这一步：还有白领和蓝领，有下岗工人，返乡农民；还有贫穷和疾病，许多地方还能听到忧伤和痛苦的呻吟。然而，平均主义更会留下一大堆遗憾。这是上帝也无能为力的事。不过：

我希望上帝能管管经济学家，别让他们在那里胡说八道。

也管管哲学家，让他们不要只种有草无禾的园地。

再管管教授和博导，不要让他们在那里误导。

并且管管中小学教师，让他们心灵里有一片蓝天，不要总让

第四章　穿越时空的触摸

污染充塞其间。

当然更要管管管人的人，将他们圈禁在高尚的天地里。

一时胜负在于力，千古成败在于理。这应该也是上帝的规定。既然有此规定，就应该收回破坏的力量，让和谐顺理成章并且通行无阻。

阿基米德说："给我一个支点，我将移动世界。"我不知道他是在说大话，还是认为从来没有为他提供这样一个支点的可能性。但是，不管他移动还是不移动世界，我都要告诉他：首先要考虑的是这世界将怎样移动。如果是移向暴力，移向动乱，移向贫穷，移向黑暗，就绝不能给他任何支点。因为这样的移向，只是贪婪和发泄的无底洞。

甘地说过："我信仰作为弱者武器的非暴力主义，我信仰作为武器的非暴力主义，我相信一个敢于手无寸铁直面死亡的人是最强的战士。"甘地是伟大的，他的理想和行为都是伟大的。自由和平等是人人都应有的基本权利。在上帝的田园里，不应该有侵略的残暴，不应该无视侵略和残暴。如果可以允许争取自由的手无寸铁者流血，那根本上就是残忍。

马丁·路德·金说："我有一个梦，某一天，我的四个孩子将生活在一个不是以他们的肤色而是以他们的品质来评判他们的国度里。"这不应该仅仅是梦想，而应该是上帝的主张和普遍通行的法则——是在上帝的田园里普遍通行和无条件执行的主张和法律。

思维有限

太阳是圆的，地球是圆的，月亮是圆的，宇宙或许也是圆的。人徒然长了一个与太阳、月亮、地球相似的脑袋，却有许多局限性，诸想诸事难以圆满。五官七窍或许对这圆的以圆为务是一个破坏。

学问大到陈寅恪、钱锺书，思维也有局限。刘梦溪著文回答了陈寅恪的学问之所以有力量。其实在说明有力量的同时，也就说明他的局限性。比如他说，因为陈是大学问家，不是小学问家，能成其大，见得大体，所以有力量；不仅是史学家，还是思想家，所以甄别考证材料的过程往往放射出思想的光辉。但这并不说明他没有目光狭隘、思想滞涩的一面，甚至对他是否思想家也有人提出质疑。这就可见对他从思维到思想的局限性并没有完全否定。

再如他又说，陈寅恪的学问之所以有力量，是由于他的学问里有一种顶天立地，独立不倚的精神。比如他的"贬斥势利，尊崇气节"。又比如他还说，陈寅恪的学问著作里面蕴涵着深深的家国之情。其中还说到他的整个的诗歌主题是：家国旧情迷纸上，兴亡遗恨照灯前。这都是非常了不起和令人敬佩的。然而，拿此与老子比，与黑格尔比，与马克思和列宁比，就见出其天地之小。天地一小，思维和思想便受局限。即使列宁和马克思，如今也越来越显出其历史的局限性。由此可见，**思维有限，是人类**

第四章 穿越时空的触摸

的普遍短处。或者也即是人类一思考，上帝就发笑的原因。或者还是哲学要发展的根本原因。

德国人莫芝宜佳说，钱锺书的《管锥编》分析、论述了中国传统文学的十部作品及其有关的传统评论，涉及（或曰掌控，或曰抱定，或曰选择）到中国古代经典的经史子集四大门类。《管锥编》著书的方法，因其多样性而难于准确把握，但却存在于一个三步循环之中：第一步，各种观点的拆解；第二步，与其他范围的关联；第三步，对论证起点的回顾。钱锺书就是在这样一个圈子中思维，不能说他范围太小，也不能说他是无限的。

于天上看到深渊，于顶峰看到短浅，于最有希望处看到无希望，是更深的悲哀。尽管钱锺书采取了像《论语》、《老子》一样最灵活的著述方式，思绪腾跃于古今中外，上下左右，东西南北，却依然没有跳出逻辑的牢笼。

鲁迅的《野草》似乎走得较远，距释迦似乎较近，然而仍然有一段距离。钱锺书的距离则更远。

老子从有看到无，从无看到道。"道"是什么，"道之道，非常道"。他的目光也有限，语言也有限，只能跌于"玄之又玄"之中，岂不哀哉！

台湾的曾仕强先生说，圆的东西容易变动，变通，所以太极图是圆的。这使我觉得，生就一个圆脑袋的人，应该有更大的作为。

水中捞诗

赫拉克利特选择火作为规定宇宙的原始物质。他认为干燥的灵魂才是优秀的。我甚至觉得，无论中外，古人总是与天地更为接近，更富有诗意，赫拉克利特甚至说："人在夜里为自己点一盏灯，当人死了的时候，却又是活的。"

为死人点灯这件事，我在小时候便莫名其妙。中国人叫作长明灯，依了赫氏的观点，也可说是长生灯。再联系"只许州官放火，不许百姓点灯"想想，或许有些官员是连百姓灵魂的存活也不许的。

我最早的记忆不是州官放火，而是爷爷灵前的长明灯。当时，不知道是怕黑暗，还是怕这鬼眼一样的灯，面对这灯格外阴森可怖。后来常听说是为死者照路，好像与魂有关。直到现在仍然不明白灯与魂的关系究竟是怎样的，只是不愿意相信人死如灯灭，**不仅希望灵魂像灯一样亮着，而且像太阳一样有照耀和温暖的力量。圣人的灵魂不正是如此吗？**

不过，我的看法与赫拉克利特不完全相同：我认为诗人的灵魂应该是湿润的，湿润产生了屈原，产生了李白，产生了苏东坡，产生了鲁迅，产生了毛泽东。尽管在赫拉克利特看来宇宙是一团永恒的燃烧的火，过去是、现在是、将来也是一团永恒的活生生的按照一定的分寸燃烧，按照一定的分寸熄灭的火。

我随手翻阅手边的几种诗集。屈原的每一首诗都涉水，只是

第四章　穿越时空的触摸

没有浅露罢了。李白虽然不曾生在水边，但少时便南穷苍梧，东涉溟海，足迹遍于长江中下游地区，最终归宿于水中揽月。苏东坡一生所居无不临水不说，多数诗词集所选他的第一首诗都是"江侵平野断，风卷白沙旋。"鲁迅生于水网密布的水乡绍兴，他的诗歌全编，第一首就有水，第二首暗中有水，第三首更在水中，再往后翻，连续数篇都有"风雨"二字。再往下即写到落水而死的范爱农，大书湘水的《湘灵歌》。他的诗中，以"雨花台边埋断戟"、"中夜鸡鸣风雨集"、"月光如水照缁衣"最为传神。毛泽东与水的关系就更密切了：他青年时"到中流击水"，中年时于江海"闲庭信步"，晚年时"凭栏静听潇潇雨"。可以说，毛泽东一生嗜水诗水；鲁迅一生浓于血水，吟水如印；苏东坡也是来自水中的诗赋最好；屈原呢？不仅返道向水，"驾飞龙兮北征，邅吾道兮洞庭"，而且终于"一跃冲向万里涛"，以水为最后归宿。我偶尔在梦中与他们相遇、相会，总是在水畔或者水中，所以总觉得在水中捞诗绝不会无功而返。

近日，顺路到黄岗朝拜苏东坡先生的故地，虽然只看到他的遗像和弄不清真假的遗迹，且为江心改道而遗憾，却因水中捞诗而壮色。有此壮色，我的"小语"或许可以成为天空下小河旁的吟诵。

婴孩心田

罗素曾讲,如果说叔本华哲学寻求的是一种最终摆脱尘世及其冲突的途径,那么尼采则走向了他的反面。这"走向反面"的尼采在他眼里还算不得一位哲学家,原因是"没有留下系统的哲学观点"。

不过,罗素的看法也并不就是被普遍通用的定论,尼采毕竟被承认是西方现代哲学的创始者,并激起深远的调门各异的回声。在我眼中,"没有留下系统哲学观点"的尼采和鲁迅,都是有史以来最伟大的思想家。《查拉图斯特拉如是说》和《野草》丰富的哲思哲理和伟大思想,像宇宙间的星辰一样无不闪烁着最长最久的光辉。

骆驼,除了负重还有奋进;狮子,除了荒漠还有决斗;婴孩,除了遗忘还有开始。负重对于奋进,荒漠对于决斗,遗忘对于开始,不是筐与苹果的关系,不是小苗与大树的关系,也不是鸡子与鸡雏的关系。尼采说,是自转的轮,是失去世界者复得自己的世界。

如果有一片精神田野,尽管是婴孩的心田,却也应该是骆驼的草原,狮子的战场,耕种者的家园。这是我的梦想。

目前,我,暂时作为伊甸园的一位邻居,还有一个愿望:就是怀中抱着一个圆满的太阳,在家园的近旁思考。当欲望难抑的时候,就到海底采点泥,到星空揪点光,到天外鲲鹏展翅。累

第四章 穿越时空的触摸

了,仰卧于荒草平铺的柔软上,在春风和太阳的抚摸中,静静地睡一会儿。梦中,或变为一枝花,或变为一只鸟,或变为一条鱼或虫,抑或变为一粒泥土,也与柔软合而为一。至于花鸟鱼虫是否上演节目,尘土是否飞扬,那都是导演的事。醒了,枕着天山看书,不经意地看书,或者以天池为墨,挥动我的蝇头小楷,写下婴孩心田的茂盛和荒凉。

好像是叔本华说过,倘使世界是一个豪奢安逸的伊甸园,是一块流溢蜜乳的田园,在那里,每个人毫不费力得到自己的心上人,那么人们或者会厌倦而死,或者自缢而亡。尼采可不这样想,他所希望的是挚爱各种事物,蔑视虚荣的个性,对个人和对集体同样感到自豪。鲁迅和毛泽东也是这样的人。他们创造了自己的时代,也创造了永远不可磨灭的历史。

极端的人或者更强烈地期望历史和未来成为他们心中的模样。然而正像常人的愿望难以实现,极端者的努力也未必会如愿。由于苏雪林对鲁迅态度的前后两个极端,我对她的好感不免少于恶感。然而她的才气横溢恐怕也是伴着她的极端成长起来的。她直书日本侵略者狂轰滥炸,就写得实在好。她写道:"忽有一天,半空里来了一群怪物,它们展开银灰色的大翅,翅下圆睁一双红眼,在太阳影里,它们的麟甲,闪着烈火、紫玛瑙的光。它们的尾巴倒并不似蝎子,但比蝎子还毒千万倍。动一动,世界便毁灭。它们翅膀的声音,像千军万马的奔驰,表示不祥的预告,带着死亡的威胁。"于是,"一座繁盛的大城,数小时里化为灰烬了。人民盈千盈百变成焦炭了。这是炼狱最后的一把火,酷烈无比也壮丽无比的一把火。……"如此神来之笔,写出如此气势非凡,一泻千里,动人心魂之大文的苏雪林,当时的心田应该还是"婴孩的心田"占据较大面积的时候,是以文采飞扬之笔直书史实的时候。然而,后来,这"面积"却逐步为魔鬼所侵占。

我不是历史学家,也不是哲学家,但我想过到山顶去写作,这样,或者我的心田更辽阔。于是,我想起尼采发自内心的抒发:"天生的自由之鸟呀,不管飞向何方,自由和阳光都与我们同在!"

第四章 穿越时空的触摸

偏爱黑格尔

喜欢逛服装市场的女性公民对"三件套"不无青睐；爷儿们即便对此没有兴趣，也应该对黑格尔的"三件套"有所光顾。

楼中楼早已成为一部分人的安乐窝，黑格尔则依然在"三件套"中享受快乐。**现代人可以嘲笑皇帝是傻老冒儿，却不能否认黑格尔是辩证法的"时装模特儿"**。这位仅此一人便形成强大阵势的"时装模特儿"向世人展示"花容玉貌"，展示"仪态万种"，也难免露出神秘主义遮掩下的丑陋和苦涩。

美与丑共同形成威力，几乎没落了的哲学重新振作起它的呼声，引起人们的关注、神往和自愿经受其折磨。这就是黑格尔的魅力。我与马克思有着共同的偏爱，总觉得黑格尔的哲学更像哲学。马克思公开承认他是黑格尔的学生，并且在他的价值理论中卖弄起黑格尔的表达方式。我呢？我不过是愿意在被黑格尔神化了的辩证法中享受思维的快乐。

有人说，黑格尔的哲学形成了一个弥天盖地的系统。面对它你只有两个选择：或者在外边批评他，或者进入迷宫一探究竟。黑格尔则说："绝对者即是精神，这乃是绝对者的最高定义。发现这个定义，并理解这个定义的意义与内容，可以说，曾是一切教化与哲学的绝对目标，一切宗教与科学都曾渴望达到这一点；只有从这种渴望出发，世界史才可以被理解。"他的意思是，宇宙万物其实是一个整体，其本质即是精神；所有的一切都是精神之再现。第二，人类的文明只有一个目标，就是要发现：精神力量贯穿在一切现象之中，宗教是如此，科学也是如此。第三，世界历史的演变不是莫名其妙的，而是朝着这个绝对精神前进。恩格斯说，黑格尔的思维方式不同于所有其他哲学家的地方，就是他的思维方式有"巨大的历史感"作基础，"他是第一个想证明历史中有一种发展、有一种内在联系的人。"恩格斯还指出："这个划时代的历史观是新的唯物主义观点的理论前提，单单由于这种历史观，也就为逻辑方法提供了一个出发点。"

如果说我的偏好仅仅是人云亦云，我也愿意接受马克思和恩格斯的"人云也云"。因为我相信他们的眼光和发现。我虽然对黑格尔没有发现，但经过像零星小雨那样的阅读之后，却也知道黑格尔的逻辑学绝不仅仅是简单的"三件套"，更不只是平行的"三件套"，而是"研究现实事物的最普遍的各规定规律"的学问。当然，黑格尔也研究判断、推理等这些形式逻辑研究的思维形式，但即使在这种场合，他所注意的也不仅仅限于形式，而是和判断、推理的形式相对应的内容（普遍、特殊、个别的关系）。

此外，或者是我的走火入魔，我从黑格尔的"有限的东西不是真正的存在"，"有限事物外观上的自立性是幻觉"，看到他与佛陀的相通，并由此得出结论：历史和现实越来越证明他们都是科学家。

第四章　穿越时空的触摸

癖与胡适和鲁迅

　　冰心有洁癖，诗、散文、小说，一尘不染。胡适自称有史癖，尤其是考据癖。《中国哲学史》只写了半部，好像没有被"癖"粘住。

　　有人说鲁迅有骂癖，鲁迅则说过："辱骂和恐吓决不是战斗"。尽管骂或被骂贯穿鲁迅先生的一生，至今余波未尽，波浪复起，但我还是相信他是唯一的莱谟斯——一个狼的乳汁喂养大的英雄。中国需要这样的英雄，世界同样需要这样的英雄，因为那是一个水深火热的时代，是一个肆无忌惮压迫人民和欺榨人民的世界。**瞿秋白说得好：鲁迅没有造一座宝塔把自己高高供在里面，却砌了一座"坟"，埋葬自己的过去，为大众的将来战斗不止。**

　　将鲁迅与胡适进行比较，也是不少文人学者的癖好。最让我感兴趣的是孙郁先生的《鲁迅与胡适》，邵建先生的《胡适与鲁迅》，或者再加上房向东先生的《鲁迅与胡适》。孙郁先生说鲁迅与胡适是他视野里的两个窗口，一个通向深邃冷寂的长夜，一个连着开阔、暖意的春的原野。而在邵建先生看来：温和的胡适不妨是阳光，犀利的鲁迅更适合是闪电。闪电以它的锐利刺穿黑暗，阳光则在黑暗的外面将黑暗照亮。房向东先生的说法也很别致。他将鲁迅与胡适比作一枚硬币的两面。他为这两位标志性人物各送上两个字。给鲁迅的是："立人"；给胡适的是："立宪"。

癖，或者也是一种病。我不担心自己有某种癖好，只恐怕自己还癖的不够。关于鲁迅与胡适，在我看来，也都有各自的癖。这癖，无论可爱还是不可爱，都是按照各自方向越癖越深。我没有孙邵房三位先生那样深邃的眼光，却也乐于以癖为窗口，对他们有所张望。我望见鲁迅手持利剑，恨不得一剑置黑暗于死地；胡适则手握一柄手电筒，企图将黑暗的世界照亮。他们都置身于难中，却都有与"难"搏斗到底的癖性。

　　将"癖"上升于哲学，也同宗教一样："本质就是自我意识"。又恰如"宗教是以表象的形式来认识'绝对精神'"一样，"癖"的形成和人们对癖的认识也是通过表象的认识形式来进行的。如果像罗素揭示"夸大狂"那样来揭示"癖"，也很透彻。然而，**不管是自觉的，还是非自觉的，"癖"同样是"为了开发人性中的某一部分而以牺牲其他一些部分为代价的"**。

　　周质平先生的《现代人物与文化反思》也是一个癖的产物。他在书中写道："陈独秀、胡适、鲁迅开启了一个新时代，他们所谈的都是救国救民的大关怀，陈独秀创办了《新青年》，成立了中国共产党，介绍了马克思主义；胡适提倡了白话文，把自由、民主、科学注入了新思潮；鲁迅力求用小说和杂文来拯救中国人的灵魂。"林语堂的著作中看不到太多的"大关怀"，而是以"小情趣"见长，较之上面三位对中国传统文化的激烈批评，他对中国文化的态度是"依恋和欣赏"。寥寥数语，可视为最简明的中国现代史，至少是最简要的中国现代文化史绪论。没有一种"癖的精神"，何以能写出如此大文来呢？

第四章 穿越时空的触摸

圣灵小伙计

　　十九世纪的英国，有一个人，从小伙子到老头子，常常边散步边思索，随身一支笔，一只墨水瓶，一个笔记本，一旦有新的思想迸射，立即记上本子，装入袋中。

　　他就是英国著名的政治哲学家霍布斯。直到今天，霍布斯的政治哲学《利维坦》仍然是政治学家的首选著作。我虽然没有勇气读完这部书，却通过触摸其皮毛感觉到，**哲学家是一些没有吃上葡萄的猴子，所以总是以讥笑的面孔吐出发酸发霉的唾液；政治家或许吃上了葡萄，然而不知什么原因，有时候却也以哲学的唾液为佐料，并假意露出虔诚的微笑。**

　　人的一生究竟制造多少垃圾，难估其数，假如真的能像霍布斯那样，将圣灵积入宝袋，即便将这宝袋捺在垃圾箱里，这样的垃圾箱也应为圣灵所感染。

　　我们的先贤李贺和怀素，也有同样的习惯。李贺骑马吟诗，不时将闪光的言词写在树叶上，装入袋中；怀素是将芭蕉叶作为练字的宣纸，一年要写十多亩芭蕉叶。他们都是圣灵大户。他们所丢弃的垃圾，也应该奉上圣殿，或永存入圣灵博物馆。

　　唐张怀瓘《书议》说，逸少秉真行之要，子敬执行草之权，父之灵和，子之神俊，皆古今之独绝也。"这"之要"和"之权"皆不是靠造反夺权取得的，而是在圣灵山尖采下的，在圣灵的深渊挖来的。正因如此，我们观看他们父子的书法艺术，一点一画无不自由自如自在而皆有情趣,从头至尾如天马行空又如庖丁解牛。如果不是圣灵大户,怎么可能有此潇洒超脱的心灵,有此登峰造极的成就呢?

有人说雨中的莎士比亚故居艾汶河水面上那绽开的一朵朵圆圆的水圈,都有圣灵的旋转,那挂满水珠的鲜花簇拥的浪漫的艾汶河畔到处都是圣灵的世界。我曾到过莎翁的故居,并于雨中寻觅大师的圣灵。我不求为圣灵的富有者,但愿为圣灵的小伙计。

圣灵究竟是什么呢?据说是那有触角的上帝野性而激情的一面,他的触摸时刻环绕着你,让你距离自己和他人更近,并让这些距离变得更有吸引力。我在此祝愿:愿圣灵这上帝的微妙,直接触摸着你的灵魂,并且温柔地编辑着你行进的道路和你生活的每一天。

第四章 穿越时空的触摸

圈

孙大圣画下一个保护唐僧的圈,唐僧不守纪律,溜达出来,吃了大亏。有的人很听话,死死守在圈子里,也吃了大亏。

我心中的"文经双璧"季羡林和茅于轼,研究圈子问题很有成效。茅先生有一个著名论断:改革要有立,也要有破。立是圈子,破也是圈子,但选择什么样的圈子,却大不一样。季羡林先生说,一言以蔽之,东方文化体系的思维模式是综合的,而西方则是分析的。正如人类只能有东西两大文化体系,人类也只能有两个思维模式,不能有第三个。这正像瓜田老农,面对圆滚滚的太阳切西瓜,一刀下去,两个大圆,痛快淋漓,毫不含糊,比皇帝的御笔还厉害。将太阳一切为二,也不过如此吧。

太阳总是明亮的,没有圆缺。受云影响,竟至于为太阳分出大小和明暗。毕达哥拉斯把圈子上升到了数学的高度。他的学院派成员聚会时,必须向一个神圣的图形行礼,那图形是:

$$
\begin{array}{c}
\bullet \\
\bullet \quad \bullet \\
\bullet \quad \bullet \quad \bullet \\
\bullet \quad \bullet \quad \bullet \quad \bullet
\end{array}
$$

这个图形从三个角度看去,都是"一二三四"的顺序。他其实也是在画圈,只是凭直观看上去有点型变罢了。至于理由何在,则正是哲学家继续冥思苦想的课题。毕氏还将他的圈子扩展到宇宙界,认为宇宙是一个大火炉,地球、太阳以及其他行星,都环绕"宇宙火炉"在运转。

在中国,最懂圈子的大概莫过于毛泽东。他心中的圈子大到无可再大,宇宙仅是稊米,如同一粒草籽,还没有正规小米大;他手中的圈子小到不可再小,只要攥在他手里,转个身都是千难万险;他圈阅的文件叫做最高指示,高为至尊,好像玉皇大帝也不能攀比。

顾准被称为"中国三代知识分子的偶像"、"近五十年来中国唯一的思想家"。有人说他是在黑暗如磐中一灯如豆,在思想的隧道中孤苦掘进。有人说他在三十年前的探索,仍然是我们行进中翘首企盼的方向。有人甚至说,上溯柏拉图,下抵斯大林,上下两千年,旁及古中西,如此穷根极底的大范围搜索唯顾准一人。而在我看来,他只是站在以"正确"二字命名的圈子中央的圆点上,一动不动却使广大领域为之震动。**他似乎没有扩大圈子,仅仅守住了基点,在不断受到外部环境的挤压中,更加坚定地守住了基点和方寸。于是,他的基点变成一轮太阳,光耀万丈。**

第四章　穿越时空的触摸

高处着眼

李国文先生来信说,人过五十都是哲学家,读书、写作是养生怡性之道。

我受鼓励之余,却也想,写作果然养生怡性,像李国文先生手中握有如此沉重之笔,又总是高处着眼,写沉而又重的文章,恐怕已远离怡性养生之道了吧;否则,就真是一个大玩家。

我读李国文,最早是小说,后来才是随笔。他的小说笔力千钧、随笔笔力更重,是屈指可数的重量级作家。如果让我给他做一个总的评定,就是:高处着眼。

李国文先生说:"中国的文人有一种奇特的品质,无论其为大名人,还是小名人,无论其为好死者,还是赖死者,应该说百分之九十九点九,**都以自觉维系数千年的中华文化为己任,绝不敢让这一线香火断送在自己手中**。"我将这话视之为他高处着眼的宣言书。他写作,始终站在高处,是高处着眼的高手。

一个人的躯壳终究是要死亡以至速朽的,但精神上彻底升华了的司马迁则是永垂不朽。尽管统治者掐死一个文人,比捻死一只蚂蚁还容易,但那些不可一世的暴君、昏君、庸君、淫君,却一个个被文人手中的笔钉在历史的耻辱柱上,遭到千秋万代的诅咒和唾骂。李国文先生正是站在这样一个高度,以此来看事、看人、看历史,正所谓是高处着眼的高人。

他的《中国文人的非正常死亡》,从司马迁写起,中间写到嵇康、谢灵云、颜真卿、龚自珍,以王国维结束,写出二十三位非正常死亡的为文化献身的高人。他以高处着眼的笔写出高人的血、脉、心、魂、志,无不写出了文化的崇高,文人的崇高,灵魂的崇高,让人充分感受到崇高的力量。

按照传统的"死亡"观念和李国文先生入书的标准(也即那些"铁肩担道义,辣手著文章"的佼佼者,为主义献身,为真理舍命,为民族大义而洒尽热血,为家国存亡而肝脑涂地,以"头颅掷处血斑斑"的书生意气,与暴政,与侵略者,与非正义,与人吃人的制度,与一切倒退、堕落、邪恶、愚昧,奋斗到生命最后一刻的文人),胡适和鲁迅都不在其中。但就对文化的崇高担当和鞠躬尽瘁而言,胡适和鲁迅都尤其杰出。他们一个死亡的当天仍在战斗,一个猝死前仍在关心"科学"怎样生根,"民主"怎样落地。

有时候,我会由胡适、冯友兰、季羡林、王元化,想到李国文。他们尤其本质的相同点是什么呢?是"为天地立心,为生民立命,为往圣继绝学,为万世开太平。"

第四章　穿越时空的触摸

书的归宿

早些年，一位让我尊敬的读书人说，想到曾经心手相印的书，百年后可能落向不相干的人手里，或者浪迹天涯，想来想去，觉得还是及早送给知己知书的人为好。

有两位忘年朋友，经常送书给我。当年，他们刚步入成熟季节，我则如待哺的小鸟，想的是解渴，感受的是温暖，并不去顾及身后的事。后来，也到他们的"当年"，面对风烛残年的老友亲手将他们的"心爱"捧给我，我的心竟像风雨飘摇中的蜡烛，愧疚摇曳许久。

据说，本杰明在希特勒掌权之后，离开德国到巴黎去，使他的藏书饱尝了两年的幽暗岁月，后来这些书虽然一度重见天日，他却在由巴黎逃往美国时，死在了半路上。有人说，为了选择思想上的自由，宁可牺牲自己，留给后人无限的怀念，这已超出了"一本书的真正自由就是上了藏书家书架"的境界。同时还说到周作人。**有人说他是离不开安逸的生活，有人说他是离不开苦雨斋，也有人说他是离不开那些书。无论如何，他选择留在北平，就任伪职，不仅是选择的失误，人生的失败，而且是陷入了万劫不复的深渊。不过，王国维选择死，周作人选择留，都有许多说不尽和说不明，人世间还是多一些宽容和理解为好。直线思维是导致残酷和灾难的思维。**

近日我去上海，也住在徐家汇，想到当年曾住在此的唐弢先生,面对在日军的蹂躏下,家家烧书、撕书,成批地当废纸卖书,他节衣缩食,一天只吃两个烧饼,开始有目的地买书,不仅藏书形成气候,而且写出了书痴的仙果——《诲庵书话》。我的书架上有几十本书话,《诲庵书话》是读过次数最多的一本。十多年前我参观过北京现代文学馆,印象最深的是唐先生捐献的藏书。关于书的进身、现身、身后,尤其是使用,唐弢先生是最值得敬仰、学习、借鉴的一位。

书的归宿也是心的归宿,不知是否还是命的归宿。

第四章　穿越时空的触摸

推销员

　　我至今依然对孔子认识不深。越是这样,越想知道他人笔下的孔子是什么样子。

　　千人千识,千书千面啊!

　　在古人眼中:老子夸他是"好学青年",庄子斥他为"名利之徒",孟子称颂他"圣之时者也",历代帝王封他"至圣先师",有成就的宰相将他读作"治国典籍",咬文嚼字的师爷一口咬定成"根本大法制定者",大史学家司马迁赞叹"高山仰止",班固传语:"助人君,顺阴阳,明教化"。

　　圣人是做人的最高境界。因此,孟子在《万章》一文中说:"伯夷,圣之清者也;伊尹,圣之任者也;柳下惠,圣之和者也;孔子,圣之时者也。孔子之谓集大成。"意思是他们都是圣人,**但在圣人里面,伯夷是"清高"第一,伊尹是"担当"第一,柳下惠是"随和"第一,而孔子则是"时中"第一,诚可谓是集所有圣人精华之大成者。**

　　他人都如此说,孔子自己呢?他承认自己是"丧家之犬"。

　　与古人的评说相比,今人的评说无论是抨击、反思,环视、颂扬,也不算太逊色。鲁迅讥之为"敲门砖",毛泽东评价"孔孟有一部分真理",陈独秀认为孔子那一套"不适于现代生活",胡适晚年后悔"不该笼统去打倒孔家店",冯友兰指出中国人在全世界"风头最足的"莫过于孔子,顾随谈老说禅随便说到"孔子不玄",李零教授在关于《论语》的很火的一部书的封面上赫然印着三个大字:"丧家狗",并振振有词:任何怀抱理想,在现实世界找不到精神家园的人,都是丧家狗。他是将狗——丧家之犬抬到高出普通人许多许多的高度。**能入狗列,当是一种幸福。**

我呢?我的《旷思敛语》一书中有一篇《孔子出国》,人民日报的《大地》杂志也选载了,是从一个角度为干部队伍立的榜样,但就目前而言,我却更强烈地感受到孔夫子是一个高明的图书推销员。他未有一言一举关于卖书的表示,竟使我买下几十种与他有关的书,跻身于仰望狗的行列。南怀瑾先生说儒家是粮店。在我看来,"粮店"的大老板孔老夫子,作为董事长,并不需要张罗什么,除了给中外人类提供了丰富的精神食粮外,仅仅是他的出版费,就让出版界赚了不少钱,养活了不少上岗人员。像他这样的圣人,对人类的贡献是永远的,为人民服务是无尽的。毛泽东身后仍在为人民服务,而且是多方面的。

孔子能如此辉煌,原因何在呢?打开《孔子辞典》,出版说明中就有孔子说过的"吾道一以贯之"。这表示他的思想有一个核心理念,用以统摄他的知识和行动——我将此视为一位好推销员的立身之本;在"孔子"一词下有"他体察向善的人性,坚信人有行善的天赋使命,爱好学习而不拘泥自限,行事通权达变无不进退合宜,善用智慧并无惧死亡以成全道义"——我将此视为一位"好推销员"的行为准则。钱穆先生所著《孔子传》序言中,除了我在另文中引过的"两个两千五百年",还有"中国历史之指示,中国文化理想之建立,具有最深影响最大贡献者,殆无人堪与孔子相比伦"——我将此视为对这位"推销员"的最高评价。

"有病才是人世"

《人有病，天知否》序言中这样说：史书除了人名真，别的都假；小说除了人名假，别的都真。此说尽管极端，却也含有部分真理。

一位老人将花白的须发一根根打结，企图捆住流逝的时光，捆住的却是呻吟的苦恼和对苦恼的品尝。我没有特意去品尝苦恼，也没有特意去躲避苦恼。然而，我读书有先浏览目录，再有选择地阅读内容的习惯。选择什么？也说不清楚，总之是盲目的挑挑拣拣罢了。读了《人有病，天知否》中的《旧时月下的俞平伯》、《艳阳天中的阴影》、《果戈理到中国也要苦闷》，除使苦闷加重，还使心灵清醒。大概是人老心弱了，近来读书，愈加倾向于明丽，悲凉尚可接受，苦闷便要拒绝了。

有人说，政治家是无奈的守望者，诗人是外科医生，诗人将苦闷解剖给世人，令守望者无地自容。好像还有人说过："人们其实并不需要被治好，而是需要被治疗。"这与卢梭的表白大相径庭的话，似乎很深刻，但不大像诗人的话，也不大像政治家的话，更不像善良的人们看到的现实，倒像是来自上帝的煞有介事。

有病求天，等于求病；治病去灶，也来新病。

这是一个产生奇迹和猎奇的时代。猎奇也是病。如此一说，似乎将诗人的气质，政治家的牢骚，哲学家的诡辩采摘在一个篮

第四章 穿越时空的触摸

子里了。但这仍不是善良的人们所希望的。善良的人们即使采一片芽叶，摘一枚青果，都会献上虔敬的良心。

卢梭是十八世纪法国启蒙运动最杰出的代表之一，是受到马克思和恩格斯重视的思想家。不仅是思想家，还是美文大师。我对他的《论人类不平等起源》、《社会契约论》等世界级经典，仅仅是张望过，隔着外衣抚摸过，既没有咀嚼，也没有掂量的能力。他的《忏悔录》，我四十年前借阅过，二十年前买到过，后来还想过再读，却没有安排过时间。我对卢梭的哲理美文，尤其是据说他在山间写下的散步中的美文尤其喜欢，曾长时间置于床头，不时看两页。据说卢梭七岁便失去了父母的照管，在牧师家里寄居过，当过学徒，过过流浪生活，青年时期结识过华伦夫人，在她那里读过很多书。他的一生好像同马克思差不多，曾长期生活在漂泊和被迫害中。或者正因如此，也和鲁迅一样，对有病的人世感受特别深刻，对改造这有病人世的意志特别强烈，而且有他特别重要的医案问世并受到重视。他谈到自己的体会时说，一切痛苦的感觉都是同摆脱痛苦的愿望分不开的，一切快乐的观念都是同享受快乐的愿望分不开的；因此，一切愿望都意味着缺乏快乐，而一切缺乏快乐，就会感到痛苦，所以，我们的痛苦正是产生于我们的愿望和能力的不相称。我曾给一位朋友写过一个条幅："生活是这样的：想法大办法少的人最失败，最痛苦；想法不大，办法够用的人，最滋润，最快乐。"

卢梭的这些话也是只有一部分正确，对有病的人世揭示并不深刻。**一个有感觉的人在他的能力扩大了他的愿望的时候，就将**

成为一个绝对痛苦的人。卢梭大概对人的能力很怀疑,对医生的能力尤其怀疑。鲁迅无视甚至憎恶中医,卢梭对西医的憎恶有过之而无不及。他甚至说过,为了医治疾病而遭到的折磨,远比忍受疾病遭受的折磨来得多。他甚至认为,医生只是一种骗钱的职业,不仅治不好病,而且只能在医治的过程中让病人更多地感受病的痛苦和死亡的恐惧。这话并不全错,但毕竟偏激。偏激也是一种病。好像天才人物这种病都较严重。我不知道木心先生是否也偏激,只知道他指出,卢梭的《忏悔录》是假装的,避重就轻;法国浪漫主义之父夏多布里昂的《墓畔回忆录》是诚意的,不装腔作势。我想,人世原本就是由各种心病,包括偏激之病和自我掩饰之病的人组成的,不足为怪。但以假乱真毕竟是重症之一。

与卢梭相比,鲁迅对有病的人世有着更强烈的憎恶,更坚定的战斗,更决绝的反思。不过,他有他的自由主义思想,心灵的空间还是比较大的。他不是恨恨而死,也不是战死,是不是累死,尚未确定;周海婴说他的父亲是被日本医生谋杀,赞同者似乎不是很多。总之,他的死与有病的人世有关,但有病的人世未必就是直接的行杀者。

季羡林先生对有病的人世也有深刻的批判,对"文化大革命"更有系统而大规模的鞭挞。这有他的《牛棚杂忆》为证。不过,他毕竟是一个悟道的通人,他活得很坦然,欣然,活了九十多岁,被誉为国宝。

我读历史,也读现实,由这些所读体会到,最好的社会不在别的历史时期,也不在别的国度,就在我们眼前的家门口。鲁迅生活的空间,尼采生活的空间,卢梭生活的空间,梵高生活的空间,都是社会病或者历史病最严重的空间。鲁迅似乎没有发疯,但尼采、卢梭、梵高都疯了,被称为精神病患者。他们无论是精神病患者,还是非精神病患者,都是对有病的人世感受最深的时代巨人。为此,他们痛苦过、挣扎过、奋斗过,但他们感受深刻的恐怕依然是:**这有病的人世现状必须改变。**

第五章 望云求雨

若问成就大诗人的科学配方在哪里,恐怕只能到古往今来的文化海洋中去打捞。

与民以便

先是读到茅于轼先生一篇文章,他认为最有可能侵犯别人财产的是政府,或者拥有特权的统治者。为此他警告:保障民权不可三心二意。几乎是后脚跟前脚,又看到南怀瑾先生讲,王莽曾想把私有制变成公有制,结果失败了,历史的结论是:"民曰不便"。

秦穆公丢失骏马,发现是一群兵丁杀吃了。他没有将兵丁抓起来,而是和气地说,吃马肉不喝酒会伤身体的。于是又给他们酒喝。后来,秦穆公被晋军围困,这些老兵无不以一当十,拼死相救。历史的结论是:**敬天奉地莫如与民以便**。

管仲是诸葛亮视为楷模的名相,然而他的所作所为也未必样样是楷模。比如他在临淄建了一个大大的女市,是当时世界一流官营妓院。里面的工作人员,大多来自外国女俘虏、女奴隶和本国女犯人,也有看好这一行的良家妇女。为了把妓院办得更加有声有色,还到国外招收名妓。我不知道这在当时算不算改革开放的业绩,但据说也是"与民以便"。这样的"与民以便",是不是当今的楷模,是不言自明的。

据说商鞅第一次去见秦孝公,讲三皇五帝,秦孝公睡到呼噜连声,商鞅不算轻蔑地微笑了,意为此公志不在帝道;第二次讲王道仁义,秦孝公哈欠连天,商鞅微露轻慢地微笑了,心想此公志不在王道;第三次讲"霸道",秦孝公极为亢奋,连忙拉住商

第五章 望云求雨

鞅的手说：先生教我。就是这位商鞅助秦孝公变法图强，成就霸业，不过其改革措施中的"连坐制"却也将他自己逼向了绝路。历史的结论仍然是"与民不便"。

庄子很贪玩。他在贪玩中"判天地之美，析万物之理"，而在玩的小憩中俯视眼前的世界，虽然美不胜收，各有其理，但判析的结果却是，美和理主要是向内心寻求的结果。也就是说，他所在的世界也不是"与民以便"的所在。

我不是自然主义者，不是历史悲观主义者，做历史唯物主义者怕是不够格，但从阅读中感受到：**《离骚》是屈原的哭泣，《史记》是司马迁的哭泣，《窦娥冤》是关汉卿的哭泣，《红楼梦》是曹雪芹的哭泣。所有这些都是对"与民不便"的悲切、呼号和抗争。**

我常常在雾里望月，这"与民以便"似乎像与月亮并存的太阳。不过，它不是光芒四射的太阳，而是在历史的当空高高地悬挂着的一个大大的惊叹号。

"阳春白雪"的温暖

　　余秋雨先生的《笛声何处》,不是散文家描写金戈铁马中回荡的胡笳长笛,而是戏剧研究专家追溯捕捉中国人痴迷了几百年的昆曲艺术。余秋雨先生从万里之外听到来自苏州的笛声,由此使荒凉的心境增添了一份滋润。我则从他的《笛声何处》感受到"阳春白雪"的温暖,由此更强烈地体会到追求高雅艺术是中华民族的传统,也是当前应有的导向。

　　周汝昌说,曹雪芹是古今罕见的一个奇妙的"复合构成体",各种"大家"的头衔都可以加在他头上。在此,我想加上,他还是一个戏剧研究大家。有人对《红楼梦》作过这样的统计:一百二十回中,有十八回涉及昆曲,十八回中仅前八十回就有十六回。曹雪芹不时用昆曲涉笔成趣,画龙点睛。比如,写元妃归省,就写到太监点的四出戏:第一出《豪宴》,是李玉《一捧雪》传奇中的第五出,表面看是一出满有趣的"戏中戏",实则是"伏贾家之败";第二出《乞巧》,是洪昇《长生殿》中的一出,在舞台本中分为《鹊桥》和《密誓》两出,戏中是唐明皇和杨贵妃刻骨铭心的热恋和至死不渝的山盟海誓,现实中却是"伏元妃之死";第三出《仙缘》,是汤显祖《邯郸梦》的最后一出,写的是吕洞宾下凡,度卢生上天的故事,点出的却是"伏甄宝玉送玉";第四出《离魂》,是汤显祖《牡丹亭还魂记》的第二十出,原名《闹殇》,说的是杜丽娘犯相思病,于中秋之夜病革身

第五章　望云求雨

亡，其中深意则是"伏黛玉之死"的。脂砚斋特别指出："所点之戏伏四事，乃通部书之大过节、大关键"。读书就是这样：许多书，读许多遍，看许多人的解读，看似懂了，也应该懂了，却仍有许多不懂。真懂了，得着快乐，也许反而失望。**在似懂非懂中感受阳春白雪的温暖，未必不是享受一种"糊涂"的美；让人点破了，看明白了其中的残酷，虽然破坏了这"糊涂的美"，却又享受到深刻的美，洞明的美，这仍然是阳春白雪给人的冷暖。**

最近看到楼宇烈在一本书中说，曾在东京大学东洋文化研究图书馆，看到几十种研究昆曲的书。其中有常见的《集成曲谱》、《与众曲谱》；有《昆曲十二种》，是清内府手抄本；《昆曲三十五种》，也是抄本；《昆曲掇锦》、《曲谱十二种》、《新编昆弋曲考初集》、《俞粟庐自书唱片曲谱》，分别为抄本和影印本。我没有全部阅读它们的规划，却有感受它们的愿望。我想，这种感受也应该是阳春白雪的感受。

余秋雨先生说："曾经让中华民族痴迷了两个多世纪"的"昆曲不应仅仅作为一种前辈的遗产而被尊重和保留，也不应仅仅因为蕴藉雅致的古典美而被欣赏和介绍，它本是中国传统戏剧学的最高范型。"令人高兴的是，随着文化界和戏剧界人士的努力，曾经给了昆曲以最高默契的中国观众正在被唤醒，欣赏昆曲这一高雅艺术的热情正在高涨起来。这是令人可喜的对阳春白雪的增温。

近日重读周汝昌评点《红楼梦》，除了感受曹雪芹笔调的温润，感受脂砚斋评点的醒心，还感受周汝昌点破的通透。我想，

这样的感受也是阳春白雪的感受——感受温润是对阳春白雪的亲近，感受醒心是对阳春白雪的增温，感受通透是对阳春白雪的依恋。

第五章　望云求雨

"无心是非"

我近年读书，越来越无意于对是非的关注了。为了省力，常读一些选本，尤其喜欢集评。喜欢的倾向仍然不是是非，而是与是非关系不大的艺术上的优劣。近两年，看了三百多部各个剧种的戏，也并不戴着有色眼镜先确立是非，而是着意于每个人物和角色身上的全部看点。

昨天得到一本书，叫做《中国好文章》，看目录，老面孔较多，读过的不少，许多篇章未必熟读过，却也并不生疏。当我正准备放弃的时候，看到主编选目的主旨是"致力于新的观察视觉"，"尤其欲在陌生和吃惊"方面着力。对品评文字的要求是"不从流"。这让我有点意外的新感觉，是很令我在意的，更何况主编还特别指出：企图以某种先验性的框架做规范，一些更加杰出的作品便会从理论空隙中漏掉。他所致力的正是"拾漏者"的工作。他这样做正是我尤其欣赏的。

我还认为，读书并不是为着某种伟大的是非所驱使，也不是要马不停蹄地去读完受到公认的经典著作，夜以继日地将时间贡献给阅读纯粹伟大的经典作品更是对审美愉悦功能的践踏。**读书是一种优雅的艺术，只要按照自己的兴趣、爱好和需要，像听歌、看戏、下棋、散步那样去"娱乐"，就是最好的也是最有效的选择。**将这集中为一个字，是：闲。

石　悟

我突然觉得——像梦一样觉得，脑袋像一块石头，身体却变成了一团棉花。

昨晚睡觉前，先是坐着读《石涛诗录》长序；躺下后，借孙郁的《远去的群落》催眠；熄灯后，将睡非睡前，先有"石头先生耽清幽，标心取意风雅流"进出，尔后有这不知是否奇怪的感觉；及至到了梦中，竟有石遗老人与钱锺书谈话的《石语》来入梦。

长序是黄苗子先生写的。在我看来，这应是一位小天才对大天才的"高山景行"。"诗录"的编家是"京城第一读书人"汪世清，应该也是一位天才。石涛是一位天分和功力都极高的画家、书家和诗人，汪世清是一位天生肯用功读书、钻书、品书的大家，黄苗子是一位"与天为党"的大才子。这样一部书，坐着读，等于是手中捧着三位天才；躺下读，或者睡着后将书落在身上，等于是被三位像大山一样的天才压住；站着或者边走边读，等于像蚂蚁搬山一样，手捧三位天才费力地移动。大概正是因为承受了如此之重，如此之高，如此之众灵，才有了如此奇特的"梦遇"。为此我想："漫将一砚梨花雨，泼湿黄山几段云"，"无边山色排青影，一派涛声卷白头"，我的头变为冰清玉洁的石头，身体成为白云般的棉花，似乎也不足为怪。

钱锺书记述石遗老人的谈话为《石语》，我受《石语》昭示，有此"石悟"。所谓石悟，就是脑体冰清玉透，外加通灵悠长。石头通灵，且是灵异之母，生下一大堆子孙：孙悟空是，黄石公是，贾宝玉也是。没有听说马克思也是，但维特根斯坦却说过，犹太人虽然住在不毛之地，却在那薄薄的石头下面流淌着精神和智慧的溶液。如果说爱因斯坦与马克思都是巨石，这巨石既然可以升为太阳照耀全世界，将总有一天会有以宇宙为展览馆，以天地为工作台，展示思维标本的现代超人出现。

天才的作家，首先是有天才的感悟力。莎士比亚只受过一点不完整的教育，也不过懂得一点拉丁文和极少的希腊文，几乎完全不懂法文和意大利文，但凭着非凡的直觉力，却可以使人物、动物、花卉、草木、风景，一切有生命的还是没有生命的，都通过他的直观感受构成明显的外形的力量和倾向；其无限复杂的灵魂也由于时刻不停地转化而变成一种囊括万有的容器。有人说，这种才能是天赐的。**我并不完全否认"天赐观"，但相信天才的悟性也像天生的玉料一样，要经过高超玉工的打磨，尤其要像太阳那样不停自转，才会放出光芒和异彩。**

泰戈尔诗曰，神在农民翻耕坚硬泥土的地方，在筑路工人敲碎石子的地方。这似乎是说神无处不在，却是跟随虔诚和向往而出没。我没有倾心于对神的膜拜和追随，却心甘情愿接受泰戈尔的忠告，把自己的心灵从穷奢极欲的危险中拯救出来，日复一日地接受天空的光明，大地的朴素。我相信，这不仅有益于脚踏实地的生存，而且有益于我的"石悟"。

据杨绛先生回忆说，钱锺书小时候最喜欢玩"石屋里的和尚"。就是坐在帐子里，将帐门放下，披着一条被单，静静地坐在那里，自言自语。玩得很乐，大人催睡，他都不肯。研究者认为，这是钱锺书的"冷屋"，是孤独者的"容安室"，犹如佛祖冥想的菩提树下，穆罕默德避隐的洞窟，耶稣时常需要独处的所在。钱锺书自己说："人声喧杂，冷屋会变成热窝，使人通身烦躁。"可以说，这"石屋里的和尚"，成就了钱锺书一生的"众里身单"，"用志不纷"，"不以闲气力做人情"，也就成就了他学问博大精深，汪洋恣肆，会通中外古今的"通人之路"。

"女娲炼石补天处，石破天惊逗秋雨。"这是李贺的诗句；"石破天惊出匣时，中宵气共斗牛期。"这是清人面对试剑石的感受。米芾见奇石而拜，称其石兄。我经常面对石头，大小都面对。不过，既没有称兄道弟，也没有石破天惊。然而，我确曾想过：太阳不也就是一块大石头吗？它却可以放出如此的光和热。我愿意面对这无与伦比的大石头，既然可以接受光的启示，热的感召，终究有一天完成我的"石悟"也就成为可能。

第五章　望云求雨

感觉钱锺书（小记）

"我找不到感觉了。"

这是面对钱锺书的第一个感觉。这样的感觉初次面对长城和昆仑山也有过。

其实，所谓钱锺书，又不是钱锺书，而是钱锺书的书和关于钱锺书的书，以及书中的钱锺书。无奈之下，我带着这个"第一"，于无意间翻书。说是无意，有"第一"作导引，所翻之书也还是钱锺书和有关钱锺书的书。

就我的读"钱"而言，最早是《诗词例话》中的片段，继而因留意而得《谈艺录》，是八十年代的版本，较初版已迟到近四十年，比《围城》拍成电视剧却早出近十年。感到他是当代之最，它是诗话之最。其次是《管锥编》，心想和我们同时活在地球上的当代人，学问竟会有如此"高深莫测"者？当时钱的名声还不曾淹没我的这些小地方。接着虽然有意搜求，并没有深读。但从钱的书里书外得到的印象正所谓："博览群书而匠心独运，融化百花以自成一味，皆有来历而别具面目"；正所谓："蓄积有素，新奇别致，旁通曲证，妙语连珠"；正所谓："尽善尽美矣！极尽'通''圆''趣''参活''妙悟''通神'矣！"无怪乎传者要赞曰："钱锺书，一个斯芬克斯之谜，一位洞解巴比尔咒语的精灵，一位挥使所有缪斯的君主；百代智者，文化昆仑。"

因为有着这样一些美妙的印象,竟羡慕不已而想走近他。然而越是走近,越是景仰畏缩并加。甚至也像面对昆仑山,不知是怕高,还是怕冷,总之除了高处不胜寒,就是高难不可及吧,竟越来越没有勇气去登攀领略。及至后来读到《围城》、《写在人生边上》等小说和散文。感觉小说是文人小说,或文化小说。也有传记称《围城》是享誉世界的学人小说。散文也是文人散文。但又与杨绛的"清茶"散文、周作人的"苦茶"散文、季羡林的"荷香"散文、徐志摩的"唯美"散文、林语堂的"闲适"散文都不一样,应该说是"智慧"散文吧?却未及鲁迅之"深厚沉峻",叶圣陶之"练达温润",朱自清之"情融诗画",巴金之"感人肺腑",张中行之"冷静超脱",但比所有人都"机趣讽俏"。有传记甚至说,钱锺书的散文《写在人生边上》更像一部禅机妙设的法书。如此说来,其机趣豪夺已至极致矣。钱锺书的小说在现代中国一流名家中也未必如夏志清所说的那样超群冲冠。夏志清教授的《中国现代小说史》我也爱读。正因爱不释手,也有几种版本进到我的书橱。但无论他在彼岸多么高呼,此岸多么呼应,品味现当代中国小说,我还是毫不犹豫列鲁迅小说为第一。或者正是这样,代表"钱学"最高成就的是他的《管锥编》和《谈艺录》。筑就新的长城和耸起昆仑山的正是他的博大精深、汪洋恣肆的学术巨制。然而面对此"城"此"山",我却只觉高深莫测,很少"入城进山"参观景观、建筑和探取宝藏。只是越是深奥莫测越想探望之心还是有的

我明知自己只是一个渺不足道的仰望者,但经常装在心中

第五章　望云求雨

的，却也有"至大无涯"的老子，有"独与天地精神往来"的庄子，有"九死而未悔"的屈原，有"龙性未驯"的嵇康，有诗文独超众类的陶渊明，有"众人皆醉我独醒"的陈子昂，当然还有"大成至圣"、"万世师表"，生前却"累累若丧家之犬"的孔子；此外还有身后固然并不寂寞，生前却四面都是敌意，连门人都不敢相认的"上帝之子"耶稣。他们虽然没有当面告诉我"他们身上有钱锺书"，但在我的感觉中，钱锺书的身上、心中、书里无处不有他们，他们早已是钱锺书全身、全心、全书最活跃的细胞。

有人说梅兰芳把女人演透了，裴艳玲把男人演透了，恩格斯把马克思写透了，列宁把马克思和恩格斯写透了，又有谁能将钱锺书写透呢？我愿意在阅读中寻找，在寻找中阅读……然而就《钱锺书传》而言，至少有五种以上，读过一些，依然是感觉不多。诚然，也依然在证明着我的"缺能"。

感觉钱锺书（续记）

既然太阳系以至宇宙村都未便给我更多"能量"，缺能的我，只能写下一些无所透彻的话。这无所透彻的话便是：钱锺书出身于文学家庭，说明起飞的跑道比较开阔，但若是一头笨驴，开阔的跑道或者就作了打滚的场地，连叫声恐怕也不免是蠢笨的旋律；记忆力超群或者是天才的表现，然而且不说只知吃进的貔貅、食槽里的狗，即使浑身上下都是金银珠宝的泥足大象又怎么样呢？况且有谁能说电脑不可以成为垃圾站呢？对已有的《围城》不满意或许会有新的奋发，却也未必不会将这"不满意"作为高看或小看自己的一堵烂墙；非常时期随身只带三本书，可谓不错的选择，可要说这就是成就天才和天才成就的理由，仍然未必充分；靠笔记写下轰动世界的巨著，虽然分明是说其眼力和手力的非凡，但要说这就是区别一个学究与长城式人物的标志，还是没有点到深处。孤独，伟大的孤独，固然是成就天才的必途，然而据说这样的孤独，必须是心灵的孤独，灵魂的孤独，精神的孤独。没有心灵的碰撞，灵魂的交往，精神的融会贯通，恐怕依然只是面面相觑而心未其识。

关于天才与常人的区别，叔本华倒是提供了一点消息：较之普通人一是越来越多地普遍地理解事物，二是更注重更优越的纯智力的生活，三是具有乃是人类灯塔的伟大心灵。季羡林先生在他并不直说的关于勤奋、天才与机遇的讨论中透出一点"神来"

第五章　望云求雨

的意思。星云大师说文坛巨匠悟性甚高，一点通万事灵。卡尔·雅斯贝尔斯说，大人物在任何时候都被当作榜样、看成神话，并且拥有他们的追随者，以至无处不在，是不可替代的历史性人物，但也是一般人。这些识见，都对我感觉钱锺书透出一点光，照亮一点路，同时也散出一点神秘的迷雾。尤其是由于我的愚昧和浅尝辄止，作用并不大。况且，用雅斯贝尔斯的标准量人，钱锺书先生在历史中的位置尚难定论。总而言之，就我对钱锺书这位天才的文化昆仑的感觉而言，至今恐怕仍然是没有感觉。有人提供了这样一条途径：感觉钱锺书，认识钱锺书，最直接的办法，自然是认真地读他的著作。再高点要求，就要像冯友兰先生提示的对待理学的态度那样，"不是要照着他说，而是要接着他说。"这就不得不返回来，要读懂钱锺书的《管锥编》，要真正领悟其中的精思妙义、微言大义，至少就要对他论列的十部典籍一部部认真钻研；要透彻领悟他所论列的西方典籍，那就不得不花力气去学通一门门外语。然而，摆在面前的事实是：陈寅恪先生能懂近二十种文字，包括对蒙古文、藏文、巴利文、突厥文、梵文等小语种、稀有文字和几乎失传的文字都通晓。钱锺书没有这么多，但除了也通晓梵文，对英、法、德、意、西班牙等文字的掌握和使用，甚至比陈寅恪先生还要熟练。倘有陈寅恪先生的学力和识力，来感觉和感受钱锺书，自然轻而易举。但且不说渺不足道的我，就是那些大学者，又有几位不是望尘莫及呢？面对如此畏途，我究竟有何感想呢？我首先想到的是八个字：从头做起，从师学习。也即不仅垫高自己的脚跟，更要提高攀登的能力。而且我也有一点怪脾气：就是并不因消化不良而放弃对鸡蛋的食用，甚至越是消化不良，越是生出对这下蛋老母鸡的景仰。

　　人体的残疾分先天和后天两种。我的知识上的残缺却是二者俱全。明知自己的短处，我在感觉钱锺书的行攀过程中，很注意对"拐杖"的使用。周振甫和冀勤编著的《钱锺书〈谈艺录〉读本》，就是我一再读过至今依然没有读完的带拐杖的"钱学"著作之一。周先生在本书《前言》的一开头，便引用了柯灵关于钱锺书的一段评论。是：柯灵先生在《促膝闲话中书君》一文中说："钱氏的两大精神支柱是渊博和睿智，二者互相渗透，互为羽翼，浑然一体，如影随形。他博极群书，古今中外，文史哲无所不窥，无所不精，睿智使他进得去，出得来，提得起，放得下，升堂入室，揽天下珍奇入我襟抱，神而化之，不蹈故常，绝傍前人，熔铸为卓然一家的'钱学'。渊博使他站得高，望得远，看得透，撒得开，灵心慧眼，明辨深思，热爱人生而超然物外，洞达世情而一尘不染，水晶般的透明坚实，形成他立身处世的独特风格。这种品质，反映在文字里，就是层出不穷的警句，因为他本身就是一个天下的警句。渊博与睿智，二者缺一，就不是钱锺书了。"接下来，周先生说："这是柯灵先生对钱先生所作的高度深入的概括。"就我目前的认识，也认为"渊博"和"睿智"是对钱锺书先生的高度概括，也绝不能说没有"深入"。但是，是否概全了，说透了，应该说，还需深入探讨。比如，至少还有人说，《管锥编》精深渊博，暗扣甚多，许多幽深处让人注意不到。甚至专家也说：由于钱著的博赡精核和文体的特异，

第五章　望云求雨

许多爱好者常兴叹不得要领，甚至觉得钱锺书是一个解不开的谜。如果用司马迁的话说就是："幽明远矣，非通人达才孰能注意焉！"就是钱锺书先生选定的责任编辑《管锥编》的第一读者周振甫先生也赋诗赞叹："**高文俪绮数谁能，谈艺今居最上层。已探骊珠游八极，更添神智耀千灯。**"

感觉钱锺书(又记)

在我行攀和寻找拐杖遇到的钱学研究名家中,郑朝宗先生是一位高人。他和周振甫先生一样,是锺书先生知根知底的至交和知音。

郑朝宗先生最早认定《管锥编》"即从内容的丰富(涵盖古今)与方法的新颖(沟通中外)来看,这是前所未有的";最早评定《管锥编》的民族灵秀之气及对民族文化的承传和光大在同期著作中无可比肩的地位;最早像易学、儒学、禅学、诗学、金(瓶梅)学、红学、鲁(迅)学一样,开辟钱(锺书)学;最早招收钱学研究生,开钱学研究之先河。他的研究生何开四所著《碧海制鲸录——钱锺书美学思想的历史演进》,不仅有"开头"的意义,而且是较为深透的钱学专著。钱先生甚至称郑朝宗先生"则知管仲惟鲍叔,且知我胜于我自知"。

刘梦溪先生则是一位通人。他国学底子深厚,研究领域包括思想文化史、明清文学思潮和近现代学术思想,重点是钱锺书、陈寅恪、王国维三个学术高峰。他自述对钱著的"每一本书,每一个字,都读过三遍以上"。他的研究成果,虽自称粗论,确有卓见。他说:"史家的职司,文学的能事;文学的职司,史家的能事,陈、钱两位大师悉皆具备。""他们是真正的大师级人物。"是"空前绝后"的"学术典范。"所谓"空前"是此前各代的大儒绝没有他们那样会通中西的学养,"绝后"则是说后辈晚

第五章 望云求雨

生"国学根基不能望期项背"。认为他们是我们"进入学术殿堂"、"会通中西学术思想""比较便捷的引桥。"

"这两座现代的学术高峰"就这样高山仰止地耸立着。我远远望过去,只看到他们的背影。他们二位并排走着。寅恪先生稍前一点,锺书先生稍后一点。二位的错位中间原本是不大的缝隙,忽然之间却变出一条宽阔的大道。大道之上布满了各色乌鸦,只是并没有凤凰。阳光从他们的背后照过去。金光耀眼。越来越金光耀眼。我从包里取出湿巾,反复擦着被刺伤的困倦的双眼。再用力望过去。陈寅恪先生好像变作一头猪。一头瘦骨嶙峋的山猪。正是王小波笔下那头特立独行的猪!只是骨骼更挺硬,皮色更油亮,内在的力量更强大。它没有自封圣人,没有佩戴和被佩戴圣人的徽章,但它的追求比圣人还要圣洁。再看钱锺书先生,竟是一只羊——特别高洁洒脱的白色大羚羊。也是瘦骨嶙峋,四肢细长,轻盈敏捷,全身没有一根杂毛。特别高洁。特别潇洒。特别高在。好像顶门上有一个小红点,看不分明。好像又没有。它让我想到《伊索寓言》中的所有山羊,但毕竟由于时间的剥蚀,不能更加分明地显彰。我找出书来,翻看着,显示着。其实也是在掀开我心中的旧影。于是有这样的印象依次彰显出来:它除了妈妈的乳汁没有喝过任何东西,但还是被吞进黑心的大灰狼的腹腔;它的智慧比胡须还多,但却竟被狡猾的狐狸骗到井下,并实实在在被利用了一回;它的胡须被宙斯剃去,原因是它和宙斯坐在同一条条橙上看天空;它借债与不借债都是一个样,跑起来竟比雄鹿和狼还要快,然而它的常态是在凉台的躺椅上看书，并随手写点笔记；它不吃葡萄树上新发的嫩芽，也不吃晶莹剔透的葡萄，而是专啃最古老的长有老树皮和斑块的主干，却由它的唾液酿出至尊的葡萄美酒，并带着夜光杯；它的角比口更善于辞令，这角说出来的话带着刺、带着尖俏、带着不屑一顾的幽默；它作为年迈的威望很高的公羊被选入科学院，它说不愿做官，但照样登台讲话；夫人与它一起上到山的最高处，不是别的山峰，而是宙斯居住的神山，不是为吃嫩草，只为清风明月；它终于把狼征服了，因为他有一颗永远青春的心，然而并没有听到狼的哀鸣和埋怨，听到的却是钦佩的笑声；它宁愿被狼吃掉也不作供品，据说这是它的座右铭，也是遗言；它不在于吃得饱，也不在于被忽视，它只在于永远有一个自由的心灵。

　　在我对书的占有上，鲁迅排一，钱锺书排二。《钱锺书文集》和文集以外的据说也是钱锺书的著述都有，他的传记和研究著作也有一些。但我的缺点是：占多读少。常为时间不够用而挑选和跳选，又常为随遇随兴而挤走已有挑选。这样便使我的阅读毫无目标，杂乱无章，漏网和浅陋都很严重。所以我的"感觉钱锺书"只是隔山探海的远望和人心隔肚皮的旁敲侧击而已。龚鹏程教授，还有谢咏教授，都是我遇到的老一辈之外的杰出学者。他们的书灵动而不枯燥，我喜欢。他们对钱锺书的研究对我的"感觉"也有帮助。龚鹏程教授精力之充沛，研究之广深、著述之丰厚都让人惊讶。他出版的著作达六十余种。我选到一些，挑挑拣拣读过一些，也不都好。刘梦溪说龚鹏程是难得的人才，"异世"和"独立"两种品格，他均当得。他于儒学得其正，于

第五章 望云求雨

道学得其逸,于释氏得其无相无住。为文简,视事易,确有异乎侪辈,言必己出的特点。我则觉得他对鲁迅、陈寅恪、钱锺书等大师的学术性的总结批判,以及对他们的理论缺陷、知识缺陷及其错误所发出的平心静气的火箭炮式的轰炸,是令人振聋发聩的。我很钦佩他的读书、研究、写作和对大师的指瑕纠错,但并没有改变我对大师仰望的心态,而是让我想到一些未尽到心力的作品最好不出手。同时更加强了我对文化大师的高山仰止的景仰。他说台湾的钱锺书热比大陆早许多年。当大陆热起来,台湾反倒渐渐退烧了。台湾的另一位学者说钱锺书是"神龙般迷走的才子"。《碧海掣鲸录》的作者何开四说,钱锺书的魅力,在一些人心中几近"学术图腾"。在此我刚想申明:我对所有大师的景仰,无不重在伟大的灵魂和伟大的眼光。而且我相信:这才是文化的真正自觉和自由的境界。

泪滴纸上

读着杨绛先生的《我们仨》，忍不住泪滴纸上。

圆圆只有几岁时，坐在一位小姐姐对面，竟能将对方的作业用倒字背写下来，可谓名副其实的照相机式的脑袋。

圆圆大名钱瑗，是钱锺书与杨绛的独生女儿，也是一位具有天才才智的教授。钱瑗教授得了绝症，不能进食了，却用铅笔在病历表上歪歪扭扭写下："牛儿不吃草，想把娘恩报。愿采忘忧花，藉此谢娘生。"署名"圆圆"。我以湿润而模糊的双眼看着这不忍看下去的便条，感觉也是"小女圆圆"，而不是"钱瑗教授"。

锺书远行到天国了，圆圆也走了，一个相守相助、单纯温馨的学者家庭失散了，一个寻寻觅觅的万里长梦将近尽头了。杨绛"我一个思念我们仨"：以心蘸泪，泪中含血，写下自己的寂、苦、痛，但她却写的那样美——虽然是凄楚的，却是美的。

我为一个天才之家灭寂而揪心，眼泪不由自主滴落在字里行间。天才也是人，在大限问题上，并不受到老天的特别关照，或者还尤其苛刻。

有人把钱锺书、杨绛伉俪比作二十世纪中国文学史上的一双名剑：钱如英气流动的雄剑，常出匣自鸣，语惊天下；杨是青光含藏的雌剑，大智若愚，不显锋刃。寥寥数语便绘出他们在中国文学史上的地位和性格，天才的地位和天才的性格。钱锺书的散

第五章　望云求雨

文看似超脱却孤独，孤独得让人惊心动魄；杨绛的散文看似平淡却沉重，沉重得让人撕心裂肺。越是这样，越让人沉重地感受到人世的不差强人意，不觉悲从中来。

表面看，钱锺书和杨绛好像都是人生的旁观者。钱经常将"我"藏起来，用他那双睿智的冷眼，旁观人生，发出机智的讽刺、俏皮的幽默、犀利的智慧、微幽的叹息，其实在他的心里依然滚动着热浪。杨绛呢？虽然静如滴水，却也是将热烈的情怀深藏在深流中。比如他在《干校六记》中写女婿的被迫自杀，并没有将愤怒的情绪诉诸于文字，而只是淡淡的一笔："这次送我走，只剩了阿圆一人；得一已于一月前自杀去世"，接着写送她上火车的女儿阿圆"她不是一个脆弱的女孩子，我该可以放心撇下她。可是我看着她踽踽独归的背影，心上凄楚，忙闭上眼睛。"这较之朱自清的《背影》更简净，更平淡，平淡的让人惊心动魄；较之声泪俱下的控诉书和司马迁撕心裂肺的《报任安书》，更让人泪不能忍。

有人对钱锺书和杨绛的散文风格作过这样的比较：钱的散文是"以偏寻乐"，以不循常的写法发表疏狂偏激的见解，以看似荒谬的逻辑推理获得随便议论的娱乐，姿态是消遣的，下笔是灵动自由的。杨绛的散文是"以虚显神"，以最淡的笔墨、适当的留白衬托出人与事的神韵，以一种虚实相生的手法写活了人物的情感与内心，常常让人读出一种苍凉与凄楚。比如她写丈夫锺书、女儿圆圆去世之后的心理活动："但是我变成了一片黄叶，风一吹，就从乱石间飘落下去。我好劳累地爬上山头，却给风一下子扫落在古驿道上,一路上拍打着驿道往回扫去。我抚摸着一步步走过驿道,一路上都是离情。"评者说,在杨绛笔下,现实与幻念不分,抒情不止于"一切景语皆情语",还是主、客体不分,"我"是石头,是落叶,令人黯然神伤的景致都内化成了"我"自己。

　　大概是正因如此吧,当我欲心灵在自由中巡视、挥洒,便读钱锺书的散文;当我怕流泪,不敢读杨绛的文字,忍不住读了,便不能不泪滴纸上。

第五章　望云求雨

凤毛麟角

　　吴新成新编的《论语易读》，是一本简朴大方的好书。给人的感觉是：开本，大小适中；装帧，素雅大气；体式，新颖独特；原文醒目；注释精确；译文，即书中所谓"解"的部分，简白，平实，贴切，自然，关键词尤见功夫；书中的"参考"部分，虽不能说如同《三国志·裴松之注》那样资料丰富，《史记·太史公曰》那样见解独到，画龙点睛，却终归是特别令人爱读、耐读的好文。

　　我尤其敬佩编家对社会、人生的透彻理解——**将饱经风霜的阅历融入圣人的圆润阔大，用意会求实之法转译了圣人的微言大义和圣意之微，以开阔的胸怀博采众家之长，形成尤为令人心悦诚服的集注**。读时心旷神怡，读后回味无穷；还使人觉得似乎成为"剧中人"，可以与圣人同演一台戏；更像走进博物馆参观国宝，处处与历代大家的卓识真见相遇。我由此生出感想，吴新成未必是"大家"，或者只是"新家"吧。然而，"新家"或许比"大家"还深、还厚，关键是功夫了得。

　　由于有着这样一些好印象，好感觉。我便回头去看吴新成的编书宗旨。为编出一部首先是自己满意的好书，他很着意"态度认真""意会完整""复述准确""语言简净"，尤其是将"理会"孔孟四十余年的朱熹、研究《论语》五十多年的钱穆视为榜样，将历代注述大家的阐发作为必须恭恭敬敬学习的成果。此外,他在《例言》中还谈到的三条意见:第一条是诚心希望通过本书每章后的"参考",与有志深入探讨《论语》的读者相互启发;第二条是坦言在典籍治理中虽然对义理、考证、文辞力求兼顾三者,但因为侧重于切近原文义理,取舍之间定有所失,深盼读者批评;第三条是广泛参考了古今主要注解《论语》的著作,有疑存疑,文中间有心得,正宜就教于读者。

尤其可敬的是,吴新成也和朱熹、钱穆一样,把注释《论语》作为终生事业来对待。就在《论语易读》出版的前两年,他已经着手于后两年才出版的《我读论语》。这本《我读论语》将《论语》全书的五分之三归为十八个专题,进行分门别类的梳理。如此编法,不仅有利于读者带着问题去查阅,而且即便是闲读也会获得多方面的通识。比如,要想"知人",就不仅要"视其所以,察其所由,观其所安",而且要从一个人的过错看其实情:对人过宽是厚道人的过,过苛是刻薄人的过,过贪是小人的过,过清是君子的过,过弱是明哲保身者的过,易污易折是刚烈者的过。在所有"这些"之上,更要从大处知人,大节知人,大的历史性事件知人。

我没有多少泽及亲人和朋友的能力,但遇到好书,尤其是再三读后更感觉好的书,也会不厌其烦举荐,甚至多买几本送个亲人和朋友。本书是一本,冯友兰先生的《中国哲学简史》是再早一些时候送过的一本。《唐浩明评点曾国藩家书》也是一本。可惜,这样的好书,往往是凤毛麟角,不仅是可遇而不可求,而且是既难求又难遇。

第五章　望云求雨

天地人生

《谈史说戏》这部书，说戏62部。历史脉络，国粹名剧，梨园掌故，娓娓道来，文短意深。作者来新夏先生是南开大学历史系教授、图书馆馆长，被学界誉为"纵横三学"著名学者。他已85岁高龄，到了"满目青山夕照明"阶段了。他的文章渗入一生感悟，化厚重为轻灵，读起来有品尝老窖的醇绵。

来新夏先生说历史是一个国家的灵魂，亡人之国必先亡人之史。经典戏剧多由历史元素和戏剧元素构成，既满足戏剧欣赏，又推动历史普及。我的感受是，历史是人生开天辟地的记录，戏剧是对这记录的艺术再现。天地人生，人生天地，随风过河，带灰走路，都是一台戏。

我读书，包括漫读天地人生这部大书，喜欢在草原上采花，海浪间观潮，云层里听雷，绿意中吸取一点汁脉。随意采摘一点花草或浪花，或者像吃核桃那样破壳见肉，便心生喜悦。如果在味觉、嗅觉、意觉上得到更大满足，心里便更加受用。

来先生对历史训诂、戏剧艺术、天地人生知之甚多。比如在《孟姜女》一篇中就谈到，孟姜女的故事，秦史不见记载，《左传》有"齐侯归，遇杞梁之妻于郊，使吊之"之说，比秦始皇修筑长城早出一百多年。汉代刘向曾对此故事"铺陈渲染"。唐人所著《禅月集》有"一号城崩兮塞色苦，再号杞梁骨出土"的渲染。宋朝始有人在山海关修筑孟姜女庙。为劳动人民修座庙应该没有什么错，但在"节烈观"的支配下对人性的摧残至此，则罪莫大焉。

《桑园会》一篇，使人知晓艺术的得来正如戏剧故事中的巧合，好像是碰巧得来，其实也像灵感一样，是长期积累和苦思冥想的结果。

《苏武牧羊》除了讲述苏武威武不屈，大义凛然，可歌可泣的故事，激赏马连良潇洒、飘逸的表演艺术，尤其对马派艺术悲壮而不哀怨、苍凉而不气馁的适度把握作出深刻揭示。世间万事，都在于一个度，艺术也然。书中除了关于史与艺关系的论述，对马派艺术脉络也交待得一清二楚。这对习史习戏都是很好的指导。

一本书不可能平分秋色，篇篇都好。也像事物的发展一样，在起伏中突现独特景观，才更让人感奋，以至高山仰止。来先生的项羽论述是书中一个高峰。他认为，项羽这个历史人物，身上可思考的东西很多，司马迁在《项羽本纪》中对此人用心很重，同情也很多，大概是将对汉武帝残酷的不满，都化为对项羽的同情。正因为同情，也恨其不争，因此说："项羽自矜功伐，奋其私智而不师古，谓霸王之业，欲以力征经营天下，五年卒亡其国，身死东城，尚不觉寤而不自责，过矣。乃引'天亡我，非用兵之罪也'，岂不谬哉！"来新夏先生是接着太史公的议论阐发的，但用的却是戏剧家言，他说《霸王别姬》这出戏之所以广为流传，是因为人们对英勇善战反秦英雄的崇敬，和对他导致失败的痛恨和惋惜。戏中给这位失败英雄设计了一幅既威严又哭丧的

第五章　望云求雨

脸谱，只用了黑白二色，两只眼窝呈八字形，活像两条蝌蚪，两通变形的寿字眉，加上白鼻头，黑鼻窝，满面愁云，使人一望便知《霸王别姬》必然是一场悲剧。此外，我还想说的是，太史公司马迁对历史记述的贡献是无与伦比的，然而一部《霸王别姬》除了基本传达了司马迁的精神，其在大众中的影响甚至超过司马迁。

写到这里，我却无缘无故想到：还是那位写《"列宁是唱什么的？"》董桥先生在此文中还写到：中央电视台的电视连续剧《康熙大帝》有一幕见熊赐履为康熙讲书，手上拿的一本线装书，书题竟是"程朱理学"四个字。程朱理学是对宋代理学的笼统称谓，从宋代到清代到现在，根本没有一本著作叫《程朱理学》的。我看电视向来粗心，没有理会到此事。果真如此却至少可以说明：历史剧未必是真史实，但却应该基本符合历史，不能出现明显的漏洞和笑话。不过，确切点说，程朱理学是宋明理学的主要派别之一。

诗国的天空与地面

昨晚梦魇了。

这梦魇不是韩愈所谓的"犹疑在狂波,怵惕成梦魇",而是蜷缩在一个小小的铁屋子里,动弹不得。而且这铁屋子犹如孙悟空头上的紧箍咒,任你百般腾挪,它也百般变化。身下还有纵横的荆棘、恶草、藤条,浑身似毒蛇缠着,气不能出。好在看到屋顶上星光闪烁,救星在望。我拼命呼喊,算是完成了魇魔、魇梦、魇语的全过程。妻子将我摇醒,我依然大汗淋漓。胸前似有东西压着,手一摸,是一本砖头一样的书,这才想起昨晚入睡前卧读过的《诗经楚辞鉴赏词典》。

屈原打造了一个空前绝后的诗国,像日月一样长悬于天空的是屈原自己和他的《离骚》。任何一部中国文学史都要恭恭敬敬朝拜屈原。然而余秋雨说的也许很有道理,如果没有遭贬的经历,仕途一帆风顺的屈原,就不是世界文化伟人的屈原了。毛泽东早在1959年也说过:"屈原如果继续做官,他的文章就没有了。正是因为开除'官籍''下放劳动',才有可能接近社会生活,才有可能产生像《离骚》这样好的文学作品。"由此推论,干部下放、知青下乡或许就是从屈原这里引发的决定,至少是受到了启发。流沙河之说虽然尖刻也有些道理:今人写诗,想写就写,畅通无阻,比尾闾排秽还方便;古人却不行,诗三百篇,每一篇的背后都有一个事件,都有生出这诗篇的现场。他写了一部

第五章 望云求雨

研读《诗经》的书,书名就叫《诗经现场》。好像是说古人写诗是写情写命,今人写诗是矫情。

顶天立地的屈原,不仅是文学家,而且是政治家和外交家。他在内政上赞佐怀王,参与议论国事及应对宾客,起草宪令及变法;他在外交上参与合纵派与秦斗争,两度出使于齐。时代的风云,政治的旋涡,奸佞的陷害,怀王的左右摇摆,出尔反尔,由疏远到放逐,加上屈原避难长江、夏水等荒僻之地,长久地与难民相处,这就是屈原经历的现场。这样的现场,对禀赋非凡,历史文化深厚,具有心忧天下万民和高瞻远瞩胸怀的屈原,该是多么刻骨铭心、惊心动魄、水深火热的感受啊!因此,我们完全可以肯定地说,在战国诗坛脱颖而出的屈原,成为中国文学史上第一个伟大诗人的屈原,既是时代环境的加惠,文学自身发展的结果,也是诗人独特的遭际、天才的禀赋集中暴发的结果。是的,**正是非凡的天才与非常的现场的有机结合,才使这一文化巨人以全部的精力和心血,凝聚成一系列震烁古令的诗篇,成就了空前绝后的成就。**

倘若要进一步追问成就屈原这样一个空前绝后的伟大诗人的科学配方,我只能说,此配方不是没有,只是咸盐撒在大海里,目前的我尚无下海捞方的打算和准备。我虽没有下海捞方,却被《屈原独吟》带上天空。我尚未俯视,便生出揪心的惋惜和恐惧。

"冤狱或者也造就人才。"然而有着天才的聪明的潘汉年也没有成为屈原。他甚至对挚友说:"跟敌人周旋,我游刃有余;与同志打交道,我深感智力不足;瞻望前程,不寒而栗",并作诗自慰:"岁月蹉跎万事空,廿年落魄信心穷。辛酸世味应尝遍,荣辱何妨一笑中?"

历史的变故往往如飓风或巨浪席卷,便是大树也会拦腰斩断或连根拔起。解放后沈从文到政治学院学习一年,分配工作时组织上还是希望他继续当作家,毛主席也说过他还可以写写小说。然而他担心对新社会的要求不明白,对新社会新生活的体验不深刻,怕在混乱的痛苦中出错,他选择了回博物馆同文物打交道,在午门楼上零下十度的风中吹了十年,也学到不少东西,尤其是文物知识,然而他也没有成为屈原。

顺历史潮流而上是否一条河呢?老舍的转变好像是成功的,他的《茶馆》按照意图修改多次,并写出了《龙须沟》,而且与屈原有同样的归宿,溺水而死。然而他也没有成为屈原。

无论如何,在文化的天空下面,不单是屈原打造的文化天空下面,可以有鲁迅的冷峻,徐志摩的缠绵,郁达夫的热烈,沈从文的深沉……但绝不应该有以"恐惧"为风格的名家。

正确的可以让人照办的话可以是政策,未必正确却可以引发人们思考的话应该是文学。政策引发争议很麻烦,文学引发争论,至少是应有的热闹。

说得更明白一点,这些创造天空的人,这些心灵极其敏感的大学问家和文学家,有谁不是生活在地面上的呢?有谁不是在与艰难、困苦、屈辱、苦恼的煎熬和抗争中生活的呢?《史记》有百衲本,司马迁像百衲本一样缝制了自己的天空,然而他依然脚踏实地生活在地面上。他忍辱负重,他"弃小义,雪大耻",他以比死更大的勇气，争取了生存的权利，维护了人格的尊严。人死有多种。以《史记》为例：如商鞅、李斯、蒙恬等以残民而死，武安侯田蚡以陷贤而死，袁盎、晁错以相仇而死，皆轻如鸿毛；陈涉为国发难而死，屈原为守正献义而死，公孙杵和程婴为救孤而死，侯嬴为励军自刭而死，刺客、游侠为抗暴而死，无不重于泰山。司马迁珍视生命，充分发挥生命的价值，为使命而生死，比泰山还重。

《诗经》外的触摸

说到对《诗经》的阅读,我只算有所触摸,有如站在十字街头看美女,也就眼有所望,心有所往而已。

我很羡慕《诗经》专家的研究果实。他们何止是读懂了,恐怕是已走进古人生活,不仅一起喜怒哀乐,而且对个中原因也弄明白了。我甚至想,若能像那些读书骄子,把《诗经》读透了,把其中的群体和群象摸透了,把古人的心思摸透了,情也摸透了,意也摸透了,节也摸透了,气也摸透了,灵也摸透了,神也摸透了,这将是怎样一种深入啊!有一句并不过时的名言是:越具体越深入。读书的幸福与快乐总是在深入中。

毛泽东在古今中外的读书人中都是不多见的天骄。他一生手不释卷,指挥三大战役期间也有"空"读书。《诗经》与他相伴一生——是他少年的启蒙读物,中年的研究对象,晚年的生活伴侣。他说过,司马迁称诗三百篇皆古圣贤发愤之为作也。《诗经》大部分是民歌,老百姓也是圣贤。读诗首在通心,毛泽东的心与《诗》通了,与今来古往的百姓通了。他永远是一位令人羡慕的天高地阔的读书骄子。

闻一多是铁骨铮铮的民主斗士,也是柔情似水的诗人。他读《诗经》,尤其着意一个"情"字。在他眼里,"感叹字"是情绪的发泄,"实字"是情绪的形容、分析与解释。他说"三百篇"有两个源头,一是歌,一是诗,而当时所谓诗在本质上乃是史。

第五章　望云求雨

他的学生则说，《诗经》虽老，一经闻先生讲说，就会肥白粉嫩地跳舞了；《楚辞》虽旧，一经闻先生解过，就五色斑斓地鲜明了，而且他的见解都是由最可靠的训诂学推求得来的。由此我更加神往闻先生的课堂。这位学生的敬评也令人钦佩。"肥白粉嫩"和"五色斑斓"用在此处，真是灵气逼人，传神至极。

顾随是大学者也是大诗评家，还是学生眼中的拿破仑，讲课天下无敌。他说："三百篇"是有什么就喊什么，想说什么就说什么，想怎么说就怎么说。后人诗有意避俗免弱，便不真。诗人看事看人当如庖丁解牛，不可只见全牛，当看出其间隙来。

钱锺书是用超大秦砖筑成的万里长城。关于他的话，我只抄出这样几句：夫"长歌当哭"，而歌非哭也，哭者情感之天然发泄，而歌者情感之艺术表现也。"发"而能"止"，"上"而能"持"，则抒情通乎造艺，而非徒以宣泄为快有如西人所嘲"灵魂之便溺"矣。

雷抒雁是当代大诗人和大评论家。流沙河要找回《诗经》的现场，他则要寻回《诗经》的原声、原意、原生态。他说，诗是人类文化的母亲。几乎就每个民族来说，历史都从诗开始，从歌唱开始。他要触摸的是这个民族远古发出第一声歌唱的旋律、韵味、诉说，甚至是一个民族最初心跳的节律。

何新就像无限度开疆拓土的成吉思汗，不断求取惊世之说，破荒之见。他声称他的《〈诗经〉新考》，是为工于剽袭之术的"文人学者"及伪大师者流提供了一个可以进行有系统"克隆"的文化基因库。

我最早接触的《诗经》本子有郭沫若译诗。读原诗，感觉很深奥，篇篇是圣贤之为作；读译诗，又觉很单纯，不光有高层的呻吟，而且有百姓的心跳，甚至像是在读出自今人之口头的民歌或儿歌。后来读《论语》，知道孔子说过不读《诗》无以言。为此还找来《毛诗品物图考》翻翻。虽然对其中的草、木、鸟、兽、虫、鱼以及别的图画，从名称到图像，都没有留下多少印象，对它们在诗中的原义、象征义、"迩之事父，远之事君"的微言大义全无所了了，但也总算触摸过了。

我深有感触的是：同样读《诗》，毛泽东着眼的是民众和民心；顾随、钱钟书着眼的主要是艺术的高度；闻一多和雷抒雁着眼的是诗情的感动；何新着眼的是与众不同，极力贪求超越。而我呢？我对《诗经》几乎未所"着眼"，只是着心于对他们的羡慕。

第五章　望云求雨

雾里望"月"

《远去的群落》是一部好书，但装帧、印刷很不理想。封面看不出艺术，没有序言，没有后记，与鲁迅每部书无不精心设计封面、精良装帧、精彩序言和后记，大相径庭。《鲁迅书影录》印制也很差，单看书影，并不能找到当年的感觉。然而，孙郁的读人文字，尤其说书文字实在好：**简洁到不能再简洁，灵动到不能再灵动，通透到不能再通透，大气到不能再大气，典雅到不能再典雅；像诗，像史诗——击打有唐音，由音寻义有宋词之理；还有《呐喊》的神韵，《彷徨》的老到，《野草》的凝练，《二心集》的透彻。**

我像贫妇捡麦穗一样，读着《远去的群落》，每捡到一穗，心里便增一分喜悦。读至《孙犁：寂寞的碑文》，竟吃惊地发现，以往读孙犁，理解孙犁，揣摩孙犁先生的文章，仅仅读出其精致幽远，未能读出散落其间的鲁迅苦味和佛家岑寂；仅仅触及乡野清香和泥土芳意，未能感受铭刻其中的抑郁冷寂和精魂凝练；仅仅体会到文字间弥漫的精善秀雅的忧思之魂，未能与其日渐深邃、迷茫的痛楚联为一体。

评者孙郁说："诗人的性情与史家风范交融"的孙犁，给人以"抉心自食的惊异"和"朗朗然有荡魂之气"。我由此觉察到，我读孙犁只是雾里望月，虽然也看到其美的光洁，但毕竟隔着一层雾，没有看到他的月亮神韵；加上嗅觉不敏，像伤风的鼻子，没有闻到本有的芳香和清韵。

吴泰昌先生也说：孙犁的作品，哪怕是一个短篇、一篇散文，甚至一张字条，里面也不乏动人的情愫。我想，**知识渊博、富有卓见、深谙艺术、修养高深的老作家并不少见，能将静观众妙、清新秀雅高精度摄入，能将"精致"与"情愫"天衣无缝地融为一体，舍孙犁其谁？**尽管我的这点看法依然是"雾里望月"。

巴甫连柯有句名言："作家是用手思索的。"只有不断地写，才能扪触到语言的神韵。老舍先生也有同样的体会，所以有得写，没得写，每天至少写五百字。像书法家练字，作家要通过天天写来锻炼语言，凝结思想。一封信、一个便条，甚至是一个检查，都要力求语言准确合度，思想内涵深刻灵动。

孙郁在《对话鲁迅》中有一段"漫游者"的话："我看见了远方的天边，晨曦正在溢出，该启程了，好像有一片光芒，在诱惑着我。但在刚刚抬脚的时候，我还是犹豫起来。一个暗影在我眼前忽地冒出，心不禁怦怦跳动起来。我害怕那远方的诱惑，内心暗暗地想：会不会又误入功利主义的旧途？中国文化，载道容易言志难，没有超功利的传统，使我们一次次被俗谛所累。当这个世界还存在着'他们'和'我们'的文化禁锢时，就不会有真正意义上的文化静观。一百年来的历史，每每回味，不寒而栗。这样的时候，便对自己也失去信心。"

这，他的这段感悟很深的话，或许对我的"雾里望月"是一种诠释。

第五章　望云求雨

上层的智慧

　　人生的妙义不知有多少条，以下两条至少也应列入其中。其一，如果你想交一个朋友，那就请他帮你一个忙。其二，你在一个人身上付出越多，你对他就会变得越忠诚。

　　由以上两条妙义我又想到另一条妙义："你怎么可能投票反对一个在你家沙发上睡觉的人呢"。

　　这三条妙义的发现权分别属于：美国著名政治家本杰明·富兰克林，达？芬奇的同乡《君主论》的作者马基雅弗利，肯尼迪总统的助手泰德？索伦森。据说掌握了如此妙义，在交往中即使不能游刃有余，也不至于捉襟见肘。

　　资中筠是美国研究专家。她的印象是，普通美国人善良、大度、热心、开朗、务实，城府浅而少心计，以至常会使中国人觉得"傻"。但恰恰是中国人所缺的那点"傻气"，成就了美国人的大业。然而，美国的上层精英，特别是与政策有关的"思想库"专家，就没有那么朴实了。尽管在学术争论、思想碰撞中美国人还是比较坦率，可以据理交锋而不伤和气，但一涉及政治、外交，其潜在的听众就不是普通百姓而是权威人物。这个领域的美国人的实用主义甚至到了势利的地步。至于美国政界、职场的博弈，乃至华尔街的巧取豪夺，就更是另一回事了。所以有人说有两个美国：普通百姓的美国和上层的美国。

　　戴尔·卡耐基，不知是代表美国上层，还是代表美国百姓。

他的秘诀是：牢记他人的名字，真诚地付出你的关怀，发自内心的微笑，做一个好听众，让别人感觉到自己的重要性，投其所好。还有尤其重要的两点是：**任何人都喜欢受人奉承；人性深处最大的欲望是受到外界的认可和赞扬。**

读到这里，我似乎也智慧起来了，由此而知：上层是要靠智慧吃饭的，不仅是一对一的交易，而且是一对一的交锋，智慧就是他们的生命钱；下层是要靠付出讨取生活的，不管是"躲着走"还"傻乖乖"，都是他的本份和本色。我由此还想到，不管是美国的"硬球"，还是中国的"阴经""挺经"，都是为上层的斗智斗勇准备的，与普通百姓关系不大。老子的"绝圣弃智"也与普通百姓关系不大。

第五章　望云求雨

陌生的诱惑

据说人类学走进一个由小渐大的怪圈,从边缘走夹,却找不到边缘了。我对这第一个边缘和第二个边缘几乎都无所知,却对找不到边缘有着强烈的感受。

我带着这一"强烈",向着并非边缘的边缘走去,首先遇到了格尔兹。就是那位从哲学那里获得重要灵感,反过来对哲学提出重要问题,使哲学家也摸不着头脑的人类学家格尔兹。他的短小精悍的论文很有可读性。他的观点一再被引用。他的深层研究终于超出人类学,也同样找不到边缘了。其次遇到了哲学史家罗素。罗素先生也只好说,面对浩茫的宇宙,人类心灵中希望和恐惧并存。引导人类在生活中提高信心和勇气,正是哲学的主要任务。有人赞同罗素的观点,甚至认为,哲学受教会也即神学的支配,与受科学的支配是一样的。

如此讨论问题,既深奥又较麻烦,于是我来到赵鑫珊这里。我很喜欢赵鑫珊像小品文一样的哲学散论。如果说鲁迅的《野草》是散文诗,赵鑫珊的哲学散论则是小型美文。据说是他站在香格里拉万古高原之巅,以文理兼通的非凡智慧,仰观宇宙万象,俯视人类古往今来风云变幻的心史。他企图靠近上帝,企图与上帝密谈。我也登上过香格里拉,但登过以后仍然十分陌生。赵鑫珊的心史和与上帝的密谈,不是缩小了我的陌生,而是扩大了我的陌生,调动了我对陌生的向往。

郭沫若的著作现在市面上已经不多见到了，但他的译作《生命科学》还是进入了我的视野。这是大小韦尔斯父子和鸠良·赫胥黎合著的一部大书，副题是"关于生命及其诸多可能性的现代学识之集粹"。大韦尔斯是英国有名的文艺家兼文化批评家，是世界文化史大著《历史大系》的作者，原来也研究过动物学。他的儿子小韦尔斯和《天演论》作者赫胥黎之孙鸠良·赫胥黎都是专门的生物学家。据说这部书在科学智识上的渊博与正确，在文字构成上的流利与巧妙，是从来以大众为对象的科学书籍所罕见的。不过，这样的书在我的藏书中也是罕见的。这部书研究的范围包括："生物之范围、性质与研究"、"生命在空间之界限"、"生物学的智识之进步"、"生命之主要形态"、"进化之铁证"、"人之进化"等等。从字面看，没有生词；看内容，几乎无处不陌生。**我们天天面对的，尤其是对并非上帝的人、人体和人的生命，几乎完全是一个陌生的世界。此书初版到现在已近一百年了，但我们看到的陌生领域不是更小了，而是更大了，到处都是陌生的诱惑。**

           陌生是否可以激活神经，好像人类学家和神经学专家都没有弄明白，但它的诱惑力，却为许多人所感受。为此，维特根斯坦也说："能够使精神简洁的努力，本身就是一种巨大的诱惑"。用诗的语言来写哲学，写出一部二十世纪最富灵感与诗意的文化笔记的维特根斯坦，也是最伟大的文学家之一。他的笔记尽管陌生纵横，却是一个充满诱惑的大观园。耶稣不受诱惑，魔鬼离去，于是有天使来侍候他。我自愿接受陌生的诱惑，自然不会有天使来侍候，但愿陌生在我心中融化、升华，生出新意和新见。

第五章 望云求雨

比"类"有得

亶爰山有一种动物,样子像猫,大近于虎,弹跳极好,名字叫类。它身兼雌雄两性,吃了它的肉,就不会有妒忌心。是否成为慈善家,成为救灾英雄,我没有考察过,由此却想到读书人,想到学者,想到学者的读书,想到读书的功用与前途。

遍阅《山海经》的五百多座山,三百多条河,一百多位神话人物,四百多种神怪异兽,可谓神形各异,无奇不有,但还没有发现有吃自己大便的动物。然而在我们有限的泛览中,却不得不经常与相似、重复、大同小异相遇。我并不反对像牛羊一样反刍,却不甘心在重复中浪费光阴,更不甘心在吃大便中自得其乐,麻木不仁。

金克木先生说,陈寅恪先生和陈寅恪先生的先生夏曾佑先生都曾发出过"书读完了"的感慨,他自己也有同样的感慨。为此,他不仅写了一篇《书读完了》的文章,还出了一本书,书名也叫《书读完了》。他的意思是:虽然不可否认《书》《易》《诗》《论语》《老子》《庄子》之外也是书,而与这几种经典相比,别的书创见性和独立性就不多了。似乎还有的意思是:这几部经典读完,别的书也就无多可读了。

我也有一种感慨:从头至尾一页一页读书,许多书只读了前半部分,后边的精彩就无缘相会了。**如果有类的跳跃本领,效果或许更好。不过,懂得跳着读,挑着读,博采众精,是五十岁以**

后才有的开悟。现在，六十都多了，库存的书怕是读不完了，又经常忍不住进一些新书，就更应该考虑读书的进度和效果了。

范曾先生说，少年读《离骚》，纯洁的心灵沁入其中的芳香，人生中就有了对空旷博大境界的追求。熟读了《诗经》和《楚辞》，不仅可以知道中国诗歌源头活水之所在，而且可以摆脱鄙俗的侵袭，走上崇高的人生。袁行霈教授主张读《陶渊明集》，要和那位真率、朴实、潇洒、倔强而又不乏幽默的诗人对话。他回顾了自己和《陶渊明集》结交六十多年，小时跟家父诵习，少时听舅父讲说，青年时在北大教授指导下研读，中年后通过研读梁启超先生著的《陶渊明》、鲁迅先生对陶渊明的论述、容肇祖先生的《魏晋的自然主义》、陈寅恪先生的《陶渊明与魏晋清谈之关系》、张芝先生的《陶渊明传论》、朱自清先生的《陶渊明年谱中的问题》，更深地走近了陶渊明。晚年是收获的季节，他著出了《陶渊明与魏晋风流》《陶渊明的哲学思考》《陶渊明集编年笺注》《陶渊明年谱汇考》《陶渊明研究》等。他综其一生的体会是，陶渊明是古代士大夫的一个精神家园，通过他可以体察到许多士大夫的心灵。夸大一点说，懂得了陶渊明也就懂得了中国古代士大夫精神世界的一半。

我在对范曾先生和袁行霈先生羡慕之余却也想到，关于读书，一字一句搬字典、查索引、究出处，是一种读法；随便翻翻，一目十行，走马观花，是一种读法；一部书到手，看看目录，以至仅用手摸摸，也是一种享受。**我甚至想，左手成千斤顶，右手变探测仪，托起一摞书，用手摸摸，精华美妙便奔流而**

来，入脑入心，那是怎样一种妙境啊！果然如此，我便可成为另立山头的一座神，神叫"读书神"，庙叫"读书庙"。目前，我较满意的还是"旅游式"读书，甚至连地名也不一定问明白，或走或停，或深或浅，完全跟着自己的兴味走。

胡适先生讲过这样一件事，曾任美国总统的胡佛有个重要体会：三分钟演讲，要三个月的预备时间；半小时演讲，要三个星期的预备时间；一小时以上的演讲，只需三天预备时间就够了。由此想想"类"先生、金克木先生、陈寅恪先生、范曾先生、袁行霈先生关于读书的启发，自己虽然也有心得，但还是应该写出深刻检查：方向不明，用心不精。

"长乘"戏考

嬴母山是天神长乘的管辖地,当然也是他的居住地。神长乘人身豹尾皇冠头。据说他的辖区有九德之气,当地人受九德之气熏染,个个品德优秀。

我非组织部里人,看到此,竟想到任人唯贤上去了。同时,竟也盘算:这样的人,若请他做出版家、书店经理、校长或宣传部长,定会是好样的;但管理经济,未必称职;做歌厅或桑拿老板,肯定赔钱。

不知为什么,脑神忽然回了一下头,竟对自己的这点盘算自责起来:看人,怎么可以知其一不知其二呢?怎么可以抓住一点不及其余呢?怎么可以不作动态考察呢?怎么可以不听听各方意见呢?看来,若让我当组织部长,说不定也是个乱点鸳鸯谱的乔老爷。

为纠正这点冒失,我竟考察起他老人家的家谱来了。他的祖上是谁,族系如何,已无从得知。只知他活动在流沙附近的嬴母之山,《水经注》有:"禹西至洮水之上,见长人受黑玉,疑即此神。"因为"受黑玉"即是代表天帝递交御书,德份不足之人怎么可能受此重托呢?郭璞《图赞》曰:"九德之气,是生长乘。人状豹尾,其神则凝。妙物自潜,世无得称。"由此看来,他即为九德之气聚集而成,上系是不用再查了,下系呢?

查下系是一件很麻烦的事。既然当地人无不受九德之气感

第五章　望云求雨

染，其子孙、族人，德旺怕是无可非议了，但名见经传的大人物却没有查到。

再查与他有关联的人和事。较方便的是从"长"字查起。有个长存子，为玄州仙伯人氏，距离赢母山太远，那时不仅没有飞机、动车，恐怕拖拉机也未必有，天各一方，何谈同族一系呢？《春秋穀梁传》中的长狄，兄弟三人中也没有说到与长乘有什么联系。《秘阁闲话》虽有呼"长恩""鼠不啮，鱼不生"之说，但并没有说到受九德之气影响。接下来，一路查到《穆天子传》的长肱，《暌车志》中的长人，《国语　周语》里的长石和苌弘，以及《益州名画录》中的长寿仙，也未见与神长乘有任何关系。回头再看《山海经》，带长字的虽然还有长右和长蛇，也都和长乘没什么瓜葛。

东方既白，我的这点戏考好像与阳光操作有点不着边际，趁着第一缕阳光还没有射向我，也该就此打住了。虽然赢母山还可以查考一下，但我早已声明地理知识贫乏，加之盘缠不足，放弃算了。

两种"生物"

《石涛诗录》和《陈寅恪诗笺释》,都是诗集,却令人生出画家诗、学者诗与诗人诗各有光景的感觉,并且莫名其妙地想到"生物"这个词,甚至联系到"动物"中的"鱼类"、"鸟类"、"兽类",以及兽类中的"食草类"和"食肉类"。不管有无理由,是何理由,总之是这样想了。

据说钱锺书先生酷爱诗,中国旧体之外,对西洋德、美、法原文诗都熟读很多,诗的意境是他深有领会的;他对自己的诗"炼意炼格,尤所经意",《槐聚诗存》被称为"流霞织锦";其诗论尤其冠绝古今。他的诗,有些我也喜欢,琢磨一下诗的背后或者更有趣,但依然觉得他不是诗人。对鲁迅、毛泽东则没有此种感觉。《二十世纪诗词注评》是两位教授编著的,收入二十世纪旧体诗词创作者三百多人,有陈宝箴、陈三立、陈衍、章炳麟、梁启超、王国维、吴宓、谢无量、夏承焘,却没有陈寅恪和钱锺书。也许他们压根就没有将这两位重过泰山、昆仑山的大学者认作诗人,只是没有像我这样说两种"生物"罢了。

还有一种说法:**诗人诗以文采取胜,学者诗则看重隐藏在文字背后的内容。**此外,是否还有情商与智商倾斜上的差异,我没有研究过,但总觉到:诗人带着《野草》到城里开会,学者背着《史记》向城外张望。

《陈寅恪诗笺释》"序三"分析说,从陈宝箴的父亲陈伟琳

第五章　望云求雨

算起,至陈宝箴的曾孙陈封怀、曾孙女陈小从,确凿可信的诗人至少有五代。五代诗人当中,诗名最盛、作品流传最广的当数陈立三。陈寅恪的诗作,无论是数量还是质量,即便是在家族诗人群中也算不上最有代表性。然而偏偏是他的诗最需要笺注,原因恐怕还是太学者了,而不是太诗人了。

序作者还打比方说:陈宝箴之诗,堪称政治家之诗;陈三立之诗,更似文学家之诗;陈寅恪之诗,则是史学家之诗。我不完全同意此说,而倾向于陈寅恪之诗,是学问家之诗。韩愈也是一位大学问家,是文章盖世的大人物。他以文为诗。陈寅恪、钱锺书的学问应该在韩愈之上,但学问对他们的诗而言,不是资本,却当资本背着,成为作诗的一种带累。

据说笺注陈寅恪诗"最大的难处既非古典之生涩奥衍、恶俗恶熟,也非今典的疑云密布、顾忌重重,而是笺注者自身的杯弓蛇影、草木皆兵。"为什么要"杯弓蛇影"和"草木皆兵"呢?就因为陈氏的学问太大了,名声太高了,由此造成的光圈直射到令人目视成相、口说成言、脑思成意无不感到困难。

还有一种说法是,会写诗的人,未必是诗人;有诗人气质的人,未必都写诗,甚至未必会写诗。毛泽东自谦自己的诗"诗味无多",却被称为一个诗人创造了一个新中国。连胡乔木都说,毛泽东的诗词可能比他的政治理论著作传得更广、更远、更久。**毛泽东曾被称为红太阳,但毕竟不是太阳,他的诗倒是像太阳一样光芒万丈。**

我怀疑诗人的骨血都是诗做的,否则难成诗人。不管有无道理，我都坚持学者和诗人不是同一种"动物"，其产品即便都是名诗，也依然不是同一种"生物"。

第五章 望云求雨

合时宜的秘诀

孔子是个什么样人，我至今依然没有想明白，但我知道他想要什么，不想要什么，要怎么样，不要怎样；也知道他有一个永远合时宜的秘诀，不愧为这位"圣之时者也"的一道招牌菜。

这秘诀是："**多闻阙疑，慎言其余，则寡尤；多见阙殆，慎行其余，则寡悔。言寡尤，行寡悔，禄在其中矣。**"这个秘诀核心要解决的是"见用于当时"。其中有几个关键点，就是多听少说，多看少做，怕冒犯的话绝对不说，冒险的事绝对不做，说话少过错，行为少后悔，官职薪俸便自然会有了。李泽厚也说过"文革"中某高干的为官秘诀是："晚说，少说，敢说"。"晚说"是伺机而言，收后发之利；火候不到，虽说无用。"少说"是要言不烦，不因言多而失和徒令人厌。"敢说"是机不可失，看准就讲。这样自然获君心，得后宠，大高升也。这可与韩非《说难》相承续，实为实用理性之权术也。

孔子一生以事功为重，于"干禄"教训最多、研究最深，并在失败中不断接受再教育，所以有人说他的话不失为痛彻之言。我说，说痛彻之言的人很多，沉痛而有此智慧的毕竟不多。

不过，这里发生一个问题：本性不宜。自我掂量，我自己就属于"本性不宜"者之一。**我对孔子的教导，往往是反其道而行之：有疑必问，有言必出，竹筒倒豆子；不问有险，直言直行，出水才见两腿泥。所以有人说我是书生。**意思是意气、傻气、义气三气并出之人。易中天说,书生总归是会有一点意气,也总归会有一点傻气的。没有傻气,就没有意气。没有了意气,也就不成其书生。七十二贤,包括孔子本人,也终归是书生。这样的书生,要总结出一套"合时宜的秘诀",不会有太大的困难。但要践行,就难免不入轨道,以至掉链子。为此还有人说到孔子的人格,认为最能代表其人格的言辞是"朝为道,夕死可矣","学如不及,尤恐失之","为之不厌,诲人不倦","三军不可夺帅也,匹夫不可夺志也","无求生以舍仁,有杀身以成仁"。这,恐怕正是他终身挫折的原因。

李长之先生对孔子和屈原做过一个对照。说受了孔子精神感发的,是使许多绝顶聪明的人都光芒一敛,愿意做常人,孟轲是这样的人,朱熹也是这样的人!反之,受了屈原精神影响的,却使许多人把灵魂中不安定的成分搅醒了,愿意做超人,贾谊是一例,李白也是一例。我崇尚心灵自由,个性解放,这二者之间不知如何选择,一生在不知如何中虚度着。但我总觉得,他们都有一肚子不合时宜。

第五章　望云求雨

书之王

我总觉得《论语》是王者的书，或为王者的书；老子的《道德经》则是书中之王。而且无端地认为，虽然既没有昏选过，也没有加冕过，历史却早已选《道德经》为书之王。

"为政以德，譬如北辰，居其所而众星共之。"此论用于帝王当然可以，用于《道德经》同样恰如其分。曾问礼于老子的孔子说出此话的当初，是否想到这一层，没有见到考证，是否有研究者早已指出，也没有看到过。我这样说或许是无缘无故吧，我却相信这无缘无故也是有缘有故的。

缘故之一，我的藏书中研究讲释老子及其《道德经》的书很多，虽然没有统计其数，"众星捧月"的阵势是显而易见的。

缘故之二，历朝历代无不有众多的、成群结队的老子研究者涌出，状若繁星，每颗星都在发光，光源依然是老子及其《道德经》。

缘故之三，与"孔子出国"一样，老子已走向世界，成为全人类的明星。这个老明星的光芒绝不在启明星之下。

这书中之王的《道德经》，核心表达的是什么？就我目前的理解水平，认为它没有核心。因其没有核心，我们才读出许多个核心；因其不囿于某一个核心，才成为中华文化的大纲。

陈鼓应先生是当代著名的《老子》研究专家之一，他广泛阅读和精心研究后深有感触地说："中国先秦诸子中，老子最深刻，最对得起百姓。"又说："先秦典籍多属学派倡导者及其弟子门人之文集（如《论语》、《墨子》、《庄子》等），唯独老子属一家之言。"还说："中国哲学的思维方式（无论辩证思维、整体思维、形象思维、直觉思维等等），也都发端于老子。"对此，我的理解是：在先秦各家中，老子是最伟大的独立作家；在思维创立方面，老子是最全面、最伟大的发端之人；老子不是王，不是主政的官，却最为老百姓着想；老子没有高喊造福百姓，却教人们明白自然赐福，天赋人权；此外，众口所需的大餐，《老子》也都备下了。就此意义而言，《老子》不仅是一个好王，还是人类迄今以来最好的厨师，是厨师之王。

我们知道，蜂王是蜂之母，生下一大堆小蜜蜂，难计其数。老子也生下一大堆"小蜜蜂"，有多少？恐怕也没有人能说清楚。傅佩荣在《老子其人其书》中说，在探讨老子学说时，会发现材料最多的是历代的注解和引申。从最早的庄子、韩非等人，经过河上公、王弼，甚至唐玄宗这位帝王以及宋朝的王安石、苏辙、朱熹等人，无不发表心得，增益老学。他没有说到现代和国外。世界上各种肤色各种语言的人群中，几乎无不研究老子，现代中国有关研究者更多。为此他只好说，老子在儒家之外开辟了一条更为广阔的路。

王孺童对儒释道进行比较后，认为，从学理上讲，佛教深受印度哲学及因明学影响，逻辑思辨性极强；儒家学说被历代统治者推崇到至高无上的地步，但孔子对老子极为推崇，视之为师，喻之为龙。这是否也可以理解为：在中国，帝王占龙位，老子的

第五章　望云求雨

王位也是不言而喻的。

余秋雨在北大讲老子,题目就是《世界性的老子》。一群青春正旺的帅男靓女围着老师进行大范围的新旧发散讨论,又是在北大影视讲堂,这本身就是世界性的。余秋雨讲,老子之所以享有世界威望,与他的简约、宏伟、神秘有关。"简约是一种结论境界,而且,老子给予的又是对辽阔宇宙的结论,因此由简约走向宏伟。这种宏伟由于覆盖面大,因此又包含着大量未知,结果就走向神秘。"所以他又说:"这是一种多么震撼人心的情景。""很少有人具备这样做的资格,所以大家都在大量地写,大量地说。"老子身前身后传说很多,这是他的热爱崇拜者给他的光环,对他的加冕。

中国驻美国使馆文化参赞张国春面向世界著了一部大书,书名是《智慧的维度——〈道德经〉品悟》。他的体会是:**学习中国历史文化不可不读《道德经》,研究中国思想哲学不可不读《道德经》,了解中国社会现实不可不读《道德经》,做一个智慧、完善的中国人不可不读《道德经》。**

"开张天岸马,奇逸人中龙",老子的龙啸之声就是《道德经》。它无所依旁,无所参照,独立而不改,周行而不殆,自为天下书之母,天下书之王。

隔雾观火

我本想说，我对这书只是隔岸观火，或者说这书读后，仍是隔岸观火，转而又想，人对身外以及自身恐怕都难免是隔岸观火。

"隔岸观火"，我感觉是个老词。手边有两部成语词典。一部将鲁迅的话做例句，一部直接说出处就是鲁迅这句话，出自《集外集？文艺与政治的歧途》。另一句出自《〈且介亭杂文〉答〈戏〉周刊编者的信》。我仍然怀疑出处的可靠性，从网上查询，《尚书？盘庚》中有"予若观火"之说；唐？乾康《投谒齐已》有"隔岸红尘忙似火，当轩青嶂冷如冰"的诗句；梁启超的《饮冰室文集？五？呵旁观者文》有这样的句子："旁观者如立于东岸，观西岸之火灾，而望其红光以为乐；如立于此船，观彼船之沉溺，而睹其凫浴以为欢。"

鲁迅的用意在于彼此没有切身关系，梁启超是说因为不涉及自己反而幸灾乐祸。我对"隔岸观火"的理解却没有如此直观。细察其意，较之"人心隔肚皮"要外观一些，较之"无关冷暖"要严重一些，较之"闭目塞听"要明朗一些，较之"触目惊心"要平和一些。查词典之后虽然纠正自己理解上的偏差，同时却也破坏了心中原有的意境。或者我原有之意只是"隔雾观火"，将"岸"改为"雾"更接近我的本意。

天地间飘荡着雪花。随着雪花翻飞荡漾的光芒，我于晶莹的

第五章　望云求雨

　　流淌中翻了翻《科学大师》。尽管无异于"隔雾观火",也还是领略到了第一位现代意义上的科学家伽利略的风采,看到了他身后的40多位开山祖师的足印。**这足印是自然与社会的桥,是大师们馈赠给后人漂洋过海的船,是人类永远享受快乐的床。我们从桥上愉快通过,在床上安享快乐,在船上感受日出日落**,除有美好而梦幻的感觉外,却也生出一点真实的遗憾:书中只介绍了杨振宁、李政道、丁肇中等几位华裔科学家,使中国人很没面子。

　　科学大师是什么?是上帝委派或挑选出来创造世界、造福人类的天才的学习者、探索者、挑战者、追求者和牺牲者,是他们所在领域的首席学者和元首专家。比如说具有超人智慧的亚里士多德,他的论题和著作从哲学到生物学几乎包含人类知识的所有学科,他的思想和研究成果并不都经得起时间的考验,但他的探索却在一千多年来对人类的科学探索一直发挥着巨大的影响作用;比如说创立日心说的哥白尼,他的日心说在现在看来虽然只是一个伟大的错误观点,但他对古老的地心说的挑战却改变了天文学的概念,直到现在依然被认为是现代天文学的奠基人;比如说第一位现代意义上的科学家伽利略,他在重力、运动和天文学方面的贡献,虽然全部为后来的科学家所超越,有些甚至在普通人眼里也不算什么了,但他却永远是现代科学的奠基人。再比如,牛顿从他的时代开始,就被公认为有史以来最伟大和最重要的科学家,他以超人的洞察力在光、运动和引力理论方面,已经为我们了解宇宙和我们在宇宙中的位置奠定了基础。还有制造出第一台蒸汽机的瓦特,发现电磁规律的法拉第,揭示物种特性并创立进化论的达尔文，发明"巴氏消毒法"并首先应用疫苗接种的巴斯德，遗传基因的发现者孟德尔，开创了电的时代的爱迪生，导致了核物理学发展的居里夫妇，因发现制造氨气的方法而使人类在粮食生产和武器制造方有重大飞跃的弗里茨？哈柏，当然还有牛顿之后对牛顿有重大超越，从而使物理学和人类的思维范围发生革命性变化的爱因斯坦。

我这里并不是要列一张"封神表"，也不是为人类的重大举动而点将出征，我只为我心中充满敬意和神圣而自豪和幸福，却也为自己的只是"隔雾观火"而自卑和惭愧。

第五章 望云求雨

从"六元本"说到经典

《梦溪笔谈》曾给我一种神往，也给我一种遗憾，还给我一种威压。原因是我的书橱中有几种版本的《梦溪笔谈》，不是因为版本太重，就是字体太小，总之都让我望而却步了。

感谢三秦出版社体谅读者，从浩如烟海的典籍中，摘要采葩，名家精译，出版了一套设计精良，图文并茂的"六元本"。有了这"六元本"，仅用几十元钱，便可概览中华典籍精要。我作为读者而非藏家，除了《梦溪笔谈》，又选了《易经》、《楚辞》、《汉书》、《后汉书》、《三国志》、《阅微草堂笔记》等二十余种。回到家里，从容读来，很是惬意。惬意之外，还让我增长着庄严，因为这是在接近经典，融入经典。

经典是我们经常见面却又很难准确说出它的模样和本质的东西。有人说经典是已经成为中华民族肌体和血液的那些典籍和艺术品；有人说经典就是时间腹内的舍利子，是因水的流淌而从粗粝的石块上磨蚀而出的、微弱的沙石钻光；也有人说经典是敏锐的目光，善良的心趣，睿智的大脑进行缜密思维的结晶；还有人说，经典是一个民族精神的函封，无论何时，无论何地，打开这函封，就能读出闪烁着家邦之光的密码；甚至有人说经典是山之无偶，是海之无涯。当然，这样说无不有其道理和深刻内涵。然而，我只想简单地说：**经典就是民族智慧的金字塔**。古代典籍中的精品就不说了，就是上世纪二三十年代，以至稍后一些时候，在那样一种压迫与反压迫，革命与反革命的较量中，却也产生了《阿Q正传》、《野草》、《边城》、《小二黑结婚》、《毛泽东诗词》等一些可以长久流传，长期研究的经典作品。

　　我这样想着，不知是越想越近了，还是越想越远了。想着想着，我的这点所想突然中断了，停缺了，消失了，无影无踪了，像露水见到太阳一样蒸发了。这样的感觉，在飞机上也有过。那是在太平洋之上的万米高空，机身下面的广大地区全是棉絮一样的云海，又像是无边无际的绵羊群悠闲地漫步。我在云海中思考，在千里羊群中神游，像是在梦中。突然，羊群散了，云海没了，我的神思也中断了。我不知道释迦牟尼是否有过这样的际遇？

　　我总觉得这些关于经典的释义还是太宽泛，太疏松，像云海一样让人可望而不可即。还有人说芥子园画谱是初学画者的"经典"，千佛洞壁画是张大千的"经典"，二王欧颜的法帖是书法界的"经典"，《论语》、《老子》、《诗经》、《孟子》、《庄子》、《史记》、《战国策》、《世说新语》和《唐诗》、《宋词》是现代国民"最底限度必读的经典"。然而这依然没有说出经典究竟是什么。我继续向着天空和地面去漫想。此刻想到的是：**经典应该是普罗米修斯从神主宙斯那里偷来的火种，是女娲补天炼就的彩石，是长江、黄河出发时的源头活水**。当然，也可以说经典是古代圣贤才智的结晶，是民族文化的源头，是可以让我们站于其上，走得更远，飞得更高的文化巨人的铁肩神骨。然而，这依然没有完全表达出我心中的关于经典的全部含义。也许，我只能在云海中企盼。

第五章　望云求雨

大师何以

如果说经典是时间腹内的舍利，大师则是得道高僧；如果说经典是因水的陈年流淌从粗粝的石块上磨损而出的沙石钻光，大师则是生光的金星；如果说经典是一个民族文化特征的坐标，大师则是这坐标的符号。

尽管"大师"这个受人尊敬的称号也像"小姐"一样严重污染，而且说不明白这污染是被奸污还是自愿出售的结果，我却仍然要为它奉上一炉香，并致以神圣的注目礼，因为这已经污染的毕竟**是炫玉贾石的小丑**。

回首以往，古有老子、孔子、司马迁、苏东坡，今有鲁迅、陈寅恪、胡适、钱锺书，他们都是文化天空的金星，都是真正的大师，都永远不死。

鲁迅说，老子博见文典，又阅世变，所识甚广，尚无为而仍欲治天下；庄子其文则汪洋辟阖，仪态万方；屈原则其思甚幻，其文甚丽，其旨甚明，凭心而言，不遵矩度；李斯于文字，甚有殊勋；司马迁和司马相如，一个雄于文，一个长于赋，都是卓绝汉代，驰骋古今上下几千载的人物。

汪辉说："《鲁迅全集》的每个字都趴着一位学者。"李慎之说："二十世纪是鲁迅的世纪，二十一世纪是胡适的世纪。"季羡林说："他（陈寅恪）继承了中国'士'的优良传统：天下兴亡，匹夫有责。"刘梦溪说，中国现代学人中的第一流人物，正是由于做到了志不可夺，独立自由之意志不可动摇，学问人格才见出精彩。

我说呢？这第一流人物**都是大师中的大师，天才中的天才。他们都为建造"金字塔"而来，都为建造"金字塔"而持，都为建造"金字塔"而为。**陈寅恪游学欧美成绩斐然，连导师都佩服他，但却没有拿过学位。有人问起，他说考个博士学位并不难，但两三年被一个专题束缚，就没有时间学习更多了。没有学位的他却让有学位的胡适、傅斯年、俞大维不敢与他比学问。梁启超说过，梁某人著作等身，比不上陈先生寥寥几百字有价值。胡适还说，陈寅恪是今日最渊博、最有识见、最能用材料的人。傅斯年更是说，陈先生的学问，近三百年来一人而已！事实上陈寅恪先生也是最具独立人格的学人。

这样一位令各位大师如此佩服的"大师中的大师"，其卓越贡献何在呢？其一，提出"独立之精神，自由之思想"，一身宗此。仅此一点，无人可比。其二，正如罗家伦所说，"从哲学、史学、文字学、佛经翻译，大致归宿到唐史与中亚西亚研究，又供他参考运用的有十六七种语言文字，为由博到精最成功者。"为此季羡林先生奉上四个字："泛滥无涯"。其三，开创了敦煌学的先河，被公认为敦煌学的奠基人之一。其四，具有活辞典和活地图的意义。例如，中印战争结束后，中方密拟以麦克马洪线为准与印度谈判边界问题，为查明麦克马洪线的内容，毛泽东思考了一整夜后想到陈寅恪。当时陈已被打倒，且双目失明，凭记忆说出某段某句在某书某页，为谈判提供了准确的历史证据。

第五章　望云求雨

老子的终极选择

　　尽管通向往世的隧道还没有打通,我却从《道德经》感觉到老子的去向,也即终极选择。

　　老子无意于千人追悼,万人"庆贺",即便将丧事办成喜事。他自愿走向深山密林喂野兽,至于是喂狼喂虎还是喂老鼠全不在意。为此他说,虚荣心本来就卑下,得到它,为之惊喜;失掉它,为之惊惧,这就叫作患得患失以至于惊恐。进而说,所以有患得患失的毛病,就在于遇事总是考虑自己,若不考虑自己,还有什么可忧患的呢?

　　余秋雨向北大学生讲,孔子追求公益红尘,老子的人生轨迹是流沙黄尘。片面而言,这"红尘"意味着"入世",或许还包括隆重的丧礼,谓之备极哀荣,以及慎重其事的丁忧等。"黄尘"呢?大概是"出世",随风而起,随风而去,既没有那么多隆重,也没有如此多希求,反倒深沉洒脱了许多。我想,这"黄尘说"与我的"喂兽论"一样潇洒。**正如儿时睡于麦秸堆积的小山上,清风明月,虽然没有黄金龙床的富丽,却有无尽的惬意。**

　　歌德说得好:"人只有把自己提升到最高理性的高度,才能接触到一切物理和伦理的本原现象所出自的神。神既藏在这种本原现象的背后,又借这种本原现象显现出来。"老子应该就是这样。"上窥青天,下潜黄泉,挥斥八极,神气不变。"不正是这样吗?

老子说过:"我有三宝,持而保之。一曰慈,二曰俭,三曰不敢为天下先。慈故能勇,俭故能广,不敢为天下先,故能成器长。"钱穆说,此三宝中,"俭"与"不敢",最见老子真情。比钱穆晚生五十五年的傅佩荣对最后一句的解释是:因为不敢居于天下人之先,所以能够成为众人的领袖。我不完全明了老子究竟是说什么,但我想,主张无为的老子,还是不求凑热闹,不求有所获,而是像草木一样,随雨而长,随风而动,随寒而枯,随季而亡。死后也不举办什么仪式,更不隆重"典礼",仍然是随风而去,与我的"喂兽论"并无两样。

我手头还有一本《圣哲老子》,为陕西的张兴海所著,道教会长任法融提签。作为小说家言,他关于终极选择写得很有意趣:最后这几日老聃不是游览散心就是闭目自言自语。九月九日这一天,秋色正浓,漫山遍野一片碧透重彩。跟着老聃的风车忽然咚咚咚一阵骤响,比平日里遇到急风还要声脆。老聃停步,望着河水问是什么河?听到说是("山"下"就"字)水,老聃自语:"九水",同时蓦地瞪大了眼睛。望着形体如赑屃(像龟,传说为龙的第九子)的山峦,抬手一指说:"我死后就葬在这儿吧。"没几天,老聃悄然亡故,闭目坐在一块水青石上,犹如玄览。

老子终归是老子。老子的终极选择更是老子。

陈村不是"破落户",大概可算个"个体户"。在我所存关于老子的书中,他的《小说老子》最轻松可人,接近于王蒙的《老王小故事》。此书后记说,《老子》并不消极,但这不妨我们将错就错地消极地读。我不明白何以为消极，只想平静地读，深沉地读，轻松地读。朋友来信说，如果有来生，又可自由选择，来生愿做一株蒲公英，随风而落，随遇而安，随处而长，不管采到它的是幼童还是老太太，都各有自己的选择和所用。我想，这也合于老子的终极选择。

回归家园

50多年了，仍然可以想起第一天上小学，第一次见到图文并茂的识字课本，还有老师制作的并不精美的识字卡片，感觉特别清新，像早晨带露的小草，青翠欲滴，闪耀着生命的青辉。新书，还有一个个不认识的新字释放出来的气息，将我笼罩在幸福中。自此，便与书，与字，与它们的气息结下不解之缘。

后来书读多了，对不同国度、不同民族顶尖作家的不同气息、气象也都有了不同的感受：**德国作家有沉重的气息，却也有贵族气象；英国作家有爵士派头，或者还有小夜曲的悠扬与温馨；俄罗斯作家有大帅风度，似乎还有克服不去的咄咄逼人的怪癖；美国作家大气通达，但也有空洞的弊端；日本作家除了绞尽脑汁的苦心孤诣，还有摆脱不掉的小家子气的偏激。**我们的孔子出身贵族，司马迁是高干子弟，但文章中多有平民气息。当然，这只是一些并不完整的印象。这些印象并不影响我对一些作家的偏爱和敬仰。比如，日本人给我的印象最为恶劣，但对井上靖就特别喜欢。我书室中，关于孔子的书有几十种，井上靖的《孔子》，最精辟、简洁、传神，尽管他或多或少也有妄自尊大的习惯，却并不影响对他的书爱不释手。

在我有限的藏书中，英字号不多，美字号也不多，德字号较多，是因为德国哲学家较多；俄字号在多少之间，是因为俄国的文学大师最多。我想从英国诗人学优雅，从德国哲学家学辩证与

第五章　望云求雨

严谨，从美国作家学开放和放开，从日本专家学苦心孤诣，从俄罗斯大师学气派宏大，当然并不疏略继续从孔夫子和司马迁守持自家面目。这是野心，也是功课。为野心，也为功课，我甘愿永远幸福地跋涉，直至回到自己的家园。

黑格尔被国王任命为柏林大学哲学教师，上任伊始在《开讲辞》中就说，现实工作占据了精神上的一切能力，致使内心生活不能赢得宁静。他希望回到内心，以徜徉自怡于自己原有的家园。我并非主张放弃一切物质财富的创造，放弃对物质享受的任何追求，而是希望在创造美好物质家园的同时，切实于精神家园的建设，不要"沉陷在日常急迫的兴趣中"。

雨果在《莎士比亚传》的最后写道："在天空的另一端，在最后一朵乌云消散之处，在未来深邃的长空中（它从此已是一片蔚蓝），将升起真正明星组成的耀眼的一群：……荷马、约伯、埃斯库罗斯、以赛亚、以西结、菲迪亚斯、苏格拉底、索福克来斯、柏拉图、亚里士多德、毕达哥拉斯、卢克莱修、普劳图斯、尤维纳利斯、塔西陀、圣·保罗、圣·约翰、但丁、谷登保、贞德、哥伦布、米开朗基罗、哥白尼、伽利略、拉伯雷、卡尔德隆、塞万提斯、莎士比亚、伦勃朗、凯普勒、弥尔顿、莫里哀、牛顿、伏尔泰、贝多芬、华盛顿……这奇妙的星座每分每秒都变得更明亮，像天国的金刚钻一般无比璀璨，在清明光洁的天际徐徐展露姿容；而与这强烈的黎明曙光交融在一起缓缓上升的，正是耶稣基督。"我没有如此大的野心，只想在老子和孔子到过的沙滩、荒野、小路散步，之外，且驾一叶扁舟向外洋走走。

第六章 认距量心

希望回到内心,徜徉于自己原有的家园。

文事大纲

作为名教授、名学者、名作家都极其辉煌的余秋雨先生有个三句话的"文事大纲"也很有名。即：**把已经想明白的问题交给课堂，把有可能想明白的问题交给学术，把永远想不明白的问题交给散文。**

这文事大纲，既高屋建瓴，又醒心醒目；既切中要害，又方向明确；既有中心论，也有方法论。我当初从他讲演中听到，突然就觉得眼前展出三条通途。这通途未必让人走向无限广阔，却展示出差不多的开阔和深沉。

我最早整体接触余秋雨的作品，除了《文化苦旅》《山居笔记》《霜冷长河》，浙江出版社出版的《余秋雨散文》，还有关于昆曲的《笛声何处》。后来，他的书到手的逐渐多起来，有新作，也有以新带旧、新旧合编的"重复版"。比如作家出版社出版的《文化苦旅全书》，比如人民文学出版社出版的《余秋雨散文》，比如长江文艺出版社的出版的《秋雨书系》……

心中有了"文事提纲"，再去读书，感觉就像心里多了一面镜子，看到的东西更多了，也更清晰了。正像知道《红楼梦》有一条"草蛇灰线、伏脉千里"的大伏线，《红楼梦》中一切兴衰、聚散、悲欢、荣辱，都对称凸现到令人惊心动魄的地步。如果不懂这个"伏脉"笔法，许多文字就有了累赘的感觉。我从读周汝昌和余秋雨知道了这些，让我读书感受到更多快意和深邃的享受。这比我自己有了重要发现、发明还要高兴。我从心里感激他们，羡慕他们，愿意将他们揉碎了成我。

与上述感受至少不是风马牛不相及的另一件事是：我曾经多次想过，如果有恢复历史声音的功能，再现鲁迅当年讲课、讲演、谈话的场景、风貌、声音，那将是怎样令人激动的事啊！这在现在已不算一回事，"文事大纲"，就是从余秋雨讲文学的音频上听到的。躺在床上看他在北大讲课的视频，也差不多等于现场感受了他讲课的风采。但鲁迅的声音是永远听不到了，其风采也只能去他的文字中感受了。司马迁、孔子、老子的声音就更是永远听不到了，尽管可以从他们的文字和别人写他们的文字感受他们的千般模样，但毕竟感受不到他们活在当下、精彩在当下的感受了。

余秋雨的音容笑貌可以一再去感受。除了"文事大纲"及其此次所讲，还有他在岳麓书院的讲演，还有他在北大开办的《国学讲坛》。他所讲的孔子、墨子、老子、屈原、司马迁，还有殷商文化、两晋文化、唐宋元明清文化，佛教文化都等于现场感受了。他的闪问闪答的风采，北大帅男靓女的风采，也都感受了。要说我还有什么不满足，就是他从大处着眼多，细处着眼少；宽的方面够宽，深的方面还可以挖掘。如此说来，他的国学讲课和课堂讨论在我看来也只能算是"文事提纲"。

天心桥

人们往往惊叹毛泽东无与伦比的记忆天赋，思维天赋，气魄天赋。其实，通向"天赋"的桥，也是一砖一石铺成的。

单就读书而言，据他身边工作人员回忆，一本书、一首诗、一篇文章，常常多次圈点。他读过的书，总是红、蓝、黑三色笔迹纷呈。**小圈套着大圈，直线再加曲线，眉批又增旁批。批语用字不多，其发极新，其见极宏，其意极深**。仅《楚辞》一书，他就收集到50余种版本，大都留有"朱批"的痕迹。

毛泽东一生究竟读过多少书，其中有多少诗词曲赋，是一项很难准确统计的大工程。我仅见到一则资料称：仅经他亲手圈点，留下痕迹的，计诗1180首、词380首、曲12首、赋20篇，涉及作者429位。

"读书破万卷，下笔如有神"已成为一句耳熟能详的俗语，而毛泽东的读书可以通神却不是一件俗事。不过，**这神，不是上帝，不是释迦，不是孔子和老子，也不是诗神屈原、诗仙李白和诗圣杜甫，而是集其大成的毛泽东自己的心灵之神、性灵之神、神悟之神、神智之神**。这是通心的，也是通天的，我将此称为"天心桥"。

心是通天的桥，书是架桥的砖石，悟性、灵性、神性则既是"天心桥"，又是通过阅读、悦读、苦读贯通的结果。有人说，自己就是一个完整的宇宙，把自己充实了、完美了，改造世界就有

第六章 认距量心

了极大的力量。将改造主观世界与改造客观世界相结合，甚至将改造的首要放在主观世界方面，正是毛泽东一生穷追不舍的一个主要方面。

毛泽东的天心桥通向现实，通向未来，也通向古代，通向中国的诗歌源头——《诗经》和《楚辞》。为此他说，在《诗经》里老百姓就反对统治者，"尸位素餐"就是从那里来的。《楚辞》是有民主色彩的，属于浪漫主义流派对腐朽的统治者投以批判的匕首。屈原高居上游，宋玉、景差、贾谊、枚乘略逊一筹，然也甚有可喜之处。

为《毛泽东诗词修改始末和修改艺术》一书作序的马连礼先生称**孔夫子和毛泽东为中国诗歌史上的两大旗手**：手辑中国历史上第一部诗歌总集《诗经》的圣人孔子是古代诗国的旗手；在马背上哼成《毛泽东诗词集》的一代伟人毛泽东是现代诗国的旗手。由此构成举世周知的双峰并峙的人间奇观，是中华民族的两极丰碑。犹如双星高照，光耀中华文明千秋万代。不过，我宁愿将古代的屈原和现代的毛泽东双峰并峙，其间有"天心桥"相连，而且，我愿意这"天心桥"将昆仑山的神话——太行山的神农——峨眉山的神采连在一起，这才是贯阅古今的最伟大的奇观。

认距量心

梁启超先生说过,在工厂里、在公司里、在机关里,做完一天工作出来,随时立刻可以得着愉快的伴侣,莫过于书籍。只有养成读书习惯,才能尝到读书的趣味。**即使一个在校的学生,只读课内书,不读课外书,也等于剥夺自己的终身幸福。**

读书的幸福到哪里去找呢?梁启超先生列出最低限度必读的二十六部书,包括《四书》《五经》《老子》《庄子》《战国策》《史记》《汉书》《三国志》《资治通鉴》《楚辞》《文选》《李太白集》《杜工部集》《韩昌黎集》《柳河东集》《白香山集》。此外我还见过章太炎、鲁迅和胡适开列的书目。他们的用意好像不单是为了读者享受幸福。

梁启超先生还说过,看到书中征引之广博,分析之细腻,想到作者是多么大的天才,其实都是铢积寸累得来的。我想,这"铢积寸累"也包括享受幸福和创造幸福两个方面。就此而言,最大的拥有者还是那些经典作家。**我们与经典作家的距离,也包括幸福方面的距离。**由此我又想,太阳也是一块石头,只是这块石头太大了,便成为太阳。我们到河边捡一块小石头,也等于捡到一块小太阳,至少是星球的一个细粒。

我还想,梁启超先生是站在学术圣坛的高处感悟;我却只能低下头去想:有的人能写出那样的书,有的人却读不懂,读不进去,甚至几乎不读书,这是何等差距?不承认甚至掩盖差距,是

第六章 认距量心

不良行为；承认差距，并为差距压倒，也不是健康心理；只有认距量心，勇往直前，不断缩小差距，才是正确态度。

尼古拉?哥白尼说："太阳被一些人恰当地称为宇宙的明灯"。我想，更恰当地说太阳只是宇宙间其中一盏明灯。然而，就不断增长着智慧的人类来说，仅有这盏明灯是不够的。除此之外，还需一盏盏经典著作的明灯在心中点亮。就我的感受而言，这一盏盏经典著作的明灯既可照亮前进的路，又可照出差距。因此，感受照耀也是在感受差距。

"花蕊还没有开放，只有风从旁边太息而过。"此诗庶几可代表我对"幸福"的期盼。

通人南怀瑾

南怀瑾先生是通人，我最多算他一个可以忽略不计的读者。

二十年前，初遇《论语别裁》，感觉别有风采。读过两遍后，还想读第三遍。当时在扉页上写道："**将人世间的道理阐述到如此深刻的，莫过于孔夫子；将孔夫子的道理讲述到如此简白通透的，莫过于南怀瑾先生。**"有教授指出南先生许多地方讲错了。这些"指出"也许自有道理，但整体而言恐怕难免不是常人对通人的"非议"。

过去常听说"半部《论语》治天下"，南先生指出，照搬《论语》的教条，并不能治天下，只有做人做事经历多了，碰到某一件事，突然触发《论语》某一句话，得到很大的灵感，很高的智慧，将《论语》的大原则运用自如，才可达到目的。

通常看来，南先生出身书香门第，自幼饱读诗书，一生遍览经史子集，深参儒佛道各家，又有丰富的游历和从军、执教、经商、考察、讲学等诸多实践经验，对诸子百家尤其是儒、道、佛专研很深，对诗词曲赋、天文历法、医学养生也有深刻造诣。这自然是成其通的一些原因。然而，我仍然不免追问，他成为通人的原因究竟何在？

他的《论语别裁》《老子他说》《孟子旁通》《庄子諵譁》都是一版再版，读者群越来越大。我随着大流去寻找，对他及其著作从喜欢上升到虔敬，及至读到他的《漫谈中国文化》和《周

第六章 认距量心

易参同契》，进一步深化了这虔敬。近日，读了他的《人生的起点与终站》，竟有了知往知来的愿望，也更乐于向这位通人靠近，但仍然不明白他成为通人的根本原因何在。

《我读南怀瑾》的作者练性乾也说南怀瑾是个大问号。因为心里有诸多问号，他的这本书的书名也换了好几次。开始是《一代宗师南怀瑾》，后改为《一代奇人南怀瑾》，又改为《一代通人南怀瑾》，再改为《凡人南怀瑾》。改来改去总觉得不能准确概括。不能明确知道来自何方的，加于南怀瑾先生的头衔还有很多：大居士、国学大师、禅宗大师、当代道人、当代通人、儒释道大宗师等等。此外，也有人说他是"老和尚"、"台商"、"黑道头子"，甚至是猎美高手，身边美女如云等等。与他有关的问号还有：他为什么懂得那么多？著述那么丰厚？与众不同那么让人惊讶？仰慕、崇拜、追随者那么不可胜数？……

南怀瑾出名后，家乡的老年人常说，他生下来后就被亲人称为"佛子"——佛送的儿子。他自己说，童年时代做过三个梦，"三个梦"决定了一生的命运。第一个梦：梦见母亲抱他在海边玩，天空中有许多龙，他抓住一条扯断一条，最后一条大黑龙怎么也抓不住，他在又气又急中醒来。第二个梦：他小时又怕鬼又想听鬼故事，晚上睡觉，妈妈睡床边，他睡床里。一天晚上梦见空中来了一只大老虎，浑身黑色的大老虎趴在他身上，并没有伤害他，却把他吓醒了。第三个梦：梦见自己站在一个大磨盘上面，周围都是豺狼虎豹，个个龇牙咧嘴，张着血盆大口，恐怖至极，无路可逃，吓出一身冷汗。

南先生还讲，年轻时结识一位老和尚，老和尚送他一部《金刚经》，他念了三天，当念到"无人相，无我相，无众生相，无寿者相"的时候，感到一片空灵，找不到"我"了。跑去问老和尚，老和尚惊讶说，你真了不起，人家修行几十年都做不到，你念了三天《金刚经》就达到这种境界，你就是再来人。

　　还有几件经历，对南怀瑾先生也极为重要。一是认识袁焕仙，拜在袁焕仙门下，改变了他一生的道路。焕师对他的评语是："禅德巍然自拔，有独立振衣之概"。二是结交"厚黑教主"李宗吾，教主教他一个成名法宝——骂人。说你写文章骂我就能成名。他自然没有如此去做，但也不是白结交一场。三是在峨嵋山"闭关"三年。这三年独处幽室，读了《大藏经》，为以后成为"禅宗大师"奠定基础。

　　南怀瑾先生著作等身，评者认为，像"红学""鲁学"一样，会形成一门"南学"。《禅海蠡测》作为他的处女作，是他三十来岁时在极端困难的条件下，一字一字写出来的。当时已在禅的诸多领域向权威发出挑战。《论语别裁》是他的成名作和代表作，拥有读者最多，学术界争议也最多。《老子他说》和《论语别裁》、《孟子旁通》一样受欢迎，但只出了上半部，下半部尽管不少出版单位催着出版，他硬是压着，因为所讲重在谋略，担心道德不高的人读后变得更坏。《易经杂说》是一部引人入胜的书，通过知识渊博的讲述，让人看历史发展，人事与自然法则，都多了一双深邃的眼睛。《大学》是帝王之学，领袖之学，录音整理成书后定名为《大学微言》。南先生说，讲《大学》是

第六章 认距量心

他一生最后一件大事,对国家、对民族有个交待。争取半年时间出版,送给两岸领导人。《如何修征佛法》是信不信佛都可看的书,据说两岸读此书的人都很多。

有人说世界上有两门学问,要学但不要深入,深入了,就钻不出来了。这两门学问,一门是《易经》,一门是佛学。我不怕钻不出来,因为至今尚未钻进去。不曾钻进去的我,面对通人南怀瑾先生仍然停顿在不通的层面。

仰望"幸福"

梁启超说，能够读《楚辞》，是中国人的最大幸福。检查自己，虽然也读过《楚辞》，但至今仍然在不及格的边缘徘徊。所以对梁先生所谓的"幸福"，也就只有仰望而已。

东汉《楚辞》专家王逸说得好："屈原之词，诚博远矣。自孔丘终没以来，名儒博达之士，著造词赋，莫不拟则其仪表，祖式其模范，取其要妙，窃其华藻，所谓金相玉质，百世无匹，名垂罔极，永不刊灭者矣。"刘勰则认为，《楚辞》"叙情怨，则郁伊而易感；述离居，则怆怏而难怀；论山水，则循声而得貌；言节侯，则披文而见时，是以枚贾追风以入丽，马扬沿波而得奇。其衣被词人，非一代也。"

古代就不说了，就现代而言，一生极尽所能造福人民的毛泽东，演说、讲话以及与人交谈，常常上天下地，海阔天空，纵横古今，对于国学典籍中的故事、成语、诗词名句，随口就来，任意驱使，就是说到别人的名字，也常引出典故和诗词。他从《楚辞》得到的幸福指数应该是很高的。他在一九五八年一月十二日的一封信中说："又读了一遍《离骚》，有所领会，心中喜悦。"一周后在南宁开会，一天早晨有一架国民党轰炸机飞来，警卫员要他进防空洞，他却神情若定地说，蒋介石请我去重庆，我去了，又回来了，现在还不如那时安全吗？说完让人点上蜡烛，聚精会神读起《楚辞》来。陈晋说毛泽东的"喜悦"不只是文学欣

第六章　认距量心

赏方面的，还包括对大跃进的"火热"。我更倾向于主要在作品欣赏方面，当然并不排除当时的阅读环境。

郭沫若的历史剧《屈原》，曾产生重大影响。他虽然在《屈原》中加入太多的主观意识和现实批判，但不能说他不懂《楚辞》，也不能说他没有享受到读《楚辞》的幸福。他甚至说《楚辞》是当时的白话，《离骚》是屈原最成熟的作品，《九歌》是屈原得志时所作，《天问》是屈原留在古代史上的一项极重要的资料，保存了无数神话故事，功不可没。

顾随将诗骚以及圣经雅歌、希腊古诗综合起来研究，认为人在恋爱状态最有诗味。因为恋爱是不自私的，自私的人没有恋爱，有的只是兽性的冲动。"恋爱如此，整个人生也然。要准备为别人牺牲自己，这才是最伟大的诗人。"**把读《楚辞》和纯洁的恋爱联系起来，和大公无私联系起来，和伟大的奉献精神联系起来，真美，真幸福。**

我记得小时候走山路，总想爬完这座山，就该是平路了吧，拐过这个弯，就该到达目的地了吧，结果是越走越累，越走对困难的感受越强烈。长大后，在平川活动多起来，尤其是到过华北、东北两大平原，感到没有起伏，没有变化，实在乏味。读《楚辞》的幸福感也应该在爬坡中，就像到险峻的胜境旅游，美好的风光、开阔的境界总是在最高处。

仰望也是期待，或者这期待的过程也是幸福的，更何况还有像谈情说爱一样的追求呢？

面对鼓励的惶恐

一位老领导为我写下一个气势磅礴、豪气逼人的"虎"字,配以一联:"人在疆场唱大风,凤鸣朝阳放眼量"。"虎"下有六行小字:"虎啸风生,龙腾云起,英贤奋发,亦各因时"。

每当看着这豪气逼人的"虎"字,领会其中的深情寄托,联想《大风歌》的雄强,《观沧海》的洒脱,《沁园春·雪》的冠绝古今,刘邦、曹操、毛泽东,三位气吞山河的伟人便立于眼前,他们的盖世业绩也像画卷一样展开。这时候,心里甚至惶恐多于敬佩。

当然,老领导的鼓励绝对是真诚的,希望绝对是殷切的,而且绝不是唬我。然而,这鼓励越真诚,希望越殷切,我的惶恐越加剧。想着这背后的《大风歌》的气吞山河,《观沧海》的笼涵宇宙,《沁园春·雪》的雄视千古,尤其是他们共有的直抒胸臆的表达,大气贯天的魄力,本色通脱的辞采,特别是想想这辞章背后的大文章——震撼千古的盖世功业,这种惶恐简直不可名状。

然而,时间永远是扫平一切的铁刷子。随着寒来暑往的多次交替,一切的鼓励,一切的威压,一切的催促,都消逝得无影无踪。正如再浓的盐水喝过后也会淡下去。老领导的条幅挂久了,我的感受竟也淡下去了。这样一天一天下去,渐渐地,"虎"字的豪气隐去了,《大风歌》的雄风消散了,老领导的鼓励淡化了，以至偶有朋友观赏并问起，好像是讲别人的故事，述说历史的典故，凑趣几句也就过去了。

　　这终于使我明白，一切的威压，一切的关爱，一切的深情，一切的一切，都将跟着时间走来，走过，走去。这是宇宙制定的法则，是老子所谓的"道"。包括太阳，也是走来、走过、走去……宇宙也是……　目前，有谁能证明这不是呢？

差距即空间

伟人是一面镜子,常人也是一面镜子,人渣未必不是一面镜子。

据说读书是晒太阳,也是照镜子。不光照见博大的襟怀、冰清玉洁的心灵、千回百折的愁肠、包容万有的宽容、沉迷其间的陶醉、百折不回的顾念、启迪心志的智慧、荡涤沉浊的情操、琳琅满目的鲜艳、抬手可触的方向、各有千秋的风韵,还照出辞章的建筑美、音乐美、节奏美……同时也照出区别和差距。

我读书的差距还很大。仅以读《史记》为例,我与余秋雨先生的差距就很大。他能看到司马迁行万里路心中装入一个大国的版图,我只看到司马迁的背影;他能看到一部以人物为本位的历史充满人类的体温,我只看到一个个鲜活与不鲜活的面孔;他能看到质朴叙事是深入文学的本质,我只看到情感表达才是文学的本面。

泰戈尔诗云:"我出门坐上第一道晨光的车子,奔驰在大千世界的茫茫旷野里,我在许多恒星和行星上留下我的踪迹。"又云:"到达离你最近的地方,道路最为遥远;达到音调单纯朴素的极境,经过的训练最为复杂艰巨。"我从余秋雨对照到泰戈尔,越对照差距越大。不仅是理解的差距,而且是认识的差距;不仅是深度的差距,更是心灵的差距;不仅是距离的差距,尤其是空间的差距。

第六章 认距量心

然而，我却由此看到：**差距即空间。我拥有比较多的差距，也就应该拥有比较大的空间**。诚然，这空间也是时间的场地。拥有它而不用带着汗珠儿的时间占有它，只是在悲叹中倾听一尘不染的时间流逝，再大的空间也等于零。

鲁迅先生在一篇文章中讲过一个笑话：一个江湖郎中在集市上大声吆喝，叫卖治臭虫的妙方。有人出钱买了一个纸卷，层层用纸严密裹着。打开一看，妙方只有两个字：勤捉。季羡林先生说，这不能说它是不对的，他的治学经验也是两个字：勤奋。我呢？我更主张就依江湖郎中的妙方：**勤捉——只要牢牢捉住了时间就捉住了效率；只有充分地利用了时间就是"勤奋"，一切治学成就，灵感得来，都在"勤捉"中**。

楼上楼下

叔本华是被母亲从楼上推到楼下的孩子,尼采是对女性极端不信任的男人。而我呢?从楼梯上到天空,并到天宫去巡视,只是我少时做过的梦。

同样是走路,"跟着光线跑并企图抓住它"的爱因斯坦成为朝宇宙秩序走去的自然科学家;同样是读书,"像哲学家那样讲话,像朋友那样谈心"的蒙田,成为世界上最伟大的随笔经典作家;同样是思考,在思想中实验、在理想中构筑理想的柏拉图穿越历史,穿越时空,穿越国界,成为与所有哲学家对话的哲学家。"过程哲学"的创始人怀特海甚至说:"西方两千年的哲学,只不过是柏拉图思想的注解而已。"

歌德说得好,**人只有把自我提升到最高理性的高度才能接触到一切物理和伦理本原现象所出自的神**。神既藏在这本原现象的背后,又借本原现象显现出来。歌德心目中的神即是宇宙秩序,相当于中国的所谓"太一",或者还不至于此。庄子称老子的"道"为"太一"。《吕氏春秋》说:"太一出两仪,两仪出阴阳","万物所出,造于太一"。"太一"即是世界的物质本原。

我对这些,并不全以为然——因为这依然是人的感知。尽管人心可以装下宇宙,但毕竟是宇宙某一角落的猴子变的,心外的外套既有如此之大,这像猴子的机灵、老虎的雄心一样的心灵也难免空虚和无奈。因此,真假难辨,也就成为自然。

第六章 认距量心

鹤以青松为世界，鸥将白水做家乡。有的人以深远、幽远和迷远的自然哲学为精神家园。我除了想过做一个盗墓贼，到古人、先人、前人的精神家园探险盗宝，构筑一个不仅属于自己的天地，还想过以"器藏清远"为寄托以及对子孙的祝福。

我不遗憾祖上没有留下楼产，却遗憾母亲没有将我从楼上推下。如果有此遭遇，哪怕是跌入黑暗的深渊，也愿意捞几粒明珠上来。如果粉身碎骨，那就将洁净的灵魂送上月亮。据说吴刚与嫦娥已奔走他方，那就在更加的空旷神飞。

罗素说，叔本华仰慕伏尔泰，结识过歌德，他自信自己天赋很高，认为性是邪恶的交易，知识是苦难的源泉，他性格怪僻，又爱慕虚荣，一生并不快乐，直到他阴郁的生命快结束时，经济状况才有好转。鲁迅先生说他"既以兀傲刚愎有名，言行奇觚，为世稀有"。又说："叔本华先生痛骂女人，他死后，从他的书籍里发现了医梅毒的药方。"如此说来，或许这些也与他被从楼梯上推下有关。

季羡林先生管她叫"长不大"的陈祖芬，应该没有享受过母亲从楼上推下来的待遇。但她的天才和成就同样应该列入经典人物之中。她的"天才"首先表现为非同寻常的童心：她在十来岁时，一得到考试奖励的钱就跑去小书亭里买童话书；中学的时候生病在家，会在天花板上幻想着美丽的童话世界；成人后为自己和朋友买儿童玩具是她的最大嗜好，在朋友间引起最大轰动的是在伦敦跳蚤市场买回一个做成皮鞋状的童话小屋；作为作家，她把工作间布置成童话世界，写的书也是成年人的童话。我对她的

"成就"也像对她的童心一样着迷，并且经历了在我同样是非同寻常的三个阶段：放不下，且放下，更加放不下。阶段一是对她的报告文学读起来就放不下；阶段二是基于放不下的执意放下；阶段三是对她的随笔虽然执意了仍然放不下。我认为她的随笔比报告文学更好——因为她的写作由此进入了自由王国。

守"点"成圣

我关注顾准，读顾准的书，已十多年了，除了敬仰，还对他形成一个深刻印象：他不是超前，而是守住了原点——**在原本正确的主义中，坚信自己的观察与思考，坚持自己的思考与信念，持之以恒，既不左右摇摆，又不冒前滞后。他守住了自己的坚信，也就守住了真理。我将此称为：守"点"成圣。**

那是怎样一段疯狂的历史和历史的疯狂啊。然而，别人跟着疯狂地"前进"；他认准那只是疯狂而不是前进，只是神经错乱，而不是健康进取，他守住"自己的据点"，毫不动摇。别人被异化，却被称为名副其实的大众；他没有异化，则被称为货真价实的"异类"。别人跟着"光辉灿烂"的异化走，却走向灾难深重的深渊；他跟着自己的感觉与思考走，却占据了真正的光辉灿烂。

在那样一个一切颠倒的年代里，坚持真理就是投向苦难，因此他一度成为苦难最深重的人。后来的结果呢？他站在了光辉的高处；"大踏步前进的大队人马"，认识到走错路而折回来后，只能仰望他，视他为神圣。他的命运和耶稣很相似：被钉上十字架的耶稣何其痛楚，然而他永生了；在十字架下幸灾乐祸的一群，何其得意忘形，然而他们只配永远为黑暗的附属物。

我将顾准的书奉为"圣经"。集理性思考之大成的《从理想主义到经验主义》是圣者的心史。图文并茂的《顾准画传》是圣者的生平圣迹。这部记圣之书的封面有一段凝练的话：在风雨如晦，万马齐喑的非常岁月，顾准承担起一个知识分子的良知和使命，以其思想之光划破黑暗和沉寂，让无望者透过裂隙，看到了与光明同在的希望，听到了真理的颤音。封底有两件出自大人物之手的很有分量的颂圣词。一件来自王元化，词曰："有不少人以思想家自诩，但配得上这个令人尊敬的称号的，恐怕只有像顾准这样的学者。"另一件来自朱学勤，词曰：顾准"糟蹋"了自己的官宦前程，走上了一条料无善终的不归之路。他在黑暗中求索，给抽屉写作，给后人写作，而不是给自己的学术前程写作。

不过，任何颂圣词都比不过顾准自己的行为更凝重：

——1952年，开始是"五反"领导者之一的顾准，很快被撤职。原因是顺从领导意图还是依法纳税，他坚持了后者。据知情人说，撤职的理由只有常见的三个字："不听话"。现在想来，这"不听话"三个字，很有点春秋笔法的味道，而且可以演义出一部春秋史。

——1953年，顾准就提出价值规律在社会主义经济中的作用问题，后来因此被称为"市场经济第一人"。这不是难能可贵的先见，而是难能可贵的品质成就了一次特别珍贵的守持。为此，孙冶方先生临终前再三叮嘱他的学生吴敬琏、张卓元，出版文集一定要将一篇文章的后记收入，因为这正是记有顾准这一重要观点的一篇重要文章。此后的历史更有力地证明了这篇文章的尤其重要。当然，从顾准、孙冶方，到吴敬琏，一个重要思想形成到成为普遍的社会实践，并不仅仅是一个人的勇气、心血、汗水和执着的结果。

——1958年，顾准被错划为右派，开除党籍，撤销一切职务，监督劳动，每月发生活费四十元。期间他在日记中不加修饰地记下了当时感受到的饥饿、浮肿、疾病、屈辱以及人性沦丧。审视如此沉重的现实，他认识到主要是政策出了毛病。这更是珍贵的史料，也更能说明他的守持。

读顾准，使我得出一个似乎不应有而且也似乎不确切的结论：真理未必在"前进中"，甚至可能在后退中。正因如此，所以守持有时候比"创新"更重要，也更有生命力。

淡而有味

钱瑗说:"妈妈的散文像清茶,一道道加水,还是芳香沁人。爸爸的散文像咖啡加洋酒,浓烈、刺激,喝完就完了。"

读杨绛的《作品精选》,所选全部是她的散文作品。感觉淡淡的,静若止水,一尘不染,并不芳香沁人。钱锺书以散文笔法著成的《谈艺录》《管锥编》,不是咖啡加洋酒,而是老窖汪洋,醇香沁人,"浓、烈"而外,更有"博、厚"笼罩。他的《宋词选》是可与《古文观止》《唐诗三百首》《经史百家杂钞》比肩的选本。夏承焘说,无论在材料的资取上,甄选的标准上,作家的评骘上,都足以使读者认识宋诗面目。王水照更是给予"是一部独具特识、别有学术风采的诗学专著"的高度评价。

我一向佩服品酒师的味能。他们不仅能品出各种酒的细微差别,分出优劣,而且能分辨淡水的产地。杨绛先生对味的把握大概也是如此高超,所以她的文章"淡而有味",而且是"淡"味。"淡"是何味?既非"真水无香",也非"简净无色",更不是"红尘外的茶香",似乎如素雅清芬的莲花,无意在百花园中婷婷玉立,却自有几分清香,几分从容,几分轻松的温馨,其味淡而不薄,清而不冷,鲜而不艳,因之清香入心而不上脑。这"入心"也只是一种细微的感觉。而这"细微的感觉"却是越品味越有感觉。

枪因锈而要擦拭,刃因钝而要磨砺,我因视觉、味觉不敏,才读书。赵鑫珊先生在他的随笔集《精神之魂》中说，"诗是天地自然之音""哲学是天地自然之思""能够把严峻的哲理像悠扬的牧歌一样唱将出来，吹奏出来，方是真功夫，方是极致"。他确信，这样的哲学连啄木鸟、山雀和狗尾巴草都爱竖起耳朵听。无论是"音"，是"思"，还是"功夫"，无非还是"味"，味也仍然还是以淡而有味为上乘。

冷雪红颜

孙郁馆长不是以冷冷的目光,而是以热热的心品味张爱玲。然而,**他的一片热心却品出了张爱玲的"冷"——"冷"的美。而这"冷"的美,并不让人心冷,却让人美的揪心。**

天性愚钝的我,虽然对冷也较敏感,却对"冷的美"无所品识。大概像穿山甲生存在厚土中一样,对外面的世界包括艺术的敏感有着天生的差距。尽管每每与冷相遇,心便像丢在冷风嗖嗖的雪地里,不免收缩起来,而对"冷的美"却始终较为陌生。孙郁先生将一个"冷"字用在张爱玲身上,以此品评张爱玲的作品,竟如电流传到骨子里,让人对文学美有了如此强烈的感觉。这个"冷"字在他的文章里,就像"春风又绿江南岸"的"绿"字和"红杏枝头春意闹"的"闹"字,着此一字,境界全出。

孙郁馆长说,她"冷",冷到想穿大衣;"毒",毒到读人连灵魂后的影子也不放过;"美",美到深受绘画暗示还不算,居然居高临下摄取古典主义油画美的魂魄。这几句话,有点像对张爱玲过了一遍64排CT,让人看透了她的文学美的血管和心脉——冷与美融为一体的琼枝玉叶。

我手头已有的《张看红楼》《传奇》《流言》,零零碎碎看过几眼,《郁金香》《半生缘》《对照记》等也有了,却没有排上要看的日程。大概是为张爱玲的才气震昏了头,竟没有孙馆长那样"严重"的感觉。不过,正像乐于搭乘《野草》之舟浪迹天涯一样，我同样乐于同此红颜及其灵魂后面的影子讨论文学美，在她的"冷"与"美"的宫殿里信步。

　　张爱玲的书名似乎也与"冷"有些魂牵梦绕：《半生缘》、《怨女》、《红楼梦魇》、《海花落》。她笔下的被窝，黏唧唧的；翻个身，是更冷的被窝；再加厚些，底下也是风嗖嗖的。她眼中的罗兰，穿一件寒素的蓝布罩袍，怯怯的身材，红削的腮颊，眉梢高吊，幽咽的眼，微风振箫样的声音，令人想到寒夜里罩着一层白霜的野草，风雪中栖在高树枝头的寒鸦。她耳中的鸡啼，也是有去无来，凄凄地淡下去，没有影子——影子至少还有点颜色，大概近似无色的冷气和冷光。

　　她冷，冷得美、冷得深、冷得令人怜。这就是张爱玲——冷雪红颜的张爱玲。

遥望陈省身

我在飞机上读一本书,其书的序言中有这样一句话:"我们同五百年前的人已不是一种动物了"。这是大数学家陈省身发出的感慨。我的感慨是:自己与陈省身也不是同一种动物,更不用说与爱因斯坦站在一起了。

陈省身先生15岁也即1926年考入南开大学数学系,1930年进入清华研究院,成为中国第一位数学硕士生。1943年至1945年,在普林斯顿多次去过爱因斯坦的书房,见到爱氏藏书不多的书架上有德译的老子《道德经》。

陈省身先生是大数学家,也是为数不多的上到塔尖上的哲人。他希望范曾再写一部《老子显灵记》。此应是知音之议。

诗不离志,乐不离情,文不离言。写下宇宙之诗的爱因斯坦,尽占和超越志、情、言的顶峰,驰骋天宇,占有无限。据说陈省身先生爬上的高峰,距离爱因斯坦已不是很远。杨振宁先生说他和陈先生所爬的高峰上还有更高的境界,但是"自然而真实"的数学观念,为造化所钟爱。

陈省身先生的家园情结很深。他一直关心中国数学的发展前途,为促进中国未来成为数学大国而努力。近日,我看了陈省身先生的访谈,没有神秘的光环,却有浓浓的乡情、亲情和大爱心表现出来的大纯朴。此刻,我随机滑向地面,也和小草一样,感觉借以站立的泥土才是自己的家园。

第六章　认距量心

　　杨振宁在追忆陈省身时说，回想平生，觉得他们二人当初似乎是在爬同一座山，自不同的山麓开始，沿着不同的途径，却没有认识到攀登的竟是同一高峰。他们二位都是二十世纪世界级的科学大师，见面时谈论最多的却不是他们的研究工作，而是朋友、亲戚、国事、家事，深情厚谊，其乐融融。

　　范曾先生画了一幅他们二位相见甚欢的画，画题是《奇文共欣赏　疑义相与析》，题画诗的最后两句是："巨擘从来诗作魂，真情妙语铸文章。"似乎说他们最高兴的事是谈诗论文。在我看来更像是两位神仙相会，相谈也是"纷繁造化赋玄黄，宇宙浑茫即大荒。递变时空皆有数，迁流物类总成场"的天机。

　　我追踪蹑迹，我追魂摄魄，我旰食宵衣，我感慨万端：同样生有一双眼睛，同样能看到太阳的光、灰白的云、周而复始的雨雪，却没有一鳞半爪的发现。

　　有文化的生命才是造化的赐予，宇宙的奇迹。造化既已赐我以生命，为何不给我性智灵慧、命彩神丰呢？

　　我决意像古人炼字那样在破意上用心用力：以宇宙为草稿纸，以神韵为墨池，借用爱因斯坦的推算公式，以陈省身先生的爬坡精神求取意的分裂和核变。

一个令人羡慕的"比评"

孙郁先生有一个令人羡慕的比评：**陈独秀豪情万丈，但却止于此岸；苏曼殊柔情万种，不过才子式低徊；而鲁迅则天马行空，走在生死之界，上究苍穹，下诘阴域，横扫人世，走得比他们二人都远，其超迈之气难有其匹**。这一比较中的几位以及如此比较无不令人羡慕，有此眼力和笔力的孙郁先生也令人羡慕。

我因羡慕而心生愧疚。其实这愧疚还不是临时的，而是长期的。因为我对陈、苏二位的著作只有片段的接触。其中的苏曼殊以及没有提及的近年来更火一些的弘一大师的作品也涉足不深。对鲁迅虽然接触较多，可以说读了几十年鲁迅，但却从来没有作出如此精辟的论述。

最近看到一本书，说晚年陈独秀离开政坛，潜心于文字学研究，讨论《说文》《广韵》《集韵》《尔雅》里的问题。我只接触过其中的片段，不全懂，却能感觉其功力直逼章太炎。不说别的文章，就文字学研究而言，我更喜欢鲁迅的《门外文谈》，喜欢他将艰深的研究心得用简易、疏散、富有诗意的文字写出来。为此还让我加深了这样一个印象：阳春白雪总是没有下里巴人和者更多。在此，鲁迅似乎做了一次下里巴人。

说到天马行空，由陈独秀与鲁迅想到毛泽东。毛泽东也是天马行空，却不是陈独秀与鲁迅的相加，而是又一个唯一。他根扎草根世界，心却像太阳一样在宇宙间飞旋。

第六章 认距量心

　　一位老领导，曾是一位资深的老报人，说从头至尾读了我的《旷思敛语》，有些篇章还读过两遍以至多遍。他甚至说：你说是旷思敛语，我看是天马行空。这让我有点受宠若惊，心想，我无论怎样狂，也不敢接受"天马行空"这个评语。我不知道鲁迅和毛泽东对此评语取何态度，也不知道自己是否野心在膨胀，却有意搭乘天马云游，不是像蛇那样攀着老鹰的脖子，不是吊瓶挂在羽翼下，**而是往复于生死两界，遨游于时间内外，乘兴于至大至小**。另一位级别更高的老领导说，你的书有点玄学的味道，让人觉得有品头。面对如此评赏，**我在觉出自己的"小"的同时，却也更感到有必要向更高处去羡慕了。**

应该"这样"

最近看到，做过《鲁迅传》的林非先生说："**鲁迅是一位既具有思想家素质的创作家，又是一位具有创作家灵动的思想家。他善于将这二者汇合于水乳交融的高度完美的状态，既蕴涵着犀利和深邃的思想，又洋溢出激昂和浓郁的情感；既饱含着鲜明和活泼的形象，又挥洒出丰腴和缤纷的文采。像这样集思想、情感、形象和文采于一体的精神风貌，使鲁迅呈现出异常独特的个性与魅力，成为中国文化史上一种光焰万丈和震撼心灵的伟大现象。**"

思想家型的创作家，创作家型的思想家，水乳交融的高度完美结合，思想是犀利深邃的，情感是激昂浓郁的，形象是鲜明活泼的，文采是丰腴缤纷的，再加以蕴涵、洋溢、饱含、挥洒等词将它们垫起，这是怎样一种"异常独特"的"光焰万丈"啊！我由此又联想到一些新的感觉，只不过不能像林非先生那样充分表达出来罢了。

鲁迅先生很注重"文采与意象"，说过唐传奇好就好在"叙述婉转，文辞华艳"，多有"幻设"与"藻绘"。鲁迅先生的小说、诗以及杂文无不是思想、情感、形象和文采的水乳交融，其"意象与文采"几乎前无古人，后无来者，散文诗《野草》尤其如此。

一次出差，我仅带了鲁迅的《野草》与孙玉石的《〈野草〉

第六章 认距量心

研究》，排除万有，悉心静读。感觉《野草》既是忧患、苦闷、孤独、抗争的生命提取，又是诗意、哲理、神韵、独创的熔化与升华。其"幻设"、"藻绘"、"叙述婉转、文辞华艳"、"情感浓郁"、"思想深邃"无不登峰造极。我虽然用了"登峰造极"这样一个词，依然感觉到与鲁迅隔着几重山。他在"造极"处，我则距离"未及"还有很远距离。孙郁先生说，鲁迅的散文诗九曲回肠，多悖论句式，然寓意深广，有佛家慈悲之心。又似尼采萨特式独白，心事浩茫，奇思迭起，多大哲之襟怀。以苦难之心，写赤子之文，前逾古人，后启来者，每一读起，则兴观止之叹。

鲁迅先生为什么要如此追求呢？恐怕是别人同样追求未必能做到，鲁迅先生未必仅此追求，却在更大的目标驱使下，在驰骋与环境的压迫中，由天才的灵动牵动着，便登峰造极了。更何况别人也未必如他那样目标如一呢？**这是由天才的"心声独语"和"匠心独运"再加上"目标恒一"而形成的"这样"**。我在广泛的浏览中，每遇一次"这样"，无不喜出望外。当我明白应该这样，更加喜出望外。但这喜出望外，仍然被远隔在"未及"一边。

我不知道该如何表述心中的喜悦和未及的无奈。一位大师问："露珠，你在笑吗？"另一位大师说："小丫头抿着嘴出去了。"喜悦是怎样的，露珠与小丫头心中应该是有答案的，但与大师、与佛的喜悦是否如一，就不知道了。但我知道文章应该"这样"，尽管我的"这样"仍在未及阶段。

超常发展

《六祖坛经》读过几遍了,虽然没有读懂,却对慧能的天才神悟惊佩不已。

慧能家贫,无钱读书,卖柴为生。然而,一个卖柴人初闻《金刚经》,便心有所悟。及见五祖弘忍,先就有一番非凡的对话。有人说,这是因为他在此前受过文化教育。据我长期对农民,尤其是从小生长在农村的观察,更相信慧能的不识字之说。然而,就是这样一个不识字的"獦獠","八月踏碓,腰石舂米",却能立见本性,请人代笔的偈语,意境上明显比教授水平的神秀高出许多,等于立地开悟。

一般人从小学、中学、大学、硕博连读,一路上去,至少十八年。慧能只于三更时分,在五祖丈室袈裟遮光听取说经片刻,便幡然大悟:"一切万法不离自性"。随即接受衣钵,成为禅宗六祖。这可是比博士、教授、博导、北大校长还要高的学位加职务啊。

慧能大师得传衣钵后的遭遇也非寻常:被争夺衣钵者追截;被恶人追寻;隐藏猎户队伍待机十五年。他一经"出山",就在风动还是幡动的争论中显出来历非凡,等于上岗考试极端优秀;最了不起的当然还是法海记录下来的《坛经》:言简义丰,理明事备,具足诸佛无量法门。有禅师称誉:"伟乎《坛经》之作也!其本正,其迹效,其因真,其果不谬。前圣也,后圣也,如

第六章 认距量心

此起之,如此示之,如此复之,浩然沛乎!"

慧能的命运大概天生是非常的,他死后的"经历"也不寻常:别的不说,仅他的不坏肉身就曾五次被偷窃。至今供奉于南华寺内。僧俗瞻仰后,无不心生敬仰,缅怀不已。我曾怀着敬仰之心前往瞻仰。瞻仰后除了敬仰,心中却也生出许多大问号。这问号当然仍然是敬仰,至于它们是让我增进悟性的圣灵之环,还是束缚醒悟的紧箍咒,就不知道了。

我由此相信,**人成为神,前提是超常发展。孔子、老子、释迦都是超常发展**。翻阅《塑神秘谱》,道释神佛、二十八宿都是超常发展。至于他们究竟是神,还是超常发展的人,可以讨论。

景 物

　　一只老鹰回翔在空中，悬着一条蛇，蛇好像亲密地攀着老鹰的脖子。

　　"这是我的动物"，查拉图斯特拉如是想。

　　"太阳底下最骄傲最智慧的动物"，查拉图斯特拉如是说。

　　太阳没有太大的变化，世界却变了。查拉图斯特拉重新睁开眼睛看着，吐着呆气，不认识眼前，也不认识自己。

　　"这是一个猎物越来越多，朋友越来越少的世界。"查拉图斯特拉似乎有些醒悟，然而正是这醒悟打消从空中下降的念头，撤回虹桥和云梯。创造者、收获者、快乐者的使命他似乎也遗忘了。他不知道这世界还有什么？

　　有人说，还有没有被《曾国藩家书》视为"三耻"的酒与麻将牌，以及无处不有的贪心和闲言碎语。这不是查拉图斯特拉眼中的景物和心中的骄傲。**如果将这一切视为亲密的缠绕，那么，灿烂的太阳就成为锁在柜子里的私产。**

　　周作人也是个天才，但却是懦弱的天才。怕老婆怕到令人不可思议的程度。国难当头，大节不保，大概也与怕他的日本老婆有关。也有一位高人则说他已跳出历史，超然于投湖而死的王国维式的焦虑之外了。据说，周作人晚年特别爱读一部叫《路吉阿诺斯对话集》的书。历时五年翻译整理了三百多万字，其中就有这部《对话集》，其中就有普罗米修斯从主神宙斯那里偷火种给人类的事，其中就说到宙斯却让神鹰啄食他的心肝的故事。我不知道周作人在译这故事的时候，可曾想到查拉图斯特拉眼中的景物，想到做一个对人类有重大贡献的人必要时须付出生命的代价。假如这些他都想到了，又会怎么想呢？面对查拉图斯特拉眼中的景物和英雄普罗米修斯，他能不自卑和惭愧吗？

在新近出版的《中国的好文章》中，收有郑振铎的《惜周作人》。此文突出的是一个"惜"字，却深刻地分析了周作人成为汉奸的原因。为什么"惜"呢？因为鲁迅先生和他是"五四"以来中国文学的两个颠扑不破的巨石重镇，没有了他们新文学史上便要黯然失光。他"附逆"因为他心中的"必败论"使他太不相信中国的前途，而太相信日本海陆军力量的巨大。而且就他的本性而言，"貌为冲淡，而实则热衷；号称'居士'，而实则心悬'魏阙'"。

攀附着日本侵略者的周作人们不是查拉图斯特拉心中的"景物"，但他们却曾气焰冲天，不可一世。但他毕竟不是"太阳底下最骄傲最智慧的动物"，而是灵魂已经肮脏的动物。飞得再高，也只能从高处摔下来，掉到地上最不干净的地方去。然而，他毕竟有过"在新文学尽过很大的力量"的历史，这也是不可否认的，因此这个"惜"字也就永远悬在人们的心里。

到开水中游泳

　　毛泽东说过,读书好比游泳,一要有水,不能旱游;二要有一定的深度和广度,不能在碗里和缸里游;三要准备喝几口水,不能怕喝水而不下水。他老人家对书和水特别钟爱,读书和游泳技能高超,我想,将他的读书精神说成开水中游泳,也不算过分。

　　"水深火热"这个成语应该是出自《孟子·梁惠王下》。原文是"如水益深,如火益热,亦运而已矣。"意为如果水更深了,火更热了,也就只能指望别人来营救了。勇于到开水中游泳的毛泽东,没有指望别人来营救。他虽然也有虚心请教的精神,晚年视力不济了,还请来北大讲师芦荻为他读书听。但就他的读书精神而言,他是既不怕水深,也不怕火热,他是自觉自愿到"水深火热"中去的。八十多岁的毛泽东,一次高烧到三十九度,医生禁止他读书,他说,如果只叫吃饭、睡觉,不让读书,多么难受啊!

　　读书是需要,更是享受。经不住"水深火热",形不成良好习惯,不敢到开水中游泳,就享受不到如此快乐。日本首相三木访华期间,毛泽东已不能说话了,仍关注着中日关系的发展。他用颤抖的手伸出三个指头,身边人不明白。又艰难地在纸上画了个圈,中间点了一点,人们还是不懂。又用手敲了三下木质的床板,才被理解是要读三木的材料。有位医生说,毛主席治病期

第六章 认距量心

间,每天坚持学习、工作十几个小时,甚至二十个小时。这是多么坚强的毅力啊!

乐于接受"水深火热"的考验,才叫毛泽东。解放战争期间胡宗南进犯延安,炮弹已打到城里,在住处腾起硝烟,毛泽东仍镇静自若地在窑洞读书写文章。转移中,连翻几座山,喝不到一口水,竟吟诵起辛弃疾的诗来,将饥渴的将士带入诗境。

面对"水深火热",在悲叹中生存,在悲叹中死亡,或者也属正常。但正常绝不等于非常之举。有些人看到丰富的藏书,会像一头牛闯进人家的菜园子,贪婪地吃起来;有的人却只能望洋兴叹。一部《二十四史》,有三千二百四十多卷,约四千万字,八百五十册。毛泽东用二十年从头至尾通读,有些时代和章节反复读过多遍。直到逝世前重病缠身,还哆嗦着在多册封面记下:"1975·8再阅","1975·9再阅"。

毛泽东喜读《三国志》裴松之注本,尤其对裴松之注引用魏晋人著作二百多种,保存了已失传的古书给予肯定,认为这样"长篇大论搜集大量历史资料,使读者感到爱读"。对章太炎说过的"读三国要读裴松之注,英豪巨眼,不其然乎?"也在批注中加以引用。巨人相重,成为历史佳话。

"鹅卵石"有感

我的司机朋友,为青年干部讲了一次交通地理课。从古代到现代,从中国到外国,从交通地理到地理文化,涉及地理学、历史学、海陆运输学和工程学。其中穿插的愚公移太行、张骞出西域、郑和下西洋等一长串故事,都从交通地理的角度作出生动形象的新释。仪态虽然有点拘谨,内容却新见叠出,妙趣横生。我听后感动,除发短信祝贺,又写下这条小语。

一个享受发达交通便利的现代人,有必要熟悉交通地理。地理知识贫乏是我的短板。喜于读书,加之受毛泽东的影响,试图将历史地理与史书同读,却耐不住辛苦和寂寞,半途而废,至今"贫困帽"依旧戴着。

上世纪末,我买过一本《中国交通旅游图册》,集交通和名胜概览于一册,虽然方便使用,也只是偶尔查阅。为增加历史地理知识,又搜求到谭其骧先生主编的《中国历史地图集》。此书工程浩大,规模宏伟。面对这一鸿篇巨制,我不能不有"鹅卵石仰望泰山"的感觉。

谭先生说,从两千多年前的《禹贡》《山海经》《汉书·地理志》,到郦道元的《水经注》,再到唐中叶的《海内华夷图》,再到北宋税安礼所绘的《历代地理指掌图》,以至清代杨守敬编绘的《历代舆地图》,一路下来,真是令人敬佩。作为仰望泰山的"鹅卵石",我除了感谢历代大师,感谢经常与我交往的青年朋友不断给我以新知识、新观念的教育，还经常从中感觉到自己的差距，并力求缩短这差距。同时由此感觉到，一个人身上的短板，似乎还有天生的原因，这真是不可救药。此外，或许还说明，这块"鹅卵石"还有点体温，并且妄想脱掉顽石的外衣，增加一点灵性。

近年，美国人房龙的书热起来。他的《房龙地理》，竭力于"人的"地理。他对"地理"的理解是：**任何一个民族的根总是深深埋藏于土壤和灵魂之中。土壤影响着灵魂，灵魂又影响着土壤……**

突然有一天上午，没有脱去顽石外衣，也没有从冥顽中醒来的"鹅卵石"却也突发奇想，想知道哲学家的地理观。翻阅黑格尔，借以知道他感兴趣的不是外在的地点，而是地方的自然类型，以及一种类型的土地上的民族如何参与到世界历史进程之中。作为有体温的"鹅卵石"，由此感觉到他关心的是地理哲学。

爱默生似乎比以深刻著称的黑格尔还要深刻。他认为：世界和人的肉体一样，都发源于同一样精神……它那庄重的秩序是我们不能侵犯的。因了这一种感觉，不曾醒来的"鹅卵石"，突然高度敬佩起爱默生先生对大地及其地理的虔诚的尊重精神来。

床腿效应

前些年，有"住旅店吃床腿"的事。就是把饭钱打入床钱，一并报销。为此，有人写杂文大加挞伐，但杂文毕竟不是处分决定，不正之风也不像清水洗玉藕那样容易除净。

目前，教授、博导吃牌子的事也很普遍。诸如教授、博导、黄河长江学者、某工程学科带头人、某辞书总编纂等等，一大堆很唬人的头衔。他们的本业大概很高明吧，那是宝塔顶上的事情，站在地面的我难知底里；但看他们贡献社会的精神食粮，几乎未见可恭维的。我甚至担心其中一些人的水平下降到"三鹿奶粉"再加污染水以下。

不过，也有人说，当官的吃床腿，售智的掺点水，难免。当然，还有学术失落、分配倒挂、圣殿变为垃圾场等议论。我的看法并不如此悲观，只是认为有必要提高学术界的道德水准，没有全盘否定的意思。

还有中小学教师办班的事，很是引起家长不满。说不少老师上课不好好讲课，甚至专意留下一些部分不讲，要到他办的班上才讲。也就是不入套逼着你也得入套，甚至有打击报复的现象出现。对此，几乎全社会深恶痛绝。不过，也有人说："当官的发大财，教书先生喝口水也不算什么"，"都是官场腐败造成的"等等。

近日看到一篇杂文，题目是《自己的刀削不了自己的把

第六章　认距量心

儿》。其中说到对官员的监督是："上级监督下级太远，同级监督同级太软，下级监督上级太难，组织监督时间太短，纪委监督为时太晚。"其实这种监督乏力，也应该包括学术界和学校的不正之风。

随意翻阅书报，看到这样的记载：其一，一个县委书记带坏一座城，形成塌方式腐败，原因是上下监督乏力，权力得不到制约。其二，一篇杂文写道：老子当年一定是对官场失望，才骑着大青牛一走了之。他如果对今日官场略知一二，恐怕连骑牛的机会都没有了，原因是纵然大道在胸也会直接背气过去。其三，陈平原教授说：当今中国，职业精神剥落正是不争的事实，官员读博，学生打工，教授走穴，老板讲课，好像是"全面发展"，实际上每个人都生活在别处，没有把自己的本职工作做好。其四，《红楼梦》里的贾雨村因贪酷徇私革职后在一处破庙看到上书一副对联："身后有余忘缩手，眼前无路想回头。"引者喝问："当今贪官，哪个不是贪得无厌，忘记'缩手'的大饿狼？"其五，一则短文载：上帝给了以色列沙漠，发展出精致农业；给了新加坡阳光，发展出观光产业；给了牛顿一个苹果，发现了地心吸引力；给了迪士尼一只老鼠，奠定了其卡通龙头的地位。为此这篇短文的作者说，务必相信，上帝给你的都是最好最棒的祝福，常存感恩之心，并且善加运用，不但能绝处逢生，而且能反败为胜。看过这五则记载，我确曾深思：即使生在一个上帝也无能为力的时代，也有必要经常想想：应该做什么，不应该做什么；能做什么，不能做什么。

"没人捡的东西"

肯尼亚外长的座右铭是:"永远不摆架子,架子是扔在地上也没人捡的东西。"

不知是反感什么,还是好感什么,总之是有感于这一座右铭的中肯与决绝立刻把它捡起来作了这篇《小语》的开头。

有了这样一个"开头",便像磁石遇到铁砂,将刚读过的《从未名到未名》以及别的一些珍珠似的东西吸拢过来。

李肇星外长在引用这句话赞美老外长吴学谦严谨、宽厚、随和的长者风范的同时,也是在表明自己的好感与反感。我将他们和它们全部收进《小语》,并想到周恩来,想到申纪兰,想到《我最钦佩的两个人》,想到我的老师陈漱渝先生的《剪影话沧桑》是一本行文无架子,做人无架子,以及如何扔掉架子的书,想到底气不足只好摆摆架子的人和事。我将此原原本本告诉陈漱渝先生,他说很合他的本意。

写到这里,大概仍然是由于"磁石"继续扩大了它的吸力,吸收的范围愈来愈大。这"扩大"竟催动我站起身来,转身一百八十度,从书架上抽出南怀瑾先生的《论语别裁》。也依然是受"磁石"的作用吧,我仅翻看着目录,便有几位认为"架子一钱不值"的老朋友向我招手,似乎还说出特别温馨的话。

首先近前的是大事不糊涂的吕端——他身为宰相,看上去笨笨的,很厚道,从不摆宰相的架子,遇到大事却从不糊涂。这才是大政治家的风范——大政治家以德为先,绝不会把架子摆在前面去,连这一点都做不到,算什么大政治家呢?

接着近前的人物身份更高,雄心更大,他要天下英雄尽入彀中——**他最明白要天下有本事的人成为股肱,不是靠架子摆出来的,也不是靠阴谋玩出来的,而是要有宇宙胸怀、天广地阔的德业。他不是别人,正是在帝王排行榜上名列前茅的李世民。**

接下来这位更是天高地厚。他虽然一脸圣洁,决不是端着架子,而是修养到风和日丽、天高月明。这位大圣人孔子好像在说:"为政以德,譬如北辰,居其所,而众星共之。"他是讲实用的,但却牢牢把握以道德为先的原则。他最明白,**心中有道,行事以德的人,自然视架子为扔在地上都无人捡的东西**。他还说过:"恭而无礼则劳,慎而无礼则葸,勇而无礼则乱,直而无礼则绞。"劳就是辛苦,葸就是畏怯,乱就是悖乱,绞就是急切。恭、慎、勇、直都是人的美德,是很好的四种个性,但没有礼,也就成了不受约束的大毛病。

学问深时意气平——以能问于不能,以多问于寡,时刻普普通通,虚心待人,最为难能可贵。大概还是"磁石"的作用吧,我身上飘飘然的东西渐渐有了悄然落地的趋向,脚下也觉得重重的,有了落地生根的感觉。

我写《小语》向来是水到渠成,此刻写着写着,不知是怎么了,思绪竟出现一个"小分岔",顺着这"小分岔"走过去,则顺出这么一点意思:**太阳天天出勤,据说比我们脚下的地球大好多倍,却不用发射架,而我们发射一颗小小的、比面盆大一点的**

卫星，竟离不开发射架。这样说来，有架子，或许正是小的原因。

论"拍脑袋"

拍脑袋既非潮流，也非风气，却也是不可忽视的官僚顽症。

有人说，其实"拍脑袋"不光是官僚主义，老百姓当中也有"拍脑袋"吃了大亏的。不过在我看来，悄悄在自家拍，毕竟影响不大，危害也小；管着一方土地，却习惯于拍，无所顾忌地拍，情况就不同了；如果还要让大家围着、捧着，众星捧月而拍，就更严重了。我不知道上帝是否也拍脑袋，从日月星辰井然有序看，他老人家应该不是靠"拍脑袋"混日子，而是按规律办事的。人是上帝创造的，却不都和上帝一样。就地位而言，还是大人物较为接近上帝。然而，如果是大人物拍脑袋，有可能拍得地动山摇，星星发抖，由人祸引来天灾，让上帝也胆战心惊，也就几乎等于是上帝在"拍脑袋"。

"皇帝也是人"，经常可以在电视剧里听到。初听，蛮有味；细想，有点邪。正因为皇帝也是人，才有人的一切欲望，也犯人的一切错误。还被翻版为"领导也是人"。领导也要亲自吃饭，亲自上卫生间，亲自睡觉，亲自打喷嚏；也难免贪财，难免好色，难免任人唯亲，难免徇私舞弊，难免贪赃枉法，难免玩忽职守，难免沽名钓誉，难免吃喝嫖赌，难免"拍脑袋"。这许多项，听起来"拍脑袋"只是个作风问题，算不上犯罪。论起危害来，却是最大的，而且其危害与地位的高低、官职的大小成正比。

历史上不乏前脚趾高气扬"拍脑袋",后脚低三下四祭天祈地的帝王,不乏将"拍脑袋"与求神拜佛并重的官员。历史是一条流动的河,几清几浊,拍到现代,仍不乏拍成罪犯的"公仆。"

"拍脑袋"也可能是一门艺术。有人在沙滩上画了一个"四不象",上书"上帝死后",不知是否拍脑袋的结果;如是,当是拍脑袋中的精品。

人世就是如此渺小与伟大。除了"拍脑袋",还有献脑袋和用脑袋。奥托·A·波梅尔的《苏菲的词典》和赵汀阳的《观念图志》,并非拍脑袋的产物,却是简介顶尖级脑袋的展览馆。然而,就上到"展览馆"的顶尖人物,尽管聪明得多,也伟大得多,也还是以不拍脑袋为是。

逛到"卓越"

我在梦中逛着。好像逛到一处土地庙。土地庙既不气派，也不敞亮，还无神灵。

在这既不气派，也不敞亮，又无神灵的土地庙，我竟逛到"卓越"上去了。

这是何方大神让在这没有神灵的土地庙逛向"卓越"了呢？我费力地想。

想到将要出汗，呼吸也较困难的时候，总算浮现出一点近况：好像是连日连续开会，连续讲话，连续与同事较劲，连续在手机上写字。这"连续"没有连累我下沉到别处，却引导我逛向"自信"，逛到"狂妄"上去了。

好像还是睡到很深的时候，先是于土地庙旁会友，与青年时代相识而后相交相随几十年的老友相会。其中一位领导模样的朋友，让我在笔记本上整理一段文字。是那种很气派的硬皮正方形笔记本，我在上面整理了什么，此刻竟连只言片语也想不起来了。本子背面烫金文字却还记得。是："这是一个很卓越的人，跟着谁谁卓越，谁跟着谁卓越。"这是指谁呢？是本子的主人吗？是告诉我去跟着他卓越吗？然而，却听到有人窃窃私语：他是很卓越的，金字说的正是他。也有人说卓越的猴子才变人呢，他是卓越的人要变神吗？

我私下想，还有这样体面的朋友说我卓越？是说我还算得上一个说得过去的跟班吧。看着这话，想着这跟班的事，回味自己刚刚过去的所思、所想，竟没有心跳，好像也没有脸红。只是又想：这跟班卓越吗？这跟班可以让朋友卓越吗？这跟班凭什么卓越了？这跟班凭什么可以让被跟着的朋友卓越呢？就凭永远跟在后面的这点热情，这点诚实吗？这样想着，我的心竟快跳起来，并不狂乱地快跳起来；脸也红起来，并不发烧地红起来……然而，又一想，这点热情，这点诚实，也并不坏，尤其并不恶劣，也就坦然甚至欣然了。

我依然在梦中。然而，不知是因为心跳，因为脸红，因为热情，因为诚实，梦中的我，竟漠然了。

死后才出生

尼采认定:"我的时间尚未来到;有些人要死后才出生。"叔本华相信:他是为未来的思想者书写思想的基础。

天才的尼采十岁时就为一首赞美诗谱曲,十四岁便开始写自传;上中学时作文和音乐都很特出,上大学期间他的天才才华更有突出的表现,二十五岁时,尚未获得博士学位,便由老师推荐为大学教授;然而他三十岁即辞去教职,走向游学之路,四十五岁即精神崩溃,五十岁便与世长辞了。

天才的尼采一生未婚,没有门徒,也没有活动圈子,居无定所,一生都在辗转,都在寻觅,都在突围,都在突破。他牺牲了正常人的生活,奉献出活力四射、气魄非凡的精神空间。**他把生活看作艺术,像艺术那样永远生成、交易、创造、无休止地新生**。他是极罕见的才气横溢、光彩夺目、豪气冲天、勇气非凡、洞察力惊人的思想家。他献给人类的不仅是一种新的哲学,也不仅是一首诗或一段警句,而是一种新的信仰、新的希望、新的宗教。然而,这样一个尼采,他在世时,他本人和他的思想并未得到应有重视,甚至被忽视、冷漠,不为世人所觉察。然而,他自诩为太阳。尽管有人说他不是太阳,他发了疯,到了二十世纪,他的声音终于激起深远的调门各异的回声,成为后来的生命哲学、存在主义、弗洛伊德主义、后现代主义的源头活水。**他是死后才出生,他终于像太阳一样升起来了。**

叔本华也坚信他是死后才出生的人。他比尼采早出生五十六年，活了七十二岁，他死的时候尼采才十六岁。他认为"人就像冬天里的刺猬，互相靠得太近，会觉得刺痛；彼此离得太远，又会感觉寒冷"。因此，能与他相处的只有一条卷毛狗。即便这样，他仍然相信自己是死后才出生，并且宣称，总有一天谁要是不知道他对某些事物的看法，就会显得愚昧无知。

真正的哲学家和思想家并不关心眼前的喧嚣与荣耀。他们无不具有常人难以理解的积极的、持久的、冷静的意志力。他们未必都是"超人"，却无不创造出了超人的成就。

破瓦可以嘲弄黄钟，片刻的喧嚣可以无视永恒的乐曲。然而对于这惯常的歪曲，羡慕与追逐者虽然大有人在，但真正的智者却早已读破并选择别样的选择。

死后才出生的人才真正是上帝的密友，太阳的骄傲，永远不需要刻意打扮的真人。有资格到老子、佛陀、苏格拉底、孔子那里报到的人，大凡是死后才出生的人。

第六章 认距量心

终归是个零

在飞机上恭恭敬敬读《金刚经》一小时。无所领悟,更说不上探其堂奥,点亮心灯,照到般若宝藏。下机后,没有带回彩云,却心生团团疑雾。

《金刚经讲话》书开云破,几处引号向我张目。最醒目处是:"应无所住而生其心"。六祖慧能闻此"顿开茅塞","漆桶脱落"。

红日发光,百花绽放;海浪起落,冰山呈露;种子发芽,绿色遍野。顿悟是人的本能。

有人说退到零点。蚂蚁回家,走了一圈,极像阿Q临终时画下的憎其不圆的圈——一个不规则的零蛋。零也可以变形,可以随意,可以随便。

我不敢以零自居。学习,进度很慢;读经,在零的表面游动;修练,只能在远处向零张望。不过,有时候,却也有不谦虚的感觉。比如,**读过一点经,感觉思维似乎较前活络了,也凝重了;读过一点诗,好像自己变成了一片云,可以滋润禾苗,也可以飞向大海;读过一点禅,似乎对于放下、生死差别的看法,有所变化;变化多少,恐怕仍在零的周围徘徊。**

吴冠中先生说:"笔墨等于零。"构成画面的点、线、块、面都是造型手段,笔墨是奴才,它绝对奴役于作者思想情绪的表达。为了表现感情,可以不择手段,可以择一切手段。不能用传统的、程式化的技巧、程式化的标准来套笔墨。还说："鲁迅是我最崇敬的人。"历尽沧桑的鲁迅，最懂人间风雨，写透了人间风雨。作为一个天生的人，并不是神灵，如果没有思想感情，也不过是一些笔墨，一团泥巴。

杨绛先生也说"我是零"。有人问她最满意的著作是哪一部，最满意的翻译作品又是哪一部？最得意的事情是哪一件？最大的愿望是什么？有没有遗憾的事？她的回答都是"没有。"并说："我给自己打零分：我是零。"当此之时，她已是九十六岁的老人了：雪白的头发，雪白的皮肤，黑色圆弧小西领外套，优雅，娴静，晶莹剔透。钱锺书先生赠她的诗是："取雪白，取花红，与儿洗面作华容。"**她是零，她是一滴水，她是雪的精魂。**

对她而言，零是大有，零是大开，零是大境界。

第七章 半坡望霞

身居半坡好望霞,鸟鸣枝头意发芽。
人生极致是无我,手扶河汉走天涯。

村——最温暖的单位

李零的名字响起来已经好些年了。不仅响遍武乡县，响遍太行山，响遍全中国以及世界上其他一些地方，而且将响到历史的浅处和深处。

李零是武乡人，当然更是北京大学的名教授，《丧家狗——我读论语》已成为他的标志性符号。稍后连续出版的散发性地讲说《论语》《老子》《周易》和《孙子》的四部书，也为他已经响亮的名字增加了份量。

李零作为出生在太行山的骄子，"村"的情结很重，张口就是"我们村"，北大也是"我们村"。他的《丧家狗——我读论语》，曾被评为2007年度好书第一名。应该说他是在中国第一村（北大）讲说中国古代第一人（孔子），讲出了第一等的效果。我对书虽然向来不管第几，随遇而选，随欲而读。这次大概因为太行山所系，村的情结所牵，我去北大看他，送他拙著《旷思敛语》，就前请教，他也送我一本新版精装《丧家狗》。

我读书，习惯先看序。遇到没有序的书便会略有遗憾的思绪。他在《序》中说："近来，《论语》很火，孔子很热。'我们村'，北京大学中文系，也开设了《论语》课。"对这样一本出自名教授之手，与众不同的书，我没有用心去体会"丧家狗"的颠沛流离，却首先被这"村"的温暖所吸引。或者说，这个春暖花开的"村"字和它带来的幸福的信息的出现，让我的心里立刻

第七章 半坡望霞

暖洋洋起来。当然,这是李零教授对"村"的感受勾起了我对"村"的情结,我的"村"的情结进一步增进了与李零教授,与他讲课的北大,与他所讲的《论语》的感情。

我家住在西山坡,太阳总是最先照到我们村。小鸟呼唤,朝阳升起,一缕阳光爬上窗纸,向我伸出温暖的小手。这是儿时最惬意的感受,也是住村最舒心的记忆。我不知道沧海桑田是怎么回事,就我已有的短暂经历,以及更短暂的住村历史,我们村像小鸟那样歌声不断的人不多,像黑猪那样,整天黑着脸,皱着眉的人也不多,多数人最安心如意的还是村里的生活,最割舍不下的还是手头的营生,不管走多远,这个村都是最心切的牵挂。我有时甚至怀疑这些营生甚至不是因为需要,不是为了收获,而是为了寄托情怀,为了生活情趣,为了温暖的幸福。这样一想,"村"更温暖了,我的心也更温暖了。我曾建议他们放下手头常做的营生,去干一些能挣钱、收获丰厚的事,此议收效甚微,尤其是住村时间最长的老年人。不过,听说年轻一代对"村"的寄托淡了,他们的寄托在村外,在很远的地方。然而,他们在外面奔波了若干年,还是回到村里,又是修房盖屋,又是修渠整地,有人还搞起了庄园经济。

我自己村的情结很重,同时又是个不太安分的人。自幼别人在场上纳凉聊天,我在家里熬油读书,似乎并没有对我们村心生厌烦,却终于有一天离村而去。这一去,也并没有走出多远,还是在太行山的怀抱里转来转去,村的情结也始终萦绕心中。即便是繁忙的开会、出差和下乡,每每从车上远望,那上一个坡,拐一个弯,便出现的小山村,都感觉是我们村。这暖流的涌出,未必与孔府、孔庙、孔林相联系,未必与孔子及其弟子周游列国的路相连接,却使我读《论语》时,产生更加温馨的感觉。

至于忽然出现"大山踊跃如公羊,小山跳舞如羊羔",这已是我后来"常回家看看"坐在飞奔的车上经常要一再相遇的景象。不过,至今,我不仅已过"天命"之年,"花甲"之年,"随心所欲不踰矩"的年龄也快到了,"六十年一周转"的经历早已圆满了,然而,不仅没有神的降临,就是让人有明显感觉的地震也没有发生过。这就是我们村,或曰我的故家,我的乐园,最平常也最宁静、最普通又最美丽,不时以最高频率出现在我的心中,是最让我魂牵梦绕的唯一的最温暖的单位。

第七章 半坡望霞

半坡望霞

我梦见一部大书像磐石压来，身子骨嘎嘎作响。

石翁向我招手，我用力走进去，顿觉身轻神怡。我翻身坐在石翁的晶莹上小憩，油然天清气朗。我爽性将晶莹当庋垫铺在身子下面，怡然惬意无比。

书是我的乐园，怎么会像磐石压向我呢？我似乎明白：当它是座山，就挡在你面前；当它是巨石，就向你压来；当它是公园，便任你游玩。我似乎是在作哲学思考呢。

我与黑格尔、维特根斯坦、培根讨论。关于书，他们也曾背着沉重的包袱。为此，黑格尔企图放下包袱，追求绝对精神，却走向概念的黑洞。维特根斯坦除了不读哲学书，对一切需要依靠梯子才能获取的东西都不感兴趣。他似乎是轻松的，然而照样背着沉重的包袱，只能在数学陡坡上缓慢地攀爬。培根似乎又乐观一些，他为获得快乐和愉悦而读书，也为增加知识，增长见识而读书。然而他却又说，花太多时间去读书，会令人懒惰。把读书当高升的阶梯，难免爬不上去或者摔下来，因受伤而灰心；用读书装饰门面也难免自欺欺人；完全按照书本上的规则做事难免成为书呆子。这可如何是好呢？

我不知道究竟怎样才好。**我像劳动一样读书，也像生活一样读书，更像旅游一样读书**。我常常被概念包围，让推理乱心，受逻辑困扰。我力求在挣扎中解脱，企图将包括哲学在内的所有书籍变成轻松美丽的乐园。我的写作则是在乐园中散步。

或许我已成为书呆子，所以依然相信，**将读书遛心当作像欧阳修、苏东坡那样头顶星光上朝，像陶渊明那样踏着月光回庐，像我的老父亲那样在小屋的土炕旁编筐。**

当年在深沟开路，在山腰砍柴，偶尔仰卧于半坡看晚霞，美妙极了。至今我还遗憾，当年如果有一半时间伴着太阳和风姑娘读书，跟随星星加班，或许更好。

我家住在半坡上，早晨站在门前看朝霞，看朝阳，听鸡叫，听鸣唱，听蟋蟀弹琴，就是我的音乐生活。不过，朝霞容易变黑，变成阴天，没在雨里。晚霞虽然往往随夜隐去，却将明丽留在我的梦里。记得当年刚上过《火烧云》一课，站在玉茭地边上看火烧云，美极了，是世界上至美的国画。此时此刻，我好像在画中，在惬意里，在彩云的映衬和霞光的包围下，感觉比在上帝的宫殿里还美好——任何语言都无法形容的美好——任何时候想起来都美好无比的美好！至今，我依然不明白为什么对晚霞更偏爱。不过，只要在书中与霞彩相遇，就想到我家老屋的温暖，想到的总是踏着霞光下地劳作回家的父母，并将温暖与书中的温暖相融，并且无缘无故写下这样两句不怎么满意的话：

书中的散步遛心，一路风景，一路甜蜜，一路文采风流；然而，只有雨中听荷，霞光走马，阳春赏花，才有此艳遇。

第七章 半坡望霞

哲人的批语

　　陈晋是可以接触毛泽东图书档案的学者。这是难得的幸福。他将幸福与读者分享，编著了《毛泽东读书笔记》。两厚册，1600多页。因为好读，不觉其长，只觉乐在其中。

　　此书由毛泽东所读原著摘编、批语、编者解析三部分构成。让人最喜欢的当然是毛泽东批语。**这并不是因为毛泽东有着像太阳一样的伟人光环，实在是因为他的宇宙一样的胸怀，太阳一样的光芒，地球自转一样的巨能之脑。**且不说这些批语的政治意义，许多当年作为最高指示的轰动效应，仅从艺术角度欣赏，也令人豁然开朗。我不敢说自己像月亮一样借光，然而像小草感受微风和接受雨露一样，作为总还有些知觉的读者，作为流连忘返的回头客，作为迷恋于文字的书虫，无不沉迷其中，为之喜，为之悲，为之开怀，为之束心，为之放声大笑，为之拍案叫绝。

　　"实践是真理的标准。"这是延安时期读前苏联哲学家米丁主编的《辩证唯物论和历史唯物论》写下的重要观点。后来，在《实践论》中有重要发挥和完整论述，其中写道："真理的标准只能是社会的实践。"一生致力于追求真理，发现真理，实践真理的毛泽东就是这样走过来的。但是实践并不等于真理，有时候也不免为自以为是的实践所误，甚至在一些重大问题上，出发点也许是好的吧，探索精神绝对可嘉，但所付代价却也是绝对沉重的。

"诡辩论即是折衷主义。"是读艾思奇《哲学选辑》,针对一段书,写下此批语。独立看,未免不有片面性,言必讲主义,也是那一代人,包括毛泽东的思维习惯。但是,那一代人认真理、重思辨、讲大局、善较真。这不仅是一种时代精神,而且永远是人类的宝贵财富。无论如何,他们的生活是生动的,他们的实践是辉煌的。或许,他们被一些聪明人视为不懂生活,甚至斗争工具。在我看来,即使他们受认识的局限犯下的错误,也比一副无所谓的态度不知伟大多少倍。

"坟墓都是自己掘的。"这同样批在《哲学选辑》上的短语,最有哲学意味,是深刻的辩证法,是战斗的檄文。生活在斗争时代,最需有斗争本领。一代领袖重视哲学,是伟大的哲学家,更是带动一个民族走向伟大的典范。他们为真理献身,为维护民族尊严不惜牺牲自己的一切,是中华儿女最可宝贵的品格。

"中国的斗争如此伟大丰富,却不出理论家!"这一感叹过去几十年了,恐怕还要感叹下去。恩格斯在肯定马克思的历史功绩时说过,一生中能有人类历史规律和剩余价值这两个发现,甚至只有其中一个发现,也已经是很幸福的了。但是马克思在他所研究的每一个领域(甚至在数学领域)都有独到的发现。我想,不出理论家的原因是多方面的,不出定义、定理,拿不到诺贝尔奖的原因也是多方面的,但根本原因还是气候环境都不适宜天才生长。至于大理论家的出现是好事还是坏事,也在尚需讨论之中。

"斯大林有许多形而上学,并且教会许多人搞形而上学。"这句话是上世纪五十年代在省委书记会议上讲的,当时或许振聋发

第七章　半坡望霞

瞋，现在看，仍然不失为一个有勇气的卓见。毛泽东对斯大林有团结，有学习，有敬重，也有警惕，有看法，有批判，甚至有否定，正是毛泽东的伟大和过人之处。

"什么充足理由律？我看没有什么充足理由律。不同的阶级有不同的理由。哪一个阶级有充足的理由？"此话透出霸气，在当时无人敢说不。但是，作为形式逻辑，充足理由律是存在的，恐怕还不同于阶级斗争的存在。如此讲话，有对逻辑尊重不够的一面。当然，处于当时的历史社会条件，警惕之心，斗争之志，都是可以理解的。

"中国有两部大书，一曰《史记》，一曰《资治通鉴》，都是有才气的人在政治上不得志的境遇中编写的。"此语未必是原话，却充分表现出伟人总是对困难和压迫取蔑视态度。毛泽东的特出之处还在于，善于抓住积极因素，作出出人意表的发挥。这就是毛泽东。这是一门大艺术。

我最喜读的是书中关于读文学书籍的批语。颇具意味的如"偏于豪放，不废婉约。"其中既蕴含争战岁月的豪情，又透射出寻常不露的情感底色。又如，"《红楼梦》写的是很仔细很精细的历史。"读书，包括文学，无不从政治、经济和历史着眼，小书也能读出大气魄，何况巨著！从《水浒传》读政治，《金瓶梅》读经济，都是毛泽东的读书特点。再如，读《汴省时曲锁南枝》至"哥哥身上有妹妹，妹妹身上有哥哥"，批道："第一个否定造成了第二个否定之可能"，进而引深到国际共产主义阵营，求大同，存小异，互相支持，结为整体，共同对付帝国主义。**读后令人开心智、长志气、神往文采，走向博大。**

　　由深读浅是能力，由浅读深就更是大本事了。毛泽东读《聊斋志异》，说《小谢》是"一篇好文章，反映了个性解放的强烈要求，人与人的关系应是民主的和平等的。"反映出毛泽东民主思想是强烈的、急迫的，同他的革命思想和奋斗精神一样，但作为文人，**毛泽东处理问题的角度，创意的广度，解决问题的力度，写诗作文的切入点妙不可言，无与伦比，不能不令众多政治家、理论家、军事家、文学艺术家黯然失色**！

第七章　半坡望霞

托盘和镜框

老子出关留下《道德经》五千言，好像没有版权纠纷。说到第一编辑是谁，就较模糊了。然而，给钱锺书当编辑深得满意的则是周振甫先生。

上世纪七十年代，我与周振甫这个名字初次见面，媒介是《诗词例话》；知道钱锺书，媒介也是周振甫先生的《诗词例话》。

给难度极大的钱锺书著作当编辑，周振甫不仅胜任，而且深得满意。以我的赏读能力，更深的东西未必感觉到，但读过周振甫先生编著的《〈谈艺录〉读本》，不能不更加佩服周振甫先生的知识、智慧和器识。

我是相信机缘的。周振甫是钱基博的学生，钱基博是钱锺书的父亲，因为编书，周君振甫又成为锺书君的知己。这就是机缘。**我不知道太阳、地球、月亮三者是不是这样的关系，但隐约感到，形成一位与日月比光的人物，背后应该有一个巨大的能源系统。**

一位德国人说，钱锺书以西方文学为镜子，把整个中国传统文学与西方文学作比较。其实，他还以友人为镜子，将山峰与山峰作比较，周振甫就是他经常要对照的一面镜子，也是又一座山峰。**每当早晨初升的太阳从橙红到金黄由东山头缓缓爬出，我们会觉得它大一些。那是因为有山为托盘，有可意的云朵为镜框。一位太阳式的人物出现，也有他的托盘和镜框。周振甫（当然不

只周振甫）就是钱锺书的托盘和镜框。

　　钱锺书先生在《谈艺录》和《管锥编》这两部巨著的序中，都对周君振甫先生说过一些心悦诚服的话。　一九七三年十月他在《管锥编·序》中说："命笔之时，数请益于周君振甫，小叩辄发大鸣，实归不负虚往，良朋嘉惠，并志简端。"时隔十年，又在再版《谈艺录·引言》中写道："三十五年间，人物浪淘，著述薪积。何意陈编，未遭弃置，切磋拂拭，犹仰故人。"

　　如今，钱周两位先生都已作古，他们的著作则无不如日中天，光芒万丈。只是我已分不清他们谁是太阳，谁是托盘和镜框。或者他们都是太阳，是太阳以太阳为托盘和镜框，以至在普通人看来，会感觉过于耀眼而不能领受。然而，每当夕阳西下，晚霞退场，星星送上微弱的寒光，我开卷"鸡觅"，掩卷"蛇念"，不觉怆然而涕下。

第七章　半坡望霞

鲁迅的佛缘

《鲁迅全集》中有十处写到释迦牟尼。他书桌上的菩萨，一直敬在抬眼可及的视线里。可以说，鲁迅先生的佛缘是很深的。

据许寿裳回忆，民国三年（也即1914年）鲁迅开始看佛经，"用功很猛，别人赶不上"。他们曾约定："我们两人买经不必重复"。而后，鲁迅却往往守不住约定，情不自禁买了，读了，进度之快，非他人可比。

翻阅《鲁迅日记》，1914年是他购进佛经最多的一年。仅5月31日，就进得《金刚经六译》，《金刚经心经略疏》，《金刚经智者疏·心经靖迈疏》等。此前此后还得有《华严三种》《释迦如来应化事迹》《释迦谱》《般若灯论》《瑜伽师地论》等。

也是1914年，鲁迅为祝母寿，捐资六十元于金陵刻经处，刊刻印行《百喻经》百册，余资六元拨刻《经藏十六轮经》。

鲁迅的杂文、散文、散文诗，以及他的思维方式和行为习惯都有佛在。他曾对许寿裳说：**"释迦牟尼真是大哲，我平常对人生有许多难以解决的问题，而他居然大部分早已明白启示了，真是大哲！"** 当然他还说过，孔子死后，被种种权势者用种种白粉来给他化妆，一直抬到吓人的高度。但比起后来输入的释迦牟尼，却实在可怜得很。他对圣人孔子的尊敬和佩服远远不及释迦牟尼佛。

鲁迅不迷信，释迦牟尼也不迷信。他们都是创造人类文化贡

献杰出的巨人。他们的心底是洁净

纯正的。只有别有所图的人才推动迷信。鲁迅精读经书，敬佩释尊，刻印《百喻经》，都是发自内心对释迦牟尼的敬仰。从《〈百喻经〉校后记》看，鲁迅校经的专注与一丝不苟实在令人敬佩。

受佛经的影响，鲁迅著作中佛教词语很多。这些词语进入鲁迅作品，不仅丰富了汉语词汇，拓宽了汉语的词汇天地，更重要的还是对鲁迅作品的深刻性、开阔性、广厚性独有的影响。比如鲁迅说："暴君的专制使人们变成冷嘲，愚民的专制是人们变成死相。""死相"一词就来自九种罗汉的退相、守相、死相、可进相、住相、不坏相、慧解脱相、俱解脱相、不退相。"无须学习进修，就是死相。"

又比如"自害"。鲁迅谈到自己的写作，就说过"但有一种自害的脾气，有时不免呐喊几声，想给人们去添点热闹。""自害"出自《三藏法数》的"善神远离，是名自害。"鲁迅的意思是写作总要付出痛苦，并不轻松好玩，当然含义还要丰富深刻。

再如"出离"。鲁迅在《记念刘和珍君》中以悲愤至极的心情写道："我已经出离愤怒了。我将深味这人间的浓黑的悲凉"。《华严经》曰："调伏众生，令究竟出离。"《心地观经》曰："深着世乐，不乐出离。"《佛地论》曰："言出离者，即是涅槃。"可见鲁迅用词是很重的。又可见鲁迅选用词汇与当时当地当此之时的心情环境多么相得益彰。

此外，鲁迅用过的显而易见的佛教词汇还有：摩罗、捣鬼、

第七章 半坡望霞

魔鬼、受害、世相、心传、天衣、普覆、幽玄、大块、发愿、无常、大乘、小乘、轮回、行乞、三界、三昧、沙弥、陏喜、根性等等。

鲁迅榜样在前，释尊激励在上，对佛祖以及中外伟人的敬仰以至崇拜，最好的方式是精心研读他们的著作，力求思维的深厚与阔大。更深的意义并不是容易说明白的，甚至是越说越不明白的。

《史记》平民版

以《史记》与鲁迅为尺度去衡量不时读着的书,是我不知不觉的"量书"习惯。

然而,到了真量的时候,又只有模模糊糊的感觉。在模模糊糊中感觉它们的高低、大小、深浅、美丑、冷暖、奥妙与平白,是兴奋与快乐的。然而,这兴奋与快乐也不免模模糊糊,而我却理直气壮地认为:这模模糊糊中又有真真切切。康德说:"感觉无思想是瞎的,思想无感觉是空的。"我这模模糊糊中有真真切切的感觉大概正是感觉中尚缺思想、思想中尚缺感觉。

钱锺书先生仙逝后,**杨绛先生连续出版了三部书:《我们仨》《我们的钱瑗》《走到人生边上》。我模模糊糊而又真真切切地觉得可通称为《史记》平民版。**

面对他们仨,我似乎看到:司马迁的笔立于天地间,万年不倒,历代咏叹;鲁迅的眼俯视万物,万物点头,并且自敛;杨绛的话语在小草间流淌,小草致敬,而且偷偷啜泣。他们都有一种东西——让人在模模糊糊又真真切切中感受到的一种东西。这东西是什么呢?我只是在模糊与真切的闪动中感受到了却说不出来。我所能说出来的只是"情真意切而又大气自如"的一点感觉。

人的气质禀赋各异。这各异或者就是不同风格的源和果。好像杨绛作品中的"暖",就是陶渊明的"暖暖远人村,依依墟里

第七章　半坡望霞

烟"，但她又不是陶渊明；她作品中的"净"，也像陶渊明那样本份平静，但又不是"户庭无尘杂，虚室有余闲"；她作品中的语言包括对话，也有平民的气息，但也不是陶渊明的"相见无杂言，但道桑麻长"。然而，我总觉得她和陶渊明一样，看似平常，细细玩味，却有无穷的妙趣，但她毕竟不是陶渊明。

我仔细玩味"杨绛三书"，其"冲淡"的品格，似乎有陶渊明，也有胡适，但又不是陶与胡的简单结合。孙郁先生说，胡适的文章没有陈独秀那样峻急的气势，像是平稳流动的小河，柔和之中渐有凉意。杨绛也是一条平稳流动的小河，她也有鲁迅的简洁凝练，但没有鲁迅的大海下翻滚奔腾刺向彼岸的波涛。她也有《史记》的骨头和气度，却没有太史公马迁撕心裂肺的痛苦和撼天动地的血脉。**或者说她不仅有陶渊明的虚静，还有胡适的平白，而且有鲁迅的凝练，但她依然是《史记》平民版。**

大雅休闲

与"开天辟地"的毛泽东诗词书法相比,他在休息时手书的历代诗词曲赋,可用"大雅休闲"四个字来体味。

有宇宙胸怀、高山大河气魄的毛泽东,其书法实可用海阔天空、翻江倒海、鹏展云天来形容。他手书的自作诗词多是这样。然而,偏于豪放,不废婉约的毛泽东,书法作品也有大雅休闲的一面。据身边工作人员回忆,毛泽东涵盖上自先秦,下至近代两千余年的众多诗词曲赋书法作品,是在经常不知疲倦地看书,写作,阅读文件,过度疲劳时,身边工作人员再三催促他休息,他才说:"好,接受你们的建议,写几个字休息休息吧!"于是,凝神端坐,悬肘运笔,练起书法来。院中高大的青槐把寂寂的绿荫送上书桌,明月繁星把银白的光辉洒向屋内,日积月累陶醉其间的毛泽东,乐此不疲,仅凭记忆默诵,书写下数百幅著名古典诗词曲赋和名文佳句。

手书宋玉《大言赋》:"方地为舆,圆天为盖,长剑耿介,倚天之外。"似空阔无边,如大漠托彩,又像铁牛倚角,巨龙曳尾,突出了一个"开"字,真可谓胸开字开,舒筋健心。我在一位藏书家的书房看到此书的复印件,依然是那样有神采,欲求原件一观的愿望不仅强烈地袭上心头,而且很长时间挥之不去。

《木兰诗》:"唧唧复唧唧,木兰当户织。不闻机杼声,惟闻女叹息。"结字娴雅,笔法清新,仿佛曦辉晨露,明净中漾溢着

第七章　半坡望霞

清新，着一个"新"字，或者是恰当的。清新扑面，清气可闻，真是怡气养心。

英俊天才王勃的《滕王阁序》，楼以序传，序以楼传，千古不衰。"落霞与孤鹜齐飞，秋水共长天一色"，更是千年传诵的名句。毛泽东将他娴熟的辩证法思维运用于书法艺术，出乎意表地将大物写小，轻事化重，以胸中的哲思掌控作品全局，整体感觉突出一个"和"字。即以中医论，以"和"暗示，内外相和，岂有无益之理！一次在家具店与此匾相遇，久久不忍离去，因价格不菲，没有到手，留下遗憾。

写在红线栏信笺上的李白诗《梦游天姥吟留别》，行草相间，天尽地满；情随物异，笔随情发。可谓心满意足，神采射人。令人不由想到一个"怡"字。清澈见底，清可数鱼是怡；源清流净，天朗气清是怡；冰清玉洁，清可鉴人，更是怡。

"朝辞白帝彩云间，千里江陵一日还。两岸猿声啼不住，轻舟已过万重山"，写得是那样潇洒大气。我练书法时，反复观赏揣摩，结合林散之的书风，写下一副条幅，至今还堂而皇之挂在办公室墙上。有人说，毛泽东此卷书作，万物入怀，大气外拓，断崖千仞，飞流万丈，云烟苍茫，游丝屈金。此诚为知书之论。但我的感觉，首先是一个"旷"字。其开合，旷远浩荡；其气势，旷古绝伦；其意境，神怡心旷。**毛泽东偏爱李白，我偏爱毛书，似乎都与这个"旷"字有关。**

"清明时节雨纷纷，路上行人欲断魂。借问酒家何处有，牧童遥指杏花村。"有评家觉出此幅作品像阳春三月，风雨迷漫，山影恍惚,溪桥如断,桃花飘落,炊烟已散。我则更乐于付此一个"明"字。几年前到汾酒之乡杏花村,映入眼帘的大幅毛体书法《清明》,更给人以风光明艳,通达清明的视觉效果。宋人苏辙诗《寄范文景仁》曰:"欣然为我解东阁,明窗净几舒华茵"。遥想当年,在窗明几净下书法的毛泽东,更应是明见万里。阮籍的《咏怀诗》:"夜中不能寐,起坐弹鸣琴。薄帷鉴明月,清风吹我襟。"庶几可以代表毛泽东挥笔书写时的心情。

  写到这里,我突然想问自己,这是"大雅休闲"吗?好像是,又不完全是。所以,我在"大雅休闲"四个字后面,又加了一个"?"号。

第七章　半坡望霞

长河与高峰

千年不竭的《诗经》《论语》《老子》《庄子》作为清泉活水，势如河流，流淌于中国以至世界全境。流淌至今，俨然真山真水，能在此中游山玩水，游泳自如，是为智者。

一位诗人说，读这些诗句华章，有着一种独特的调性、韵律和节奏在耳边回响，就像能感到一个人脉搏的跳荡，一个苍茫的目光的询问。另一位诗人说，我要触摸的就是这远古发出的第一声歌唱的旋律、韵味、诉说，甚至一个民族最初心跳的节奏。叶嘉莹先生一语中的：人生天地之间，心物相接，感受频繁，真情激动于中，而言词表达于外，又借助辞采、意象以兴发读者，使其能得相同之感受，如饮醇醪，不觉自醉，是之谓诗。

我呢？我于这山这水这长河高峰读出与心灵共鸣的色彩、声音、韵律，并从流淌着的旋律、韵味、节奏中，看到心灵，摸到渴望，闻到兴奋，掂量到轻灵与沉重。

这色彩、声音、韵律、渴望、兴奋、轻灵、沉重，这流淌千年的长河高峰，早已由文化遗产物化为自然遗产，甚至在人们的心目中，没有一处仙山灵水，像此山此水那样成为感动天地的铁打江山。能在此游泳洗澡，已是一种幸福，有幸为之注入清泉，则成为高峰间的又一座高峰。

甚至可以说，**我们说自己是中国人，就是因身上流淌着《诗经》的血，有《论语》的魂魄，有《老子》的胸怀，当然还有庄

子的开放和随意。特别是当我对一个知识者进行精神解剖,他身上不仅有《诗经》《论语》《老子》《庄子》《楚辞》的部件,而且有此组合,有此结构,有此魂脉。或者说,我们每个中国人,就是由此形成的一座山,一条河,一块田园,一片天空。

漫步在"长河"流域,攀爬和云飞于"高峰"之下和之间,一直有一个身影让我神往和兴奋不已。她便是"意境"。我对她时而很熟悉,时而很陌生。我好像和她在一起,又好像离她很远。王国维的《人间词话》让我增加了与她的亲近感,也增加了与她的陌生感。我读书与写作都希望始终与她在一起。然而,她好像最喜欢捉弄人:经常令我焦急,令我激动,令我倍受折磨,令我苦不堪言。我与她在一起,却不知道怎样亲近她;我距离她很远,却渴望抓住她;我与她相遇,却在突然间分手。诗人艾青说:"画家和诗人／有共同的眼睛／通过灵魂的窗子／向世界寻找意境。"我说,要想与意境亲密相处,既要有画家与诗人的眼睛和心灵,更要有在"长河"与"高峰"中漫步、爬行、攀登、云飞的兴奋与苦恼;既要有与"长河"间和"高峰"上的灵魂合而为一,又要有自己的独立不羁、独来独往的灵魂和心灵!

第七章　半坡望霞

忘情《水经注》

季羡林先生讲过这样一个故事：胡适对《水经注》的研究，迷恋到如痴如醉的程度。一次，在北京图书馆开会。会开始了，适之先生才匆匆赶到，声明还有一个重要会议，要提前退席。会议开着开着，有人谈到《水经注》。一听到《水经注》，适之先生立即精神抖擞，眉飞色舞，口若悬河，一直到散会，也没有退席，而且兴致极高，大有挑灯夜战之势。

我曾经不大明白胡适后半生何以几乎倾全部精力研究《水经注》。山东画报社出版了当代治郦专家陈桥驿先生校勘注释的《水经注图》。我将此书同《毛诗品物图考》、《离骚全图》、《古本山海经图说》、《聊斋志异图咏》从书店搬回书房，展开在书桌上，想在此忘情一番。然而，感觉就像用生硬的外语与外国人会话一样，并没有感到谈心的畅快和温馨。不过，总算从模模糊糊的感受中知道，《水经注》研究也像《红楼梦》研究一样，形成一个个郦学队伍和派别。"游水玩水"到这一步，应该是个不低的境界。

"序言"等于是一部郦学小考。说到郦学史上的大论战——赵戴案。胡适站在戴震一边。胡适在古今郦学家中是个特例。他的研究重点，游离于考据、词章、地理三派之外。他像个审案子的法官，但这个法官不是在审案，而是在打抱不平。他自己也说，审这个案子，实在是替同乡戴震（东原）申冤。陈桥驿先生也说胡适是个特例。他的学生海玑更是直截了当地说,胡先生研究《水经注》,而不去治地理学,而是辨别戴震窃书的是非。由于胡适先生的声誉,加上所找依据的广泛性,使得本已趋于休止的赵戴《水经注》案,再次风生水起,形成轩然大波。

胡适先生玩《水经注》,是那样地专注与忘情。曹操有诗曰:"山不厌高,水不厌深";《诗经》曰:"所谓伊人,在水一方"。胡适先生忘情于山水一方,应该距离冯友兰先生所说的天地境界并不远了。

孙郁先生说,他读胡适关于戴东原《水经注》案的考证文,看他替古人翻案的语气,是有大情怀在里面的。王国维、魏源都跟着别人说戴东原抄袭了赵东潜的学术成果,胡适据理力争,从各种文献里证明这是天大的冤案。孙郁先生还形象地描述到,胡适先生翻阅旧书时,对时间、人物、事件及前因后果,十分敏感,穿梭于远去的韶光时,显得是那样耐心和智慧。我很赞赏这样的品评:以往的学者认为诗与史是难以兼容的,胡适却将彼此贯通。胡适的考据影响大,乃是其间的气象比一般学者高远。他在心灵深处,要考虑文化的走向问题,进入问题的方式有闪动的灵光,那是对故人的温情,还有今人的期盼,落脚点在未来上。我甚至认为,在这方面,鲁迅先生也有所不及。

说到学问的气象,最高境界应该是释迦牟尼。正如袁行霈先生所云,释迦之说法是霁月之在天,庄严恢宏,清远雅正,不强服人,而人自服,毋庸标榜而下自成蹊。这是连鲁迅和胡适都应该仰望的。

第七章　半坡望霞

开辟天空

　　高祖歌风，圣祖吟虹，可汗驰马，各领风骚，各有色彩，都有自己的一小块天地。

　　风流莫过毛泽东。然而，毛泽东这样的风流人物，也不总是驰骋于大天大地；有时候，也像邻居他大爷一样，在小院的石桌上品一杯香茗。毛泽东读《资治通鉴》十七遍，读《容斋随笔》大概也不止十遍。他在别人的天空自由地飞翔，随其所意修炼自己的色彩，打磨拓展出自己星汉灿烂的天空。他是诗人，是文章大家，是书法家，是文艺理论家，是将其诗文、书法、艺术思想融入光辉生涯的巨人。然而，这位巨人也有常人心态、常人情趣。

　　巨人毛泽东也十分注重经营自家的菜园子，十分推崇别人的天空，尤其是青年才俊的天空。他说过王勃的十六卷诗文、王弼的哲学、贾谊的历史学和政治学，都是少年英发，惜乎死得太早了。他坚信"青年人比老年人强"，承认世界是他们的，主张给他们更大的空间，鼓励更多的创造。**毛泽东作为中国开天辟地第一人，他的心始终年轻，总是无休止地开辟天空。**

　　将别人喝咖啡的时间用来读书的鲁迅，是又一位开辟天空的巨人。然而，他推荐的十二种必读书有《世说新语》，却没有上述两种。"记言则玄远冷峻，记事则高简瑰奇"是鲁迅欣赏的风格，也是鲁迅天空的色彩。正像永远说不尽的莎士比亚一样，鲁迅也是永远说不尽的。有人说，鲁迅是"民族魂"，是"铁屋中的呐喊"者，是"点点星光"，是"智慧花开烂如锦"，是"无词的语言"，是"一把宝剑"，是"万年青"，是"荣誉和金牌"。我觉得，所有这些，都把鲁迅说小了。**在我心中，鲁迅是"天空的辽阔"，是"宇宙的银河"，是"无限的光辉"。只有从无限广阔和无限长度重新认识鲁迅并以此感受鲁迅的天空，才能真正认识鲁迅。**然而，当我们走进鲁迅经营的另一个小院子，同样能感到小的温馨、稚拙的雅趣。

　　胡适的天空也很辽阔。有人说他是考据癖，孙郁先生说，胡适考据的心灵深处考虑的是文化的走向问题，进入问题的方式有闪光的灵动，是诗与史的贯通。他希望青年一代既有严明的理性思维，又有创造新思想的欲求。他开辟自己的天空，也希望后来者开辟出更广阔的天空。

　　冯友兰先生说，中国新文化运动的内部分为左、右两翼，居其上的新文化运动创始人蔡元培先生天空更大。且不说他的兼容两翼，就是他的美育代宗教，也是看出美育的天空更大，更广阔。因为每一种教都视别教为异端，甚至在人类社会中制造分裂，引起战争，相互残杀。美育则无此弊端，是千山共我游，千里共明月，无人我之分，无利害之见，是更高的境界。

　　毛泽东的天空以"风流"为标志，鲁迅的天空以"博大"为标志，胡适的天空以"开放"为标志，蔡元培的天空以"包容"为标志。

第七章　半坡望霞

美酒无声

　　正像佳酿对甘醇的承诺，以孤独酿造隔世芬芳，应是艺术家的期许。

　　叔本华在孤独中思考，不为当时关注，却成为后人思考的依据。他晚年名声大噪后，依然离群索居，陪伴他的仅有一条叫"世界灵魂"的卷毛狗。尼采认为，叔本华使所有现代人发现了"真正的自我"。叔本华本人对孤独的理解充满自信和欣赏。他认为，对于孤独，可怜人体会到的全是不幸；聪明人喜欢独居的高尚伟大。他甚至认定，心灵的内在财富才是真正的财富，其他一切都可能弊多于利。

　　我没有将叔本华当作一盏灯，却也无灯自明："把灯放在后面的人，把阴影放在前面"。

　　面对黑色压力，灰色痛苦和铅色忧伤，随时随地被孤独吞没的梵高，将太阳的颜色、兴奋的重量、疯狂的暴发作为食粮，不停地画、疯狂地画、我行我素地画。**他扑向太阳，被太阳熔化了，只有37岁的肉体生命结束了，具有历史意义的梵高却变为太阳融入无限的光辉之中了。**

　　吴冠中看到梵高的向日葵，立即感到自己是多么渺小。更渺小的我，只想说，耐得孤独，失败的记录也会提拔到历史里。"太阳，已越过西方的大海，把最后的问候献给东方"。他没有顾及人们的笑脸和欢呼，也未必在意任何悲苦和诅咒。

孤独有影正如美酒无声。耐得孤独，融入孤独，孤独就会变为无声的却永久芳香的美酒。

鲁迅是战士，也是一个孤独者。有人说，《雪》是孤独的精魂。其实，**整部《野草》都是孤者的独语，独者的心史**。在夜深人静的时候我会想：鲁迅为什么要写一部《野草》呢？又想：没有《野草》，何以知道一位伟大的孤独者的心灵呢？《多余的话》也是一个伟大的孤独者的自白。作为一个政治家，这些话或者是多余的；作为一个伟大灵魂的孤独者，却正是其心灵的真实写照。是深冷的天空升起的一颗寒星，是黑暗的寂寞里点亮的一盏孤灯。周作人和曹聚仁都说最喜欢《在酒楼上》，原因是这篇小说最富鲁迅气氛。这"气氛"是什么呢？钱理群的解读是：在此前的十年，寂寞一天天长大，如大毒蛇缠住了鲁迅的灵魂，这寂寞又是不可驱除的，只有种种法来麻醉自己的灵魂。这其中最能体现鲁迅心境的是两个词："寂寞"和"麻醉"。麻醉的方法是用抄书来代替"醇酒妇人"。所抄之书的作者都是魏晋时代的人物，他们又都是鲁迅故乡的浙东人。鲁迅是有一种魏晋情结和浙东情结的。其实在我看来，这正是鲁迅的酿酒期，此佳酿的酿制并不只十年。有此酿制，**才有无声而香，无色而醇，无动而味**。这就是他酿造的美酒。酒的名和实都叫孤独，却也是永远的芳香。

第七章　半坡望霞

补　钙

　　鲁迅的书是我的终身伴侣。

　　从六十年代初在小学读《致颜黎民的信》开始,五十多年来一直是我的阅读兴趣之最。在经常的读书中,别的书读累了,打开先生的书,望着先生的雕像,稍息片刻,又徜徉于先生的书海里。

　　开始,我只能从书中走进先生的世界;后来,每到北京或上海,必到鲁博和先生的墓地朝圣,看看先生曾经生活过的世界。即便是徜徉在未名湖畔,也总感觉与先生相遇,或时时包围于先生的魂中。

　　有朋友说我的语言有鲁迅风骨。甚至说:"独到的'鲁迅风'没有像这本《野读〈野草〉》更神似的了。它不仅运用鲁迅的声口,而且像鲁迅《野草》思维方式那样,审视外物,抒发内心,从而具有了深深的哲理。"对此,我实不敢当。或者说最多只是学得一点皮毛而已,**但我是乐于让先生以他的血髓为我补钙的。**

　　近年来,围绕先生的议论蜂起。这自然较之一面倒要好,较之寂寞无声更好。但是,自打嘴巴,甚至把自己所在的民族,包括民族英雄涂抹成小丑,竟成时尚。面对这样的垃圾尘扬,以至甚嚣尘上,总不免使人想到"非典"和"甲流"之类。

　　我手边有两本书,一本是《谁挑战鲁迅》,一本是《鲁迅还是胡适》。有人竟说:"《野草》是鲁迅创作时期的'二流作品'",以至恶狠狠地叫嚷:"只是这些鲁货,实在令人难以接受","阿Q正传在中国文学史上开创了一个危险的先例,即以所谓的本质替代了形象","鲁迅是一块老石头,应该到一边歇一歇了","鲁迅至多是一位半成品的大师","尼姑的光头,和尚摸得,我就摸不得吗?对鲁迅我也这么想"之类,无非是蜀犬吠日罢了。诸如类似"狂犬"的东西,实在不能和音乐甚至声音相提并论,听到和看到都令人作呕。

不过,这样叫嚣的好像还是一些名流,而且是自以为很伟大、很有时代精神的人物。或者应该说,如不这样,还称得上名流吗?还有他们自己的伟大吗?

历史不容篡改,民族自有尊严。连尊严也轻易践踏和污蔑,怕只能是癞皮狗的行为吧。或者连此称谓也不配,只是癞皮狗身上散发的臭味吧。

蔡元培是居于左、右翼之上的新文化运动的创始人。也可以说他是一位公正的历史老人。他眼中和心中的鲁迅是一位"为后学开示无数法门"的"新文学的开山者",是"旧时代考据家赏鉴家所未曾着手"的功力深厚的研究家,是"世界文学"的"谦而勤"的"移译"家,是"感想之丰富,观察之深刻,意境之隽永,字句之正确,他人所苦思力索而不易得当的,他就很自然地写出来的"天才的作家。并说:"这是何等天才!又是何等学力!"

连后来对鲁迅攻击最激烈的苏雪林也说过"自新文学发生以

来像《阿Q正传》魔力之大的，还找不出第二个"。之所以"这样打动人心，这样倾倒一世"，是因为它"影射中国民族普遍的劣根性"，"包蕴着一种严肃的意义"。她还指出鲁迅小说的艺术特色：第一是用笔的深刻冷隽，第二是句法的简洁峭拔，第三是体裁的新颖独创。并说，所以鲁迅的文字"好像谏果似的愈咀嚼愈有回味，都非寻常作家所能及。"

夏志清的《中国现代小说史》已是公认的经典。此书评价鲁迅"被公认为中国现代最伟大的作家。"承认《阿Q正传》是"现代中国小说中唯一享有国际盛誉的作品。"

那些貌似英雄而对鲁迅的攻击无所不用其极，本质还是缺钙，他们对自己补钙是大有必要的。

欢呼戏剧事业升温

我可算个戏剧爱好者。戏，戏剧光盘，谈戏说艺的书都看。随便翻翻，随口说出的有《古典戏曲名著》《说戏》《杂戏》《戏外看京剧》《昆曲二十讲》《古代戏剧故事》《谈戏说史》《京剧的知性之旅》《伶人往事》《古代戏曲小说研究》等。还有一些与戏有关的书，用时也查查，谈不上研究，蜻蜓点水而已。

在"蜻蜓点水"中，遇到一个现象，或曰问题：昆曲被联合国定为文化遗产，名列第一，本有的种种不同声音，转而一哄而起叫好。对此，余秋雨先生说，这不是应有的文化良知。

我赞成秋雨先生的观点，却也觉得有人凑热闹，总比没有好。只是这样的热闹，不要像感冒一样，热几日就过去了。当然，一直热下去，以至发烧，也未必算正常。我的意见是，比人的体温高一点，保持在四十度以上就可以了。

近日出差，路过昆曲之乡，思绪的长钱竟绕地球和阴阳两界半圈，到了巴赫、贝多芬、舒曼、门德尔松、勃拉姆斯、瓦格纳和莎士比亚那里。他们都很高兴，也很受敬重。因为他们早已成为那里的人们永远的骄傲。我们的关汉卿、王实甫、马致远、汤显祖、李渔，难道不应该被更多的人认识和尊重吗？

研究者指出，汤显祖比莎士比亚早出生十四年，晚莎氏一年逝世。东西曲坛伟人同出其时，也一奇观也。然而，在现代中

第七章 半坡望霞

国,就声誉和地位而言,汤显祖显然难与莎士比亚相比。这既关系到中国戏剧的地位,又关系到传统观念和现实政策。不知从何时起,中国人习惯于眼睛向外,贵人贱己。当年,梅兰芳先生赴美演出成功归来,在苏联演出为戏剧大师斯尼斯大加赞赏,一时间赞誉之声甚嚣尘上,以至抬到不适当的高度。难道是因为我们没有能力认识自家的东西吗?恐怕难免不是我们的文化心理上有一种什么病。

章诒和在《伶人往事》自序中说,如今所有文化都是消费,一方面是生活走向审美;另一方面是艺术消亡。**中国文化传统与革新之间的断裂,在戏曲舞台和艺人命运的身上是看得再清楚不过了**。别说是京剧、昆曲,自上个世纪以来,整个文化是越来越迷失了方向。季羡林先生也说,京剧衰微,其故颇多,大气候小气候都有,可以说是"冰冻三尺,非一日之寒"。因此振兴起来也就不能操之过急。只能用"润物细无声"的办法,慢慢地,一步一步地,从各个方面,进行工作,假以数年,庶能有成。

看来,我的感觉并不孤立。章诒和先生的看法虽然严重,怕也是实情,至少是一部分事实。季羡林先生的话尤其点水不漏,不愧是"老成治国"。余秋雨先生还说,搭建中西文化交流之桥要等待。"等待不是消极,等待其实对艺术文化来说是提出一种很高的坐标。"此说也很有道理,但不免令人不能振奋,甚至着急。我不反对等,也知道应该"慢慢来",但尤其主张热情欢呼,积极建设。

诗境哲学

自称没有学过哲学,甚至没有读过哲学书的维特根斯坦,成功地发起哲学革命,在哲学天地开疆拓土、经天纬地,令后来者像仰望北斗一样仰望他。

我不知道是因为喜欢诗,还是因为喜欢哲学,大概是更喜欢诗的哲学和哲学的诗吧,较之别的诗集和别的哲学著作,我更喜欢《维特根斯坦全集》。正如鲁迅先生的杂文将诗与政论凝为一体,维特根斯坦是用诗的语言阐述艰深的哲学理论,使人感觉比诗更诗,比哲学更哲学。《全集》我至今尚未读完,倒是有重庆出版社出版的全译彩图本,是多次读过的。我的感觉是,它除了是**"二十世纪最富灵感与诗意的文化随笔"**,还是二十世纪最富**"诗意的哲学"**。我原本想写一篇《诗味哲学》,总觉这个"味"字不够分量,想到王国维的境界说,便着意用了这个"境"字,是企图境界全出。

我感觉《维特根斯坦全集》充满天地之气、之境,却未必是冯友兰先生所云"为天地立心",只能说是他的大境界、大哲学,是充满诗意的大哲。这应该是现代人,也是未来人为文的一种境界,一种追求。

"每天清晨,你必须掀开废弃的碎砖石,碰触到翠绿的、生机盎然的种子","一个新词就像一粒播下的种子",清新与哲理触手可碰;"早期的文化变成一堆瓦砾,但精神像一朵云,将萦

第七章　半坡望霞

绕在灰土上空"，画面又是如此形象、博大；至于纷呈在字里行间的色彩以及色彩下面流动的深沉的思想之河，就更不用说了。**自从玩味过这诗的哲学语言，我似乎觉得清晨的空气更清新，曙光初现的天空更空旷，初升的旭日更灿烂，朝阳冉冉升起的那一时段时光脑子更好使。**

我抬起头来仰望维特根斯坦，企图跨出一步，在更大范围观察维特根斯坦，但这范围也太大了，虽然没有被维特根斯坦研究的热浪卷进去，却循着热浪嗅到一点奇特的新颖，是原生态的新颖：**除了事实，还有事实之下的深水；除了深水，还有深水表面的云雾；除了云雾，还有云雾散后的远方。**这完全是新的天空和新的天空下的万古常青的新天地。这新天新地有清泉味、太阳味、云雾味，却没有油画、钢琴和棋子味。

受这味、这境、这天、这地的诱惑，我生出一个遗憾，后悔自己学过哲学，读过一些"很神圣的哲学书"，本可以破土而出的"思想范式"竟因烧芽而夭折了，而且永远头顶磐石，浑身沉重。鲁迅先生说过，头顶华盖，对于和尚自然是成佛作祖之兆，但俗人头顶华盖就不免处处碰壁。这磐石对我已成为一种永远的华盖。不过，既已成为一个书罐子，锋芒已被旧书葬埋，至今依旧执迷不悟，那就继续在这罐中的旧径上散步，最多向原生态的天空仰望几眼了事吧。

未必要懂

元曦初临，披衣即起，未及洗漱，已有两本书向我招手了。

一本是星云大师的《金刚经讲话》，另一本是傅雷先生的《世界美术名作二十讲》。尚未确定先读哪一本，却不知不觉在《培根随笔集》扉页写下：会会老朋友，结识新朋友，放浪形骸，俯仰百世，欣有所遇，怡然自得。

我无意沙门，没有慧能的开悟天性，没有鲁迅读经的精心猛进，没有傅雷先生的中西文化修养。看看佛经，也觉天高地阔，理会到又一个思维领域，又一条路展于眼前；读读名画，也是我的登高望远，或许还是人类思维的又一最高境界；听听音乐，似乎与天籁接近，好像可以此与外星人交流。

我读书读画听音乐的体会是：不懂也仍然前行；借助一些辅导材料还不懂，但又多占一些资料，等于前行的路增加一些平阔。当然，我更明白，并不认为因此能懂，甚或更加不懂，也是前行了的不懂。我甚至想：**为什么要懂呢？心灵的感应以至灵通或者就在似懂非懂之中呢**。星云大师的《金刚经讲话》，是他几十年读经的体验，但他的体验只是他的体验，未必就是佛陀的本意。他自己也说，进入般若性海，探其堂奥，亦非易事。借他的通俗讲话，能划亮一根火柴，令听者闻者照到般若宝藏，只是他的希望，并不就是庄严的承诺。他的所谓"我注解《金刚经》心意"，还有一首诗，其中两句是："我今以蠡测大海，妄以凡心

第七章 半坡望霞

度佛智。"

《傅雷译著》以及他的《家书》，都是精品。《世界美术名作二十讲》，图文并茂，更是一本让人赏心悦目的好书。他不是一个随意的人，诸事求真。越是这样，随笔写得越见功力。傅雷是否通佛？看他的《家书》，是通人，未必通佛；看他的结局，至少是未谙佛祖真谛。我甚至认为，他对人生也未必懂。否则，或许是真通了，忙着及早到西天报到吧。傅雷讲，唯有学殖湛深之士方能知学问之无穷而常惴惴默默。**我是一个知学问之无穷虽常惴惴默默而未必求懂求知的人。**

"以悟性读书，字字站立"。据说这是从王国维、陈寅恪、钱锺书、朱光潜、朱自清、闻一多先生身上悟到的读书感悟。各位先生是否这样认为，未见其说。

读书不求懂，但有时也有一种站立起来的感觉。正是为了这感觉，才手不释卷。久而久之，反而认为人就是在这感觉中活着。哥白尼的日心说是在这样的感觉中诞生的，科学也是跟着感觉走的，而且只是一个阶段的感觉或感知而已。《道德经》五千言，也是老子凭自己在天地间的感觉写出来的，只是比别人的感觉天地更深广罢了。任何科学都不会穷尽真理，或者只是一种暂时正确的观点。任何哲学也不会穷尽真理，也只是一些暂时的观点罢了。这样说也并非真理，或者仅是一种错误观点。然而此刻我正是如此感觉与感知着。

书之恋

《画戏话戏》是一本让人一见倾心，看着舒心，找不到时挠心的书。总之，在较多的藏书中，它是让我特别动心动情的"一位"。

一天，想找出来看看，为翻不到闷闷不乐，妻竟认为我病了而关心备至。后来于书店再次遇到，看它静静地站在那里，灰尘满"面"，真像病了一样难受。大概是不忍心让它冷落吧，便像请老朋友一样请回家。倘若在书店还遇到，我会再买一本。不知这是否爱书情结，或者简直就是书之恋。**既然这个世界尚有同性恋，与书产生恋情也不算怪事。况且，不论是异性相恋，还是同性相恋，总会关系到性上面去，不仅是心之恋，而且是肉之恋。书之恋呢？只是心有所想，目有所视，即使到了结合阶段，也还是心有所想，目有所视**。最多也就可以兴，可以观，可以群，可以怨，乐而不淫，哀而不伤。

人生如梦，戏如人生。作者高马得被称为画戏话梦的高手。他走入梦中，又走出梦外，成为带着我们观梦、看戏的好向导。他的戏画，极随意的几笔，戏剧人物便活灵活现跃然纸上；他笔下似乎不经意的浓淡变化，竟是那样传神摄魂的简洁，简洁到令人不可思议。他的文章将诗的语言、散文的笔调、杂感的色彩融入一炉，令人爱看，耐看，不忍释手。我能说什么呢？我只能说：不是一流画家不会有此画，不是一流写家不会有此文，不是

第七章　半坡望霞

一流戏曲专家不会有此识。

读书人有个习惯，除了对老作者、老朋友的书格外关注，在冷静的时候和不冷静的时候，都希望在书中以各种方式与他们交流。当然还有书外之书和书外种种。读序，读书评，读争论文字，与朋友交谈等等，都是交流途径。

因为常与高马得先生神交，凡他的作品也就格外留意。同样出自高马得之手，且有许宏泉配文的《醉眼优孟》有黄裳和章诒和两篇序言。前者信笔写来，涉墨较多的是戏，可以起到与书与画互证；后者则对书、画、文无不有独到的品评。章诒和以景仰的心情赞曰：高马得的画就像草书一样，能把多余的笔墨一概删去，仅由几根线条支撑着整体框架，并传递出意蕴来；许宏泉的文字，则延续了绘画作品的审美功能，除了对画与我有"郊寒岛瘦"的品评以及给人以诸多启示，甚至觉得是带着我们一起玩猜谜语的游戏呢，舒心又养性。

我不是一个移情别恋的人，也不是对老朋友不真诚的人，但将对《画戏话戏》的恋情又移入《醉眼优孟》一些。不知这是否一种"婚外情"，但爱着《画戏话戏》，又恋上《醉眼优孟》，也不算移情别恋，而是相恋成双，而且并不反对自己相恋成群，越多越好。或者说，我本已与《醉眼优孟》产生恋情，加之黄章二序像月下老人抛出红线，牵得我不能不与《醉眼优孟》陷入深深的热恋中。

云端上的"悖论"

《老子》,或者说《道德经》,是对我折磨最严重的一部书。它总是让我通过岁月的流程,走入遥远的过去,让那些清晰逼真的、模糊博大的、波澜壮阔的、五彩缤纷的、气象万千的图景,一再地呈现,跳动,收束,放大,激荡,幻变……

余秋雨先生说,老子是云端上的悖论,中国人应该记住他说过的"为无为,事无事,味无味"。云端上的事,我是不知道的,而且我相信,许多人热衷关注上面的事,只是关注而已,所知还没有报纸说出来的多。至于为什么关注,就各有所图了,而且这图怕是也较为模糊,甚至简直就是不为什么,随流而已,惯性而已,习惯而已。

做到"无为而治",是很高深的政治哲学;实现"清静无事",可以说是落实这政治哲学可能的结果。一说无味的"味道",就是"无为而治,清静无事"的味道,并且认为这种缺少政治刺激的味道,才是治国的真味。

世人对《老子》总是能读出各种味道来,或者说读出各有心思来。不说过去的大哲们,就说现在的大学者。对于这三句话,楼宇烈说是:"以无为为居,以不言为教,以恬淡为味,治之极也。"王孺童说是:"圣人以无为治天下,以无事取天下,以无味品天下。"张国春说是:"以无为的方式去作为,以无事的原则去做事,以无味的态度去品味。"茫茫夏夜何为泱,莫过学人

第七章 半坡望霞

读书忙。计较而言,**我更愿意相信,体会"无味"的味道,才是体会生活的真味,文学的真味,禅的真味。**

据说夏夜乘凉,抬眼望着浩渺的星空,可为遥远的、来自宇宙的光线作无私的激动,这样就会有哲学。我的仰望没有如此激动,却可以在仰望中体会"无味"的味道,并且无端地认为,老子在无私的激动后产生的是"和论"。此"和论"早已得到历代帝王和道学先生的落实,太和、中和、保和的理念早已得到普遍的运用。究其本质的本质、核心的核心,大概仍然是"为无为,事无事,味无味。"

我在懂得抬眼远望的时候便听说,《道德经》是一部格外管用的书:用其一二,即可以内圣;用其毛皮,即可以外三;用其骨髓,即可以天下大治。为此,还有人打过这样一个证明材料,或说作过如是预测:只有当人性的自由同性道德取得一致的时候,这个世界便宣告最后成熟了。

我读书从无野心,只是觉得《老子》的道理很宽厚,表达方式很醇美,是喷不完的活水,装不满的漏斗;是寒碧的凝静,夕阳的寄怀,秋夜星空下的交谈。或许,这正是我走不出、享不尽、累不完的原因。

然而,在我睡到似熟非熟的时候,却梦见太阳掉入海里边,折腾半天上不来,洒下一堆羽毛,激起沙鸥一片。这是否"为无为,事无事,味无味"呢?

"崎岖"的诱惑

上世纪末上溯十五年,我买过一本支票簿大小的书,几毛钱。书中记述了行医上的许多怪人、怪事、怪病。

说怪,其实是不常见的常态罢了,但奇味也就由此而出。搬家时,弄丢了,至今还很想念它。现在想来,对于捉字弄文,这未必不是一条路。不过,这恐怕只是一条拐着弯的小路,算不得康庄大道罢了。

因为它强化了我的猎奇意识,勾起了我在文学道路上攀登崎岖的欲望,所以至今还对它怀着一份感激。在它的诱惑下,我对《燕山医话》《长江医话》《南方医话》《北方医话》,都有光顾。不为学医,只为领略其中的奇味,感受"崎"和"岖"而已。《北方医话》中的《阳光新解》《秋冬养阳》《南方医话》中的《阳用为重》《"火腿"心悟》,都奇而有味。

崎岖的诱惑是永远的。只要不走火入魔,追着"崎岖"走,仍是一条文学的路。幽默也是我的神往,只是至今仍不明白它的底细,不明不白喜欢而已。读了鲁迅先生的《从幽默到正经》、《从讽刺到幽默》,我从崎岖中更感到崎岖。这是发自地面的声音,是沉重而非幽默。或者也有讽刺,却是最扎实的战斗。

王瑶教授指出过,早期文言论文、《野草》《故事新编》,是鲁迅研究领域的三个难点。研究者认为,难在文体与思想多重纠葛,殊难深入。**其实,也与屈原一样,鲁迅最引人入胜,最有**

味道处，正在这崎岖中。在深入的过程中，每攀登一段崎岖的险路，都有无限风光展现出来。这也正好说明诱惑正在崎岖中。

爱尔兰人说，当第一缕光刺破黑暗，带来令人难以置信的乳酪似的鲜亮和柔和，那感觉是惬意无比的。**与神奇与幽默接触，尤为惬意**。人在感觉上的需要与追求，并不限于视觉、听觉、闻觉，以及体温的接触。而要领略最美的感觉，就要快乐、大气、执着地接受"崎岖"的诱惑。

背影相似

张五常在《南窗集》序言中说:"俞伯牙与钟子期的故事,在今天的社会虽然少之又少,但对我这一辈在西湾河长大的人总有一点感染。"

他的西湾河情结,并不限于西湾河,也不限于长江黄河。他除了以美国老师为参照,还说过:**"我排第二,茅于轼,我的朋友,他排第一。"** 以往我没有读到茅于轼先生对张五常先生的评论。经查,得到一条:茅先生认为,那样的排名"没什么意思","我不能跟张五常比,他是个天才"。有人尊称茅于轼为"经济学界的鲁迅"。他明确表示:不比张五常,不敢当鲁迅。这是难能可贵的自知之明。明白泰山之上还有天,沧海之下还有地。

眼睛是观察的心灵,读书是心灵的游泳。就我破云而读的结果看,他们两位的经济学随笔,一个疏朗大气,弥漫着狂泼;一个深厚亲切,骨爽生辉。我的印象是:两位面目各异,背影相似,心灵是否相通就不知道了。

近日,首都的一位前辈问我:你对张五常怎么看?我脱口说出:喜欢他的文章。他非凡,但太狂了,太狂是对非凡严重损害。并说,茅于轼也有独立意识,铁骨铮铮,却没有狂到忘我的地步。

据说,张五常很乐于随遇而安,随意所为,独断独行。他对

第七章　半坡望霞

口口声声为他人谋幸福的人存疑尚可理解，可能是相信规律与法则，不相信觉悟。但我总觉得他已随意到出格。他说念大学时读《资本论》，老早就知道老马胡说八道；并说从上世纪六十年代后就很少读书了，与其读书还不如到十字街头看美女的屁股。他自己设问："文采何物？"自答："怪物也。"怪在何处？答案是："文采与气质、遗传有关"，并以他的父亲、儿子、女儿为例佐证。

我欣赏他的直率，更欣赏他这样一句话：科学上的学术，从来都是由"不明白"引起的；而毕生为了"要明白"而生存，就是学者。同时，我更赞赏星云大师所说的，明白自己所学不足，不会自得自满，不可一世。

写到这里，感觉似乎跑题，细一想，又觉得并没有跑出太远。有人将毛泽东的《沁园春。雪》和刘邦的《大风歌》相提并论，认为一样的巨人胸襟，浪漫情怀，一代雄主的豪阔胸怀。其实也只是背影相似而已。

我的检讨：我对张五常先生说三道四，其实难免井底之见。我在这本小书中多次说到张五常先生的一二三四，以至三四五六，根本上还是对他的神往而敬重。但所神往的不一定都推重，所敬重的不一定都满意。不过，我对自己的井底之见更不满意。

器识为先

"器识为先"这句话是宋朝可谓大官的刘挚说的。刘挚,字莘老,谥号忠肃,嘉祐四年中进士甲科,为官能力出众,政绩卓越,一生刚直不阿,官至御使中丞、尚书右仆射、光禄卿。

毛泽东很赞同此说,说过政治家、历史家都应该有大器识。还说过欧阳修的《朋党论》"似是而非",曾巩的《唐论》"什么也没说",苏洵的《谏论》"空话连篇","皆读书人欺人之谈",根本上还是"器识"不够。唐宋八大家尚且如此,可见有大器识之不易。无怪乎有人要说,一为文人便无足观。

毛泽东赞赏贾谊的《治安策》和《过秦论》,看重的也是他的器识,是"贾生才调世无伦"。说过,《治安策》是西汉一代最好的政论。《过秦论》讲了"仁义不施,攻守之势异也"的道理。全文切中当时事理,有一种颇好的气氛,值得一看。特意写信推荐给秘书田家英,并转告陈伯达、胡乔木有兴趣一阅。鲁迅先生也说过,《过秦论》与《治安策》"为两汉鸿文,沾溉后人,其泽甚远。"这"其泽甚远",主要是"富有远见的大器识",当然还有文质俱佳的文风。

毛泽东还说过:"汉朝有个贾谊,写过一篇《鵩鸟赋》,我读过十几遍,还想读,文章不长,可意境不俗。""不少人就是想不开这个道理,人无百年寿,长存千年忧,一天到晚想那些办不到的事情,连办得到的事情也耽误了!秦皇、汉武都想长生不

第七章 半坡望霞

老,到头来,落了个'万里长城今犹在,不见当年秦始皇'。其实,任何事情都不过是一个过程,人的一生也不过如此,有始必有终。"

在毛泽东眼中,屈原流放而后有《离骚》,司马迁受腐刑乃发愤著《史记》《后汉书》写得不坏,许多篇章胜于《前汉书》;《旧唐书》比《新唐书》写得好;以及他倡导阅读的《吕蒙传》《张鲁传》《郭嘉传》《黄琼传》和《李固传》,都可以从器识的角度去理会理解,并作深入研究。

"所谓器识,应该包括观察事物的敏锐眼光,判断时事的深刻洞见,处理人际关系的练达胸襟,以及知行合一的行动能力。"**掌握了知识不等于拥有智慧和才华,拥有智慧和才华也不等于具备了政治识见和谋断能力。有多大器识成就多大事业。**

孔子主张"志于道,据于德,依于仁,游于艺。"并且说过"士先器识而后文艺。"我想,这应该是"器识为先"最全面的落实。我不知道与毛泽东打交道并不少的陈伯达是正面榜样,还是反面教材。他应该也是一位主张"器识为先"的君子,或者说落实"器识为先"的小人。据说他读书很多,有点呆气;文章写得不错,受到毛主席的赏识和器重;又据说他见到朋友的口头禅是"有什么消息吗",时刻不忘摸"来头",观"风向",随时准备政治投机。应该说他是"器识为先"了,才华也可以望贾谊的项背了,但没有全面落实孔夫子的"四句话",结局也就自然而然了。

我还见说六十年代出版的《马克思全集》第三卷,第368页有"政治理论观念摆脱了道德,所剩下的是独立地研究政治的主张，其他没有别的了。"靠圣君明主来引导天下的英才是不行的，要靠建立一种正确的政治运行机制才是根本办法。

　　这几年微信已成为一个汪洋智慧库，也是器识库。一位朋友发来微信问我毛泽东著作《愚公移山》是否已从中学课本中移除，移除与否姑且不论，一位十五岁的少年的器识着实令人高看。他在文中所说的"周密的计划比坚定的信念更为重要"以及"为何工业革命后我国会远远落后于西方的原因"的思考，更是切中要害，一针见血。为此，我在给朋友回信中说："文中观点应成为中华民族今后的方向！"

第七章　半坡望霞

讨论才出好文章

　　文章是讨论出来的。《论语》是，《庄子》是，《吕氏春秋》也是。庄子和惠子是讨论对手。孔子和他的弟子，吕不韦和他的门人，建安七子，竹林七贤，都是不可多得的讨论集团。就连鲁迅和他的学生与论敌，胡适和他的朋友圈子，也都有很好的讨论以至争论环境。我虽然是从别人的传神之笔中得知的，然而至今《毛泽东选集》定稿时讨论的笑声还响在我的耳畔。

　　我从广泛的感受中感受到：**自我讨论，未免狭隘；大范围讨论，多数时候无此可能；有几位朋友讨论也是好的，但需要志趣一致，哪怕是争论的兴趣。没有一致的志趣，生拉硬扯到一起，可能是同苦共受；只要有兴趣，意见不统一，形成争论反倒是好事。**

　　大志趣是由大目标构成的。大目标何在？我暂时还不知道。目前，只能说谢谢各位老朋友参与我的消遣。或者说我尚不死心，仍想争点存在权，我的笔名"未无"就有此意。往大里说，还是有点不知天高地厚，或有天外之想。无此，打打麻将之类或者也无不可，何必一条道走到黑呢？

　　有道是"成者为王，败者为寇"。这是大不安分者的所为。像我这样，最多算小不安分，或者与"成者为荣，败者为丑"多少沾一点边。

　　现在，不少人都在走成"板"之路。我在此路的入口处所看到的只有"此路不通"四个字。人生真是可笑,许多大老板,除了富阔显赫,到头来想争到的也只是一点可怜的话语权。吕不韦买卖做到期货皇帝,也不过如此吧。然而终因权欲过大,丢了吃饭的家伙。

人到至高处,成名成家还算不上,包括成仙成圣、成佛成道,都不免在不可知之数中挣扎。这或许正是不少人怎么快活怎么过的原因之一吧。我想,在正路上挣扎到底,即使到不了西天极乐世界,也比追求快活堕落而入地狱要好。"堕落"这个词,在中国或可为腐化的代名词,在西方或曰《圣经》中原本就是追求快活的恶果。

有时候我忽然觉得自己的心很大,其实不过很小而已。连毛泽东到了风烛残年,也对来访称颂他的尼克松说,只能管管北京附近的一小片地方。他是从大中看到了小,或者从大处看到更大。他毕竟是一位世界伟人啊!

时下,贬损毛泽东很时髦,好像是为正义和公道,其实不过是小人发病而已。

我怎么忽然写下这样一些话呢?这应该不是《讨论才出好文章》的提纲,也不是要义。不过,忽然想到了,就悠悠写下来,还能忽然到哪里去呢?

第八章 敬仰简洁

"风华从朴素出来,幽默从忠厚出来,腴厚从平淡出来。"

敬仰简洁

我喜欢（看）薄薄的"大书"。

这薄薄的"大书"拿在手中玲珑，读起来惬意，很快读完后放心，回味起来余韵无穷。

规模很大，却化整为零的"六元本"、《毛泽东读史》《胡适之先生晚年谈话录》《六祖坛经》、《人间词话》，都很薄，都是简洁的范本。鲁迅著作单行本《野草》《朝花夕拾》《阿Q正传》，插图本《呐喊》《彷徨》和《〈野草〉艺术谈》更是薄而玲珑，无不让人敬仰。《鬼谷子》《冰鉴》《玄奘精神》《洛阳伽蓝记》都在此列。数不胜数啊！

敬仰简洁的情怀，绝非我个人独有。维特根斯坦就说过，**能够使精神简洁的努力，本身就是一种巨大的诱惑。**

精神的简洁要通过文本的简洁体现。作为承载精神和物质灵魂的书籍，难道不应该追求简洁，力求简洁再简洁吗？叔本华说得尤其好：用很多话来说很少的思想，处处是平庸的标志；而把很多思想包括在很少的话里，则是卓越头脑的标志。他甚至说："真理赤裸着最美，它的表现越简单，它所造成的印象便越深刻。"

即使仅从体力考虑，我也是一个"拈轻怕重"派。好像鲁迅先生也很畏惧砖头一样的厚书。我不敢引为"同道"，却可尊为"先驱"，因为我也同样不愿忍受"正襟危坐"和"两臂酸麻"。

第八章　敬仰简洁

大约在我这个年龄，鲁迅先生写过一篇《病后杂谈》，谈到"看洋装书要年富力强，正襟危坐，有严肃的态度。假使尔躺着看，那就好像两只手捧着一块大砖头，不多功夫，就两臂酸麻，只好叹一口气，将它放下。"我将这一段随谈看作讨伐"厚厚的"檄文。

简洁，是文学大家的共同追求。鲁迅先生主张，不仅写完后至少看两遍，竭力将可有可无的字，句，段删去，毫不可惜；而且宁可将可作小说的材料缩成速写，决不将速写材料拉成小说。在报上发表文章曾被误认为鲁迅的唐弢先生，对简洁也很追求和敬仰。他被误认为鲁迅，就是因为他的文章像鲁迅一样简洁、犀利而深刻。

胡乔木曾发表文章《短些，再短些!》，不仅把鲁迅的话作为力求简洁的警钟，而且把文章的简要提高到了党风和文风的高度来提倡。

有人说《管锥编》的每一个字都是用戥称出来的，钱锺书自己说："我既忻忻自得而更慄慄自危。"对用好用省一个字都深感欣慰，尤其时刻保持用错用多一个字的危机意识，正是钱锺书先生长期养成的习惯。

要在大家巨匠中挑出简洁的魁首来，古代的，包括孔、老、庄、屈和唐宋八大家就不说了。现代的，中国，我首先想到鲁迅。外国就更多了：莎士比亚的简洁之所以是超级的，是因为他的作品的语言具有管弦乐一般的音域，把古典文学素材巧妙地化为风、火和水晶，把尘世中普通的事物化为神奇，熔铸为取之不尽的思想和艺术源泉。托尔斯泰的《安娜·卡列尼娜》前后修改上百次,**一篇小说原稿八百多页,发表时只有五页**。福楼拜不允许自己在同一页上两次使用同一个词。海明威一只脚站着写作,对本已简洁的文稿用大板爷砍削。契诃夫更是以简洁著称,高尔基赞扬他只用一个词,就能创作一个形象,只需一句话,就可以创造一个短篇故事,而且是绝妙的短篇故事。托尔斯泰也说,在技术方面,他比我高明。被誉为"英国的契诃夫"的卡特琳·曼斯德甚至说愿意用莫泊桑的全部作品换取契诃夫的一篇短篇小说。

概而言之,简洁是天才作家们的共同的特征,也是天才作家们无不共有的心结。上述所列中外各位天才大家,有哪一位不是天才呢?又有哪一位不是简洁的典范呢?然而,我依然要说,我对简洁的敬仰超过对天才的敬仰。

我敬仰简洁是真敬仰,力求简洁也是真诚的。中国的老子主张宠辱不惊,以天下苍生为重。西方的耶稣却对他的门徒说,凡不接待你们,不听你们话的人,离开时就把脚上的尘土跺下去。关于做人的宽容大气,我敬仰老子;对于作文的简洁,我宁愿遵循耶稣的决绝态度。

第八章　敬仰简洁

语言范本

《共产党宣言》这部书，是两个青年共产主义者写的。毛泽东是二十七岁时读到此书的。我在上世纪七十年代，接受晚年毛泽东向全国人民发出的指示始读此书，略小于他们的年龄，是二十四岁。

我读鲁迅的《阿Q正传》是二十一岁，比读《致颜黎民的信》和《祝福》迟十年。《致颜黎民的信》当时可以背下来，那样一种异样的、与众不同的、气质性的感觉，几十年后都没有远去。我相信，此种气质或者作为一种信息，或者作为一种暗示，或者作为一种生长剂，至今还在我的细胞里发酵和生长。

再后来，也就是二十年前，中央编译局的一位朋友送我一部《共产党宣言》，是纪念版，硬盒包装，中德文对照。不能说我完全忽视这部经典著作的思想教育，但更着意于作语言范本欣赏。我经常想起徐迟的两句诗：诗崇毛主席，文拜马克思。这是那个年代许多文人的心灵标记。当年，我看到这两句诗，觉得说出了自己想说而说不到如此好的心里话。想请书法家写成条幅挂起来，一则居室太小，二则感觉对我而言，有自吹自擂之嫌，也就罢了。我当时的年龄正是毛泽东在延安窑洞同斯诺谈起此书将他引向共产主义的年龄，已40多岁。当时，面对如此精美的读本，心里不免激动，作为语言范本，下过一点功夫，为不懂德文英文遗憾过很长时间；现在翻开看，画过横线的句子有：

"《共产党宣言》的任务，是宣告现代资产阶级所有制的彻底灭亡。"这句话是何等的简洁、明了、有力，毫无躲躲闪闪。我们常说马恩敲响了资本主义的丧钟，这无疑是最响亮的宣言和钟声。

"本版序言不幸只能由我一个人署名了。马克思这位比其他任何人都更应受到欧美整个工人阶级感谢的人物，已经长眠于海格特公墓，他的墓上已经初次长出了青草。"这满怀深情的话语，准确地传达出两位伟大革命导师的深情厚谊，有感情而无感伤；有充分敬重而无丝毫吹捧；有透明的诗情画意而无任何刻意的语言雕饰，是发自心底的自然流露。接下来的表述，既精炼地表达出马克思的一个基本思想，又恰如其分地传达出恩格斯与马克思的伟大友谊及其广阔胸怀。我读后，只记得前面的情感表露，没有记住后面的重要思想，足见我读书的本末倒置。

"一个幽灵，共产主义的幽灵，在欧洲游荡。为了对这个幽灵进行神圣的围剿，旧欧洲的一切势力，教皇和沙皇、梅特涅和基佐、法国的激进派和德国的警察，都联合起来了。"一个伟大的开头！我没有在任何别的文件和文章中见过如此博大阔绰的开头。神圣、向往、激动、沉着，心头最庄严的震荡，都在其中了。中国的文章大家中，苏东坡是很重视文章开头的。然而，像他在《潮州韩文公庙碑》的"匹夫而为百世师，一言而为天下法，是皆有以参天地之化，关盛衰之运。"不能说不精辟、不大气、不妙绝，也被称为"起笔非凡"。相传有此开头，才一扫而下，形成排涌直前的文势。但我总觉得，相比之下，前者是放声

第八章　敬仰简洁

歌唱，是黄钟大吕，声愈远而波愈广；后者是捏着嗓子低唱，是招魂的钟声，更宜于在士大夫之间把玩。

"共产党人从来不屑于隐瞒自己的观点和意图。他们公开宣布：他们的目的只有用暴力推翻全部现存的社会制度才能达到。让统治阶级在共产主义革命面前发抖吧。无产者在这个革命中失去的只是锁链。他们获得的将是整个世界。"春雷般的号角，春雷一样的语言。这语言传达出来的信息，是时代的最强音，是雷声一样的音讯！其革命性和战斗性都达到无以复加的境界。

最好的讲话，是恩格斯《在马克思墓前的讲话》。古今中外所有政治家、科学家、作家、诗人的讲话，在我看来，都没有出其右者。

汉语研究专家王力说过，中国语言是成双成对的。大概不仅是由于翻译的原因吧，马克思的语言也有成对而出的特点，这一特点正与对立统一的辩证法相合。语言形式有整齐的美、抑扬的美、回环的美，都是音乐美。朱光潜先生说得好，文学是以言达意的美术。叶圣陶在列举了豪放、冲淡、自然、清奇、委屈、旷达、幽秀、高超、雄放、清脆、含蓄等文字品格后，总括为"言为心声"，什么样的人有什么样的文字品格。顾随先生说得更深刻：形、声、情三位一体为"立文之道"。我以这中国气派的看法回头再看马克思，依然更觉其伟大。不过，面对这伟大，我更憎恨自己的不懂英文和德文了。倘若能懂这两门外语，也许便能在更近的距离上感受马克思的伟大及其语言的魅力了。

散的艺术

林散之的书法，散的艺术用得好。

毛泽东的书品，也充满疏与密、松与紧、齐与不齐的辩证法，散的艺术用得更好。

我曾用中庸思想谈论书艺，一位书法家来信表示赞成。后来，我又从林散之的书法中觉察，中庸思想体现在"散"上，境界更高。

一种境界其实是很难用语言表述的。所谓"散"的境界，我仅仅可以说出来的是：林散之的书法，最善于通过调和齐与乱、粗与细、大与小、长与短、疏与密、松与紧、浓与淡、正与斜、润与枯，放心自然，提练自然，极造神奇。这神奇，依然是散的艺术：散而不乱，散得宁静。

我还想说，"散"的境界来自深厚的学养和非凡的历练。林散之本人，以耳聋，自叹散材——无用于世，高居江上草堂，不求闻达，潜心诗、书、画，号曰"三痴"；他尤耽碑帖，日日求索于唐、晋、魏、汉之上，周旋于锺、王、颠、素之间，"散"的登峰造极；同时，他也是又一个司马迁，"读万卷书，行万里路"。不过，还应加一句：写万里诗。

写到这里，其实我想说的"境界"并没有说出一二，最多只是在向此进入的时候，看到"非风景区"沿途的一些支离不整的风光罢了。在"进入"的途中，又遇到弘一大师。他是又一位

第八章 敬仰简洁

"散"的艺术大家。他的字、诗、画,境界都极高,其散的艺术境界也许更高。他的字,散而平,清而润,枯而灵,可以平心,可以养性。他的诗,宁静潇洒,悠扬致远,以静为帅,以散为格,从人间来,又走出人间去;从天上来,又走出天外去,散的境界地高天阔。他笔下的罗汉,线条极简极圆,极厚极深,没有一点烟火气。有人用"那灰烬是清寂的春晓"描绘他的艺术人生,从中可以领略散的气息,静的灵魂。

一位识者认为,林散之是座高峰,近百年来无人超越。他悟得了生命的真谛。他的字脱离了烟火气,登上了高峰。或许,我读林散之没有这么深,只是从"散"进入,触到了一点"生命的真谛"。**但我还是认定散的艺术是大艺术。书法达之于"散"与"静"的统一,很不容易。"散"是整肃的"散",散的大气而无浮躁气和烟火气,散出丰满与廓大,才算散到家;"静"是飞动的"静","静"要统辖全体,才成局面。**

不唯书法如此,文与诗,也以"散"与"静"为高境界。天上的白云散开来,并非风的力量;宁静的时候,那些本来附在身上的纷乱悄然落地。

宁静的心流出的文字最简静。这时候,"散"也最心安理得。

简静不是化繁为简,不是静若止水,而是丢掉纷乱,求得平和娴雅,粗阔大放,还有超逸。

宁静的月亮是简静,不带任何杂音;宁静的小河是简静,只有缓缓流淌;宁静的大海是简静,只有壮美和阔大。静与散统一，才安详大气，才是有魂的散的艺术。

有这样几句诗：诗从何处寻？在细雨下，点碎落花声；在微风里，漂来流水者；在蓝空天末，摇摇欲坠的孤星！这可能就是散的艺术的格局。书圣王羲之所说的"仰观宇宙之大，俯察品类之盛，所以游目骋怀，足以极视听之娱，信可乐也"，或许可以说是散的艺术的范围。"忽然在前，然而在后。尽日寻春不见春，芒鞋踏遍陇头云，归来笑拈梅花嗅，春在枝头已十分"，大概就是散的艺术的灵魂和本质吧。不过，我这样说，仍然难以说到散的艺术真景的一二，只能是"进入"途中的一点拾零。

第八章　敬仰简洁

一句一个月亮

"以琐细的小事体现博大的爱",是《怀大爱心,做小事情》一书百千箴言中的一言。她的每句箴言背后都有一个或几个感人的故事,是由故事证实的箴言,可以作为座右铭,可以是衡量社会道德的尺度,甚至可以称之为经典。再说大一点,任何一种形态的社会制度,都可以从中找到自己的法典。

《中国诗典　序》称,诗人多如牛毛。诗,自然比牛毛更多。有人调查后得出结论:猫已不再吃老鼠。是猫多,还是鼠多,已成为一个未知世界。诗人不读书,诗评家不看诗,成为不屑与老鼠打交道的猫。因此,把白羊从黑羊中分离,把李白从汉字里挑出来,就成了一件极其繁难的事。

不管诗评家是何用意,我的感想是:与其去读"多如牛毛",还不如读读"一句一个月亮"的《"怀大爱心,做小事情"》,因为此书的每句箴言都不仅有月亮的光洁,而且有月亮的温馨。

这本书的作者特蕾莎修女,是一九七九年诺贝尔和平奖获得者。全世界至少有八十多个国家的首脑、政府和各大领域的机构以及各方面的国际组织,向她颁发过崇高的荣誉和奖项。她创建的组织有过四亿美元的资产,世界上最有钱的公司都乐意捐款给她。她手下有七千多名员工,还有数不清的追随者和义务工作者分布在一百多个国家和地区。她认识众多的总统、国王、传媒巨头和企业巨子，并受到他们的仰慕和爱戴。然而，她的住处唯一的电器只是一部电话；她穿的衣服，一共只有三套，而且自己洗换；她只穿凉鞋没有袜子。她把一切都献给了穷人。她从十二岁起，到八十七岁去世，从来不为自己，而只为受苦受难的人活着。她对困难人群的帮助、给予的不仅是物质需要，而且是爱心，是尊严，是感到自己被人爱。她被尊称为平民的圣人。她的箴言字字珠玑，意韵深远，感人肺腑，据说全世界有近三分之一的人阅读过她的箴言并在生活工作中践行。前联合国秘书长布特罗斯?加利说："她就是联合国。她就是世界和平。"前美国总统克林顿说："她的行为对我们是一种激励，一种挑战。"挪威诺贝尔颁奖委员会主席约翰?萨内斯引用世界银行总裁罗伯特?麦克钠马拉的话说："她肯定了人类尊严的不可侵犯，以最为根本的方式促进了和平。"这与陈寅恪先生曾说过的："**一旦忽易阴森惨酷之世界，而为晴朗和平之宙合，天而不欲遂丧斯文也，则国家必将尊礼先生，以为国老儒宗……**"所指虽有不同，却不但"异曲同工"，而且在普适价值观中最应普世、最应珍贵、最应推重、最应是永久的价值观！世界和平、人的尊严、文明斯文，难道不应如是吗？

我不是羡慕这么多大人物都尊敬她，当然大人物尊敬一个好人是值得崇尚的，我是尤其敬佩而且羡慕她的根本价值。**这是人类最有价值的价值，最根本的价值，最需要的价值，最需要提倡的价值。**

我喜欢读书，更喜欢读好书，尤其喜欢读受人敬仰的书。我

第八章 敬仰简洁

很不满意自己喜欢读却记不住的天性。这样一本让我敬仰的好书，我读后只记住三句话：

一句是：最好的老师？儿童。

还有一句是：最宝贵的礼物？宽恕。

再一句是：最好的休闲活动？工作。

不过，我总想将第三句中的"工作"改为"读书"。

最后，我想申明她箴言中的以下几点：

——人们不讲道理，思想谬误，以自我为中心，不管怎样，总是要爱他们。

——如果你做善事，人们说你自私自利、别有用心，不管怎样，总是要做善事。

——如果你成功以后，身边尽是假的朋友和真的敌人，不管怎样，总是要成功。

——你所做的善事明天就被遗忘，不管怎样，总是要做善事。

——诚实与坦率使你易受攻击，不管怎样，总是要诚实与坦率。

简素苦涩

关于文章,我未必往经国大业、不朽盛事上想,倒是对曹植所谓"未足以揄扬大义,彰示来世",有些同情和同感。

我也知道有人推许《韩昌黎集》"洞视万古,愍恻当世,遂大拯颓风",但还是对读起来闲适,想一想轻松,摸一摸飘逸,闻一闻清雅的文字较为倾心。**虽然对鲁迅的深刻情有独钟,但钟爱的好像也不是他的立在当下,深谋远虑,考问灵魂,拆除方圆,打碎枷锁。**好像是因为对悠然舒心有点不大满足,便想靠近深入骨髓的深刻,浓郁深沉的大气,性颇酷忍的冷静,攫人心魂的犀利,令人颤栗的意象,天马行空的悠远。

我也曾走近梁实秋精致的俏皮,林语堂放肆的幽默,丰子恺天真的雅趣,徐志摩浓艳的奔放,对冰心的纤侬委婉,叶圣陶的工整练达,何其芳的诡谲奇异,也曾有过未必心慕手追的向往。但当我深入品味周作人的简素苦涩之后,对以上"各味"的"回望"似乎淡了。当然,对鲁迅味仍然难舍难分。

我不知道周作人的简素苦涩有何来历,怎样构成,走向何处,却也陆续看到下列评说:

——那是刊落浮华,枯淡瘦硬,而腴润自在其中。此说,好像与书法有些神通。

——那是连类抄引,连缀点染,峰回路转,变化多端,极萧廖闲远之致。这似乎是与陶渊明套过近乎。

第八章 敬仰简洁

——那是因为性格中的曲折，转移于文章。短短一节，至少有五个曲折；一个长句，也或许一波三折；每一层都是一个由正到反或由反到正的转折。如此行文，才与鲁迅是真兄弟。

周作人自己说，着重拈出一个"苦"字，是以苦味为自己的真味，并感谢能欣赏他的真味的人。他也承认自己的文章有"闲适"的一面，但仅仅是"貌似"，仅仅是"近于"。他担心这一面"误人"，总怕读者一味跟着闲适下去。

我对"简素苦涩"是喜欢的，对周作人的调味能力是神往的。但是，没有深邃的眼光，没有将人间黑暗穿透的思想，再高明的调味师，也会使浮萍断水，成为仅有斑斑皱纹的老抹布。相比之下，同样是面对风沙扑面，虎狼成群的时代，鲁迅总是善于透过纷纭复杂的现象，迅速切入本质，"简括"的提炼，敏捷而明确的判断力，"提挈全般"的"写意"式的思维方式，深刻与简明、锐利相统一的战斗风格，及其严峻的人生态度，何止相差千里？谁是谁非，谁更值得敬佩和追循，难道不是不言而喻的吗？

简　白

　　善于化深奥为通俗，赋古书以新意和新生，做平易、明白、清新、晓畅文章，是胡适的本事。但他的文章也不免有饮白开水的感觉。这恐怕也是如此而求，只能如此。

　　据说，胡适将明白晓畅贯彻始终，又善于领导潮头，所以，以浅白成就伟大。**这使我想到，除了其深厚的学养底子，大概正是观察天候得到某种启示。**

　　鲁迅的深刻、深厚、渊博、犀利，无人能比。而且，他的深，深得简洁、深得灵动、深得斑斓、深得天马行空。他上观天宇，下察地狱，冷视灵魂，热看死火，仰望猫头鹰，俯识墓碣文。他从细胞看到宇宙，从宇宙看到细胞，将细胞与宇宙一并查看。他直面的不仅是人生，还有人死。**相对如此深刻，鲁迅也是简白，但他简白的痛切，痛切到骨子里去了。**木心先生讲，伟大的艺术常是裸体的，雕塑如此，文学何尝不如此。对此认识，我未必这样深刻，却也想到鲁迅先生是最懂裸的艺术的伟大艺术家和伟大的思想家。他最善于揭去伪装，还原真实；拨去虚伪，还原本真和本来。对别人如此，对自己也如此。对事物如此，对灵魂和思想更如此。但无论如何，体还是要的，无体便无美可言。

　　李慎之先生的看法是较有代表性。他认为：鲁迅在中国文学史上独步千古，散文诗《野草》简直不是人间笔墨；胡适当然也是个人物，但他软弱，易妥协，同鲁迅比起来"不像一个战

第八章　敬仰简洁

士",而且显得"浅薄"。不过,在我看来,这"浅薄"主要在文字,不在思想。**善于用简白以至"浅薄"的文字表达深刻与深远广大的思想也是胡适的过人之处。**

孙郁先生这几年对鲁迅与胡适的比较研究越来越深入。他将胡适的文章与鲁迅比较后认为:胡适只是个理论上的自觉者,其文体既无鲁迅那样厚实,又无周作人那样典雅。看鲁迅的文字,隐隐有魏晋风骨,佛家气象,也夹带着日文式的明快。胡适的文章缺乏深层次的精神意象。他的文字既看不到徐志摩式的欧化,又无周作人的明清小品调式,**但却以平实、清淡的语气,把读者与自己的距离拉近了,并以其干练、透彻的文体,简白明晰的句式,表达深切的思想,透出哲人的智慧。他既不取宠于庸众,又不媚俗于贵族,确是我们文化中稀有的品格。**

孙郁先生进而指出,胡适的文字像清澈的流水,百转千回之中,层次分明,赏心悦目。读他的文字,心会静下来,晦气与烦躁也随之而去。这是一片宁静的草原,上面是和煦的阳光,柔和的暖风。人性已从畸形和苦涩中走出,剩下的是一片祥和。为此孙郁先生感慨道:**不是所有人都有这样的大度和祥和。要学这大本领,由繁入简,由重入轻,非十年八载的苦功,不能为之。**这正如飘飘道人,修炼时心神苦度,出山时一路轻风。胡适的简白易解,是经历过精神炼狱得来的。

胡适的大度和远见,也包括对鲁迅的态度。有一则资料称:胡适曾告诉周纵策:"鲁迅是个自由主义者,决不会为外力所屈服,鲁迅是我们的人。"为此,李慎之先生说,由此可见胡适知鲁迅之"深"。这个"深"字别有深意。胡适承认鲁迅的深,但并不以鲁迅为楷模,文章仍是"胡适特色",是"我走我的路"。

朱学勤先生说,他时常想起鲁迅,想起胡适,想起钱穆,不太想得起梁实秋、林语堂、周作人。并说那样的时代造就了鲁迅,造就了那样的文风,那样的批判精神,鲁迅是做不出、也留不下钱锺书那样的学问的。

第八章　敬仰简洁

补苴罅漏

"地球装不下我的心，我随庄子到太空探寻。"读范曾《庄子显灵记》，引出如此狂想。不过，并没有狂到摘星吞月，心灵空间还是不大。

范曾不是另类，也非奇人，或许因为腹笥宏富、奥博精深吧，便给人"另"与"奇"的印象。随缘设法，简貌取神，诗画交融，无不玄远冷峻，高简瑰奇。我虽愚钝，却也经不起耳濡目染，偏又甘愿受此补苴罅漏。有此虔诚，才有庄子显灵，范曾补苴，令我从天空与地脉的连接中获得意蕴空灵、温厚纯朴、且虚且实的四个字："旷思敛语"。

范曾是当代大画家、大诗人、大散文家。他的画、诗、文章，我都喜欢，尤其喜欢这本《庄子显灵记》。此书到手后，我在太原飞往新疆的飞机上读了一路。边读边在书边写一点心灵点得。书的扉页写有：此书中意者三，诗有深意，画有神意，装帧合意。下面还有：看范曾的画，老子更像老子，神形兼备，神尤酷似；读他的文章，尤见其画文兼优，都是大家；及读此诗集，有诗有画并有名家序言和评注，一册在手，可神飞于天地人三界矣！

当时我正准备出版自己的文化随笔，苦于找不一个满意的书名，**正是读了这本《庄子显灵记》，感觉他的随缘设法，称心妙运，是以深厚的文学功底为基，狂放的想象为本，临时的灵感为**

遇。这个"遇",正像天空的气流与适当温度相遇而成雨雪。受此感遇,加上新疆地大天阔,才忽然获得"旷思敛语"四字。当时激动到浑身打抖。现在看写在书上的这四个字,仍然可以看到抖的记录。这四个字的上面还有两行小字:人类在大自然面前始终是渺小的,顺其自然,和谐相处,才是前途所在。这两句话又是受季羡林先生为此书所作的序言影响写下的。季羡林先生不仅指出,人类自成为"万物之灵"后,最重要的任务是正确处理人与大自然的关系,而且警告:人类在大自然面前翘尾巴的高度与人类前途的危险性成正比。另一为此书作序的陈省身先生则说,读《庄子显灵记》,有当年读杜工部《秋兴八首》的感觉,气概万千,涉及当前基本问题,非常佩服。

　　当时,我还在手机上记下这样一段话:文以气为主,气以韵为妙,韵以和为贵。尽得气韵和风流的四个字,成为我第一部拙著的书名也是天作之合。后来又说过,刚刚萌芽的狂欲,经喀纳斯湖畔奶酒浸泡而膨胀,到哈素海插上稚嫩的翅膀,好像受神明感应,一向并无写书野心的我,写下三十万言的随想,借沁河源头之水,撒向一片天空,但并没有长出星星。那是因为我的这本书,虽为长期积累的结果,却也是机缘巧合的产物。如果说它现在仍然很庞杂散乱,此前则更散乱支离。正是有了新疆之行的启发催动,又在沁源的沁河源头集中修改,才有了我所谓的"飞跃"性进展。

　　此刻我想,从三皇五帝走来,那令人敬仰的神韵,不是神鬼大合唱,却占全不灭与无尽两层超越。我并非搬弄文字的小丑,

第八章 敬仰简洁

也绝无神灵附体,仅得到一点露水雨、松脂泪、罅漏痕而已。我是需要补苴罅漏的。

韩愈在《进学解》中说得好:"补苴罅漏,张皇幽眇。"我虽然没有什么思想张扬,更谈不上深妙精微的显露,但可庆幸的是,为我补偏救弊、刊谬补缺者却大有人在,亲友和各位老师之外,在书中遇到并经常就教对我有知遇之恩的今人有鲁迅、毛泽东、胡适、瞿秋白、冯友兰、钱钟书、钱穆、王元化、季羡林、周汝昌、南怀瑾、余秋雨等,古人有孔子、老子、屈原、司马迁、陶渊明、惠能、苏东坡、曾国藩等,外国人有释迦牟尼、苏格拉底、莎士比亚、歌德、贝多芬、梵高、泰戈尔、维特根斯坦等。其中我几乎无日不感念的是鲁迅和苏东坡。

"形神俱足"

冯友兰先生的《中国哲学简史》,是一部好书。或者说,如此好书并不多见,很难遇到,遇到了而不宝重它,善待它,会遗憾的。

所谓好书,很难确凿界定。我所谓的好书,一般只在"正规军"中考虑,是从思想性、艺术性包括装帧等方面综合考虑的。事实上也不一条一条去掂量,只是心中有些固有的和未必固有的标准,并大体以此为依据得出印象。说白了,也就是个印象而已。**然而,说来也怪,这样的印象,往往比兴师动众的评定,更容易让人接受,甚至形成普遍认可,以至那些经典竟然就是凭印象筛选的结果。**

所谓"遇到",是喜欢读书并经常淘书的人,遇到的"惊喜"。这样的"惊喜",是寻找的成功,是企盼的实现,又是意外的收获,其中滋味是难以向外人道的。如此"遇到",如果失之交臂,后面的事也就可想而知了。

回头还说《中国哲学简史》。英文版编者德克•布德对它的评价是:在各种著作不可胜数中,此书堪称是第一本从古代到今日介绍中国哲学的著作。还有人将冯友兰与胡适等写过中国哲学史的各位大家进行高下比较,综合后得出的结论是冯友兰第一;而又将此书与冯友兰自己的《中国哲学史》《中国哲学史新编》,以及《贞观六书》比,最好的还是这一本。好像可以说这

第八章　敬仰简洁

一本正是冯友兰的精华所在。还有一点，这书规模并不大，较短时间可以读完，而且不需付出太多的时间和精力，就可以对中国古代和近代的哲学发展有一个比较系统准确的了解；对从孔子、老子、庄子、墨子、杨朱、宋明理学家到王阳明等人物的思想和行为有一个较好的概览；再有就是我们都有一个印象或者经验，同一产品，出口的似乎比内销的要精致许多，所以，出口转内销的产品特别受青睐，《中国哲学简史》就是"出口转内销"的精品，是冯友兰先生用英文写给外国人看的书而转译回来的。

就装帧设计，我看到的，相比较而言，有两种版本特别入眼。一个是新世纪出版社新近出版的本子，另一个是北大出版社新近出版的本子，还有就是三联出版的小精装本子。这三个本子，真可谓是精品著作，精心包装，新世纪的还有精美插图，完全可以说是形神俱足，悦目赏心。我买了两本，送给女儿一本，免得她与我争抢。同时也像《曾国藩家书》一样，至少鼓动五位朋友买过。三联的本子不仅吸引我又读一遍，而且诱导我买下成套的《冯友兰作品精选》。我居然还打电话给北大的李零教授，建议他的"四书"也做成这样的小本子。

我对一本书往往不能读完，除了受杂务影响，恐怕就是"形神不足"了。神志尚未恍惚，筋肉常已酸麻，只好叹一口气，被迫将书放下。

苏轼记时人刘庭式出家庐山，绝粒不食，面目奕奕有紫光，往复六十里如飞。我曾想不吃不喝不睡而精神十足，并说过读书养心，不知可否做到空腹养神？然而，"形神俱足"则是我目前选书的一个标准。

"清凉"何处

追求自由，甚至羡慕散漫，大概也是人的天性。我所受的教育虽然几乎与此全然相反，天性并未泯灭。也是为这天性，在机关工作中，我选择了走写材料这条路。然而，别人却说我是个严谨的人，反因"过真"常常遭人厌恶、嫉恨。

追求心灵自由也难。将近四十年过去了，依然没有从必然王国走向自由王国。如果说还有所得，就是那点所谓得乖卖乖的自由，也不过是随意读点书，却也像偷情似的。

我相信能遮蔽风雨、阻挡喧嚣和风沙的最大"树荫"还是书。于是，我到读书中去寻找清凉。陆续到手的书有《音乐逸事》《闲情偶记》《小窗自记》等闲适小书，它们并未让我享受到闲逸。《生活禅》《轻松禅》《诗意禅》《胡适说禅》《顾随说禅》《名家说禅》，也没有让我进入禅境，轻松一刻，倒是《文苑剪影》《政海拾零》《学林漫步》《大家谈国学》，这些较正规严肃的书，让我从纷乱与跋涉中得到片刻清静。

华侨出版社精选了辜鸿铭、章太炎、吕思勉、梁启超、刘师培、王国维、鲁迅关于国学的讲学录和作品，编了一本书，称为《受益一生的北大国学课》。据说此书可以领人穿越时间的阻隔，走入中国传统文化的深处，领略优美而深厚的人文风光；跨越地域的障碍，随时随地走入北大国学课堂，聆听国学大师充满智慧的声音；翻越人格的障碍，感受大师博大的胸襟和伟大的人格魅

第八章 敬仰简洁

力，学会深刻理解和把握人生，在未来的人走旅途中创造辉煌。

国学大师们又是怎样说的呢？辜鸿铭先生说，研究一个民族的文学，必须将其当作一个有机的整体去研究。章太炎先生说，国学很不容易讲，有的也实在不能讲，必须自己用心去读去看。吕思勉先生说，人生而莫不求知；求知，则凡可知之物，莫不欲尽明其底蕴。梁启超先生说，学术的研究，方面极多，宜各随兴味所注，分项精求。综观各说，**我所谓的"清凉"，即在"整体研究"中，在"用心去读去看"中，在"明其底蕴"中，在"分项精求"中。舍此，又何处去寻"清凉"呢？这是我体会到的一点小意思**。

前言还说，各位大师学识渊博都不为学识所累；拥有卓越的理念和伟大的思想，却淡泊名利，保持着自己的独立人格和道德操守。他们秉天地之气而来，将智慧播撒于人间。这点大意思，可以作为我的上面的小意思的补充。

平实最感人

目前市场上指导人生的书五花八门，大都教人使巧出彩，包括写文章也以"重彩"取胜。这，即使不能说是走了邪路，也不是值得提倡的好现象。

《大学者书系》已出版十几个集子了，都是老实人说老实话，以平实感人。**他们拓荒创世，他们开风气之先，他们播唱美丽与阳光。然而，他们当中的任何一位都没有以太阳和彩虹自诩，无不以切实、渊博的本色，给世界以简静、广阔、清平、恬淡、从容、豁达，尤其是平实。平实是超越沟渠和尘嚣之上的境界。**

老子守朴，孔子"三戒"，《素书》所谓的"山峭者崩，泽满者溢"，《周易参同契》阐释的"亢满违道"，无不主张见素抱朴，平和切实。顾随先生高度评价《诗经？豳风？七月》"平平常常，痴痴钝钝"，"充悦和厚"乃"真绝大结构也"。

翻阅我面前各位大学者的文字，虽然各具特色，自成面目，但无不以平实感人。白话文运动的先驱胡适先生，文章言简意赅，清新自然，最具平实简白特色，周作人称他是清新明白派；被称为"中国史现代化第一个奠基人"的顾颉刚，既"层累地造成中国古史"，也开创性地进行民俗研究，但他的文章也不失平实开阔，余英时说他是"第一次体现了现代史学的观念"；善于驾驭各种艺术样式的杰出作家、大教育家叶圣陶先生，散文独树一帜，其最大特色却是在思想感情和社会人生的浑然一体中呈现着"平实和淳朴",鲁迅称他为中国童话开了自己的创作之路;哲学大师冯友兰先生,以鸿篇巨制构筑了自己的哲学体系,却又"把复杂问题简单化",以极质朴又饱含洞见的随笔作品为这些哲学思想增添了盎然诗意,李慎之说他是在白话与哲理方面才能冠绝一时的"运用语言的大师";可谓新诗首席代表的徐志摩先生,散文随笔构成了剖析自我、情理融合、高度诗化三位一体的别一艺术世界,梁实秋同样说他为文信笔所之,行云流水,周作人则肯定他在文体变迁上有很大贡献;散文巨匠朱自清先生,笔下的美文极具民族品格和中国味道,叶圣陶说他的散文"虽然有时候还带一点文言成份,但是念起来上口,有现代语的韵味,叫人觉得那是现代人口里的话",杨振声称他"风华从朴素出来,幽默从忠厚出来,腴厚从平淡出来";民主斗志闻一多先生,是卓越的学者、热情澎湃的诗人、大勇的革命烈士,他的随笔将文采、情感、哲理结合得恰到好处,臧克家赞誉他是口的巨人,是行的高标;具有世界影响的文学大师沈从文先生,在生活中思考人生,在生命中发现真、善、美,随笔洋溢着幽妙舒放的境界,夏衍说他不单是一位乡土文学大师,应该是更高一层的作家,季羡林更给他在并世作家中,鲁迅之外,最有独立风格的作家的评价。

　　回头来看,这些大师们无论是清新自然、深刻开阔、浑然一体、情理融合、质朴浑厚,还是言简意赅、行云流水、朴素忠厚、幽妙舒放,都可以归到平实之中去。它们不是冲淡了平实,而是丰富了平实,增加了平实。

最近才从一本书中读到王元化先生一条很重要的记述。他说别林斯基大体说过这样的意思："一篇引起读者注意的小说，内容越是平淡无奇，就越显出作者过人的才华。"他接着说，这话只是在王凡亚别林斯基几篇文章的一本小册子上看到的，但给他的印象极其深刻，深深影响了他对文艺的看法，他在后来的文章中多次引用过。受此影响，原有的一些零碎的感受，已提升为一种观念。我虽然不是英雄，读到王元化先生这条记述，不仅生出英雄所见略同的感想，而且有遇到知音的喜悦。

第八章　敬仰简洁

静的快乐

心静则思深。

恰似阳光撒在平静如镜的湖面上，明清而敞亮。除去浮杂，五体俱静，心便通明。

老子主张"致虚守静"，禅宗讲求"欲得净土，当净其心"。"凡夫之心动而昏，圣人之心静而明"。这样的区别我未必完全接受，但心达之于静明毕竟是一种非凡。

哲学家赵鑫珊说，诗人、音乐家、风景画家、自然哲学家和科学家的使命，在于通过各自的作品，使人们感受到大自然的庄严、壮丽和伟大。我却更倾向于感受其中的静，静的美，静的力量。

便是书法作品，也以静美最难得。王羲之的作品静美的成就最大，境界最高。《兰亭序》被后人奉为圭臬，其平和简静达到无人能及的顶峰。便是在此气氛下的强烈变化，也是如此贴切，如此自然，如此回归和统辖于静。据说褚遂良临《兰亭序》之所以成功，就在于他深得少逸平和简静的神韵，笔力清健，点画温润，血脉流畅，神气完密，将《兰亭序》平和简静的特色体现到天衣无缝的地步。颜真卿的书法，虽以宽博雄强为本色，但也是"庄严则清庙明堂，沉着则万钧九鼎，高华则朗月繁星，雄大则泰山乔岳，圆畅之流水行云"。他特别赞赏的"屋漏痕"，便是"凝重自然"的静。他的代表作《颜勤礼碑》和《麻姑坛记》更是望之俨然，即之也温，天趣横生，脚踏实地，法度从容，闲雅自得，被认为静得廓大而沉雄，达及于静的大境界。今人谭延闿临《麻姑坛记》，抓住其舒和简静之美这个关键，于端庄中求静，于挺拔中求和，于雍容中求稳，达到一枝独秀的境界。人称苏东坡的简札字字温润，笔圆韵胜，无一字俗气。看他的《黄州寒食诗帖》，虽端庄肥瘦各有姿态，流利刚健丰含婀娜，但也是以静美统辖全局，故而董其昌称其为"兰亭之一变也。"

　　我观赏书法，不仅是为了求静，却主要是为了求静。我总体上的感觉是：一件书法作品，倘若没有一股静气充溢其间，便一无足观。

　　我的写作也是为了求静，或者说更是为了求静。我体会最深的是：心静则思深。**心静时思维才可能达及自由王国。**我选择随笔，是因为随心适意的随笔最宜于静。至于静的下面是否有激情的波涛，有波动的花纹，有花纹下面的深沉的力量？答案不言而喻。

　　我甚至认为，人生的快乐，也是以静的境界为最高。英国一家报纸征询谁最快乐，答案是：欣赏刚完成的作品的作者，正在用沙子构筑城堡的儿童，为婴孩洗澡的母亲，历经千辛万苦看到病人劫后余生的医生。**对此，我都不否认，也都充分感受到了其中无不有着满足后的平静的快乐，但我最快乐的时光是将自己融入文字里。我觉得：在字里行间徜徉是一种忘我的静，是比快感还要快乐的快乐。**

　　陶渊明面对静逸祥和的田园景色，明白世俗的一切不过是囚

第八章 敬仰简洁

笼，甘愿"守拙归园田，复得归自然"。北大教授袁行霈先生经过几十年的研究，对陶诗最认同的感受是："一片云然万古新，豪华落尽见真淳。"这虽然是元好问的名句，却也是袁先生的心悟。其本质所在，依然是一个"静"字。

佛陀日常的每个姿势和动作无不洋溢着从容和平静，充溢着平静的快乐。这是大彻大悟后的大静。大居士贾题韬先生佛学渊深，对禅宗的研究尤其达到了一个不易达到的境界。有人问他禅宗的精髓究竟何在？他的回答是："此事人人本具，个个圆成，只要转身即是。"转身之后是什么？贾居士没有说。但他说过："所知障净了后，那个智慧所了解的境界，就是'所知障净智所行真实'。"是什么呢？我理解应该还是"大静"的境界。

静是无上的境界，也是无边的境界。然而我却不知道是该在地上求静，还是到天上求静，是于本处求静，还是到往生求静？据说《淮南子》是一部着眼大远，以求自静的书，我于静夜阅读，未曾得法。在天光莅临，阳光尚未走来的时候，我于一身疲倦褪去，心静神旺的状态下，想静静地体验静的快乐，却"树欲静而风不止"，越想求静，心中越是波澜起伏。

静也是不可强求的。

缩略图

　　细心的读者可以从《阿Q正传》中看到《山海经》的影子。《山海经》同《阿Q正传》一样,同样是一部摄魂钩魄的书。

　　受《阿长与〈山海经〉》的"蛊惑",我搜求到五种版本的《山海经》。也许是走火入魔吧,看到样子像虎却长着牛尾巴的麂,便想到政治风云人物;看到雕身羊角的蛊雕,则想到历史上某些军事天才;看到长着四只耳朵像羊的㹨,不能不想到新闻记者,它还有两只眼睛长在背上。有一种动物名叫文鳐鱼,状如鲤鱼却长着翅膀,白天到西海游玩,夜里飞到东海玩耍。它的出现预示着大丰收,狂躁不安的人,吃了它便可以安静下来。由此,我想到自己的读书、写作与做梦。

　　我读《山海经》最大的感受是:任何人都可以于此找到自己的缩略图。

　　缩略图不仅是艺术的缩写,而且是博大的浓缩。比起那些大部头来,竹内好所著的《鲁迅》,也是缩略图。这部书和那些大部头相比,实在小得可怜,只有一百多页,但却内容丰富,见解独创,既有广阔的视野和深邃的历史感,也常常显示出一种深入细致、洞幽烛微的精确性,从四十年代出版以来,就享有"竹内鲁迅"的盛誉。仅从书的目录,就可以看出作者的大家风范和研究范围的广博性、系统性和精确性。他不是泛泛地将鲁迅介绍一下完事,而是集中探讨了鲁迅形成文学自觉的时机和原因、存在

第八章　敬仰简洁

于鲁迅身上的本质性矛盾、鲁迅对于文学和政治的关系的根本态度等。而且，他对这些问题的探讨是深入的、独到的、给人以启迪的、令人耳目一新的。尤其值得肯定的是，他对鲁迅既不一味奉承，一路抬高，也不随意贬低，且不受各种观点左右，而是按照自己的观点和方法，对鲁迅作出客观、切实的描述和评价。本书仅在改版后的一九六一年到一九八零年，就印刷十七次。

《名人思想大观》也是一部缩略图式的大书。书中精选了将近六百位世界名人的语录。它的最大特点，是像照相一样，既是对一个人的微缩，又没有改变他本人的原模原样。编选者的眼光实在令人佩服，他总是十分准确地选中那位名人最有代表性和思想含量最高一句或几句语录。正如译者在后记中所说，读这本书，犹如通过一扇窗口，可以一览众山的雄姿，可以了解许多政治家、哲学家、文学家、艺术家、科学家、社会活动家的思想精华和基本主张，还可以了解那些错综复杂的历史事件背后的思想动机，并且犹如投入湖水中一块石头激起碧波涟漪，可以唤起我们对过去、现在和未来的诸多思考。

王元化先生是鲁迅之后的又一位伟大评论家。他和鲁迅一样，不仅著作等身，而且是精品著作等身。我的藏书中，几乎搜到了可以见到的他的所有作品。我甚至说过，鲁迅的著作没有读遍，王元化先生的书却基本读完了。不过，也像经常光顾《鲁迅选集》一样，王元化先生的书，我经常翻翻的则是他的《思辨录》。这样做的原因，实际所要的还是缩略图。正如王元化先生在《框架说明》所说，本书的三百七十篇短章，系摘编于作者六十年来陆续写的文字，内容涉及思想、人物、历史、政治、哲学、宗教、文艺、美学、鉴赏、考据、训诂、译文等各个方面。

傅佩荣先生是南怀瑾先生以外，台湾作家在大陆最风行者之一。他的书，尤其是讲解古代经典著作的书，我也很有几本。但完整读完的却是《推开哲学的门》。这部"点到为止的小品"，从泰勒斯、赫拉克利特、苏格拉底、柏拉图到奥古斯丁、笛卡尔、康德、黑格尔，再到叔本华、马克思、维特根斯坦，对绵延两千六百年的七十七位伟大哲学家进行了简直、生动、传神并带比较研究性质的介绍，很是引人入胜和耐人品味。

德国人著述的、日本人采辑的、中国人翻译的《尼采的心灵咒语》，也是一本缩略图式的书。它的封面有这样几条信息：永恒的经典；咒语般的简单强大；伟大的哲人尼采道破人生本质的几句话；默念这些咒语，就没有人能伤害你，没有事能困扰你。看着封面的图案画尼采，会令我想起孔子、耶稣、释迦牟尼和鲁迅。

我的藏书中，有一千多种缩略图式的书。如果将我的藏书分为市区、郊区、外埠和国外，这些缩略图式的书，则是我常驻其间的市区。

第八章　敬仰简洁

灵气其中

我对漫画的兴趣，应该说是鲁迅先生培养的。

在我的类似开荒的阅读生涯中，没有见到漫画之前，先读到了鲁迅先生的《漫谈漫画》。此文除了给我以漫画常识的培训，更有卓异见解的惊异，并使我知道漫画是最有灵气的所在之一。正如鲁迅所说，假如一个人真有些驴气，做成漫画，就比一本做得很厚的传记还厉害。当时我已读过一点《左传》和《史记》，心想，**这老头儿倒是蛮厉害的，短短一句话，将《左传》与《史记》的灵气都收进去了，漫画的灵魂大概也不过如此吧。**

这驴气和灵气，竟引起我读漫画的兴趣。见到书报上有漫画，便多看几眼，琢磨一番，甚至模仿漫画笔法去写杂文。自以为深得漫画三昧了，及至我的女儿也会看漫画了，我才知道，尚不自高自大却有点自满的我，其实并没有读漫画的灵气，至少是这方面的悟性还不足以成为一个漫画家。

仔细想来，我喜欢漫画，是尤其喜欢它的简到不能再简。是一笔有一笔的灵气，寥寥几笔便生气勃勃，神通广大，给人以无限想象。

由于有这样一点偏爱。比较而言，我更喜欢华君武、丁聪的漫画。丰子恺的也喜欢，只是觉得它过于典雅圆润。华君武和丁聪都于丰子恺处得到很多，但境界更开阔，于社会人生感悟也更深刻，真可谓青出于蓝而胜于蓝。

说到丁聪画的《阿Q正传》，茅盾先生认为，画家们画的是《阿Q正传》，然而倒是各个画家的个性借了阿Q画了出来了。小丁画的《阿Q正传》还不能作为定论的阿Q画像，然而却投上了一道清新有力的光芒。这"清新有力的光芒"，就是我说的"灵气"，其中是画家灵魂的活现，是画家与作家的通神，是画家和作家共同与天地、宇宙、人类之神境的交流。

　　华君武曾为丁聪作过藏书票，是为他祝贺画展的。他在谈作票过程中说到，看看满架子的书，高兴时随手拿出来翻翻，这滋味比什么山珍海味都好。这和我的感觉是一样的；他喜欢吃肉，什么做法都行，同我的偏好也是一样的；他还说，曾画过一幅漫画：书到找时方恨多，与我的感受更是一样的。这真可谓身有灵气一点通，我因为灵气不足，所以更贪图灵气；我读漫画，就是图谋他们的灵气。

　　我图谋的范围很大。在这很大的图谋中，我还感受到：老子纳自然之气，成大道；庄子与花蝶交谈，得性灵；孔子颠簸在牛车上，受东南西北风灌注，成素王；曾国藩"立穿八荒之表"，"誉之则为圣相，谳之则为元凶"；周作人在苦雨斋避雨，受些潮气，既有美文名天下，也有臭名扬全国。我在书籍中俯仰呼吸，多少也吸到一些灵气，包括漫画中的灵气；是否还有些许书卷之气？别人说有，我自己不明不白。

第八章　敬仰简洁

以死求生

死后怎样几乎无人知晓。死则是人们普遍所不愿意接受的一种现实。

阿Q虽然无师自通地喊出"过了二十年又是一个……",算是对阿Q精神的最后践行,却死得糊里糊涂。好像唯有苏格拉底不仅死得从容,而且说出:"我认为死亡比活着要好",想到死后或者就是一个和死人团聚之处,那里有古代的诗人,英雄和先哲,与他们交流思想,是多么惬意的事。

"风萧萧兮易水寒,壮士一去兮不复还",是何等的悲壮,何等的坚毅,何等的慷慨激昂,何等的壮烈而决绝,却也毫无得意忘形,甚至有几分凄凉。与死,与壮烈的死相联系的荡气回肠的颂歌,早已聚成壮烈的魂。

壮烈是可贵的,坚毅和决绝更可贵。我之所以吸收这决绝,自愿死中求生,是厌烦已说过的话再现于笔端,等待从未说过的话涌来或挤出。**有人能"言为世则,行为世范",我只希望有一天回头检点自己留言的足印,没有两个是一样的。**

我惊奇以至敬佩树叶没有两片相同,这是造物主最具天才的贡献。厌烦口出的话语却像树叶一样大同小异,我相信不只是我的有感而发。**重复是对艺术的背叛,就像君子变成盗贼。我憎恨重复,但并不等于否认重复的艺术。艺术的重复呈现异彩,是沙里的金,是裂变的铀。**我并非不知这是死中求生,却甘心走这死生之路。

　　刘绪源说，做学问，不论是谁，都是要下死功夫的。都说钱锺书先生记性好，其实他也是做了大量笔记。对此，李泽厚深有同感，并说他在北大时就做了大量读书卡片，《美的历程》就是在此基础上写成的。并说，后来是利用科学院的图书馆。他写了一本《漫述庄禅》的书，记不清了，或者是《漫谈禅庄》，钱学森特别感兴趣，专门跑来看他。他还说，钱是想从中国思想中找到人类思维中尚未被注意的奥秘。这都是"死中求生"的实证。

　　季羡林先生主张抓住一个问题终生不放。他回顾自己一九四七年写过一篇论文《浮屠与佛》，用汉文和英文发表，但文中有几个问题解决得并不满意。为此耿耿于怀四十多年。一九八九年，找到了新材料，又写了《再谈"浮屠"与"佛"》，解决了悬而未决的问题，心中喜悦。他特别欣赏的一段话是："'老'的美，老而美——这恐怕是比人生的任何时期的美都要尊贵的美。老年或晚年，是人生的秋天。要说它的美，我觉得那是一种霜叶的美。"季羡林先生甚至说，读后真觉得自己美起来了，心里又溢满了青春的活力。我认为，这是对以死求生最美妙的抒发。当然我说的是以生死决出新天地。

第八章　敬仰简洁

"我是一个零"

有一位也是人物的人说，都捧钱锺书，我捧杨绛。杨绛先生自己却说"我是一个零"。

《听杨绛谈往事》通过"东吴高材生""牛津留学生""妻子　情人　朋友"和"我是一个零"，叙述了一个文人一个世纪的遭遇及感受，包括天才的造就与挣扎。

"我在上层是个零，和下层关系密切"，杨绛先生如是说。自觉自愿做零，是一种处世哲学，也是一种宣言。我并不认为与上层交往很失分，却也欣赏"我是一个零"。做人，哪怕是一个零，但愿不要掉到零以下，负分累累。

"即便是把我关在一个田螺壳里面，我也会拥有一个无限自由、广大的世界"。这也是一种宣言。我很赞赏这种宣言，并甘愿拥有如此世界。

香港的董桥写过一篇很有趣的文章。文章的题目是《"列宁是唱什么的？"》。文章说到三层意思，都很有趣。我将这三层意思视为三面镜子，对照自己，照出的都是零。

第一层意思是说，唐振常先生写《文化人无文化》，说夏衍老人谈作家的修养，认为鲁迅、郭沫若一代比夏公一代强得多，夏公这一代又强于下一代。文化修养恐怕真是一代不如一代了。是否一代一代不如下去，我看倒未必。但自己"不如"的地方实在太多，距离实在太远，老老实实从零做起，才是正确选择。

第二层意思慨叹演员的气质下降了。说江南名武生盖叫天识字不多，下得台来言语举止皆无俗气。四大名旦梅、程、荀、尚文化修养都高，梅、荀更是能书善画；程砚秋对罗瘿公是终身师事，等于梅兰芳之于齐如山；周信芳藏书甚富，喜读书，也是艺林佳话。接下来说到解放初期艺人扫盲，当时全国向苏联一边倒，课堂不断讲到列宁、斯大林。有一位艺人一直在打盹，忽然睁开眼睛问道："列宁是唱什么的？"体察自己经常也可能问到类似问题，不要认为比零多多少。能有四大名旦那样的自觉修养，不是一件容易事。

第三层是写到，有学问的人文化修养与气质未必高妙；有文化修养与气质的人可能没有太大学问；有大学问而又有文化修养与气质，当然最理想了。并说到钱锺书先生在日本东京大学即兴讲演，故意露点文化修养上的谦虚。王水照说钱先生这番话"亦庄亦谐，而又有一股英迈凌厉之势"。钱先生的文章写什么像什么。或问：钱先生是唱什么的？答曰：什么都会唱。

我想，这第三层的最后一句，可视为对杨绛先生"我是一个零"的诠释。

第八章 敬仰简洁

拓 展

以书为工作台，或者操练广场，是我的一个习惯。说白了，就是随意在书上乱涂，将拳脚打在书叶上。

开初，不忍玷其洁白，后来终于明白：舍得自己，舍不得白纸黑字无异于自弃灵魂。

世界的本质是复杂，方法的本质是简单。至于读书，在西瓜与芝麻之间犹豫徘徊，便是复杂；明白鱼与熊掌不可兼得，便是简单。留恋那已经凋谢的春花，永远享受不到四季的灿烂；懂得割舍，才有天马行空。

自己不过是一个跟在羊屁股后面拾粪的老头儿，却也闻到臭味的芳香，产生一些异想天开。

我在书店遇到一套董桥的散文集，精巧玲珑，装为六集。因为此前读过《董桥散文选》，在北京的三联书店也曾遇到他的《故事》一书，赫然置于畅销书最显著的位置，旁边专设有广告牌：董桥新作《故事》正热销中，下面是一大堆《故事》，便毫不犹豫买回来。这回的六卷本没设广告牌，却更招人眼目。我不由自主地买了，忘乎所以地读了，不仅荡起了心中的涟漪，而且拓展了眼前的目光。

第一集中有一篇《饱读诗书太好了》。其中引用了龚自珍一句诗："可能十万珍珠字，买尽千秋儿女心。"正合我对自己的文字无此自信却并不轻贱的心意，还由此想到卖弄学问便是目光短浅。

　　第二集的第二篇是《语言学家写〈劝菜〉》，是说王力先生四十年代曾用笔名"王了一"写过一笔小品文《劝菜》，"写得实在好"，"永远干净潇洒"。这勾起我对很多年前读《龙虫并雕斋琐语》的回忆，为我在书前书后写点随想找到了知音，拓宽了思野。

　　第四集中有一篇《锻句炼字是礼貌》，引用袁枚的诗后说：文坛老手也不可不锻句炼字，恰似白发老婆不减少女心态，非修饰干净不肯见人。鲁迅说写完后至少看两遍，竭力将可有可无的字，句，段删去，毫无可惜。毛泽东说，重要的文章不妨看它十多遍，认真地加以修改。我敬佩鲁迅和毛泽东，首先是敬佩他们伟大的气魄，高尚的气概，同时也包括敬佩他们精益求精的态度。我也有反复修改的习惯，每篇小文都是改出来的。常常是改短了，又改长了，反复多次。不仅是炼字，炼句，而且是炼意，炼视野。**改文章几乎是我唯一可以拓展的空间。**

　　董桥先生的这套书编辑是完整的。他不仅专为这次续集写了序言，还附录了分集出版时的几篇《小序》《这不是序》《一点说明》《楔子》《引子》《自序》等。他在《小序》中说，黄宾虹的画了不起，活到九十岁还不忘师法造化。我对师法造化也心有所感，然而，不用深究便知原因却正如他在《自序》中所说：正因为受狐媚几十年，夜夜幽会不知东方之既白。若问得到了什么？也不过两个字：拓展。

第八章　敬仰简洁

无奈的"言"

曾经把《老子》称之为"朴素辩证法",是毫无道理地扣在老子头上的破帽子。其包容性、本质性、深刻性都不足以揭示老子思维的全部。

也许老子早有预料,特地打招呼说,"道可道,非常道"。

鲁迅的《野草》,作为心灵的独语,倾听内心的秘语,写出来的只是欲表达的一部分。读者可以感到,有一个影子,或者就是一个浮动漂泊的灵魂,经常飘到作者耳边,说出无法用言词表达的话。说了些什么,作者或许听到了,却没有完全转述出来。这正是语言的无奈。

有人说《野草》的无声或失语,总是像梦魇一样紧紧缠住鲁迅的灵魂。鲁迅自己在《题辞》中也说:"我将开口,同时感到空虚"。这既是心灵困惑的宣言,也是"失语"和无奈的自白。

禅师言不及意的表达,才是尽了最大努力的、选择了最佳方式的表达。因此,就是最善于活用语言的禅师,也不得不"将嘴挂在墙上"。原因之之,仍然是语言的无奈。

鲁迅面对老子似乎很谨慎,慎思慎言。他似乎不赞赏老子的"徒作大言,大而无当",但又不否定其"大"。他所认取的"天马行空""特立独行""造物主"都是大,并且是"至大无外"的大。然而这"至大无外"中依然是语言的无奈。

有人说鲁迅是天才,不过语言的天才也为语言的无奈所困感。天才的"天",不是苍天,不是天神,也不是遗传之天资,是"本来"或曰"自有"的天赋。即便是这样,他也只能"戴着枷锁跳舞"。这"枷锁"有政治的、社会的、语言自身的多种原因,或曰多方面的沉重。就其根本而言,恐怕最难冲出的还是语言的牢笼。

曹清华写了一本《词语、表达与鲁迅的"思想"》。总观全书,水平不低。我误认为是著名的曹靖华所著,买回来了,读后也没有后悔。作者是一位七零后。书的扉页上赫然印着鲁迅为《呐喊》的题词:弄文罹文网,抗世违世情。积毁可销骨,空留纸上声。全书七章,还有一个长长的"引言"和一篇并不算短的"后记"。其中的第七章是《表达的困难》。作者围绕鲁迅,用了很多事例,将这"困难"表达得很充分。择其要可谓两点:其一是说,写与说以语言为工具,而语言本身的表现力便有限,对此鲁迅感受很深。其二是说,说话与写作虽属个人行为,但不能不受到整个社会系统的制约,对此鲁迅感受更深。《引言》中还说到,钱杏邨认为,用"呐喊"与"彷徨"这两个词,就可以说明鲁迅。他始终在呐喊,又始终在彷徨。本书还专门附了一篇《表达及其困难》。这篇文章写得相当高、深、难。在我读来,像读高等数学,像高科技。它本身就是语言极尽所能却无能无奈的一个证据。

第八章　敬仰简洁

忙向何处？

我很匆忙，不知赶着到哪里去？

说好听点，是将一日当数日用，做一些自以为是的事；说不好听，是不会过日子，不知人生一场，何以为是，何以为非？何以为有，何以为无？尤其不明白这有与无谁更有分量。是瞎忙。

心灵是一枚探测器。带着探测器到宇宙各方行走，由于匆忙，带回来的只有支离破碎。就像我的读书，读了几一年，还不知道究竟应该读什么，不应该读什么，甚至连这"应该"和"不应该"也不知道应该不应该。总之是没有成就什么，更没有完整什么。并且在心里发问：成就便是吗？完整便好吗？

"没有人能够活着看到上帝。"这是《圣经》上的圣言。

我并不排斥只争朝夕。但匆忙，终归与生命的简洁、流畅、圆满、尤其是从容不相协调。

鲁迅说："苍蝇飞鸣，是不知道人们在憎恶它的"；我的不鸣之匆匆，却好像是在追赶"憎恶"。

李泽厚说，一切都解构了，本质、规律、宏大叙事……统统都不要了，人没有任何可以和必须遵循的共同的道理、规范和约定了，那人还怎么活下去？这就又回到了根本性的问题，也就是"人类何以可能"的问题。这说明他也在深入思考这个问题。但"忙向何处？"他也没有答案。

尼采说，帮助他人的喜悦是最纯粹的。所以，欢乐永驻的诀窍，便是帮助他人，成为对他人有用的人。他认为，这样便会感到自己存在的意义，享受最为纯粹的喜悦。然而，他又说，人生苦短，时间只允许我们关注一两件事？这一两件事是什么，也让人不能明白。

看来，忙向何处，始终是个谜。然而，鲁迅是真实的，李泽厚是严肃的，尼采是乐观的。尼采认为，要在有限的时间里做成些什么，就不得不离开些什么，舍弃些什么。又说，然而，我们并不应该烦恼究竟该舍弃什么。在你努力行动的时候，不需要的东西会自然而然地离开你，就像枯黄的叶子会从枝头飘落一般。这好像算是一个较为理想的回答，但并不是一个完整满意的回答。

第八章　敬仰简洁

沉　潜

　　最近才有缘与《奥义书》相会。上世纪之初，章太炎先生曾有意率周氏二兄弟，即鲁迅和周作人共同学习梵文，以图翻译《奥义书》，未能如愿。鲁迅先生后来一直念着这件事，并寄望于学生徐梵澄。四十年后，徐梵澄先生完成《五十奥义书》的翻译工作，向恩师和国人递交了一份伟大的作业。

　　徐梵澄先生被誉为"现代玄奘"。就是这位"现代玄奘"，一生最服膺的还是鲁迅先生。他撰文赞誉鲁迅先生人格伟大，其精神、思想，又如此博大、多方、深不可测，连《庄子》中"謷然是非人"这样的话都用上了。

　　《奥义书》被称为千年不衰的印度圣书，是印度的《论语》，东方的《沉思录》。我认为《奥义书》是精神哲学。《论语》《老子》《圣经》《沉思录》都是精神哲学。很长时间以来，我总想集中一段时间，住进深山老林，只带《论语》《老子》《圣经》《沉思录》和《奥义书》，翻来复去读。不看注释，只用心读。用心去拜访各位圣哲先师，不求架起一座彩桥，只求河水继续流动。

　　那将是怎样的情景呢？是沉闷还是辽阔，是沉醉还是洒脱？我想，冲出沉闷，则是辽阔；从沉醉中醒来，不，醒与不醒，沉醉都紧连着洒脱，这才是沉潜的本貌本质。

　　美酒与色世使李白放荡，那是因为他潜入诗中；太阳与色彩

令梵高疯狂，那是因为他潜入画中；迷雾与颜色鼓舞维特根斯坦进行哲学的深究，那是因为他潜入思考的快乐中。沉潜，或者沉醉，是诗人、画家、哲学大师心中的交响乐和招魂曲。

　　沉醉是心的沉寂，更是灵的升华；沉潜是身的投入，更是心的静穆和静穆中的冷寂和深刻。一个人，青年时代即有此沉潜和沉醉，大凡都有非凡的人生。马一浮从二十岁到四十岁自匿陋巷，只与书和古人为伍。其间，蔡元培请他出任北大文科学长，竺可桢邀他于到浙大任教，均谢绝；《独立周报》向他约稿，也谢绝。丰子恺称他为今世颜渊。抗战胜利后他继续中断过去的沉潜生活，回到杭州，隐居林下，主持智林图书选刻。新中国成立后，他担任过浙江省文史馆长，周总理曾特别指示当地政府，不以俗务为扰，让马老专心著述，颐养天年。

　　熊十力先生也是一位孤冷的沉潜者。他曾自陈："人谓我孤冷。吾以为不孤冷到极度，不堪与世和谐。"上世纪二十年代初，他到北大做讲师，只埋头学问，不与人俯仰，一直到抗战暴发，还是讲师。而后，他住在沙滩银闸一个小院埋头于学问，并在门外贴一告示：某某人已不在此院。建国后为避嘈杂，曾三次搬家。在上海居住其间，为求独处，甚至请陈毅市长出面，解决住所问题。一次，王元化前去拜访，果然见门上贴着一张褪色纸条，上书：身体不好，请勿来访。

　　在学问的路上，要走得远，入得深，不沉潜到冷寂的地步是不行的。马一浮的潜心学问，熊十力的闭门深造，王国维的早午晚三读和"博、专、细"研究法，陈寅恪的遍历世界名校只求学

第八章　敬仰简洁

问不求文凭，钱穆的梦外梦里读书，鲁迅的醉心于汉画和古碑研究，无一不是在冷寂中沉潜在沉潜中冷寂。外国的梵高、尼采也是如此。尼采二十五岁时即被破格提为巴塞尔大学古典文献教授，十年后他却主动放弃优渥稳定的教职生活，游走于欧洲各地，沉潜入独特的著述与思索中。他的《查拉图斯特拉如是说》就是沉潜的产物。有人说此书是永不过时的收藏，是一部滋养了弗洛伊德、萧伯纳、加缪、萨特、海德格尔、王国维、鲁迅、郭沫若等中外文化巨人的书，尼采自己说"是给人类以空前伟大的赠礼，这本书的声誉将响彻千古。"它不仅是世界上最高迈的书，是山顶雄风，是最真实的书——整个世界以及人类都远在它下面——而且也是一部最深邃的书，它从最丰富的真理中产生，是一个永不枯竭的源泉，满载宝藏，放下汲桶唾手可得。然而，正是这部具有世纪意义又有世界意义的伟大作品，在一八八五年出版时，只印送给朋友四十本。惨淡的销量，世人的轻蔑，并没有阻止他的深入潜思。因为他有一个不屈的灵魂，志存高远的意志。他说："要活出精彩，首先要尊敬自己。"现在艺术界最热的梵高，生前却是最为冷寂的画家。我已反复举例，在此不再展开评说。

好酒在品，好书在读，好滋味在沉醉中，好人生在沉潜中。

第九章 小鸡啃骨头

"太阳,已越过西方的大海,把最后的问候献给东方",而我的心却依然在重负着泰山前行。

狼腔福祉

祥林嫂说:"我单知道雪天野兽在深山里没有食吃,会到村里来;我不知道春天也会有。"我的读书,也有点祥林嫂的可怜,只知道《贞观政要》可称为政治学教科书,不知道西汉刘向有一部《说苑》,竟是以故事或类似现代人专访的形式,就君道、臣术、政理、尊贤、政谏、修文,对欲求进之人施以春风化雨般的训练的好书。

倘若《说苑》果然是一只大灰狼,我甘愿让它吞去。我乐于享受在狼肚子里挣扎的幸福,只是不知道与娘胎中的幸福是否一个样。

幸福感或许并不需要理论依据,然而当**我去扣路德维希·维特根斯坦的门,他竟隔着门缝告诉我:一切伟大的艺术里面都有一头野兽**。吴冠中先生在他七十年跋涉的千山万水中留下许多足迹。其中一个足印写着这样一段话:大自然是人类的原母,艺术是那条出没在生命的密林、荒漠、花丛、崎路上的七彩花蛇。蛇的诱惑如影随形地追踪着人的生命,是它使人的生与死、苦与乐浑然一体。我不知道吴冠中先生的话是否可以作为维特根斯坦之言的解释,却时时感觉到或者由吴冠中先生的话更感觉到,在艺术的远方有一头野兽向我张望。这头野兽并不是七彩花蛇。

我读了屈原的《橘诵》,为其高洁的气质和意志专一所感化,意欲安心于"精色内白"之中,做一枚橘籽,与其他橘籽兄

第九章　小鸡啃骨头

弟一道，领受天命，深根固蒂，鲜润色彩，广阔胸怀，却无求无欲，最终以成就参悟天地的正果。

与钱锺书、季羡林并称为"北钱南饶"、"北季南饶"的饶宗颐先生，自称能在世界各地做学问是自己的幸福。他作为"国际瞩目的汉学泰斗"，精通甲骨文、象形文、梵文、希伯来文、波斯文、以及中外其他多种语言文化；在敦煌学、甲骨学、词学、史学、目录学、楚辞学、考古学和金石学等众多国学领域卓有建树；他的研究范围还拓展到印度文字、西亚史诗、东南亚各国文化。他悉心治学七十载，将古今中外文化打通作整体观察，寻找他们之间相互渗透、影响、交融的关系，经过独立思考，提出独特见解，出版了上千万字的学术著作，被称为"国学"领域最后一位"集大成"者。他自己说："老子有一句话，治人，事天，莫若啬。啬是老子的中心思想。""啬"就是珍惜，就是爱惜精神。当然，对老子的话往往有多种解释，比如这个"啬"字，就有珍惜、俭朴、收藏、引申为节省等。但对老子这句话的思想核心的基本精神的理解大体是相同的。我敬佩饶宗颐先生。即便饶宗颐先生的领地，是恶狼猛虎横行的世界，我也乐于到此旅游观光，以至走入他半开门的厅堂，与他聊天。能与他一道于学问，更是我的心向往之，然而，只怕是奢望而已矣。

小鸡啃骨头

上世纪六十年代末,初读《鲁迅传》,以及此后数次与青年鲁迅听章太炎讲《说文》相遇,不知是对鲁迅敬仰,还是对《说文》神往,常把二者置于同一画面。像在脑页的封面上盖下一个印章,总认为鲁迅文章好,功底深厚,与《说文》和讲《说文》的章太炎有着并不神秘的关系。

关于《说文》,我最早见到的是石印本,因字迹不清而放弃。世纪之交,总算得到一、两种较满意的本子,后来又享受到现代印刷术"翻名牌"的成果。然而,虽然对《说文》以及讲《说文》的章太炎先生的《传》《评》到《国学》《书法》,无不有所涉猎,终因愚钝,仅触及一点皮毛;又因移情别恋,仅留下一点小鸡啃骨头的感觉而已。

近日得到欧阳中石题写书名,赵宏博士编著的《说文部首注》。书法与释义并重,对临习篆书和学习古文字,走进博大精深的《说文》都有帮助,正文后的索引和参考书目,对于"识字识人"也是好的向导。**我用了小鸡啃骨头的力量慢慢消受,只是至今仍然不知道是否增加营养。**

赵宏博士在序言暨凡例中说,《说文》部首不仅是说文家、文字学家的研究对象,也是历代书家尤其是篆书家的日课。望定这"日课"二字,我想,小鸡啃骨头的精神是值得佩服的,也是值得坚持的。我在对《说文》的研习方面,之所屡屡无果,就在于没有坚持小鸡啃骨头的精神。

第九章　小鸡啃骨头

悔之日深

　　书带给我的后悔是无缘无故的，还不仅是零打碎敲的。

　　在一个小小的时间段里，我对中国书法产生一点小小的兴趣。随之，中国古代书法家有几位进入我的视野；现当代书法家中，毛泽东、于右任、黄宾虹、林散之、沈鹏，也经常活动在令我陶醉的小圈子里。

　　说是陶醉，不过像少儿看小人书，总想问长问短罢了。不过，这要问的意思，没有通过口腔变成言语冒出来，而是上升到大脑皮层形成一点念想。这念想也包括渴望读到他们的书论。

　　散之先生的书论只是薄薄的一本，份量却很重。于右任的书法，处处有突破，处处有来历，书论尤为注重过来人与过于人两点。

　　还是十几年前吧，于右任先生的一本书与常到书店走走的我相遇，随之翻了翻，感觉是整个儿一个于右任。当时，欲望没有强烈到强迫我买下来，现在连书名也忘却了，很是后悔。每欣赏一次他的书法，就后悔一次，折磨人啊。由这件事得到两点教训：其一，好书可遇而不可求；其二，不可弥补的后悔是永远的后悔。

　　还有的尤为深刻的后悔是，小时候背书不多，青年时代看书不多，望六之年，后悔较多。这一点似乎与北大教授汤一介的感慨相似。我的大女儿上大学时，我就让她背《论语》，研究生上完了，也没有背完，在我看来，她是抓了芝麻，丢了西瓜。另有的感想是，总为一些书缠着脱不开身。因为脱不开身，就失去了在书海中旅游的潇洒；因为企求潇洒心切，则愈加不潇洒。尤其是那几部经典，一直在我的读书计划中排着，却没有很好落实计划，**后悔莫及啊。为什么呢？也是因为有着小鸡啃骨头的感觉，却没有认真落实小鸡啃肯头的精神。**

有人说后悔对人并非完全没有帮助，有时也具有正面功能。因为后悔来自反省，《易经》上就有"吉凶悔吝"之说，就是因做错事而生懊恼之意，是有益于改过向善的。然而，像我这样只是不断地加重加深后悔，并无根本改变，要说有什么价值，只是可以作为他人借鉴的教训罢了。在我呢？是只有一点小鸡啃骨头的记忆而已。

许多事尽管可以用科学道理做出解释，但我还是想不明白，就是用科学道理解释了，也还是不满意。比如说这"记忆"。有的人有记忆的天赋，有的人包括我为什么只有记不住、记不全和快忘记的天赋呢？又比如，包括一些老朋友，见了面都生疏了，叫不出尊姓大名了，让人尴尬了，倒是文艺作品中的人物永远也忘不掉，经常到眼前来活动。比如阿Q，比如三仙姑，比如阿庆嫂，很多，很多。还有《巴黎圣母院》的敲钟人，我连他的名字也没有记住，却也不召自来，经常在我的身边出没。这样的情况同样很多，很多。他们的出现并没有改变我的小鸡啃骨头的困局，倒是一再让我的心灵发生着一些变化。我不知道这是应该庆幸，还是应该后悔？不明不白啊！比之于上面的"悔之日深"，大概还是庆幸多于后悔吧？

第九章　小鸡啃骨头

寻找向导

从少年到青年做过许多梦，由于没有遇到好的向导，梦便无所归宿，以至于大都破灭变成彩云上面的水蒸气了。

这几年，谈人生、谈读书、谈成才、谈事业、谈休闲、谈禅论道的书泛滥成海，多到令人生厌，选择成为一件十分繁难的事。

别的不说，据说人生是需要学习的，又据说使用是学习，读书也是学习，二者都是要把别人的变成自己的，过去的变成现在的，将有的变成已有的。或者由于范围大，又不只由于范围大，个人眼界又有限，不免需要指导。

指导读书这件事大概很难，鲁迅和胡适这样的青年寻师都没有系统回答过。

毛泽东说，学习就是要吸收那些用得着的东西，拒绝那些用不着的东西，增强那些自己特有的东西。这对他或许意义重大，在我看来，也太实用主义了。前途也许是光明的。但是，选择"用得着"和"用不着"，已很繁难，认识"自己特有的东西"，就更难了，何况也未必唯有这样才好。

周汝昌和叶嘉莹的老师顾随的讲学提纲：《顾随诗词讲记》和《顾随论学精要》，流露了一些读书问学心得，有着很高明的意见。钱穆先生掘深探幽的功夫很深，从他的书中可以寻出一些读书求深的路径。北京大学编写的《影响当代大学生的一百部经典》，我翻了翻，感觉兼容并包，中西合璧，很具挑战性。

至于汗牛充栋的人生指南，不能说无不千篇一律，除了选择，还要想想作者实行的如何。

关于死人指导活人这件事，经常出现要得与要不得的摩擦。据我的印象，将历史看作一面筛子，好像筛过来的好东西较多；将历史看作一个成长的人，好像小孩子并没有承担指导大人的任务。这件事究竟如何是好，我主张向前看，沿着自己看到的路，理直气壮向前走；同时，也不反对回望以及在路边稍停片刻，看看前人留下的行路图。

王元化被打成"胡风反革命集团分子"，开除党籍、降级、下放到上海作协文学研究所。当时给予他友谊、帮助、鼓励和温暖的是所长郭绍虞、教育家韦卓民、哲学家熊十力。他在后来的反思中得出结论：王国维、陈寅恪被划分在"五四"范围之外，但他们的忧患意识是很深的，他们弘扬传统，重建中国文化，是含有救亡图存意识的，对于"独立之精神，自由之思想"的追求是非常坚定的。如果以"独立之精神，自由之思想"去衡量，对当时许多人物的褒贬就会有很大不同。汤一介"文革"中参加了"梁效"写作班子，后来被审查一年不了了之。他的教训是跟风听别人的不如听自己的。杨绛先生一百零六岁，还在写作。她一辈子从来不做敲锣打鼓的事。有人说她是静悄悄隐身，又静悄悄地影响这个时代。

向导何在？我愿意继续寻找。或许寻找也是一种向导。

第九章 小鸡啃骨头

读大天空

郑和出海确有其事，孔子"乘桴浮于海"只是说过的事。

近见一说：孔子是开放的先师，后世儒家朱熹、王阳明者流固执己见，将天空缩小了。当然，"道不行，乘桴浮于海"，也可理解为是孔子抱怨自己的主张像小筏子漂浮在海上一样前途渺茫。

通观《论语》，孔子并不把眼光限于小天小地。倘有飞艇船舰，他周游范围会更大，思想的天空将更广阔。

无论如何，用开放的眼光读《论语》，天空会大些。人，不管是尼采说的污脏的泉水，还是超人与动物之间的一根绳，**只要将智慧撒向天空，就完成了动植物向人的过渡**。我很赞赏自称为中项的帕斯卡尔的一句话："假如你赢了，你就赢得了一切；假如你输了，你却一无所失。"这是对上帝的赌注。前者是永恒的幸福，后者是有限的损失，但这种损失却造就高尚的德行。他会思想的脑袋是令人敬佩的，尽管他认为人是一根芦苇，却是一根虚心以待的芦苇。

说过读书是让作者在脑里跑马的叔本华，也相信智慧的力量。他不仅说过世界上最高超的人是从不犹豫、从不慌乱的人，而且说过，一个真正想成就一番事业的人，定不会以一时一事的顺利和阻碍为念，也不会为一时的成败所扰。我从他的这一趟跑马中，不仅觉出不应拒绝作者的跑马，而且觉出这跑马，可以在我的脑中跑出一个更加广阔的地面和天空。

尼采主张活在世间,也要超越世间。若能如此,便不会为世间和时代的变化所左右。

伊壁鸠鲁说,自给自足的最大成果是自由。然而他又说,如果你想要真正的自由,你就必须是哲学的奴隶。美国第三十八届总统福特说的也是实情:一个大得足以给予你所想要的一切的政府,也是一个足以取走你所有的一切的政府。

据说柏拉图哲学有一个难题,就是上界与下界的沟通。所谓下界,就是我们日常生活所经验的充满变化的一切。上界呢?就是所谓理性的对象是理型,理型所构成的世界称为上界。据说新柏拉图主义想了种种沟通的方案都不理想。我没制定方案的本领,但我是下界上界都要,所要的是更大的天空。

伟大人物的著作,未必都是环绕在天空的太阳,但至少是一片蔚蓝的天空。一切正待发现的伟大著作,也将为天空增色添彩。

第九章　小鸡啃骨头

词　苦

如果说理屈词穷是很尴尬的一件事。那么，急用时为找不到适当的词而搜肠刮肚、翻箱倒柜，则是一种苦难。

《大道理　小故事》《哲理故事》《小故事中的六智慧》尽管振振有词，凿凿有理，但论起词汇的丰富来，还数《诗经》《山海经》《鲁班经》《红楼梦》《资本论》。

我曾向自然界找词汇，几乎等于请嫦娥伴舞。不知吴刚伐桂有何感想，**我总是苦于有了灵感没有恰如其分的词汇，致使灵感挂在了天边，随云飘散，并无桂树飘香。**

随手翻看《中国诗典》，竟碰到这样一句话："游戏最迷人的笑脸是愉悦。"注脚是：愉悦在我这儿，一直是一个挺大、挺大的词儿。词分大小，我不是第一次听到；是否排辈分，我第一次想到；至于高矮美丑，那要看放在什么地儿。

近日得到一部精装彩色版的朦胧诗集。据说它是中国近百年的新诗史上一段永恒的文化标记，又说其中每一个字都是激情的呐喊，每一行诗都是心灵的歌唱，每一个诗人都是精神的寄托，是一代青年觉醒的心声，是与一个已逝的时代告别的"宣言书"。然而，诗人北岛却从心底喊出："我寻找你/在一次次梦中/一个个多雾的夜里和早晨/我寻找春天和苹果树/蜜蜂牵动着一缕缕微风/我寻找海岸的朝汐/浪峰上的阳光变成的鸥群/我寻找砌在墙里的传说/你和我被遗忘的姓名。这诗，这喊声，这发自内心的激情，当然有本来的原因和伟大的用意，但移来用于我经常的、不时的找词之苦，也很切当。

另一位诗人则是这样抒发自己的心情的：我如果爱你——绝不像攀援的凌霄花，借你的高枝炫耀自己；我如果爱你——绝不学痴情的鸟儿，为绿荫重复单调的歌曲；也不只像泉源，常年送来清凉的慰藉；也不只像险峰，增加你的高度，衬托你的威仪。这诗恰恰最准确不过地表达出我找到一个恰当的词儿并恰当地安排它之时和之后的心情。

"词库"里面学问很大。否则，脱离混沌初开多年后的古人不会弄出一部《说文解字》。然而，面对字词的大小、多少、高矮、辈分、美丑、长短、轻重、明暗，我依然困惑：少有少的困惑，多有多的困惑。在困惑中死亡，在困惑中新生。

第九章　小鸡啃骨头

敬佩经典

上世纪二、三十年代读马列，那可是新潮、刺激、危险的事；现在，不仅算不得新鲜，甚至被认为是不合时宜。

我没有刻意与所谓的不合时宜唱反调，但《马克思恩格斯选集》、《毛泽东选集》、《邓小平选集》，仍然不时翻翻。《陈云文选》有过一个小字本，弄丢了，很想买个大字本来读。读他的经济思想，欣赏无与伦比的简洁美。电视剧里饰陈云的演员，记不清他的大名了。他像陈云，不仅是体型，而且是一身的简洁。我最敬佩他的正是这简洁。

敬佩伟人，敬佩经典，敬佩大家，敬佩简洁，敬佩流畅，敬佩大气，敬佩美，应该也是人的天性。**敬佩不是迷信，而是对太阳的感谢。**

一般而言，说到经典，总是指民族文化的源头，古代圣贤才智的结晶。比如《易经》《诗经》《论语》《老子》《孙子兵法》等。一位教授说，"经典"自然代表着一种肯定，一种从古到今历经时空的转换，并仍能在日常人生中屹立不摇的价值。我自然同意此说，同时认为，经典还是一种高度，一种亮度，一种温度，一种基础，一种力量。**它不仅融入一个民族代代相传的生活，而且汇入这个民族生生不息、流淌不止的血液；他不仅是一种屹立不摇的价值，而且是一种令自己和他人都肃然起敬的份量和气质。**

汉朝有一句俗谚说："遗子黄金满籝，不如教子一经。"经过几千年节选沉淀的经典当然是"极品"。读书先从"极品"入手，眼界自然高，入门自然快，自然不会走冤枉路。这也是被公认的卓识。还有人说，中国人站起来就要有中国人的气质，就是几千年文明浸润，苏东坡说："腹有诗书气自华。"秘诀在此。气质不仅可以塑造，而且可以转移，要诀在于经典。

敬佩经典，当然要经佩孔子，敬佩老子，敬佩孙子，敬佩屈原，敬佩李白和杜甫，敬佩苏东坡；同时也敬佩苏格拉底，敬佩柏拉图，敬佩佛陀，敬佩康德、黑格尔、马克思和维特根斯坦，敬佩歌德和尼采。

第九章 小鸡啃骨头

崇信如一

张五常先生早几年就宣布不再读书了，说与其读书还不如到街头看美女的屁股。美人的屁股是可看的，或者比脸更可看。有人经常说大脸比小脸更好看，就是证据。不少人像风吹杨柳一样摆动它，至少是一种炫耀。

毛泽东一生读书欲望强烈，晚年似乎更强烈，弥留之际还让秘书念书给他听。最后一次只听了七分钟，再没有醒来。他是伴着读书声去见马克思的。至于他是否与马克思讨论书中的问题，只好以后再调研了。然而，无论如何，我崇拜毛泽东，敬仰马克思，不赞赏张五常，尤其崇拜自然如一的精神追求。

中国文化中的"一"字最大，横竖可称为天地，旋转一周即是宇宙。**我的所谓"如一"，既没有钻到佛殿里去，也没有与马克思称兄道弟，更不敢踏进宇宙的足印里，不过是乐于"一如既往"读点书而已。**

要读书自然想到老师。我对我的各位老师都很敬佩，但又不能不羡慕周汝昌和叶嘉莹的老师顾随先生。叶嘉莹说，古人有言："经师易得，人师难求"，先生所予人的乃是心灵的启迪与人格的提升。而我最崇信的，仍然是他的自然如一。

曾子有言在先："士不可以不弘毅，任重而道远。仁以为己任，不亦重乎？死而后已，不亦远乎？"顾随先生有解在后："士"乃君子的同义字。曾子对"士"有一个切实的认识，不游移；有一个清楚的认识，不模糊；有一个深刻的认识，不浮浅。而且还不只是认识，是修、行。他还在"修"和"行"下面加了着重点，以示强调。并说：一、认识，二、修，三、行。我的"崇信如一"，至少应该做到这三条。

第九章　小鸡啃骨头

心有余欲

目前的书市以及多数图书的"花花绿绿"已经到了令人生厌、深恶痛绝的地步。

置于床头常看的《坛经的智慧》和《仿佛居士说〈坛经〉》，应是清凉之地的清静之物，却也被花花绿绿包裹着，将此从圣殿拉入垃圾场。这花花绿绿的装帧，令人眼花缭乱，与内容的格调、作者的规格极不相称，使人不能不想到强迫释迦牟尼和毛主席上花轿，是可忍，孰不可忍。就是给六祖慧能披红挂绿，那也不能不是一种污蔑。

钱锺书先生一针见血地指出，卖弄装腔以及一切"市井气"或俗气的事物就坏在"太过"、"太多"两点。这就像干瘪老太婆头戴金丝假发，脏手戴珠宝，让人俗不可耐。目前书市的书籍装帧，至少有许多也让人有这种感觉。

宗白华先生指出，《易经》中有一个重要的美学思想，就是认为要质地本身放光，才是真的美。所谓"刚健、笃实、辉光"，就是这个意思。如此宝贵的"核心价值观"，为什么就不能做到心诚意重，发扬光大呢？

鲁迅先生是文学大师，也是装帧大师。透过他自己设计的封面，可以感受到他对书衣的审美是怎样的意到心重啊！《呐喊》是他的第一部小说集。封面背景为深红色，黑色的方框如同一个铁窗子，中间是自书的带有隶书风格的"呐喊"二字，仿佛是一个觉醒者透过铁窗子向黑暗的社会发出呐喊之声。简洁、大气、深邃、有力，堪称装帧典范。《中国小说史略》、《热风》、《华盖集》、《而已集》、《三闲集》、《二心集》、《两地书》、《伪自由书》、《南腔北调集》、《准风月谈》、《集外集》、《故事新编》、《花边文学》、《且介亭杂文》、《且介亭杂文二集》，大都是鲁迅先生自书书名亲自设计的封面，几乎都没有什么图案，却无不突显出他的匠心独运。我想，这样的书置于书市，一定更加给人以鹤立鸡群的感觉。鲁迅的第二部小说集《彷徨》是陶元庆设计的封面。鲁迅先生在给陶元庆的信中说："《彷徨》的书面实在非常有力，看了使人感动。但听说第二板的颜色有些不对了，这使我很不舒服。"这个封面，太阳很简洁。鲁迅先生说太阳画得极好。评者认为：鲁迅设计的《呐喊》封面，鲁迅推重的《彷徨》封面，正是因为有中层的"善"、深层的"真"，而名垂装帧史册。这"真"不是西方的"真"，而是中国的"真"。它是深层的宇宙意识，是更高意义上的"真"。我想现在装帧上的花花绿绿，如果不是不懂这"真"的真谛，便是故弄玄虚，以此来哗众取宠了。

　　诚然，现在书市的书的装帧也不是没有好的。中州古籍出版社的《国学经典》，就简净挺拔，令人赏心悦目。因囊中欠丰，居室狭小，我仅选购了《百喻经》、《长短经》、《传习录》、《幽梦影》数种，留下一点念想，可谓心有余欲。

　　《坛经的智慧》作者是我们山西洪洞人，像称章太炎国学鸿儒一样，可称为当代禅宗大师。我未能寻访他，请他当面开示，

第九章 小鸡啃骨头

却记住了他在书的开篇说的话:"真理面前,释迦也无可骄傲的,牧童桑女,甚至盲、聋、哑,也是无所退让的。"

我对书的"心有余欲",大概既算不上"骄傲",也未可列为"退让",倒是作为一种正常欲望,可以任由它存在。而且认为,这样的存在未必不是一种清凉。

充饥与冲出

《智断疑案与逻辑推理》这部书是在广场书店遇到的，捧在手里勾起青少年时期的回忆。

那还是上世纪六十年代末，我遇到《读水浒 谈哲学》这样一本书，由此知道人世间还有逻辑推理这么一回事。一直以来很想钻进去，却始终没有钻进去。读了《福尔摩斯探案》强化了这种意识。后来，认识到形式逻辑只能解决语言形式问题，辩证逻辑才解决近乎本质问题，然而却依然没有钻进去。又后来，虽然认识到我的这种认识不但是不正确的，而且是极端浅薄的，却还是没有钻进去。再后来，忽然对逻辑生厌，就更钻不进去了。

要说当年，那是一个饿死人的年代。读书好像也能充饥。钻进去则可能忘乎所以。我没有钻进去，也没有忘乎所以，倒是切实记住了饥饿的折磨。对人而言，充饥是第一要义，饥饿是第一折磨。求知则有些不同，好像是知识超多越深，饥渴越重，求知的欲望也越强烈，受此折磨也越灾难深重。

太阳的运转好像是一直以来的事，惟有近期以来的运转带来更多的光明。卫星纷纷上天了，生活条件好于以往任何时代了，人心也上天了，我也竟生出向逻辑挑战的非分之想，企图跳出逻辑牢笼，让思维更加广阔。然而，与逻辑关联的书依然一路读上去。《政法笔记》《奸臣论》《中外辩护词名篇》……读后虽然不能说增长智慧，却对逻辑推理加深印象。大概并非与饥饱有

第九章　小鸡啃骨头

关，却也更加感觉到逻辑有碍于天地宽阔了。我还想读金岳霖先生的《逻辑》《论道》和《知识论》。这三部书在书架上距离我常坐的地方并不远。却一直没有取下来，走进去。不是为逻辑阻隔，而是"牙齿？"还不锋利，怕啃不动。金岳霖先生一直对《论道》出版后石沉大海耿耿于怀，看到我如此没出息，大概也会耿耿于怀吧。

近日看到一本名叫《逻辑方圆》的书。其中说到，逻辑处于人类知识整体的核心，所研究的范围正是语言、思维和哲学尤其核心的部分。这样说来，如果将人类的知识比作一个人，逻辑当是头脑或心脏部分。去掉、移植、改造，都比较困难。如此，不是与我常说的冲出逻辑牢笼很是有些矛盾吗？因为既然是核心，其保护层必然是一个很大的系统，在我没有找到绝招之前，打出去所使用的工具和方法，仍然是语言、思维以及哲学方面的一些方法。况且，我目前还在充饥，也只能将这打出去的工作放一放了。

不过，当我想到"日心说"这样一个曾经影响重大的伟大发现，也不过是一个错误观点，我们目前一直使用的东西南北方向，也不过是一个暂时的规定时，我对冲出逻辑的束缚还是有信心的。何况，人类已经冲出地球。我不相信我们不论走到哪里，都需要像重罪犯一样戴着逻辑的镣铐。

积累与直立

我非常佩服收藏家。

邮票、纸烟盒、火柴盒、树皮、草根、石头，无论什么，只要收藏一生，甚至几代人像接力赛那样收藏下去，便有伟绩出现。

郑振铎先生善藏书，他的插图本文学史很丰满。胡适先生说，他真正的收藏是"全世界怕老婆的故事"，并由此得出结论：凡是有怕老婆故事的国家，都是民主自由的国家。我不知道他的收藏是否强化了民主意识，他的怕老婆倒是始终保持着清醒的意识。他虽然有过婚外恋，但终归还是怕老婆意识占据上风。

在我有限的藏书中，有两种《生活中的经济学》。其一是茅于轼先生上世纪九十年代的著作，其二是美国的贝克夫妇2003年的合著。他们无疑是生活的收藏家。**他们在收藏中发现，在发现中收藏，而后成其著作。**

我没有耐心做收藏家，却发明了"跳读法"。跳着读过茅先生和贝克夫妇的书后得出结论：即使有些地方没有读懂，也没有什么损失。由此深信，主编《中国历史地图集》的谭其骧先生所说的"一个假期横扫一个图书馆"，不是虚言。

同样是动物，主动直立起来的猴子慢慢成了人，懒得直立的则仍是四条腿走路的野兽或供人驱使的家畜。即便有翅膀的鸟，虽然飞翔了，也只是飞翔了。**茅于轼先生和贝克夫妇，除了具备**

第九章 小鸡啃骨头

人的直立、鸟的飞翔，收藏家的积累，还以他们的勤于思考，精心研究，写出人人都在其中，却未必人人都可以写出来的《生活中的经济学》。

《山海经》中说到一种动物，有鸟一样的身子和翅膀，有龙一样的脑袋并佩戴皇冠，它很自然地直立在那里，两眼放出智慧的光芒。人们不知道它本来的名字，管它叫鸟身龙首神。看着它，我忽然觉得它就是茅于轼和贝克夫妇的画像。

泰戈尔说，正是为了追求生命的尊严，我们才将自己属于人的伟大真实中的意识加以扩展。我们通过仰慕和爱，通过翱翔于现实之上的希望，通过超越我们自己的生命期限，进入无穷无尽的时间，使我们的生命得以在所有后人的身上延续，实现生命的尊严。我想，无论是积累，还是直立，都应该以此为追求，实现生命的尊严。

面对"文化垃圾"的反思

　　面前有一堆像山一样的垃圾，臭气熏天，哪怕香气逼人，恐怕都是难以容忍的。

　　然而，日复一日置身于文化垃圾当中，却不拒其臭，以臭为香，并且总是好这一口，据说也是一种市场需求。因为有需求就有市场，有市场就有利可图，所以便形成像苍蝇逐臭一样的推波助澜。

　　面对打又打不得、骂又骂不得的文化市场，远离文化垃圾，倒真成为当代人的一大困惑。

　　学雷锋是一种选择，堵枪眼是一种选择，卖淫、嫖娼、赌博、吸毒也是一种选择。与一些下流行为相比，到文化垃圾中遛遛弯，似乎算不得什么。然而，深受其害而不以为然，岂不危哉？如果形成一种趋势和潮流，其危害岂不何其大也哉！

　　我也接触过叔本华的原著，但他说的"读书是让作者在自己脑袋里跑马"的话，却是在一种选编本中看到的。关于此说，我最早还在鲁迅先生的杂文中看到过。为此，鲁迅先生还说过："较好的是思索者""更好的是观察者""用自己的眼睛去读世间这部活书"。**通过观察与思考，分出美丑、香臭、益与不益，是极端重要的一件事。然而我却又担心，只怕是风大难安帐篷，水大难浇田园，山陡难为牧场，一旦势不可挡，便成重大灾难。**

　　民间传说，神农氏尝百草、品药性，曾一日三中毒。不过，

第九章　小鸡啃骨头

据说他头上有一只角,中毒后只要摇一摇,便平安无事。《山海经》记载的第一条山系叫鹊山,山系的第一座山叫招摇山,山间有一种草叫祝馀,据说人吃了它就不会感到饥饿。山上有一种树结的果实叫迷榖,如果将它佩戴在身上就不会迷失方向。山中还有一种像猿猴的兽叫狌狌,吃了它的肉可健步如飞。据说此山的河里还有一种水生动物叫育沛,把它带在身上能预防肠道寄生虫病。这都是一些美好事物,或者说是古人的美好愿望。现代人虽然进化了,进步了,怕是仍然难以有此善遇。既不会有此善遇,就更应该增强预防意识,以自己的主观努力,增强上述功能。

我的这三本书(《旷思敛语》《从师心语》《读书小语》)出书过程中,曾想过冠以"读书系列丛书"。而后想到它不足以代表我对文化,尤其是文化的核心和高处的经典以及圣人、神人、贤人、好人以及他们的劳动、创造、成就的仰慕,而且认为在横扫的飓风刚刚过去之后,在文化垃圾泛滥的目前,提倡对高品位文化的仰慕和追求是尤其必要的,所以改为"仰慕文化丛书"。后来,又觉得这个丛书名仍然有点累,说是"仰慕"反而"仰慕"的不够深入,才又改为"经典散步丛书"。我并非不希望站在巨人的肩上,平视以至俯视一切。但不可否认的是,对刚刚过去的横扫一切太记忆犹新了,对目前的亲近垃圾文化太触目惊心了。为此,保持一点仰视的心态,实行一种步入林中的行为,虽然未必就是上乘,毕竟是大有必要的。

走向"朴厚"

季羡林先生仙逝了。他在世时,我曾前往他的住处徘徊,却没有机会会面;他去世了,仍然有他的书可以天天会面。

在太阳照耀下的东西两半球,大概至少有一部分人知道季羡林先生被称为"藏书状元""学界泰斗""国学大师""文化昆仑",是为数不多的"国宝"。然而,我追着赶着的似乎并不是这些,而是好像与此不大相干的一种感觉,与吃酒、品茶、洗澡、做爱可以并列又并不并列的一种感觉。

雪天读季羡林先生的书,有上天堂的感觉。这感觉恐怕仍不是"与之化矣"的结果,还是与吃酒、品茶、洗澡、做爱可以并列,又并不并列的一种感觉。若给这感觉列一个等级,似乎与冬晒太阳夏乘凉不差上下。

我是否已入芝兰之室,好像并不重要。重要的是这曾有、正有、将来必然还有的感觉,与吃酒、品茶、洗澡、做爱可以并列,又并不并列的感觉,在等级上似乎与冬晒太阳夏乘凉不差上下的感觉。

在诸多感觉中,有一种或味、或风、或色、或空旷、或温馨的感觉引起我的特别感受。是什么呢?我说不出,却知道张中行先生凭着他的感觉曾说出过"朴厚"二字。他的理解是,季羡林先生一身而具有三种难能:一是学问精深,二是为人朴厚,三是有深情。他认为,三种难能中,最难能的是朴厚,像他这样的,

第九章　小鸡啃骨头

找不到第二位。我则由他的感觉中进一步感觉到：他的"学问精深"和"有深情"，不是"朴厚"的两翼，而是"朴厚"的两大基础。因此，他的"朴厚"更加"朴厚"。

"朴厚"似乎应该是对季羡林先生的总概括。近日，与新出版的《季羡林全集》相遇，再次像弹钢琴一样抚过一遍，依然觉得它是"朴厚"的物化。我不是物，也不是非物，却希望通过物物相契，进入"朴厚"的极大天地中去。

祝勇教授编了一套《中国好文章》的书。其中的"白话文卷"选了季羡林先生的《在敦煌》一文。过去我没有读过这篇文章。因为它得到选者的推举，我还是看了。读后第一是承认选者的眼光；第二是感到"评介"并没有评介出什么，只是其中讲到一件往事让我心生更多的敬意。即：一年新生报到，一个新生看到一位穿一身洗得发白的中山装的老者，把他当成老校工，便请这位"老师傅"帮忙看行李。季先生一直立在那里帮他看行李。后来开学典礼，看到季先生坐在主席台上，才知道他是北大副校长，心中不免生出自疚的感觉。

我觉得，这个故事可以作为"朴厚"最浅显的解释；更深的解释呢？不用看他的别的文章，更不用读他的全部著作，读了《在敦煌》，就更明白了。

并不遥远的星空

就文章而言,我最喜欢的还是鲁迅的文章。

我曾在广泛中寻找比较,找来比去,还是没有人能比过鲁迅。这或许是我的感觉,但并不只是我的感觉。

倘若增加一个,是周作人,变为"周家兄弟"。再下去,好像是胡适,难以确定。林语堂的散文,大概是他的绅士架子对我不大相宜,一直喜欢不起来。但他所著《苏东坡传》,我读过两遍,还想读,喜欢其逸趣——不是绅士的架子,而是逸士的闲适中的超迈之气。

我对朱自清的散文、徐志摩的诗、叶圣陶的教育文字,都有些兴趣,但都没有读鲁迅的感觉。一位朋友的女儿找对象,见过几个小伙子,说是没感觉。她的父母对这个"没感觉",很是头痛。我读书,常是跟着感觉走。即便是星空一瞥,也是为着感觉。如此而已。

这感觉,好像不仅是一种气息,不仅是一种味道,不仅是一种韵律,也不仅是一种魂牵梦绕。我还可以"不仅"下去,但是,"不仅"到最后,也还是很有味道。

在鲁迅的同时代人中,刘师培的著作我接触不多,据说他注重"文词壮丽""藻以玄思",认为"言无藻韵,弗得名文"。"藻韵",大体是文采神韵。我对这个"文采神韵"很神往。

鲁迅先生憎恨"将扫除庭院与劈开地球混作一谈"。刘师培

第九章　小鸡啃骨头

政治上失足，为世人不齿；文章好，文名大，是事实。章太炎称赞他的学问是"千载一遇"。鲁迅不止一次推荐他的《中国中古文学史》。此书没有像《中国小说略史》那样备受关注，大概是因为处于月食阶段。月食是一个瞬间，人生也是一个瞬间，历史不是月食，却由瞬间组成。对于一个作者，月食却近乎活埋。

然而，一个以文章生活和名世的人，"月食"虽然是可怕的，但毕竟是暂时的。月食不会遮没群星。那是怎样一个时代啊，那是怎样一群人啊！他们早已在历史的天空定位，对于他们的关注和借光，并不只有数星星的人。

我的心中有一个文学的星空。最亮的一颗星是鲁迅。此外当然不只有周作人、胡适、林语堂、叶圣陶、朱自清……我不时望望，这星空便成为我的天地。不过，你说是你的，我也不和你争，继续望下去罢了，做你的陪望者更是我的心愿。炎热的夏天，捧回一个碧绿的大西瓜，一刀下去，一分为二，那半圆、那颜色，水灵和清凉都很解馋。我的星空一瞥，大体如此。写到这里，我似乎有点得意。得意我也是一个切瓜老农，而不是观察星象的泰勒斯和诸葛亮。

"蹲点吃饭"

《大学者随笔书系》是我近来常常访问的一群书。

像这样成群地读书,使我想起父亲的放羊。他的羊群最多的时候有200多只。有黑羊、白羊、花羊、还有红羊。我从小就喜欢去看羊。当地的人常说:"早看媳妇,晚看羊。"媳妇是晴朗的早上最好看,羊是晚霞映衬下的傍晚最好看。当然,好像还有的原因是:早上刚刚梳洗打扮又未经劳役之苦的媳妇自然容光焕发;而到山上经过丛林梳理的山羊群到了傍晚一个个的羊都很顺溜。现在想起来,喜欢看羊,是我接受的最早的美的教育。

改革开放后,父亲又经营起一群羊。在他眼中和心中,不仅每只羊都有名字,各自的年龄、脾性和血缘关系都记得一清二楚。因为放羊,要给羊治病、接骨,父亲也成为一个按摩师和接骨匠。父亲的这种精益求精的敬业精神,是我接受的最基础的敬业教育。

我很敬佩父亲的吃苦和专心。在我心中,父亲也是一位"大师"。大概也与对大师的向往有关,当然主要还是他们这个层次的文章好,读他们的文章,比看羊有着更丰富的感受。遇到北大出版社出版的"大学者书系",我是见一本买一本。不仅买了,读了,而且还与责任编辑王炜烨老师成为朋友。

这套经王炜烨老师精心策划的书,只需短短三五日,便可以从整体上把握一位大学者。当然,就我个人而言,还不能说对每

第九章 小鸡啃骨头

位大学者做到通体抚摸,更没有能力和精力完全进入他们的内心世界。只是像偶尔下乡吃派饭那样,在每位大学者的厅堂里坐坐,吃点便饭,还做不到像当兵服役那样,在一个较长时段里,在他们的精神世界和艺术境界里"当兵吃粮"。因为只是蜻蜓点水似的去吃派饭,至于吃后必然如何,我暂时也没有太多关注这必然;又好像是像享受大餐美味一样,度过片刻享受美味的时光。这样的享受是否远离必然,也不去管它,只顾当时当刻的享受罢了。我相信有了当时才有必然。

我就这样偶尔吃着,也偶尔享受着。徐梵澄的《古典重温》,王佐良的《心智文采》,冯友兰的《理想人生》,叶圣陶的《生活教育》,朱光潜的《大美人生》,胡风的《人与文化》,沈从文的《生之记录》,周一良的《书生本色》,赵鑫珊的《精神之魂》,闻一多的《历史动向》,林徽因的《和平礼物》,许地山的《空山灵雨》,顾随的《读书生活》,顾颉刚的《人间山河》,郁达夫的《伤感行旅》,启功的《文心书魂》,无不令我吃在其中,乐在其中,吃喝享乐在其中。顾随的《读书生活》光顾较多,品味更多一些。如此享受,尽管是片刻的感受、片刻的安宁、片刻的心安理得,但也得安其里,幸福安康。

在不知不觉的享受中,我还品出了什么是根底深厚,什么是文字简静,什么是宏远、深邃、从容、透辟,什么是精妙、鲜活、隽永,什么是以平白的话说出难明之理,难见之境。这似乎近于那个"必然"了。然而,我仍然不去理会那个"必然",好像只要稍加理会,便会破坏我的享受似的。

我享受的副产品，是边享受边将这享受的感觉写在书边，像钱锺书的《写在人生边上》《写在人生边上的边上》那样。后来，在不知道为什么的情况下，将它们掇而成篇，便有了《从师心语》这本小书。当然，这还不是我交的饭费，只能算是吃过派饭之后，抹抹嘴，说了一句谢谢！

第九章 小鸡啃骨头

愧对"大家"

我喜欢《大家小书》。一大一小，透出的是一片开阔的天空和无限的轻松。

耍惯大刀的关老爷，心再细，也非绣花能手；大学者、大作家写小书却是游刃有余，挥洒自如。

"星垂平野阔，月涌大江流"，既为大家，当然不只仅有"小书"。他们是将"大家"的学识、神韵、天才的感悟和深厚的积累融入了"小书"。这小书竟成为大学者身后的丰碑。有的"大家"正是因为"小书"奠定其地位，"大部头"反而不过如此。

当然，一般而言，大家的"大"，主要还在"大部头"。我书架上也有几部"大部头"。现代中国的如《鲁迅全集》《沈从文全集》《钱锺书集》《陈寅恪集》《周作人集》《华君武集》《孙犁集》《范曾集》《胡适文存》和王元化先生的《清园文存》；中国古代与外国的除《曹操全书》《韩愈全集》《欧阳修全集》《圣经》规模不大但容量宏富外，《苏东坡全集》《史记》《资治通鉴》《莎士比亚全集》和《维特根斯坦全集》，不是几厚册，就是一大溜；马、恩、列、斯、毛、邓选集，当然也是大部头经典著作。

我曾将思绪浸入"大部头"，心里美美的，沉沉的。然而，又常常生出对不起"大家"的愧疚，因为我经常光顾的并不是他们的"大部头"，而只是"大家小书"。

出自"大家"之手的薄薄的"小书",既是"精品",又是"大家"交往融会的"据点"。比如,《孔子的故事》和《鲁迅批判》是文学评论"大家"李长之与古今两位大圣人的对话;《史料与史学》和《史学遗产六讲》是大史学家翦伯赞和白寿彝对古代史学的"大家评述";《红楼小讲》是红学魁儒周汝昌对《红楼梦》的作者曹雪芹其书其人其才其识以及"四其"之根的"悉心全品";《历代笔记概述》是《辞源》副主编刘叶秋对《博物志》《世说新语》《梦溪笔谈》《容斋随笔》《聊斋志异》《阅微草堂笔记》《日知录》等名人名著的"放眼考量";《梓翁说园》是盆景式的对大江南北名园的盘点品评,也是与历代哲匠的"对话与交流",字里行间豁显着集园林、古建筑、书画、诗词、散文、昆曲于一身的艺术大家陈从周先生的渊博和深厚;《漫步遐想录》和《先知 沙与沫》这两部书始终是我爱不释手的"小书",一是徐继曾翻译卢梭的随笔杰作,一是钱满素翻译纪伯伦的不朽诗篇。

仔细检点自己,喜读《大家小书》大概也有懒与怯的表现。因为我所喜好的主要原因,竟是这些"小书"的体格轻灵。——当然也包括它们的骨骼健全和目光深邃。即便如此,仍然可见自己的"浅"和缩。所以,我对"大家"始终有一种愧疚之心。

第九章　小鸡啃骨头

向外招手的圈

我对北大教师，较熟悉的竟是鲁迅、胡适和冯友兰等那些远去的背影。

他们虽然远去，但他们的书，他们的思想，已成为他们的塑像，和留在人间的天空；已成为公众游览的景区、公园和可以翱翔的蓝天；已成为我常常愿意漫步其中的乐园和安身立命的天堂。

当然，我在其中漫步时，有时也会向外张望上几眼。比如我对鲁迅尤为佩服，除了知道一点鲁迅，竟在不知不觉中，借助鲁迅的目光向外望望，望到了鲁迅和他的朋友圈，还有鲁迅和他的论敌圈，而且将《鲁迅全集》的注释也作为《世说新语》来读，知道了更大的圈。胡适呢？除了他的《胡适文存》，他的水经注研究，还有《胡适和他的朋友圈》，《胡适之先生晚年谈话录》则是我光顾较多的去处。从他小到对一个字的读音，一首诗词的字句分析，大到国际局势的演变、社会人生以及宇宙新闻的谈说，都在我的脑际留下一个又一个圈。冯友兰先生的《贞元六书》、《三松堂自序》和《冯友兰眼中的学者和学者眼中的冯友兰》、都一样有许多大大小小的圈子。**至于这些圈子是遥远还是切近，是沉重还是温馨，是广阔的天地还是滋润禾苗的雨露，就很难说明白了；可以说明白的是，它们总是不时向我招手。**

我的张望也不限于远去的背影。当代人中，竟也望到尚在北大围墙内走来走去的钱理群、陈平原、温儒敏、李零和走出北大的孙玉石，走出清华的陈丹青等一批人。过去有《孔雀东南飞》，现在有教授东南飞。好像陈平原教授暂时还没有向南飞。南边大概是温暖的，或者有着更宜于学者的土壤和空气吧，总之是更适生存发展吧。作为局外人，怎能知道此中的冷热呢？我只知道那是又一个圈子。

陈平原教授的《文学的周边》，好像是大教授为文学圈外人士写的"准文学史"。其中的篇目有《中国小说史略》《蔡元培全集》《现代中国学术论衡》《文化古城旧事》《古琴音乐会》等九十余幅彩色书影或事迹插图。不厚的一本书，却画了很大的一个圈——向外招手的大圈，把文学墙外的人也圈进去了。简短，精彩，轻松。不愧是名教授精心安排的一次文化旅游。

书名之所以命之为《文学周边》，大概是因为既谈文学，又谈与文学剪不断，理还乱的教育、出版、学术史和大众传媒等。书不大，范围很大；文章不长，容量宏富。比如谈北京的春夏秋冬，仅分别抽取散文大家周作人的《北平的春天》，小说名家张恨水的《五月的北平》，似乎可与鲁迅媲美的短篇小说家郁达夫的《故都的秋》，著名学者邓云乡的《未名湖冰》几个散文名篇，像老太太拆棉被一样，轻轻一揪，就揪出一整床丝棉来。

我终身讨厌道貌岸然的摆架子和故作高深的空架子。总觉得一经摆起架子写出来的专书便"好看无多"，倒是不经意间写出的随笔之类较为有味。**陈平原教授的这本小书，也可以说是随笔，在简要随意的勾勒中，竟将北京的文学渊源、时令变化、人**

第九章 小鸡啃骨头

文掌故、风土人情、文化底蕴翻晒一过。用他自己的话说,是借此介绍了一座"文学城市",他虽然不是旅游局长,还是希望大家到北京走走,到圈里圈外看看。

圣女——旧书也是新书

对多数人而言，读书、买书都是业余所为。这业余之为给我的印象是：旧书也是新书。

在书店存放时间较长的书，书店可能折价出售，但对于读者，未必都是旧书，或者恰恰是求之不得的新书。我利用节假日淘到不少这类貌旧价廉的新书。仅精品柜中就有：《中国历代名人大辞典》《文化知识词典》《医用古汉语词典》《新词语大词典》《圣经文学三十讲》《音乐逸事》《周易与中医学》，还有线装本的《陶渊明集》等。简单说吧，我存书的一小半，竟是这样淘来的。

包括像拾破烂一样捡回来的旧书，一样常读常新。一天，又读《音乐逸事》，看到中文版序言中有这样的话："本书一直不停地再版，如今已通过多种语言来到第三代读者手中。"我在序言的空白处写道："这样一部好书，怎么没有早到手呢？到手时倒好像已不是新娘，而是寡妇再嫁。"这一意念一闪出，我马上进行了自责，此意念也马上得到全盘否定，随之而来的是这样一个信念：再旧的书，只要没有读过，无论何时何处而来，都要像对待新娘一样对待她。**黄花闺女可能被玷污，再破旧的书，在我眼中永远是守身如玉的圣女。**

前几天外出散步，无意之中遇到一家"论斤卖书店"，真是叫人喜出望外。这次"喜出望外"收获颇丰。论斤称回来的竟有

《人生要读的书·珍藏版》、《世界大师名画典藏集》十种。有几种线装书尤其可心。其中的《国学线装馆——论语》,比我以往"论页"请回来的"圣装"版还要称心如意。在我心目中,它们不仅是"圣女",而且简直就是"圣人再世"。因为确有所感,我还写了一篇杂感发表在《杂文月刊》上。

杨力教授编著的《周易与中医学》,也是我在旧书摊上遇到的,崭新如初。搬回来后翻看,喜不自胜。它让我知道《周易》与医学,《周易》与养生,太极科学与现代医学,以及生命科学、气功科学、预测医学、营养医学、时间医学等诸多方面的未知或曰学问,在我心中展开了多篇崭新的一页。我愿意像敬爱老师甚至圣人一样敬爱它。

《新词语大词典》也是于旧书摊搜到的。新词语是社会发展和演变的符号,尤其是在社会巨变时反映最为明显、快捷、深入的晴雨表。它既是一种历史现象,又是一种文化现象,既对记载历史,研究历史,保存文化,发展文化有重要意义,又为回忆过去,展望未来所不可或缺。尤其是建国初期和改革开放之后这两大历史阶段,新词语更是层出不穷、雨后春笋。面对如此多的新词语,真是记不胜记。每当我在写作时,对一些新词语似曾相识,却又少胳膊缺腿,便翻翻这部《新词语大词典》。它不仅为我"拾遗补缺",而且让我有新的相遇或对某一新词语有更深刻的认识。因此,我像感激恩人甚至圣贤一样感激它,敬爱它。

目送书目

看着整墙的藏书，呆呆地想：若要进入他们的境界，就要它们先进入我的境界。

鲁迅先生说过，显示广博的捷径是看书目，比如《四库全书总目提要》之类。他还写过一篇《我要骗人》的文章。不是骗人，而是对自欺欺人的揭穿。文中不仅写了"中国的人民，是常用自己的血，去洗权力者的手"这样的大黑暗，而且尤其深刻地揭示了这大黑暗的并不能说真话的极端痛苦、极端痛恨、极端愤郁。此文看似散漫，却深刻无比，撼人心魂哪！写这篇文章的时候，鲁迅先生已快走到生命的终点了。这篇文章先是用日文写的，译成中文后，发表于一九三六年六月上海《文学丛报》?月刊第三期上。文中说，为了希求心的暂时的平安，作为穷余的一策，我近来发明了别样的方法了，这就是骗人。我的读书，包括读书目，也是为了希求心的暂时的平安，是不是为了骗人？好像不是，但也难以全部否定。因为除了读，还习惯写一点，有时也拿去发表。这发表是否有骗人之嫌，就说不定了。

目送书目，应当走进书中。进去了，便不受时空障碍，也没有那么多的规则和潜规则：见到皇帝不必下跪，见到大臣不必作揖，见到大师不必拘谨；可以与屈原谈诗，随李白望月，向东坡先生讨几颗岭南荔枝；当然，求章太炎《说文》，与冯友兰谈哲学，向岳金霖请教逻辑问题，都可以。最惬意的，除了不必说

第九章　小鸡啃骨头

"今天天气，哈哈"，还使真诚的朋友多起来，丰富多彩的天地宽阔起来，爱弄点别扭的心态也平和起来。

目送书目，大概会有所思。一个人的经历太有限了，可以信手调遣的词汇太紧缺了，而书中各色人等，除了不时献出新词、新话、新思想，还奉献整个经历以供欣赏。这虽然不能满足无限需求，却不失为以无限充实有限之一法。

目送书目，也许会有所失。目送老朋友会怅然若失；迎来新朋友也会想到不久的怅然若失。然而，**"怅然若失"是很可宝贵的，一切的"有获"和"创获"，或许正在这"怅然若失"之中、之下、之后。**

至于读书占去许多时光，失去别的所玩，在我是兴趣使然，总觉别的所玩没有这个有趣和有味。得也，失也，苦也，乐也，各随其便。

"小吃"

六祖慧能得到顿教心法和衣钵传授后,曾隐藏在猎人队伍里生活了十五年。他每天仅以吃"肉边蔬菜"过活,就是在猎人炖肉的锅里放点野菜来吃。

如今这年头,一些人以不用再吃野菜而感觉幸福;另一些人,则以偶尔吃点野菜来改善生活,防止疾病。然而,这两种人大概都不否认小吃的可口。

星期天,偶与家人外出享用小吃,总留下可意的回味。读书也同此理。三秦出版社巧用化大为小的艺术,出版的"国学六元本",恰如将丰盛的大餐化整为零,精选后送上小家庭的餐桌。我选择了过去想读,却没有勇气读下去的《左传》《汉书》《后汉书》《三国志》等十余种,读起来果然精妙明丽,醇美有味。

最近,又遇到一部1938年版影印本《资本论》,是我国第一部全译本《资本论》,译者是郭大力和王亚南。书中没有读者留下的痕迹,可能是从库存中找出来影印的吧。而我却想,如果能影印有眉批、读后的本子,最好是毛泽东读过的本子,除了与作者沟通,还可以与先前的读者沟通。**这样,在享受"大餐"的同时,还可以品尝一点"小吃"——读到先贤的眉批和读后,岂不美而乐哉!**

与此同时,我还想到,毛泽东晚年读书也是偏重于"小

第九章 小鸡啃骨头

吃",《资本论》《资治通鉴》这样的"大餐馆",虽然也时有光顾,但光顾较多的还是《容斋随笔》《随园诗话》之类。我每于书市遇到有阅读痕迹和批注的书,总想多望几眼,我的《读书小语》正是这一癖好的延伸,或者说是扩大版。

近来又陆续得到一套"最美国学丛书",从《诗经》到《宋词》,从《战国策》到《史记》,从《论语》到《古文观止》,都是将"大餐"化为"小吃"。

《最美国学——庄子》的封底有这样的话:大胆把《庄子》拆了,只集中力量告诉你这一百句《庄子》的含义与趣味,正所谓"尝鼎一脔",也许从这小趣味开始吸引你追赶大趣味,忍不住去读《庄子》原典。

《最美国学——论语》封底的话有:"经典"之作自然代表着一种肯定,一种从古至今历经时空转换,仍能在日用人生中屹立不摇的价值。我们何其有幸,可以"站在圣人的肩膀上",落实自己的"经典"人生,不妨就从阅读《最美国学——论语》开始。

是啊,"小吃"常常是为便捷和解馋设计的。然而,谁能说在便捷的解馋中,没有增加营养呢?

开天辟地

开天辟地的毛泽东,就其全部而言,仍然是一个别具一格。拆开来看,他的政治风度,他的哲学思维,他的军事战略,他的文学修养,尤其是他的诗词、书法,无不是别具一格,甚至无一不是开天辟地。

无论走到哪里,客于何处,只要遇到毛泽东的书法,我都要驻足而观,不忍离去。多年来,总想得到一部毛泽东书法鉴赏,一直没有遇到较中意的。《毛泽东的艺术世界》是一部较为好读的书,但评论书法部分并没有说出什么。江苏美术出版社出过一套《世纪书法家》,毛泽东、康有为、于右任、沈尹默、林散之、沙孟海各一揖。别人的,看后有益,也就过去了,对毛泽东的书评,总觉不够解渴。各路大解家如此"不作为",肯定不是被乌云遮住了智慧的心灵,是否是大树下阳光不足就说不定了,或者是为强光所刺,睁不开看个明白的双眼吧。

同是江苏美术出版社出版的《书法家毛泽东》,封面上一个大大的"龍"字,洒脱至极,是毛泽东手书"何时缚住苍龙"的"龍"字。经过如此艺术处理,更突显出其开天辟地的非凡气格。我尤其深刻的印象是:缚住此龙——**或者说蒋介石是来之不易,毛泽东的天高地阔的书法成就——或者说天下第一法书,更是来之不易,著一部格调高迈、中道入微的书法鉴赏——或者说举世公认的名品名赏同样也是来之不易。**

第九章 小鸡啃骨头

此书对毛泽东书法艺术的赏析，也还是没有达我所企盼的成就。虽然没有达到那样一个深度、广度、高度的成就，也不是没有可看之处。比如："功略盖天地，名声昭日月；诗词震寰宇，翰墨传千秋"，可视为一个总评；"高山仰止，景行行止，虽不能至，然心向往之"，是可以认可的欣赏态度；评说《忆秦娥·娄山关》手迹是毛泽东狂草中最精彩之作，标志着其书法艺术的最高成就，不失一个准确的判断。这位解家还具体说到，毛泽东的这幅书法"运笔用抽锋提腕法，笔姿潇洒流畅，点画苍劲圆转，用墨浓干苍渴，连笔映带细如游丝，飞白如擦笔，莽苍激越，流转奔放"；"整幅作品大气磅礴，苍茫雄浑，其势若惊雷闪电，气壮山河，苍凉悲壮，其态似龙蛇盘行，屈铁盘丝，遒劲有力，筋骨深涵，自然流美，富有韵律。"这个品评是中肯的，但总觉尚缺点什么，或者竟是仍然停留在此岸，没有到达彼岸吧。

有人说，毛泽东的书法，可谓转益多师，采千古之遗韵，融百家于一炉：有王羲之的浓纤折中，遒媚劲健，特别是清润；有王献之的清朗俊美，娴雅舒展，特别是骨势；有张旭的跌宕宏丽，满纸云烟，特别是开张；有怀素的飞动圆转，随手万变，特别是酣畅；有颜真卿的开阔博大，苍茫豪放，特别是沉雄。当然更有他自己的冠绝古今的纵逸奔放，雄伟磅礴，出神入化，夺人心魄。望着"清润""骨势""开张""酣畅""沉雄""奔放""磅礴"这一系列都与毛体书法相宜相应相互启发的赞词，我仍在心中继续追问：毛泽东自己说："各个体我都研究过，我都不遵守，我写我的体。"他晚年的草书，俊逸而无骄色，豪放而有法度，大小相间，错落有致，疏密参差，浑然一体，给人以大气磅礴、激情浩荡的强烈印象。不过，这样说，仍然让我感觉到，是到彼岸遛了一个弯，仍没有将彼岸与此岸融为一"岸"。倒是有人概括说，毛泽东的书法是于豪放中兼婉约，于刚健中寓妩媚，于雄强中显柔情，于粗犷中见纤巧，既吸收古人众家之长，又在特殊的岁月练就特殊胆识，比较接近我的感觉。

　　我的感觉是什么呢？正如我天天感受太阳的光辉和温暖，而难以对太阳的壮美着其辞；又如我时常观月，而不知对月亮之润美置何言，对于这样一个天地相接、雨润世界的毛泽东书法，也是有感觉而说不出其中的感觉，可说出来的感觉只是："天高云淡""风云突变""不似春光，胜似春光，寥廓江天万里霜"；是"鹰击长空""烟雨莽苍""欲与天公试比高"，大气疏朗，唯天可比；是"沧海横流""山舞银蛇，原驰蜡象""回首峰峦入莽苍"；是"要似昆仑崩绝壁，又恰象台风扫寰宇"，苍茫沉雄，唯大地可载。

　　不过"开天辟地"这四个字，不知是何方昭示，此刻突然让我猛然醒悟，这四个字正是我欣赏毛体书法所得的根本心得。

第九章　小鸡啃骨头

"伴侣"和"旅伴"

　　三十年前，巧遇卢梭的《忏悔录》，传主的种种行状逐渐模糊了，"旅伴"二字却在我心田萌芽。

　　后来，又读到《培根论人生》的《旅行》一文，为原先萌芽的"旅伴"增添养分。但真正为"旅伴"注入神奇力量的，是同书《论婚姻与独身》中的三句话：在人的一生中，妻子乃是青年时代的情人，中年时代的伴侣，老年时代的守护。

　　然而，经常向我心中神圣的"伴侣"发起攻略的则是书。书，既是我终身的"伴侣"和"旅伴"，也是大家可以共有的"良友"。我每每外出，别的东西可以不带，书是一定要带的。一次出差忘记带书，心里像翻江倒海似的。下车后就到书店去买书，惹得朋友笑我是书痴。

　　据广告"广而告之"，马可·奥勒留的《沉思录》，是诸多国家首脑青睐的书。克林顿认为，除了《圣经》，就数《沉思录》对他影响最大。我与书友经常谈起此书，不好意思的是将此书置于床头的书堆中很长时间了，从上倒到下，从下倒到上，反复多次，竟没有读完。有时想起来，心里也像翻江倒海似的。

　　好书摆在架上望着，置于床头守着，都无济于事，而且会像对不起伴侣、旅伴、朋友、情人、妻子一样，留下遗憾。

　　同样遭遇并引发感想的，还有《荒漠甘泉》这部书，也不是让人望梅止渴的。我并非有意，却也冷落它很久了，心里很歉疲。

　　凡此种种，使我强烈地意识到：书不是太阳，也不是浴缸，更不是遮风避雨的小屋和果腹的炊饼，但无论在庭院还是旷野，是行路还是小憩，都应以书相伴。

　　有人说，在朝九晚五的风尘仆仆中，做一个梦，读一首诗，和古人相识于梦中。我们是古人的前世今身，品读古诗，阅读经典，便是追塑自己的身影。鲁迅先生则说，多读文学大师的作品，是每个作家必备的修养条件。我的读书则像鲁迅先生付理发费——胡乱地抓一把而已。只是这样胡乱地抓下去，抓成了习惯，胡乱地添置在寒舍的书都成了自己的终身伴侣。

第十章 让缺点晒太阳

我的缺点,有的发生在太阳下面,有的发生在太阳背面,让缺点晒太阳是不可或缺的功课。

让缺点晒太阳

我的毛病很多，说话直而重而尖刻的毛病尤其突出。

在秘书与秘书长这件事上，就曾出炉过"前者是专用品，后者是公用品"的怪话。后来又与时俱进，翻版为"秘书是老婆，秘书长是小姐"。似乎有点刺穿某部分真相，却让人听了总觉不舒服，并留下尖刻的印象。

《毛泽东与他的秘书田家英》这本书读过两遍后，心里生出而且口中说出过这样的意思：毛泽东就是毛泽东，田家英就是田家英。**缺点有时发生在太阳下面，有时发生在太阳背面，让缺点晒太阳是自己的事。**

叶圣陶先生认为，人到中年，难免不生出"言为士则，行为世范"的大志，步履从容安详了，态度中正平和了，喜怒哀乐发而皆中节了。还有人写出这样的诗句：年轻时，喜欢说月亮是一把镰刀；中年眼中，月亮变成好脾气的宝石。即便身体里有一条河，也不声不响了。这些，我在望六之后仍然没有觉到和做到，倒是始终认为，让缺点晒太阳这件事应成为始终不渝的身体力行。

《燕山夜话》是我喜欢了很多年的一本书。后来又看到《燕山医话》，也买了，其实还是喜欢《燕山夜话》的余绪在起作用。不过，也像前者一样，至今只是有一些故事的残片留在我的记忆里。记得邓拓先生在书中讲过这样一个故事：一仕宦将外出

第十章　让缺点晒太阳

做官，他的交往很深厚的朋友再三再四嘱咐他要耐住性子。他听过三次后很不耐烦地说：君以我为呆子乎？由此可见这位老兄和我一样实在是一位有个性而没耐性的直人。做官要耐住性子，大概是很重要的一项修养。可谓做官训练班第一流教头的朱熹大人就提倡人们学习孔子的涵养功夫：戒矜躁，去嗜欲，涵养内心。明代朱衮的《观微子》中甚至说：君子要忍人所不能忍，容人所不能容，处人所不能处。看来，他真是深察做官三昧，所以将这"忍""容""处"提到非常人可忍的高度。这自然是不错的，尤其是你不能对此有任何指责。

在我的经验和观察中，这些或者都是经典之谈，奉行者大得其益，违背者深受其害。我对此也很佩服。但无论如何总觉得还是让缺点经常晒晒太阳更好些。

一点补充：孔子曰：吾日三省吾身。这对我的"让缺点晒太阳"应该是最经典的指导。陈祖芬对这"经典"有一个很"现代"的诠释：今天欢笑了没有？今天嘲笑困难了没有？今天付出爱了没有？我将这一"现代诠释"谨记为"让缺点晒太阳"的最新指示。

谦虚须有资本

有人说我很谦虚，我说，没有谦虚的资本。也有人说我不谦虚，我说，再谦虚就没有了。"妄自尊大"有时候也接近于"鼓足勇气"。

有朋友告诉我，谦虚和运用谦虚，是一门大学问。对此，我不懂。我去向《燕山夜话》请教，邓拓在书中讲到，《省心录》中说："知不足者好学，耻下问者自满。一为君子，一为小人，自取如何耳。"由此看来，我将入小人之列。然而他又讲，虚心不虚心，主要应该看他的内容，至于它的外表是什么样的则是不重要的。王阳明也曾说过："谦受益，满招损。器虚则受，实则不受，物之恒也。"这个意思也是不管表面如何，只问它的内容如何。

近日翻阅了《菜根谭》《思想地图》《大哲学家》，没有找到较为满意的答案。我想，不是这些大家对这门大学问不屑一顾，而是他们忙于自己的经营，或是尚未走入他们的后院，看到太太、小姐以及管家的隐私和后花园的景观。

《培根的人生论》中，没有《论谦虚》，也没有《论骄傲》，却说到掩饰的三种方法。**如果说谦虚尚属美德，掩饰则是做作。谦虚太过，会滑向做作，正像蒙田所谓，过分热切，会使德行变为恶行。**

气象学家洛伦兹说过，南美洲亚马逊河流域的一只蝴蝶偶尔

第十章　让缺点晒太阳

扇动几下翅膀,可能会掀起密西西比河流域的一场风暴。我认为,谦虚心的摆动,也会产生"蝴蝶效应"。

宁静的谦虚是最伟大的谦虚之一。据说维纳斯美到无以复加和不需要任何修饰,但她依然谦虚到只有宁静的微笑,并不因此而变为飞天;据说大海大到了看不出增减,但它并不因大而拒绝任何江河,也不因小而排斥任何细流;据说苍穹是无边无际的,它深不见底,高不见顶,阔不见边,但它并不以太阳的存在而微笑,也不因星星的繁多而奔忙,更不以雷霆和风暴的兴起而震惊。据说哈佛已走出8位美利坚合众国总统,上百位诺贝尔奖获得者曾在此工作、学习过,设有一百多个图书馆,尤其是有更多的一个个像图书馆那样的人,连续许多年在世界大学排行榜上名列第一。但它并不以此为广告词,更不搞喧闹的庆祝活动。校园里不见华服,不见化妆,更不见晃里晃荡和得意忘形。学生餐厅听不到说话声音,更没有任何争执和噪杂的情况,医院更加宁静,处处都是静雅的学习风景。哈佛的校训也是简净的两个字:真理。陈祖芬为此感动而写出一本书:《哈佛的证明》。我虽然也曾亲临哈佛参观,但在我的《访美心语》中并没有写出如此的感动。我是被陈祖芬的感动而感动,不仅因此抄下这感动,还由此想到维纳斯的谦虚的美,想到大海的自觉的包容的大,想到苍穹的无边无际的无限超脱。然而,我还是要说:谦虚须有资本。

谦虚须有资本,正像办好事要付代价一样;谦虚不谦虚要看本质,看内容,不止于表面,正像认识一个人一样。

悔得掉渣

蒋经国背诵古文三百篇，是遵照了乃父的要求；中山大学教授施其生背诵古文三千页，是在来往于餐厅的路上以及上厕所的光景下"自作自受"的结果。

我虽然也天天吃饭，上厕所，偶尔也翻翻《古文观止》《诗经》《楚辞》《千家诗》《浮士德》《泰戈尔诗选》等书，书名倒是记住一大片，能背下来的却极有限。

"出门跌一跤，也抓一把土。"是《人民日报》副总编梁衡记者生涯的真感受，也是他对丰满人生回望时流露的满意的微笑。我没有如此丰满的人生，倒是有较多的后悔，悔得掉渣。是否掉下来变成梁衡先生抓起来的土，尚须进一步考察。不用考察的是，我的微笑，只有勉强的苦是的微笑。这勉强的苦涩的微笑份量几何，我也说不明白。我不想再说"少壮不努力，老大徒悲伤"的老话，这"悔得掉渣"怕也还是它的一个翻版。说来说去，不过老话翻新，或许仍然是中了古人的毒也说不定。

昨天看到一本书，毛泽东说，孔夫子七十而从心所欲不逾矩，他到七十岁还是要逾矩的。他是向前闯，向前闯总是要逾矩的；我是回头看而生后悔，是够不到逾矩而悔得掉渣。这也说明，**孔夫子的人生因走向圆满而从心所欲不逾矩；毛泽东革命一生而仍要革命；我的人生多有后悔而后悔越来越多。**

上世纪中叶，在印度度过十年时光对中西印三大文明学术都

第十章　让缺点晒太阳

有精深造诣的徐梵澄先生给我印象最深的一句话是：印度只有三种人、圣人、小偷和骗子。果真如此，在我看来，这三种人尽管不一定全当恭维，甚至可以全不恭维，但他们共同的一点，就是做到了人生的极致。这样一想，又觉得自己的后悔只是常人的后悔。反过来说，正是这可以概括为后悔的东西，铸就了自己的常人人生。

冯友兰先生晚年写作《三松堂自序》时，写过一副自勉联："阐旧邦以辅新命，极高明而道中庸。"他说这是自勉，我则认为是他对自己丰厚人生的总结，当然也是他晚年心境的直露。我将此作为一面镜子对照自己，悔渣更像纷纷大雪下落了。

我的杂玩

朋友们说我读书较多,是名副其实的天天读。天天读不假,早晚在家,行路车上,都在读书。甚至在开会的会场也偷偷地掩耳盗铃式地读书。不过,我的读书都也像常常带着保温杯喝水一样,几乎将喝水当成了喝酒,不时抿几口是有的,摄入量并不大。保温杯中的水也有过烫的时候,令我不敢放心去喝;读书也不免怕"烫",同时也有乌鸦想喝瓶子里的水的感觉。

然而,出差带书读,也有暴饮的时候。那是因为前无"连长"带头冲锋,后无"指导员"督阵执法,要办的事又用不着过于费心劳神,精力既有剩余,又冬有暖气,夏有空调,多读一点,在所必然。**在太阳远离,月亮照着的时候,与其倍受失眠的折磨,倒不如悠然读书。睡意来了,浓了,手中的书任意跌落,反正前无大海,后无深渊,也不会掉到哪里去。**

开会读书,尽管未必影响听会,但总觉得对讲话人不够尊敬。为此,可以将读书变为听书。不过,这样的时候,有两件事要做好:一是留下一只耳朵听会;二是事先将要听的内容输入手机。不过,这样的时候,也难免犯点错误,听着听着又想写几句了,会在手机上操作,给人以玩游戏的感觉。其实,在我,读书写作是更有味的游戏,所谓方家设置的游戏,反倒引不起兴趣。有时也竟将好文章下载于手机,好像是玩游戏,其实仍是读书。

第十章　让缺点晒太阳

一天，召开县委书记汇报会，当时不知受何方神弄，反正是有文章要写出来。为此，只好兼顾听会、记笔记、写文章。不仅忙坏了耳朵、手机和手，也忙坏了心。好在效果还不错。有两个结果值得在此炫耀一下：一是捉住了灵感，完成了写作；二是将汇报要点以信息的形式发送给"两个一把手"，得到充分肯定。如果再说一点，那就是从此奠定了我开会在手机上弄文字的自由——主要领导公开肯定：他是在手机上做会议笔记。事实上我的手机上还真开辟过《领导名言》和《忽想到》两个专栏。这都是开会的收获。

尽管如此，读书不多不专不深，仍是我最显著的缺点之一。《书影》《唐弢藏书》《叶雨书衣》《耕堂读书记》之类，以及鲁迅、周作人、胡适、郑振铎、阿英、胡风、唐弢、黄裳的书话，也经常翻翻，知道他们读书既多且深，又确有独见。我只是不时在遇到的书名下划个横线，在旁边作个记号，抵不过诱惑的，也许会搜求一番。然而，我读这类书，仍然只能是类似杂玩。

有两位识事识理较为深刻的老朋友说我心静。其实，也就是胸无大志，腿和嘴都比较懒，慢慢地竟将本来不强的功能丧失殆尽。留下的，也就只有我的杂玩，仅此而已。

大树的委屈

《莎士比亚全集》在我的书橱住了二十多年了,我光顾它的时候并不多。如果说与它有过交道,也就是先从外围接触,读过一些二手资料。比如王元化先生的《莎剧解读》等。至于全集自身,只算是支离破碎地读过一点。

记得有人攻击鲁迅不读莎士比亚、托尔斯泰、《文心雕龙》便写不出好文章;鲁迅似乎很不以为然,反击持此说的人也未必读过莎士比亚。鲁迅先生是否读完了《莎士比亚全集》?我尚不能确切知道。看他的全集,竟十余处从不同角度说到莎士比亚,他应该是对莎士比亚的著述、思想、言行较为熟悉的。王元化先生则是用整段时间通读了《莎士比亚全集》的。他读后得到的结论是:莎士比亚是无与伦比的。莎剧不仅包括了浩瀚的人生,而且还蕴涵了渊博的知识和发掘不完的深邃思想。莎士比亚的光辉并不随着时间的消逝而褪色。

王元化先生不仅对莎士比亚下过功夫,而且对关于莎士比亚的评论下过功夫,这有《读莎士比亚》及他的著作中随处可见的评论为证。此外他还在理论准备上下过功夫,这有他的《读黑格尔》和《读文心雕龙》为证。据我了解,仅黑格尔的《小逻辑》他至少读过五遍以上。他对二十世中国学界对莎士比亚的认识和掌握也有相当深透。为此他说过五四新文化阵营中不少人是以弘扬文艺复兴精神自命的,却对这位文艺复兴的代表人物十分冷

第十章　让缺点晒太阳

漠。胡适不仅认为莎氏决不觉得可与近代的戏剧大家相比，而且说实在看不出"那举世钦仰的《汉姆莱脱》有什么好处"。鲁迅虽然没有这样激烈的贬莎论调，但莎士比亚并不是他所敬仰的西方作家。

我对王元化先生的"三读"，尤其是《读黑格尔》，并不能全懂，却也只是挑三拣四地读过，如今都已成为我浅尝辄止的证据。不过，王元化先生和夫人张可合译的《莎剧解读》也即《读莎士比亚》，不仅深化了我对莎士比亚的敬仰和向往，而且指引我认识了许多外国大评论家，并从外围较早地认识了莎士比亚，还诱引我扩大了阅读范围。我没有下决心去读莎士比亚，主要还是勇气不足。不过，我能伸出低于勇敢一等的欲觉，先从边缘包围，阅读了一些二手资料，也还是要感谢王元化先生的。因为我印象最好的是王元化先生关于莎士比亚的欣赏文章，其中更好的则是他引用歌德这位文学巨匠的论述部分，给我印象尤其深刻的就是关于大树的比喻。

歌德在关于《哈姆雷特》的评论中说：莎士比亚是要表现一个伟大的事业承担在一个不能胜任的人的身上的结果。在我看来，全剧似乎都是由这种看法构成的。就像一棵橡树种在一个贵重的花盆里，而这花盆只能种植可爱的花卉，树根生长，花盆便破碎了。

王元化先生应该是对歌德的评论尤其是比喻也特别佩服。为此他说：尽管后来的许多评论家写出的分析《哈姆雷特》的文章汗牛充栋，可是始终没有人超过歌德。

更大范围的事就不说了,仅以跑官场者的心思而言:**一方面是认为自身承载能力极大,再大的树也可以种到自家小院的花盆里;另一方面是总认为做官容易升官难,几乎将所有心力都用在跑官上,也即像革命烈士坐穿牢底,其坚定的信念和毅力是令人"敬佩"的;这剩下来的还有一方面就是不去想想大树栽在小小的花盆里会不会将花盆撑碎,而是只图更大的树种入花盆,自家的花盆比孙行者的如意棒更有无限的伸张力。**

我反复想过,与其让大树委屈,与其在老百姓眼中变成一个被大树撑破的烂花盆,倒不如做一棵始终扎根于大地的小草。是否有必要向哈姆雷特那样惊恐地感觉到脚下布满陷阱,随时都会陷落下去呢?我看至少应该经常有所反思,甚至有如临深渊、如履薄冰的谨慎也是必要的。

现在看来,是树有树的委屈,盆有盆的有限。许多树倒在路边无人过问,许多盆则成为垃圾场。至于我说的大树的委屈这点社会现象,恐怕也难免不是依然如故。

不过,世界上的事是复杂的,世界上的人更是复杂的,复杂的世界生出复杂的人,复杂的人及其复杂的行为以及尤其复杂的思想将这原本复杂的世界弄得更复杂。这里又用得着王元化先生援引海涅的一段话,大意是说:堂吉诃德将风车当作了巨人,将马房娼妓当作了贵夫人,将一场傀儡戏当作了宫廷典礼。而哈姆莱脱(原文如此)相反,从巨人身上看到了风车,从贵妇人身上看到了娼妓,从宫廷典礼看到了一场傀儡戏。

王元化先引过这段话之后只是说海涅的理论文字,蕴涵着深

第十章　让缺点晒太阳

邃的哲理，又具有诗的魅力。这是一般思想家所无法企及的。接下来他也没有直接与社会现实相联系。我想，他在引这段话的时候，当时的社会现实尚不像现在这般丰富多彩和复杂深邃。但无论是市场，还是官场，或者这场那场，自然或者现实中的王元化，以至海涅和歌德也有吧，但更不乏堂吉诃德和哈姆莱脱，也不乏娼妓和贵妇人，以及一肩挑二的贵人。

我希望简单。我越来越希望简单。但是，不理不睬的社会现实既不以任何个人的意愿为转移，也不以任何时候的全民意愿为转移。

临了我还想说，现在想起来，我最早接触到莎士比亚，还是在上小学高年级的时候。看到的是一个选本，或者是单行本。是在做中学语文教师的叔父留在故家的书中翻出来的。要说我当时就能读懂莎剧，是不可能的。但当时确实觉得很异样，很特别，很喜欢。为什么没有像读鲁迅那样，一经接触就不放弃，而且不断扩大和深入了所读范围呢？恐怕还是环境所使吧？一个人改变环境很难，环境对一个的限制和改变却是严重的。我的叔父是五十年代的老大学生，上大学前就是淮海子弟学校的教师，工资收入也不算低。大概是有一种志向，才又重考大学。大学毕业后分配到一个县域中学，校址在一个山庄大庙里，工资反比上大学前低了许多。而后该校并入县城一中，他从班主任做到副校长，再到县教育局长。叔父是我读书的领路人。不仅是让我从小喜好读书的人，而且是最早对我的写作给予极大鼓励支持的人。即便是读一本书，写一篇小作文，抑或是通信中一点一滴的进步，都会得到叔父的肯定和鼓励。叔父在我身上付出的心血，比他的几个儿女都多。我写父亲的散文，他每读到，都要来信或打电话谈谈他的激动和感想。后来他退休了，更成为我的第一读者。他读过我的《旷思敛语》后说，原以为你和我的学识水平差不多，看了这本书觉得你强我十倍。叔父还把我的书送给他的学友，共同对我进行鼓励。我明知这鼓励就像哄小孩子吃饭，尽拣好的说，但还是让我多吃了几口。我甚至对叔父说过，父亲的编筐也和我的写作一样，似乎对过程比结果还要重视，从编织过程中享受到的快乐比钱到手时得着的快乐还要多。对我这样的荒谬之说，叔父也很理解。因为他自己也是重视劳动过程胜过结果的人。叔父去世后，我失去了一个文友和知音，也曾取回他几十本日记，想写点什么，至今依然没有形成成熟的思路。这固然有忙的因素，却也与我的疏懒和随任不能说没有关系。在此，我向敬爱的叔父奉上一炉香的同时，也呈上我的检讨。

第十章　让缺点晒太阳

慷慨的前提

"我们不只是一些脆弱的芦苇,我们更是一些平庸的芦苇,是深深地沉湎于世俗的芦苇,湿漉漉的叶片坠满了简单而低层的欲望。或许,这就是普通的芸芸众生不可超越的命运。"我不知道这段话是谁说的,但不管是谁说的,看后都觉得心里冷冷的,尽管有初升的太阳相伴,心仍然像进入严冬的深夜,舒展不开,潇洒不得,慷慨不起来。我想,这芦苇也有被风吹起来,腾飞一番的时候,但又难免不是不由自主的。

帕斯卡尔虽然说过"人只不过是一根芦苇,是自然界最脆弱的东西",但他却是一根能思想的芦苇,像芦苇一样在风中摇摆却承载坚定的思想。在39岁的短暂的生命中,他发现了欧几里德第32命题,制造了人类有史以来第一台计算机,留下了"帕斯卡尔定律"。**他天才地揭示了人因思想而伟大这一动人的主题。上帝给他的时间并不慷慨,而他的回报却是慷慨的。在他身上短暂与慷慨结合的令人难以置信,以至他的当代人和后来人不能不慷慨地将数学家、物理学家、发明家、哲学家、散文大师等桂冠都戴在他的头上。**

思想并不需要富有。懂得在艰苦中扎根,在贫瘠中生发,即便不是千年不老松,也是一棵反复复生的坚强的野草。一位知名人士第一次见未来的岳父母,得到的见面礼是这样一句话:**"生活能苦熬,工作能苦干的孩子总会有出息。"**

我喝汤药，习惯于慢慢品，似乎苦中也有香甜。我对人生的况味也如此理解。

　　人生的追求是为过苦河，入苦海，离苦得乐？老子、孔子、释迦、耶稣都有回答，不过，也都是一家之言。

　　据说，《荒漠甘泉》是置于蒋介石和宋美龄床头的书。书到手五年了，却只碰过几次。不为甘泉，不为走过黑门的山路，只为有一份慷慨。然而，我并非不知道慷慨的前提是"有"。有什么，有是什么，是甜、是苦、是无、是空、是是、是非，则是一个更加广阔深邃的问题。

　　慷慨的前提是富有，是历经苦难的富有。

　　据说社会是一个大染缸，如若抵制不住诱惑，被利欲熏心，便如同行尸走肉。这是可怕的。但我不怕书的诱惑，希望在书的诱惑下多一些对知识、智慧、圣洁的灵魂的"利欲熏心"。不仅得到心的安宁，灵的升华，慧的纯净，而且为"慷慨解囊"积累一些资本。

第十章　让缺点晒太阳

"远望"

鲁迅曾给初恋中的许广平做过一篇"兄"的讲义，我却有必要自备一篇关于"读"的讲义。

"读"的本意除了"视"、"察看"，还有"探望、问候"，要义是"眼与心深动"。"看"是用手遮目远望，浅尝多了。回检自己的所谓读书，"远望"而已。叶剑英的《远望》诗，或许也是远望的心得，确是少有的好诗，毛泽东曾称赞和手书过的"赤道雕弓能射虎，椰林匕首敢屠龙"是多么有气魄的好诗啊！历代文人望月生诗，"明月隐高树"，"举头望明月"，"敢向青天问明月"，都与我的"远望"无关。

苏轼老夫子为人：轻旷神逸洒脱；为诗："欲令诗语妙，无厌空且静"，同时"默诵千万首，左抽右取谈笑足"；为事："阅世走人间，观身卧云岭"，好像均非我"远望"的同道。至于鲁迅，读书精，抄古碑勤，校勘一丝不苟，更与我的"远望"不可同日而语。

后来，"远望"终于眯出一条缝，使我或多或少明白：是我的心在"看"与"读"之间徘徊，像月出东山，徘徊于斗牛之间那样徘徊。

信 号

一位朋友，也算个不大不小的老板吧。他能力强，追求不俗，缺点是……他身上发出的第一个信号是怎样利用你，第二个信号是怎样收拾你，之后才是别的。

我这人嘴硬，心软，话难听，心善良，舍得一身剐，逼急了的时候也难免出口伤人。对这位朋友就说过"你不怕死无葬身之地吗？"朋友说我是嘴硬心软，做事雷厉风行，东冲西突，有股敢劲，总是为了他人的事而惹人，就是心太善、太软，接下来的话大概是"不会有太大作为"。

也是本性难移，不管别人怎么说，我依然本着"善"的精神，劝朋友读读房龙的《宽容》，伏尔泰的《谈宽容》，练练篆书。朋友很是不以为然。这使我意识到，或许他压根就不与我在同一个是非体系里。简直是家居火山口，生于花岗岩，秉性难改，无药可救。

同时，却也由纵深向表面反思，自己或许曾有的优势，同样为劣势信号抵消了。

不过，我始终认为，善良的人身上发出的信号始终是美好动人的。因为善良是最美好的品质，也是最感人的品质，是不是最有力量的品质要作具体分析，但一定永远是全人类最公认的美德。善良是与奉献分不开的，但又大于奉献，比奉献还要感人。因为善良者的奉献往往是以牺牲自我为代价的。小仲马笔下的茶花女，不过是一个风尘女子，但她的善良感动了众人，世间竟有多少读者为她泪流满面，恐怕几乎是一个天文数字吧。即使是面对侵略者，也是善良的人勇于牺牲自己，成为保家卫国、捍卫正义的英雄。而那些没有善心、甚至没有良心的恶人，最可能成为战场上的逃兵，叛变人民的罪人，为虎作伥的帮凶和王类。

写到这里，收到一条微信。其中说到：历史证明：拿恶法治国，国必乱。拿恶法治人者，终一天会被恶法来治。他的意思是：百年中国，自己人折腾自己人，就是因为没有政治文明，没有一部维护每个中国人自由权利的宪法，没有实行宪政。我回信说，这是很不错的主张。但是，有这样一部宪法已很难，实现宪政，依法治国和依法办事，何尝不是难乎其难呢？在中国。

苏格拉底认为："美德就是知识"。教育就是将外界的"善的信号"与受教育者内在的"善的信号"合而为一，激活内在的良知。我虽然没有自信到以与苏格拉底在同一是非体系里而骄傲，却也坚信：**善行无须张扬，也是人世存在的根本；恶行不可一世，却是应该根除的恶草**。我在这里不断发出善的信号。但愿恶草受到"熏染"，放慢恶生狂长的速度。这只是我的信号，当然不可能从根本上改变恶行者"横行"的本来面目，尤其本性。但我相信，这善的信号是从上帝心中发出来的信号。

踩住太阳

赫拉克利特说:"太阳有人的脚那么宽"。又说:"时间是一个下跳棋的孩子,而支配权就在他手中。"当然,他不只关心太阳的宽度,他还选择火作为规定宇宙的原始物质。认为火在一定尺度上燃烧,又在一定尺度上熄灭。他还挖苦半途而废的人是蠢笨的驴子,宁要草料,不要黄金。看来,他是既主张踩住太阳,又主张寻到金子的。

我关心的范围还要大,凡是照亮心灵的,尤其是闪光的思想,都在我的兴趣范围。大概正是因此,我想读《老子》一百遍,《论语》五十遍,《圣经》十遍,《沉思录》五遍,《红楼梦》五遍,《鲁迅全集》五遍,《史记》三遍,《资治通鉴》三遍,《维特根斯坦全集》三遍,《莎士比亚全集》三遍。至今没有做到。所谓用功,竟是任由太阳那么宽的时间白白从脚下流走。所幸的是心灵的火光尚在,尽管我并不知道它们的尺度。

不过,**我的痴心也像火一样可以燎原,今后仍将尽犟牛之力踩住太阳,让心中多一点泉水,让眼前多一片阳光,让树木变成森林,让碎石变成银河**。然而,我并非不明白是东西都要变,以至质变,历史的长河在长跑中变,已丢进去的在流淌中变,将丢进去的在沉没中变,未丢进去的在遗忘中速朽或蒸发。无论是警惕变,随其变,防其变,还是听天由命,我都将用力踩住太阳。

踩住太阳之想是无可议非的,可非议的是自己的心态不坚,许愿太多,出尔反尔,这是应该可憎恨的。

第十章 让缺点晒太阳

御　垫

把脑袋当椅垫坐在屁股下，似乎不可思议。孔子说："学而不思则罔，思而不学则殆。"他老人家是反对把脑袋当椅垫的。

然而，孔子的学生，以及学生的学生，不少却是只有椅垫没有脑袋。他们的脑袋早已变成别人的椅垫，也成为自己的椅垫。为此有人辩解，太阳都可以当椅垫，脑袋为何不可？细细想来，**历代帝王无不把别人的脑袋当椅垫，包括死去的孔子和活着的孔子之徒，可以统称为御垫。**

当然，范围远不止于此。《孔子辞典》在"圣之时者"下，有这样的解释："伯夷，圣之清者也；伊尹，圣之任者也；柳下惠，圣之和者也；孔子，圣之时者也。"伯夷之清高，伊尹之负责，柳下惠之随和，无不"皆得圣人之道"，都是御垫。"时行则行，时止则止"的孔子，也是御垫。对此御垫的感觉如何，皇帝有感受，历史有评说。

"打倒孔家店"的喊声犹在，近来有将孔子供上神位的趋势。有人说，孔子是中国历史上一位杰出的知识分子，是一个人，将他压为"鬼"不对，抬为神也不对，打为阶下囚当然更不对。我比较赞赏曾任过北大校长的蒋梦麟的处理态度：**以孔子做人，以老子处世**，以鬼子（外国人）办事。他不愧为最高学府的一校之长，一人竟用仨垫。此"三以"可以借鉴。目前一哄而上注释《论语》，不过为御垫加点花边，注点泥沙而已。

一位农民朋友说,天冷了,想将太阳搬回家。他没有说将太阳移在屁股下,即使说了,也不是世界上最蠢的人,最可爱的人,最不知天高地厚的人,而依然是最忠厚老实的人。

我手边有一本书,书名是《思想地图》。这本书的好处是从孔子到康有为,从苏格拉底到维特根斯坦,都作了简白的介绍。此书的前言说,从汉代的独尊儒术,到宋明理学的勃兴,再到明代心学的滥觞,儒家思想不但成为中国传统思想的主轴,而且对东南亚诸国的思想发展产生了巨大的影响。这几乎等于说御垫铺出中国,铺遍亚洲。

李零先生有一本书是《去圣乃得真孔子》。他在《题词》中说,世上没有包治百病的药,但人们想有这种药,就有了这种药。我想,御垫也大体如此。

《名人传》中有一句名言:"一心向善,爱自由高于一切。就是为了御座,也绝不背叛真理。"我认为,如果是御垫、用御垫、看御垫、说御垫,也即是御垫者、用御垫者以及看客和评论家,都以此为座右铭,应该就是世界更加光明的时代到了。

第十章　让缺点晒太阳

"黏住"与"移开"

在杨振宁心中,爱因斯坦是牛顿之后有着独一无二机遇的人;在爱因斯坦心中,牛顿是有机会创造世界体系的人;在我心中,他们都是"黏住"与"移开"特别杰出的人。

一天,在书店碰到杨振宁的《曙光集》,随手翻着,"'自由眼光'是所有科学、艺术创造活动的根本前提"这句话大大方方跳入我的目光圈中,并在顷刻间提高了我对此书的关注度。随之,我的思绪不由自主地、重重地跌入陈寅恪苍凉而持重的话语中:"研究学术,最主要的是要具有自由之意志,独立之精神","惟此独立之精神,自由之思想,历千万祀,与天壤而同久,共三光而永光"。他的这一思想是二十年代就确立并提出了。五十年代以后,他仍然坚持此说。他不怕将高压线缠到脖子上。他甚至义无反顾地说:"无自由之思想,则无优美之文学。"此中的"优美"二字,决非一般意义上的优美,而是有着更深重广阔的意义的。他把"自由之思想"看得比生命还高。

在二十世纪的学术大家中,郭沫若"积极"的自我改造,陈寅恪"顽固"的学术立场,储安平"热心"参与国家政治的"浓厚"兴趣,钱锺书的融贯中西,吴晗和冯友兰各自在人生道路上的选择与结局,无不成为后来人感慨不已的话题。他们当中,郭沫若是曾邀请陈寅恪出任历史所所长而遭拒绝的人,陈寅恪是至死坚守"独立之精神,自由之思想"的人,钱锺书是最能"耐寂寞、安本分、冷默政治和主流意识"的人,吴晗和冯友兰是比较注重表现的人,然而,他们无一不是在"黏住"与"移开"上非常杰出的人。

所谓"黏住",就是一生执着于一个伟大的目标,绝不东倒西歪;所谓"移开"就是只需把固有的眼光"稍稍移动","主体的主动"便更加主动,神奇便随之而来。能将科学殿堂的高深理论请下神坛,用通俗、简洁、优美的语言与我们谈心的杨振宁先生,如同普罗米修斯从天上偷火于人间,从学术圣殿偷出这样一件如此了不起的秘密武器:"黏住"与"移开"。当我在书上与之巧遇,眼前一亮的同时,不能不为自己的弱点而吃惊。我对自己最失望的正是:在"黏住"与"移开"上,无不采取了游移的态度。据说,当宇宙的秘密全部破译,宇宙也就不复存在了。然而,当我们对牛顿、爱因斯坦、陈寅恪、钱锺书、杨振宁们的秘密知道多一点,我们的存在就多一分。

我的面前摆着两尊巨大的刻石。一尊刻着:"自由之思想";另一尊刻着:"主体的主动"。我的心在"一尊"面前敞亮却也迷惘;在"另一尊"面前清醒却也怯懦。

我们经常讲眼界,是说心胸要开阔,眼界要放大,目光要长远,要极限其心。其实《心经》所说的"无眼界,乃至无意识界"是更大的眼界。良宽禅师说:"结草成茅庵,离散归原野。"星云大师的解释是:就像房子的建成而终要散归原野,世间是有生死的,而悟到了出世间法,就没有生死了,离散就能归原。我由此想到,人生最根本的是不要自己局限自己。就"黏

第十章　让缺点晒太阳

住"与"移开"而言，做得最好的是两种人：大科学家和大禅师。就寻常人而言，未必能做到做好，但从大师那里获得启示却也是应该的。

不过，我还是很赞赏刘梦溪先生的结论：中国现代学人中的第一流人物，正是由于做到了志不可夺，独立自由之意志不可动摇，学问与人格才见出精彩。王国维如是，陈寅恪如是，马一浮如是，钱锺书亦复如是。只不过呈现的方式，因各人的经历、环境、性格的不同，而有所区分。我由这一大结论做出的小结论是：在"黏住"上绝对游移不得；比较而言，"移开"不过是坚持提升中所采取的灵活的途径和手段罢了。

"平常现象"

有人在屁股上插了一把小刀，撒腿就跑，跑到终点，亮出一条横幅，上书："最新长跑法超级成功"。效法者轰然而起，竟使经济过热。

不知这是否合于经济规律，却积习成流，不是法则，却可以作为赠送给经济学家的礼物。这把小刀不是十字架，并不需注入神奇，却已成为神物，因为它已深深插入轰动者的神经深处。后来，再看这标题，竟有点像鲁迅先生用过的"推背图"，除了"沉沉一线穿南北"，还有"冥冥一线通里外"。

这是一个讲速度的时代，也是一个讲排场的时代，据说文化开始大跃进了。河南新郑开建了"华夏第一祖龙"，浙江横店集团宣称以1∶1比例仿建圆明园，山东投巨资建设"中华文化标志城"，安徽和县将重新打造"陋室园"，深圳某公司要建集旅游、观光、文化、武术、养生、休闲、会议于一体的老子文化园……衣食足而生淫欲，似乎仍属平常现象。我担心房子大了，心更虚了；豪华其外，猥獕其里。

这种跃进的势头可谓来势凶猛，但效果如何值得考虑。前不久出差，看过几个"文化大观园"，占地千亩，游人寥寥无几。我想，正因为统观南北东西，整个就是一个大工地，所以多几处"新景观"，也是平常现象。然而，一旦习以为常，不平常的结果也就成为难免。所以，对"平常现象"有警惕的必要。

第十章　让缺点晒太阳

自觉圈起来

　　嗜好就像无渠之水，无束之光，放任它，无异于助长它散漫，管束起来就难了。嗜好读书而散漫，无非落个广博的虚名，一无专能，便是缺憾之一。

　　好像是因为减少缺憾，也像对水、风、光有所管束，便想画一个圈，就像盖房子一样，将阅读范围限定在一个范围，至少是近期缩回到《文心雕龙》《莎士比亚全集》《红楼梦》《楚辞》和《鲁迅全集》之内。

　　王元化先生的读书经历好像也类此，只是一个偶然的遭遇使他将自己实实在在圈禁过一回。那是上世纪五十年代下半叶，他被圈在一个小天地之中，接受隔离审查。这当然是一次不由自主的圈禁。然而，正是这不由自主的圈禁，使他找到了圈起来的好处，并自觉自愿地为自己的读书圈定了一个范围。

　　这样的结果，好像既淡化了被圈禁的痛苦，又很快将阅读范围集中到马克思、黑格尔、莎士比亚三位之内。每天从早到晚，除了准许的时间到户外透气散步，就是一刻不停地进行"三家读"。

　　我不认为这只是因为超乎寻常的毅力，也不认为这只是对光阴的特别爱惜。王元化先生虽然自己也说是"没有浪费任何光阴"，也就是没有让宝贵的光阴泄漏在圈子之外，使得圈起来的时光成为"一生受益最大的时候。"而且正是这次圈起来的阅读，使他的价值观发生深刻变化，整个心灵震颤不已。开始是像被抛弃在无际的荒野中，感到惶惶无主。他的精神和肉体都付出了沉重的代价：精神失常，真假不辨，严重失眠。然而，代价带给的他却是巨大的收获："真正认识莎士比亚的艺术世界像海洋一样壮阔"，"别人所表现的只是生活的一隅，而他却把世上的各种人物全部囊括在内"。对这"不知道是凭藉什么本领去窥探他们的内心隐秘"的本领，王元化先生惊讶不已，并在心里说"这是对他们胁之以刀锯鼎镬，他们也不肯吐露的呀"，而莎士比亚却全部得到了。这对王元化先生的艺术人生是一次极重要的洗礼。尤其可喜的是，正是这次圈起来的阅读使他心中有了"一座开掘不完的矿藏，永远保存着未被发现未被揭示的新意蕴"的宝库。更多的收益呢？就是让他充实，让他博大，让他眼前的路更加光辉灿烂。

王元化先生的圈内阅读是令人羡慕的。我除了羡慕，还被他的笔煽起对莎士比亚无限神往的欲火。然而，我不能不犹豫，不能不踌躇，不能不颤栗：我怕也成为神经病！我没有受此福报的缘分，也没有享受此幸福的力量，由此却深刻认识到：有些享受和快乐只是圈内人士的事。

李零教授好像并没有和王元化先生讨论过圈起来的事。然而他却也说过：对于做学问的人来说，有一个五星级监狱也就够了。他是当着我的面说的。他说这话的时候，正好有一缕阳光照向他。他一脸的圣洁。

第十章　让缺点晒太阳

籽眠何处

"书读百遍，其意自见"，是一位胡子比头发还长的老者播入我心田的一粒种子。

我并不知道种子在土中有何作为，却有像降落伞一样浮在天空的株株大树来入梦。或者这是我的心太急，或者就是对我冥顽不敏的惩罚。无论如何，即使不能抛却这冥顽不敏，我也甘愿以冥顽不敏为材料，架起连接东方悟性与西方分析的桥梁，并从桥上接管引水，浇灌尚未萌芽的眠籽。

春意勃发的春天，我想去问问那些已经萌芽的种子，是谁将它们唤醒，给它们以铺天盖地的力量？夏阳似火，我的心更加焦躁不安，如此大的太阳，并有雨水倾盆，我心中的眠籽为何仍不萌动？秋天，花果飘香，丰收的香气阵阵袭向心头，然而我心中的种子为何仍然是眠籽？冬天，白雪皑皑的大山耸立眼前，仍在做梦的我，借着白光明白：冬后仍有春，春天仍是最好的萌芽时节。我希望着，期盼着，奋发着。

我在心里追问：悉达多太子历经万苦，终于在菩提树下豁然顿悟，了彻宇宙人生的本面；慧能闻说《金刚经》"应无所住而生其心"，顿开茅塞，当下"膝桶脱落""明心见性"；我的心头终于透出一丝光：未知何芽，焉求萌发之期？

一位书法家讲：王羲之对张芝的草书，心摹手追，不能自已，以致草书虽好，却是张芝的翻版。一天夜里，他又痴狂地心摹手追起来。开始是在自己身上比划。画着画着，手指竟不由自主挪至夫人背上。夫人醒来，见丈夫这般痴醉，推开他的手，有几分厌烦、几分爱怜、几分心疼地说："人各有体，在别人身上乱画什么！"一句不经意的话，像旱地的眠籽遇到甘霖，王羲之醍醐灌顶，从"人各有体"开始了自己的书风变法。

我对任何艺术，从来没有像王羲之那样痴迷过。《兰亭序》《致侄稿》《黄州寒食诗帖》，还有王铎的《诗文草稿》、毛泽东的《读史》硬笔书法稿影，虽然都是我心仪的艺术极品，都是百看不厌，然而，大概还是心不够诚，也不够痴，至今依然是仰慕多于深识，看来看去，居然寥无所得。

王朝闻的《神与物游》有四百多侧充满灵异的短章，其中他在《有待自悟》一章中说到，他有一种奇怪的幻想：假如毕加索来中国参观画展，问起中国绘画的特殊本质，接待者以唐人张彦远的名言"外师造化，中得心源"作答，他可能不以为然，而认为他自己的艺术道路也是这样体现着主客观的关系。如果有人用唐人符载的名言回答："物在灵府，不在耳目，故得于心，应于手"，他可能觉得"彼此彼此"吧。读后我想：唐人张彦远、符载，外人毕加索，今人王朝闻和有如籽眠无期的我，都是"彼此彼此"吧。何以见得？自待自悟吧。

第十一世班禅大活佛会客室挂着一幅书法作品，上面写着："众生本为佛，然由客尘覆，除彼即是佛。"他的解释是：人和佛没有阻隔。佛在觉悟之前也是普通众生，普通众生觉悟了就是佛。眠籽尚待觉时是也。

思屑随地

有人站在地上思考，有人钻入书中思考，有人说"人类一思考上帝就发笑"。他们各有得意之作。

尼采试图将哲学、文学与生活打成一片，也许等于将上帝的死讯、希腊艺神的争吵、孤独者的呻吟做成一个节目。

李渔以戏台为世界，留给后人十多部剧作，却以《闲情偶寄》自乐和自得。将戏曲的结构比喻为工师之建宅，"必候成局了然，始可挥手用斧"，他还深研服饰、修容、园林、建筑、花卉、器玩、颐养、饮食各部，全都几为经典，可见李渔的用心并噙得住。

我想耗时十年写一部书，也像歌德的《浮士德》那样改上一百遍，结果总是噙不住。为此，只好暂时放弃，任由体内的汁液在咳嗽中泄漏，美其名曰"思屑随地"。

人心常常被火烤着，安静不得，忍耐不住，难免思屑随地。思考的垃圾随地乱扔，越扔越多，如同禁而不止的随地吐痰。前人的不良习惯成为后人思考的坟场，思想便诞生在垃圾场上，随之变为垃圾，连酸臭味也吝啬到没有的垃圾。将旧垃圾变为新垃圾，还美其名曰：新知言，新理学，新概念，新世训，也是人的不良习惯。一不小心，这几句与冯友兰先生的书名相同。但我要郑重申明：他的书是为天地立心，为生民立命，为往世继绝学，为万世开太平，他本人也是我敬仰的大师，怎么可以亵渎呢？

　　这不是《后记》，却有点《后记》的感觉。大概是有一种力量让我就此打住，那就与我的《小语》就此暂别吧。我不奢望它开出什么花，却希望它像野草一样遍地去生发。

后　记

　　学而时习之，不亦说乎？有朋自远方来，不亦乐乎？我的这本小书的全部，或者不过如此而已。

　　我读书，与朋友交流，感受最深的是一个"乐"字。这个"乐"字，可是大有考究，而且涵盖万有。其中有"感受快乐""享受快乐""体悟快乐""自我乐""偷着乐""想着乐""蹦着跳着乐"，还有"扩大了缩小了乐""放开了收起来乐"。当然也不是没有沉重，没有悲愤，没有恨铁不成钢，恨金子不成食品。包括心情的沉重，事物的沉重，以及上述所有不同感受，总是为读书乐所稀释，所消散。这个"乐"字，也像说不尽的莎士比亚，说不尽的鲁迅，也是说不尽的。出版社的朋友很看重我的无边快乐，那就让它在更大范围快乐无边吧。

　　我在《拓展》中说："自己不过是跟在羊屁股后面拾粪的老头儿，却也闻到臭味的芳香，产生一些异想天开。"自我考量，这句话最能表达作为作者的我的"地位"和"品相"。考察自己，虽然有时候也想有天马行空的狂放，但对"羊群"里的所有，包括每一根"羊毛"，都怀有深深的景仰，何况面对于"老领"呢？

　　我尤其景仰的自然首先是神圣伟哲。有释迦牟尼也有孔子，有老子也有柏拉图，有庄子也有赫拉克利特，有屈原也有荷马，有司马迁也有苏东坡，有曹操也有嵇康，有曾国藩也有胡雪岩，有黑格尔也有贝多芬，有梵高也有齐白石，有鲁迅也有毛泽东，有胡适也有季羡林……对他们景仰之余，也闻到一点芳香，对此外的各种异味似乎也有所领略。然而，无论是闻香还是领异之后，我依然是我说我的，自得其乐而已。

2016年12月26日